PUBLIUS VERGILIUS MARO

Aeneis

EPOS IN ZWÖLF GESÄNGEN

UNTER VERWENDUNG
DER ÜBERTRAGUNG LUDWIG NEUFFERS
ÜBERSETZT UND HERAUSGEGEBEN VON
WILHELM PLANKL
UNTER MITWIRKUNG VON
KARL VRETSKA

PHILIPP RECLAM JUN. STUTTGART

Umschlagabbildung: Der Arzt Iapyx behandelt die Wunde des Aeneas. Wandgemälde im Haus des Siricus in Pompeji (1. Jh. n. Chr.)

Universal-Bibliothek Nr. 221

Durchgesehene Ausgabe 1989
Gesamtherstellung: Reclam, Ditzingen. Printed in Germany 2000

ISBN 3-15-000221-4

Erster Gesang

Singen will ich von Kämpfen und von dem Mann, der zuerst von
Trojas Gestade, vom Schicksal verbannt, zu Laviniums Küste,
Nach Italien kam; über Wasser und Lande verschlug ihn
Göttergewalt, aus unversöhnlichem Grolle der grimmen
Juno; der viel auch im Kriege erlitt, bis die Stadt er gegründet,
Götter nach Latium brachte, woher das Latinergeschlecht ward,
Albas Urväter auch und du, hochragende Roma.
Zeige mir, Muse, die Gründe, wodurch verletzt ihre Gottheit
Oder worüber gekränkt ist die Herrin der Götter, so daß sie
Zwang den frömmsten der Helden, soviel der Schläge zu dulden, 10
Soviel Mühsal zu tragen. – So heiß glühn Götter im Zorne?
Uralt war eine Stadt, Karthago, von Tyrern besiedelt,
Gegenüber Italiens Landen, und weit von des Tiber
Mündung, reich an Macht und gehärtet durch ständige Kriege.
Juno, so sagt man, hat vor allen Ländern sie einzig,
Selbst vor Samos, geschätzt; hier waren die Waffen der Göttin,
Hier ihr Pfauengespann; ein Reich von hier zu begründen, –
Gäb' es das Schicksal zu – war längst ihr Sinnen und Trachten.
Aber sie hatte gehört, ein Geschlecht aus troischem Blute
Werde erstehn und dereinst die tyrischen Burgen vernichten;
Daher würde das Volk, weitherrschend und siegreich im Kriege, 21
Kommen zu Libyens Sturz: denn also fügen's die Parzen.
Drum war Juno besorgt und gedachte des früheren Krieges,
Den sie jüngst vor Troja geführt für ihre Argiver,
Noch war nicht dem Herzen der Anlaß des Grolles entfallen,
Nicht der quälende Schmerz; zutiefst in der Seele verankert
Haften das Urteil des Paris, die Schmach der beleidigten Schönheit
Samt dem verhaßten Geschlecht und dem Amt Ganymeds, des geraubten.

Dadurch mehr noch erregt, zerstreute sie weit auf dem Meere,
Was von den Troern die Danaerwut, der harte Achilles 30
Schonte, die Göttin hielt sie von Latium fern, und sie irrten
Viele Jahre, vom Schicksal getrieben, durch alle Gewässer.
Solcher Mühe bedurfte die Gründung des römischen Volkes.
Kaum aus der Sicht sizilischer Erde gelangt, sie enteilten
Froh auf die hohe See, mit dem Kiele durchfurchend die Salzflut.
Da sprach Juno, die ewige Wunde im Herzen bewahrend,
Also bei sich: »Ich sollte besiegt meinem Vorsatz entsagen
Und von Italien nicht vertreiben den König der Teukrer?
Freilich, mich hemmt das Geschick. Ja, konnte nicht Pallas in Brand doch
Setzen die griechische Flotte, ins Meer versenken die Männer,
Bloß weil Aiax gefrevelt, der rasende Sohn des Oileus? 41
Selber schleudert' sie Jupiters zuckenden Blitz aus den Wolken,
Schlug in Trümmer die Flotte, durchwühlte das Meer mit Orkanen.
Aiax, als aus zerschmetterter Brust er die Gluten verhauchte,
Hob sie im Wirbel empor und spießt' ihn auf felsiger Klippe;
Ich aber, die ich einher als Götterkönigin schreite,
Jupiters Schwester und Gattin, ich kämpfe so viele der Jahre
Mit einem einzigen Volke. Wer wird denn jemals zu Junos
Göttlichkeit beten, flehend ein Opfer ihr weihn am Altare?«
Solches wälzend im flammenden Busen, enteilte die Göttin
In die Heimat der Stürme, die voll von wütenden Winden, 51
Nach Aeolien. Dort bezähmt in gewaltiger Höhle
König Aeolus streitende Winde und heulende Wetter
Kraft seiner Macht und zwingt sie alle in Kerker und Ketten.
Diese toben darin unter großem Getöse des Berges
Zornig gegen die Riegel. Hoch thront auf dem Berge der König,
Hält das Zepter, sänftigt den Trotz und bändigt das Rasen.
Täte er's nicht, das Meer und die Erde, die Höhe des Himmels
Rissen stürmend sie fort und fegten sie hin durch die Lüfte.
Doch der allmächtige Vater verbarg sie in finsterer Felskluft,
Darum besorgt, und breitet' die Last der hohen Gebirge 61

Drüber und setzt' einen König, der stets nach bestimmtem Gesetze
Straffer die Zügel ziehn, auf Befehl verhängen sie sollte.
Diesen begrüßt nun die Göttin mit bittenden Worten:
»Aeolus, du, dem der Vater der Götter und König der Menschen
Macht doch verlieh, zu stillen die Flut, zu empören im Sturme,
Sieh, ein feindlich Geschlecht durchfurcht die tyrrhenischen Wogen,
Führt nach Italien Troja und seine besiegten Penaten.
Wappne die Winde mit Kraft, verdirb und versenke die Schiffe
Oder zersprenge sie alle, zerstreue die Leichen im Meere.
Zweimal sieben der Nymphen von unvergleichlicher Schönheit
Hab ich, weitaus die schönste von ihnen, Deiopea,
Will ich als dauernde Ehegenossin zu eigen dir geben,
Daß sie mit dir für deine Verdienste alle die Jahre
Lebe und so zum Vater der schönsten Kinder dich mache.«

Aeolus sagte darauf: »An dir, o Königin, ist es,
Deinen Wunsch mir zu sagen, an mir, den Befehl zu empfangen.
Du hast all mein Reich mir verschafft, das Zepter die Gnade
Jupiters, du verliehst mir, beim Mahle der Götter zu liegen,
Du hast zum Herrscher der Wetter und Stürme voreinst mich erhoben.«

Sprach's und stieß den Schaft seines Zepters dem Berg in die hohle
Seite hinein: da stürzen die Winde, wie Heere zur Feldschlacht,
Wo sich öffnet ein Tor, und durchrasen im Wirbel die Lande,
Legen sich über das Meer, und aus unterster Tiefe durchwühlen
Ganz es der West und der Ost und der vom Regen gepeitschte
Afrikawind und wälzen gewaltige Wogen ans Ufer.
Männergeschrei erhebt sich darauf und das Ächzen der Taue,
Plötzlich verhüllen Wolken den Tag vor den Blicken der Teukrer
Und den Himmel, es lagert sich dunkle Nacht auf dem Meere.
Donner durchrollen die Höhe, und Feuer durchleuchtet den Äther,

Alles verkündet den nahenden Tod und Verderben den Männern.
Siehe, da lähmt dem Aeneas ein eisiger Schauder die Glieder,
Bange seufzt er und streckt die beiden Hände zum Himmel.
Also klagend, ruft er: »O dreimal selig und viermal,
Wem vor den Augen der Väter, vor Trojas erhabenen Mauern
War beschieden das Ende. O tapferster Danaerheld, du,
Tydeus' Sohn, was konnte ich nicht auf ilischen Feldern
Fallen, was durfte ich nicht durch dich dies Leben verhauchen,
Wo der große Sarpedon, wo vom Geschoß des Achilles
Hektor, der schreckliche, liegt, wo Simois unter den Wellen
Schilde der Männer und Helme und Heldenleichen dahinwälzt!«
Während er solches ruft, da peitscht der heulende Nordwind
Grade das Segel und hebt die Flut zu den Sternen.
Krachend brechen die Ruder, es dreht sich das Schiff, und den Wogen
Kehrt es den Bord, und jäh stürzt nieder die Höhe des Wassers.
Einige schweben über der Flut, und anderen öffnen
Wind und Welle den Grund. Im Meersand wütet die Brandung.
Drei der Schiffe verschlägt der Süd auf verborgene Klippen
– Klippen inmitten des Meeres, sie nennen die Italer »Altar«,
Hoch auf dem Meere unheimliche Riffe –, stößt drei von der hohen
See auf Platten und Bänke der Ost, ein kläglicher Anblick,
Treibt sie in Watten hinein und umgibt sie mit Hügeln von Meersand,
Eins, das die Lykier trug und den treuen Führer Orontes,
Trifft vor Aeneas von oben herab die gewaltige Sturzsee
Gegen das Heck, erfaßt da den Lenker und wirft ihn kopfüber
Schleudernd hinab. Doch die Flut zerrt dreimal das Schiff auf der Stelle
Wirbelnd umher, und ein reißender Strudel im Meere verschlingt es.
Schwimmer tauchen zuweilen empor im unendlichen Strudel,
Männerwaffen, Gebälk und Schätze von Troja im Wasser.
Auch das mächtige Schiff des Ilioneus und des Achates,

Das auch, welches Abas geführt und den greisen Aletes,
Überwältigt der Sturm; durch gelockerte Fugen der Planken
Trinken sie alle das feindliche Naß und klaffen zerberstend.
Aber indessen bemerkte Neptun des Meeres gewalt'gen
Aufruhr, auch den entfesselten Sturm und die aus dem tiefsten
Abgrund brandenden Fluten; aufs ärgste erbittert nun blickt er
Weithin über die Wogen, sein Haupt gelassen erhoben.
Auf dem ganzen Meere zerstreut erblickt er Aeneas'
Flotte, die Troer von Wogen bedrängt und vom Einsturz des Himmels.
Gleich erkannte der Bruder den Groll und die Ränke der Juno,
Rief zu sich den Ost und den West und redete also:
»Setzt ihr solches Vertraun auf eure göttliche Abkunft,
Daß, ihr Winde, auch ohne meine Befehle es wagt, zu
Mischen Erde und Himmel und solche Massen zu türmen?
Ha, euch soll –! Doch besser, ich zähme das Toben der Wellen:
Künftig büßt ihr den Frevel mir nicht mit so billiger Strafe,
Eilet flugs von dannen und meldet eurem Gebieter:
Ihm nicht gab des Meeres Gewalt und den mächtigen Dreizack,
Sondern mir das Geschick. Sein Teil sind scheußliche Klippen,
Ostwind, eure Behausung; dort tue im Königspalaste
Aeolus groß und beherrsch' im verschlossenen Kerker die Winde.«
Spricht's und sänftigt die brausende Flut, noch eh er gesprochen,
Scheucht die geballten Wolken und läßt die Sonne erstrahlen.
Und Kymothoe auch und Triton stoßen die Schiffe
Kräftig vom zackigen Fels, Neptun half nach mit dem Dreizack,
Öffnet der Syrten verödeten Damm und beruhigt die Wogen,
Gleitet über den Kamm der Flut mit fliegenden Rädern.
Wie bei einem gewaltigen Volk, wenn zuweilen sich Aufruhr
Hebt, voll Erregung der niedere Pöbel sich auflehnt,
Fackeln fliegen und Steine bereits. Wut liefert die Waffen;
Dann aber zeigt sich ein Mann durch Verdienst und Frommheit gewichtig,
Alle schweigen sie gleich und stehn mit lauschenden Ohren,

Dieser beherrscht mit Worten die Geister, beruhigt die Herzen:
So schwand alles Getöse des Meeres, sobald in die Fluten
Schaute der Gott und dahinfuhr im heiteren Lichte, die Rosse
Lenkte und fliegend auf raschem Gespann die Zügel verhängte.
Müde versuchen nunmehr die Aeneaden zum nächsten
Ufer zu richten die Fahrt und gelangen zu Libyens Küste.
Dort ist tief landeinwärts ein Ort, ihn bildet zum Hafen
Weit davor eine Insel gestreckt, wo die Wellen des Meeres
Brandend zerbrechen und teilen sich dann in den innersten Busen
Rechts und links, da drohen zwei mächtige Felsen zum Himmel,
Starrende Klippen, und tief von ihrem Scheitel geborgen
Schweigt das ruhige Meer. Ein Anblick schimmernder Wälder
Senkt sich herab und ein schwarzes Gehölz voll schauriger Schatten;
Aber im Grunde der Bucht eine Grotte mit hängenden Felsen,
Drinnen ein süßer Quell und Bänke natürlichen Steines,
Für die Nymphen die Wohnung, hier hält die ermüdeten Schiffe
Keinerlei Tau, es fesselt kein Anker mit hakigem Bisse.
Dorthin fuhr Aeneas mit sieben Schiffen, dem Rest, der
Ihm von der Flotte geblieben; mit großer Sehnsucht zum Lande
Steigen die Troer ans Land, das ersehnte Gestade gewinnend,
Lagern am Strand sodann die wassertriefenden Glieder.
Und dem Kiesel entlockt zuerst Achates den Funken,
Fing in trockene Blätter die Glut und legte zur Nahrung
Dürres Reisig dazu und entfachte den Zunder zur Flamme.
Hierauf löschen sie auch das Korn, das vom Wasser durchnäßt war,
Samt dem Bäckergerät, die Erschöpften, rösten am Feuer
Ihr gerettetes Korn und zermalmen es dann mit dem Mühlstein.
Unterdessen erklimmt Aeneas den Fels und betrachtet
Weit und breit das offene Meer, ob er etwa den Antheus
Sähe, den Sturmverschlagnen, ob Phrygierschiffe, den Kapys
Oder auf ragendem Hinterdeck den Helm des Kaikus.
Keines der Schiffe zu sehn, doch gewahrt er drei streifende Hirsche

Unten am Strande. Das ganze Rudel folgt ihnen im Rücken
Und durchäst in langem Zuge die Gründe der Täler.
Also stand er und griff mit der Hand die flüchtigen Pfeile
Und den Bogen (ihm trug der treue Achates die Waffen),
Streckt zuerst das Leittier zu Boden, mit ästigem Horne
Trug es hoch sein Haupt, hierauf die Masse und scheucht dann
Durcheinander die ganze Schar mit Geschossen im Laubwald,
Ruht nicht eher, als bis er sieben gewaltige Tiere
Glücklich niedergestreckt, der Zahl der Schiffe entsprechend.
Dann aber eilt er zur Bucht und verteilt sie an alle Gefährten.
Auch den Wein, in Krüge gefüllt von dem edlen Akestes
Am sizilischen Strand, den der Held den Scheidenden mitgab,
Schenkte er ein und beruhigt mit Trost die bekümmerten Herzen:
»Freunde, wir sind ja fürwahr schon lange vertraut mit den Leiden,
Größeren noch, auch diesen wird Gott ein Ende bereiten.
Selbst der Skylla Wut und den weithin hallenden Klippen
Seid ihr genaht, habt selbst die kyklopischen Felsen bestanden.
Ruft den Mut euch zurück und laßt verzagenden Kummer;
Einst macht Freud' es vielleicht, auch dieser Leiden zu denken.
Ja durch mancherlei Not, durch so viele Gefahren und Nöte
Streben nach Latium wir, wo das Schicksal ruhige Sitze
Endlich uns weist. Dort soll ein neues Troja emporblühn.
Harret also nur aus und bewahrt euch für bessere Zeiten.«
Also spricht er, es heuchelt, wie sehr ihn auch Kummer belastet,
Hoffnung sein Blick, er preßt den tiefen Schmerz in die Seele.
Einige rüsten sich rasch, die Beute zum Mahl zu bereiten,
Ziehen die Haut von den Rippen und legen das innere Fleisch bloß
Und zerschneiden es dann und heften's, noch zuckend, an Spieße,
Andere stellen die Kessel zum Strand und entfachen ein Feuer.
Rufen durch Essen die Kraft sich zurück, und im Grase gelagert
Werden mit saftigem Wild und altem Wein sie gesättigt.

Als gestillt der Hunger nun war und die Tische geräumt sind,
Denken sie viel im Gespräch an ihre verlornen Gefährten,
Schwankend da zwischen Furcht und der Hoffnung, ob diese noch lebten
Oder erlitten den Tod und Rufe fürder nicht hörten.
Erstlich bedauert der fromme Aeneas den starken Orontes, 220
Dann des Amykus Schicksal, das bittre Geschick seines Lykus,
Auch den tapferen Gyas, das Los des wackren Kloanthus.
Eben endeten sie, als Jupiter hoch von dem Äther
Schaute das segelbeflügelte Meer und zu Füßen die Länder,
Auch die Küsten und Völker umher; er blieb auf des Himmels
Höhe stehn, auf Libyens Reich seine Blicke geheftet.
Aber während ihn tief die Sorgen im Herzen bewegten,
Redete trauernd, in Tränen gebadet die glänzenden Augen,
Venus ihn an: »Oh, der du der Menschen und Götter Geschicke
Lenkst mit ewiger Macht, sie schreckst mit flammendem Blitze,
Wie nur konnte so sehr mein Aeneas an dir sich vergehen, 231
Wie denn die Troer, daß jetzt, nach so viel erduldetem Unheil,
Ihnen wegen Italien gänzlich versperrt sind die Lande?
Dorther würden Römer dereinst im Laufe der Jahre,
Dorther Führer erstehn aus erneuertem Blute des Teukrus,
Die allmächtig alle Meere und Länder besäßen,
So versprachst du es mir. Was hat den Sinn dir geändert?
Dadurch söhnt' ich allein mit dem Fall und dem traurigen Schicksal
Trojas mich aus, wenn den Jammer ich wog gegen besseres Schicksal.
Jetzt noch verfolgt die Männer, die so viel Elend erduldet, 240
Gleiches Geschick. Wann endest du, großer König, die Mühsal?
Konnte Antenor doch einst, dem Gewühl der Griechen entronnen,
In die illyrische Bucht und weit in das Reich der Liburner
Ohne Gefahren ziehn und den Quell des Timavus umsegeln,
Der unter wildem Dröhnen des Berges wie tosendes Meer sich
Aus neun Mündungen bricht und die Fluren mit rauschender See deckt.

Dieser erbaute dennoch Pataviums Stadt und der Teukrer
Sitze und gab den Namen dem Volk, und trojanische Waffen
Weiht er als Gabe der Göttin, behaglicher Frieden beglückt ihn.
Wir, dein Geschlecht, dem du selbst die Burg des Himmels verheißen,
Werden, o Schmach, der Schiffe beraubt und dem Grolle der Einen
Hingeopfert und weit getrennt von Italiens Küsten.
Dies ist der Frömmigkeit Dank? So schenkst du die Herrschaft uns wieder?«
  Huldvoll lächelt sie an der Vater der Götter und Menschen,
Mit dem Blick, mit dem er Himmel und Stürme besänftigt,
Herzt die Tochter mit zärtlichem Kuß und sagt dann die Worte:
»Laß, meine Tochter, die Furcht, nie wird sich der Deinigen Schicksal
Wandeln; du wirst die Stadt und Laviniums verheißene Mauern
Sehen dereinst und erheben den hochgemuten Aeneas
Hoch zu den Sternen des Himmels, den Sinn hat nichts mir geändert.
Er (ich will es dir sagen, weil solche Sorge dich peinigt,
Und enthüllen dir weiter verborgene Tiefen des Schicksals)
Führt einst schweren Krieg in Italien, trotzige Völker
Zwingend, er ordnet Gesetz und errichtet Mauern den Männern,
Bis drei Sommer ihn sahn in Latium herrschen und dreimal
Nach dem Rutulersturz die Winter vorübergegangen.
Doch Askanius wird, von nun an Julus geheißen,
(Ilus hieß er, solange geblüht noch Ilion hatte)
Dreißig Sonnenkreise der mondumrollenden Jahre
Dort als Herrscher erfüllen, das Reich von Laviniums Sitze
Nach Albalonga verlegen und dieses mit Mauern beschützen.
Drei Jahrhunderte lang wird dort verbleiben die Herrschaft
Unter Hektors Geschlecht, bis die königliche Vestalin,
Ilia, schwanger vom Mars, einst Zwillingsknaben geboren.
Stolz wird prangen im dunklen Felle der säugenden Wölfin
Romulus, erben das Reich und Mauern des Mars dort errichten

Und wird das Volk nach dem eigenen Namen »Römer« benennen.
Diesem setze ich weder ein Ziel noch Frist für die Herrschaft.
Reich ohne Grenzen sei ihm beschieden. Die grollende Juno,
Die mit Schrecken quält die Erde, das Meer und den Himmel,
Wird zum Besseren wenden den Sinn und mit mir dann gemeinsam
Schützen die Römer, die Herren der Welt, das Volk in der Toga.
So ist's bestimmt! Einst kommen im Laufe der Jahre die Zeiten,
Wo des Assarakus Haus das berühmte Mykene und Phthia
Unter sein Joch sich beugt und siegreich schaltet in Argos.
Aus dem erlauchten Geschlecht entspringt der trojanische Caesar,
Der bis zum Ozean führt das Reich, den Ruhm zu den Sternen,
Julius heißt er, ein Name, vom großen Julus erhalten.
Ihn, mit der Beute aus Osten beladen, empfängst du
Sicher im Himmel dereinst, zu ihm auch flehen Gebete.
Dann wird sanfter die rauhere Zeit nach beendeten Kriegen,
Vesta und Fides, die greisen, Quirinus mit Remus, dem Bruder,
Geben Gesetz. Durch Eisen versperrt und verschließende Riegel
Sind die grausigen Pforten des Krieges. Auf schrecklichen Waffen
Hockt des Krieges Furie, am Rücken gebunden mit hundert
Ehernen Fesseln, grausig knirschend mit blutendem Maule.«
Also sprach er und sendet den Sohn der Maia vom Himmel,
Daß sich das Land und die Burgen des neuen Karthago den Teukrern
Gastlich erschließen und ihm nicht Dido die Grenzen verwehre,
Die ihr Fatum nicht kennt. Und er schwebt durch den mächtigen Luftraum
Rudernd im Fluge und steht dann plötzlich auf Libyens Küste.
Schon ist die Weisung erfüllt. Die Punier lassen die Wildheit,
Wie es die Götter befohlen, vor allem die Königin zeigt sich
Gegen die Teukrer von sanftem Gemüt und guter Gesinnung.

Aber in Ehrfurcht erwog in der Nacht Aeneas gar manches,
Machte sich auf, als der freundliche Tag sich erhob, um die neuen
Gegenden auszuforschen, an welches Gestad er geworfen,
Wer es bewohne, ob Menschen, ob Tiere, denn Wüste nur sieht er.
Das beschließt er zu sehn und den Freunden Nachricht zu bringen.
Also verbarg er die Flotte in tiefen Buchten der Wälder 310
Unter gehöhlten Felsen, von Bäumen und schaurigen Schatten
Ringsumschlossen, er ging, allein von Achates begleitet,
Schwingt in Händen dabei zwei eisenbeschlagene Lanzen.
Siehe, da tritt ihm inmitten des Waldes die Mutter entgegen,
Wie ein Mädchen an Kleidung und Antlitz, bewaffnet wie Spartas
Jungfrauen oder wie Harpalyke, Thrakiens Heldin,
Rosse tummelt im Lauf und dem flüchtigen Hebrus zuvorkommt.
Denn als Jägerin hing ihr nach Brauch der geschmeidige Bogen
Über die Schulter, sie ließ das Haar den Winden zum Spiele,
Knieentblößt und durch Knoten geschürzt die fließenden Falten.

»Höret«, rief sie zuerst, »ihr Männer, sagt, ob ihr eine 321
Meiner Gespielinnen etwa, die sich erging, wo gesehn habt,
Mit dem Köcher bewehrt und dem Fell des scheckigen Luchses
Oder mit lautem Geschrei den schäumenden Eber verfolgend.«

Venus sprach's und der Sohn der Venus erwidert' als Antwort:
»Keine deiner Gespielinnen hab ich gehört noch gesehen.
Doch, wie sprech ich dich an, Jungfrau? Kein sterbliches Antlitz
Trägst du, die Stimme klingt nicht menschlich, Göttin gewißlich,
Eine der Nymphen vielleicht, ah, oder die Schwester des Phöbus?
Sei uns gnädig, wer du auch seist, und lindre die Not uns. 330

Welch ein Himmel ist dies, und in welchem Gebiete der Erde
Treiben wir nun, o sag es, unkundig der Menschen und Gegend
Irren wir, sind vom Sturm und den Fluten der Wogen verschlagen.
Manches Tier wird von unserer Hand am Altare dir fallen.«
Venus darauf: »Nicht acht ich so großer Ehre mich würdig;
Ist es bei tyrischen Mädchen doch Brauch, den Köcher zu tragen
Und die Purpurstiefel entlang der Wade zu schnüren.
Tyrier siehst du, ein punisches Reich und die Stadt des Agenor.
Aber das Land ist libysch, das Volk unbändig im Kriege.
Dido übt die Gewalt, die ausgewandert von Tyrus,
Weil vor dem Bruder sie floh. Viel Unbill ertrug sie, und lang ist
Ihre Geschichte; doch nur das Wichtigste will ich berühren.
Gatte war ihr Sychaeus, der ackerreichste Phöniker,
Und unsäglich geliebt von der unglückseligen Gattin,
Die er noch ganz als jungfräuliche Braut zur Feier der ersten
Ehe vom Vater empfing. Doch ihr Bruder Pygmalion herrschte
Eben im tyrischen Reich, an Verruchtheit alle besiegend.
Zwischen beiden entstand erbitterter Grimm, da erschlug am
Altar jener Verruchte, von Goldgier geblendet, Sychaeus
Heimlich mit dem mordenden Schwert, um die Liebe der Schwester
Wenig bekümmert. Lang verhehlt er die Tat, und vieles mit Arglist
Heuchelnd betrog er der Liebenden Schmerz mit nichtiger Hoffnung.
Doch es erschien ihr im Traum des unbestatteten Gatten
Eigne Gestalt und erhob das bleiche und seltsame Antlitz,
Zeigte den blutigen Altar, die Brust durchbohrt von dem Schwerte,
Und enthüllte ganz das geheime Verbrechen des Hauses,
Riet zu schleuniger Flucht und zum Verlassen der Heimat
Und erschloß als Hilfe zur Fahrt ihr unter der Erde
Schätze von Silber und Gold, den allen verborgenen Reichtum.

Dido befolgte das Wort und rüstete Flucht und Gefährten.
Viele versammeln sich jetzt aus grimmigem Haß zum Tyrannen
Oder aus wilder Furcht; man rafft', was an Schiffen bereitlag,
Füllte mit Gold sie an. Des geiz'gen Pygmalions Schätze
Schwimmen im Meere davon. Ein Weib war die Seele des Werkes.
Und sie erreichte den Ort, wo jetzt gewaltige Mauern
Sehen du wirst und die wachsende Burg des neuen Karthago.
(Dort erstanden sie Land, von dem Handel einst Byrsa geheißen,
Was mit der Haut des Stieres sie einzuschließen vermochten.)
Doch wer seid denn ihr, und aus welchen Gegenden kommt ihr?
Und wo wandert ihr hin?« So fragt sie. Aber der Frage
Seufzend erwiderte er und holt aus dem Herzen die Antwort:
»Wollt' ich, o Göttin, vom ersten Beginn nacheinander erzählen
Unsere Leidensgeschichte und hättest du Muße zu hören,
Eher beendet den Tag am verdunkelten Himmel der Abend.
Uns, die vom alten Troja, sofern je der Name von Troja
Euren Ohren erklang, durch verschiedene Meere geirrt sind,
Hat durch Zufall ein Sturm an die libysche Küste verschlagen.
Ich bin der fromme Aeneas, dem Feind entrissne Penaten
Führ ich mit mir auf den Schiffen, mein Ruf drang über den Äther.
Suche Italien nun, meine Heimat, und Jupiters Sippe,
Phrygiens Meere befuhr ich mit zwanzig Schiffen und folgte
Schicksalgezeichnetem Weg, geführt von der göttlichen Mutter.
Kaum sind, von Wind und Wellen zerschmettert, sieben mir übrig.
Nun ein Fremdling und arm durchirre ich libysche Wüsten,
Aus Europa vertrieben und Asien.« Länger ertrug nicht
Venus die Klage, unterbrach ihn inmitten des Schmerzes:
»Wer du auch seist, nicht, glaub ich, gehaßt von den Himmlischen, atmest
Du belebenden Odem, da du zur tyrischen Stadt kamst.
Wandre nur fort und zur Schwelle der Königin eile von dannen.

Denn ich verkünd' dir die Rückkehr der Freunde, die Rettung der Flotte,
Die in den sicheren Hafen der Nord, sich drehend, getrieben,
Wenn meine Eltern umsonst nicht Vogeldeutung mich lehrten,
Siehe in frohem Zuge zwölf Schwäne am offenen Himmel,
Die, des Jupiter Vögel, aus Ätherhöhen sich stürzen,
Erst auseinander gejagt, in langer Reihe gewinnen
Teils sie das Land, teils schaun sie auf schon Gelandete nieder.
Wie sie, zurück in der Heimat, schon spielen mit rauschendem Fittich,
Wie sie im Schwarm umkreisen den Himmel mit hellem Gesange,
So erreichen die Schiffe sowohl als deine Gefährten
Teils den Hafen, teils nahn sie mit vollen Segeln der Einfahrt.
Wandre nur fort und richte den Schritt, wohin dich der Weg weist.«
  Sprach's und wandte sich um. Da erglänzte ihr rosiger Nacken,
Göttlicher Duft entströmt aus ihren ambrosischen Locken
Ihr von dem Scheitel, das Kleid floß wallend hinab zu den Füßen,
Und sie erschien ganz Göttin im Schreiten. Jener erkannte
Plötzlich die Mutter und lief der Flüchtigen nach mit dem Rufe:
»Ach, was betrügst du grausam den Sohn mit dem Spiele
Falscher Gestalt so häufig? Warum darf nimmer ich legen
Hand in Hand, weder hören noch reden offene Sprache?«
Also beschuldigt er sie und richtet den Schritt zu den Mauern.
  Venus aber verbirgt mit verhüllenden Lüften die Wandrer,
Sie umgab sie rings mit dichten Schleiern von Nebeln,
Daß sie keiner zu schaun noch anzutasten vermöge
Oder Verzögerung schaffe, die Absicht der Ankunft erforsche.
Selbst enteilt sie hinüber nach Paphus und grüßt voller Freude
Ihren Sitz, wo ein Tempel ihr ragt, von sabaeischem Weihrauch
Hundert Altäre ihr glühen, von frischen Gewinden umduftet.
  Jene durchmessen in Eile den Weg, wohin sie der Pfad weist,
Und erklimmen den Hügel bereits, der über die Feste

Ragt zuhöchst und auf die Burg gegenüber herabschaut.
Staunend erblickt Aeneas den Bau, einst ärmliche Hütten,
Staunt auch über die Tore, den Lärm, die gepflasterten Straßen.
Eifrig betreiben die Tyrer ihr Werk; teils ziehen sie Mauern,
Türmen die Burg und wälzen Steine dazu mit den Händen,
Teils erwählen zum Haus sie den Platz und umziehn ihn mit Furchen
(Wählen den hehren Senat, die Gesetze des Volks und die Richter).
Andere graben die Häfen bereits, und andere legen
Tiefen Grund fürs Theater, und unermeßliche Säulen
Haun sie aus Felsen als herrlichen Schmuck der künftigen Bühne.
Wie zu des Sommers Beginn auf blühenden Fluren die Arbeit
Unter der Sonne die Bienen umhertreibt, wenn sie des Stammes
Reifende Brut begleiten und wenn sie den flüssigen Honig
Häufen und rings mit dem süßen Nektar weiten die Zellen
Oder empfangen die Last von den Kommenden oder geschlossen
Aus dem Stock das träge Geschlecht der Drohnen verjagen –
Heiß ist das Werk, und Thymian atmet der duftende Honig.
»O ihr Glücklichen, denen bereits sich Mauern erheben!«
Ruft Aeneas und blickt zu den hohen Zinnen der Stadt auf,
Geht, ein Wunder fürwahr, im Nebelgewande verborgen,
Mitten hinein und mischt sich ins Volk, und keiner bemerkt ihn.

Innen lag in der Stadt ein Hain voll erquickender Schatten,
Wo die Tyrer sogleich nach langen, stürmischen Fahrten
Ausgegraben ein Zeichen des Glücks, das die Königin Juno
Sandte, das Haupt eines feurigen Rosses: so sollte im Kriege
Streitbar das Volk und gesegnet mit Gut Jahrhunderte blühen.
Reich an Gaben erbaut die sidonische Dido der Juno
Einen Tempel, der herrlich an Pracht und göttlichem Walten.
Ehern erhob sich auf Stufen das Tor, auf ehernen Stützen
Ruhten die Balken, es knarrten an ehernen Flügeln die Angeln.
Hier in dem Haine zuerst beschwichtigt neue Erscheinung

Alle Furcht, hier wagt der Held erst, Rettung zu hoffen
Und in verzweifelter Lage ein besseres Los zu erwarten.
Denn nun wie er da alles, der Königin harrend, im schönen
Tempel inzwischen betrachtet und auch den Reichtum der Siedlung
Und der Künstler geschäftige Hand und der Arbeiter Mühsal
Anstaunt, sieht er gerührt der Reih' nach die Kämpfe vor Troja.
Jenen Krieg, mit dem die Sage die Länder erfüllt hat,
Priamus und die Atriden, Achill, der auf beide ergrimmt war.
Weinend steht er und ruft: »Wo ist noch ein Ort, o Achates,
Wo ein Land auf Erden nicht voll von unseren Leiden.
Sieh dort Priamus! Hier auch erwirbt das Verdienst sich Belohnung,
Tränen das Leid, und menschliches Unheil rührt die Gemüter.
Zage nicht, solch ein Ruhm wird irgend Rettung dir bringen.«

Also spricht er und weidet sein Herz an stummen Gemälden,
Tief oft seufzend, und netzt das Gesicht mit Strömen von Tränen;
Denn er gewahrte, wie rings um Pergamum kämpften die Heere,
Dort auf der Flucht die Griechen, bedrängt von trojanischer Jugend,
Phrygier hier, im Wagen verfolgt vom behelmten Achilles.
Nicht gar ferne davon erkennt und beweint er den Rhesus
An dem schneeweißen Zelt, das, im ersten Schlafe verraten,
Tydeus' blutiger Sohn mit wildem Gemetzel vernichtet.
Drauf entführt er die feurigen Rosse ins Lager, bevor sie
Trojas Futter gefressen und Wasser des Xanthus getrunken.
Dort ist Troilus auch, nun ledig der Waffen, entfliehend,
Unglückseliger Knabe, Achill nicht im Kampfe gewachsen;
Wie er vom Pferde geschleift und rücklings am leeren Gespanne
Hängt und die Zügel noch hält, er schleppt den Nacken, die Locken
Über den Boden, durchfurcht den Sand mit gewendeter Lanze.
Dort auch schreiten Ilions Fraun zu der zürnenden Pallas
Tempel, gelöst ihre Haare, in tiefer Verehrung und Trauer

Brachten sie ihr das Gewand und schlugen die Brust mit den Händen.
Erdwärts heftet den Blick die Göttin, verwehrt die Erhörung.
Dreimal hatte Achill um Ilions Mauern den Hektor
Schleifend gezerrt, dann um Geld die Leiche des Toten verhandelt.
Aber jetzt erst stöhnt Aeneas aus innerstem Busen,
Als er die Waffen, den Wagen und gar die Leiche des Freundes,
Als er den Priamus sah, der wehrlos hob seine Arme.
Auch sich selbst erkannt' er im Kampf mit griechischen Fürsten,
Scharen des Morgenlands und Waffen des schwarzbraunen Memnon.
Dort führt Penthesilea voll Wut ein Heer Amazonen,
Rundliche Schilde tragend, sie glüht in der Tausenden Mitte,
Unter der offenen Brust mit goldener Spange gegürtet,
Kriegsentflammt, sie wagt mit Männern zu kämpfen, die Jungfrau.

Während Aeneas, der Dardaner, dies mit Verwunderung ansieht,
Staunend nun steht, gebannt in Betrachtung versunken,
Tritt die Königin selbst, im höchsten Glanze der Schönheit,
Dido, zum Tempel, umringt von der Jugend großem Gefolge.
Wie an Eurotas Gestaden und rings auf den Hügeln des Kynthus
Festliche Tänze Diana vollführt, wenn rings Oreaden
Dicht gedrängt sie umschwärmen, zu Tausenden, jene den Köcher
Trägt auf der Schulter, im Schreiten die Göttinnen all überragend;
Innige Freude durchzittert schweigend die Brust der Latona:
So war Dido zu schaun, so ging sie mit heiterem Antlitz
Durch die Menge, besorgt um den Bau des künftigen Reiches.
Jetzt an der Göttin Pforten, bedeckt von dem Schilddach des Tempels,
Ließ sie sich nieder, von Waffen umschirmt, auf erhabenem Throne.

Gab Gesetze und Recht dem Volke und teilte die Arbeit
Bald nach Billigkeit aus und dann nach des Loses Entscheidung.
Als urplötzlich im großen Gedränge Aeneas den Antheus 509
Kommen sah, den Sergestus mit ihm und den tapfern Kloanthus
Und der Teukrer noch mehr, die im Meere die düsteren Stürme
Hatten zersprengt und fern an andere Küsten geworfen.
Höchst erstaunte Aeneas und auch Achates, erschüttert
Beide vor Freude und Angst. Voll Verlangen, die Hände zu drücken,
Brannten sie, doch die Ungewißheit verwirrt ihre Herzen.
Darum bergen sie sich und spähn aus dem Wolkengewande,
Was der Männer Geschick und Begehr, und wo sie die Flotte
Ließen am Strand; denn es kamen Erwählte von sämtlichen Schiffen,
Huld zu erflehn, und zogen mit lauten Rufen zum Tempel.

Als sie eingetreten und ihnen zu sprechen erlaubt war, 520
Sprach als der Älteste dort Ilioneus ruhigen Herzens:
»Königin, der von Jupiter neu die Stadt zu erbauen
Und die trotzigen Völker durch Recht zu zähmen verliehen,
Arme Troer, vom Sturm durch alle Meere geschleudert,
Flehen dich an, ach, wende entsetzlichen Brand von den Schiffen,
Schone des frommen Geschlechts, betrachte unsere Lage.
Nicht mit dem Stahl zu verheeren des libyschen Volkes Penaten
Kamen wir oder geplünderte Beute ans Ufer zu schleppen,
Nicht will solche Gewalt, solch Trotz Besiegten geziemen.
Fernhin liegt ein Land, Hesperia nennen's die Griechen, 530
Uralt, mächtig durch Waffen und reich durch die Früchte des Bodens,
Einst von oenotrischen Männern bewohnt; jetzt, heißt es, die jüngern
Nennen Italien es, nach dem Namen des Königs, und dorthin
Richteten schon wir die Fahrt,
Als aus dem Wasser plötzlich sich hob der umwölkte Orion
Und auf verborgene Watten uns trieb und mit rasendem Südwind

Uns, durch Wogen, vom Meere besiegt, durch weglose Klippen
Schleuderte. Und nur wenige schwammen an euer Gestade.
Was für Menschen sind das? Und welch ein Land der Barbaren
Duldet solche Sitte? Man wehrt uns das gastliche Ufer,
Droht uns mit Krieg und versagt uns selbst den Saum des Gestades.
Wenn ihr das Menschengeschlecht und der Sterblichen Waffen verachtet,
O so fürchtet, die Götter gedenken des Rechts und des Unrechts.
Unser Herr war Aeneas, dem keiner an Rechtlichkeit jemals
Oder an Frömmigkeit gleich, noch größer im Krieg und in Waffen.
Wenn das Schicksal den Mann uns erhält, wenn die Lüfte des Äthers
Er noch atmet, noch nicht zu den grausigen Schatten hinabsank,
Fürchten wir nichts, und auch dich wird es niemals gereuen, uns Gunst zu
Schenken zuerst, denn Städte gibt's in sizilischen Gauen,
Felder sind dort, und Akestes, der Held aus troischem Blute,
Gönnt uns, die sturmzerschmetterte Flotte ans Ufer zu ziehen,
Balken zu zimmern rings in den Wäldern und Ruder zu glätten.
Wenn nach Italien uns, im Geleite von Freunden und König,
Glückt doch die Fahrt, daß wir Latium froh und Italien finden.
Aber entschwand uns das Heil, hat, bester Vater der Teukrer,
Libyens Flut dich verschlungen, und ist die Hoffnung auf Julus
Gänzlich dahin, laß mindestens uns zu Siziliens Strande
Zum bereiteten Sitz, woher zu euch wir gekommen,
Ziehn zum König Akestes.« Ilioneus hatte geendet.
Alle Dardaner murmelten Beifall.
Kurz, das Antlitz freundlich gesenkt, entgegnete Dido:
»Löst aus dem Herzen die Angst und verbannt, o Teukrer, die Sorge!
Hartes Geschick und Neuheit des Reichs zwingt, das zu verfügen
Und die Grenzen ringsum mit Wachen trefflich zu sichern.

Wer soll Troja, die Stadt, das Geschlecht des Aeneas nicht kennen,
Nicht den Helden, den Ruhm und den Brand des schrecklichen Krieges?
Sind doch wir Punier nicht so unempfindlich im Herzen,
Nicht so fern von der tyrischen Stadt schirrt Phoebus die Rosse.
Ob ihr Hesperiens Weite sucht, ob saturnische Fluren,
Oder des Eryx Gebirg' euch erwählt und den König Akestes,
Hilfreich laß ich und sicher euch ziehn und versorgt mit Geschenken.
Wollt ihr aber mit mir in diesem Lande auch siedeln,
Euer sei die gegründete Stadt. Ans Land mit den Schiffen!
Troer und Tyrer leben bei mir nach gleichen Gesetzen.
Wäre der König doch selbst, vom gleichen Winde verschlagen,
Wäre Aeneas doch hier. Gleich schicke zum Ufer ich sichre
Leute umher, und weit in Libyen sollen sie spähen,
Ob er gestrandet irre in Wäldern oder in Städten.«
Mutgestärkt durch solche Worte, entbrannten schon lange
Vater Aeneas, der Held, und der tapfre Achates, die Wolke
Rasch zu durchbrechen. Achates sprach nun zuerst zu Aeneas:
»Sohn einer Göttin, welch Sinnen keimt aus der Tiefe der Seele?
Alles siehst du gesichert, die Flotte und die Freunde gerettet;
Einer nur fehlt, den wir selbst inmitten verschlingender Fluten
Sinken gesehn, sonst alles entspricht den Worten der Mutter.«
Kaum war dieses gesagt, als schon die verhüllende Wolke
Schnell auseinander sich teilt und im reinen Äther verflüchtigt.
Siehe, da stand Aeneas und glänzte im strahlenden Lichte,
Schön wie ein Gott an Schultern und Haupt, denn es hatte die Mutter
Herrliche Locken dem Sohn und den Purpurschimmer der Jugend
Und die Reize der Liebe aufs heitre Auge geatmet,
So wie das Elfenbein sich verschönt durch die Hände der Künstler
Oder das Silber und parischer Stein in goldener Fassung.

Gleich sich zur Königin wendend und schnell, wie ein Wunder erscheinend,
Stand er vor allen und sprach: »Da bin ich, den ihr verlanget,
Ich, der Troer Aeneas, den libyschen Wellen entrissen.
Einzige, die sich erbarmt der unsäglichen Leiden von Troja,
Die du uns Reste des Danaerkampfes, die zu Land und im Meere
Längst durch alle Qualen erschöpft sind und darben an allem,
Nimmst in Wohnung und Stadt, dir würdigen Dank zu bezahlen,
Nein, o Dido, das können wir nicht, und keiner von allen,
Die aus dem Dardanervolk auf der weiten Erde verstreut sind.
Himmlische nur, wenn je sie des Frommen noch achten, wenn irgend
Noch Gerechtigkeit gilt und ein Herz, das bewußt ist des Rechten,
Werden es würdig dir lohnen. O was für glückliche Zeiten,
Die dich geboren. Wie herrlich, die solche Tochter erzeugten.
Ja solange ins Meer noch eilen die Flüsse, noch Schatten
Berge und Täler umziehn, Gestirne weiden am Himmel,
Wird dein Name berühmt, bleibt ewig die Ehre bestehen,
Welch ein Land mich auch ruft.« So spricht er und drückt dann die Rechte
Ilioneus, seinem Freund, und zugleich Serestus die Linke,
Andern dann auch, so Gyas, dem Helden, dem tapfern Kloanthus.

Staunen ergriff, als sie ihn sah, die tyrische Dido,
Mehr noch ob solchem Geschicke des Mannes, dann sage sie also:
»Sohn einer Göttin, welch Schicksal verfolgt dich durch solche Gefahren?
Welche Gewalt verschlug dich an solche entsetzliche Küsten?
Du bist also Aeneas, den einst dem Troer Anchises
Venus, die hohe, gebar an des phrygischen Simois Wellen?
Wohl entsinn ich mich noch, wie Teukrus nach Sidon gekommen,

Aus den Gebieten der Heimat verjagt, um mit Hilfe des Belus
Wieder zu suchen ein Reich; mein Vater Belus verheerte 621
Eben das fruchtbare Cypern und knechtet' als Sieger die Insel.
Schon seit jener Zeit ist das Los der troischen Stadt, mir
Ist dein Name bekannt sowie die pelasgischen Herrscher.
Selbst als Feind erhob er die Teukrer mit herrlichem Lobe,
Rühmte auch selbst sich entsprossen aus altem Geschlechte der Teukrer.
Drum frisch auf, ihr Männer, und tretet in meine Behausung.
Trieb doch ein gleiches Geschick auch mich durch mancherlei Mühsal
Und vergönnte mir erst in diesem Lande die Ruhe. 629
Selbst mit dem Elend vertraut, da lernte ich Leidenden helfen.«
Spricht's und führt den Aeneas sogleich zum Königspalaste.
Für die Tempel bestellt sofort sie ein Dankfest,
Um die Götter zu ehren, und ebenso schickt sie den Freunden
Zwanzig Stiere zum Strand und die borstenstarrenden Rücken
Hundert gewaltiger Schweine, auch hundert gemästete Lämmer
Mit ihren Müttern zur Feier des Tages.
Aber das Innere der Burg wird glänzend mit fürstlichem Prunke
Ausgeschmückt und ein Mahl inmitten der Räume gerüstet.
Teppiche, kunstvoll gewirkt und prangend von Purpur, es kommt auch
Schweres Silbergeschirr auf die Tische, im Golde getrieben 640
Heldentaten der Väter in endloser Reihe erzählend,
Weitergeführt durch die Helden vom ältesten Ursprung des Stammes.

Doch Aeneas (es läßt die Vaterliebe nicht länger
Ruhig sein Herz) entsendet zur Flotte den flinken Achates
Alles dem Sohne zu melden, ihn dann in die Stadt zu geleiten;
Ganz dem Askanius gilt ja die Sorge des liebenden Vaters.
Ferner als Ehrengeschenk, aus Trojas Trümmern gerettet,
Heißt den Mantel er bringen, der starr von Gold und Figuren
Schimmert und den Schleier, durchwoben mit gelbem Akanthus,

Früher der griechischen Helena Schmuck, den sie einst aus Mykene,
Als sie nach Pergamum zog zu unrechtmäßiger Ehe,
Mitgebracht, ein herrlich Geschenk von Leda, der Mutter;
Ferner den Herrscherstab, den des Priamus älteste Tochter,
Den Ilione trug, auch Halsgeschmeide von Perlen,
Dann noch ein Diadem, gefügt aus Gold und Juwelen.
Dies zu beschaffen, richtet den Weg zu den Schiffen Achates.
Doch Kytherea erwägt von neuem Pläne im Herzen,
Neue Listen, daß Amor, Gestalt und Antlitz verändert,
Statt des süßen Askanius käme, die glühende Fürstin
Mit den Gaben entflamme und Glut in die Adern ihr gieße.
Denn den Betrug im Haus und die doppelzüngigen Tyrer
Fürchtet sie; Juno, die Schreckliche, zürnt; es erwacht mit dem Abend
Sorge aufs neu; drum redet sie so zum geflügelten Amor:
»Sohn, meine Stütze, mein mächtiger Schutz, der du einzig
Selbst den typhoeischen Blitz des hohen Vaters mißachtest,
Zuflucht nehm ich zu dir und flehe gebeugt dich um Schutz an.
Wie dein Bruder Aeneas, von Küste zu Küste geworfen,
Irrt durch das Meer, durch den Groll der unversöhnlichen Juno,
Weißt du, und oft empfindest du Schmerz ob meiner Betrübnis.
Ihn hält Dido zurück, die Phönizerin, welche mit süßer
Rede ihn hemmt, ich fürchte, wohin sich noch wende der Juno
Gastliche Freundschaft, nicht säumt sie in solch entscheidendem Zeitpunkt.
Deshalb denk ich, zuvor mit Listen die Fürstin zu fesseln
Und zu bedrängen mit Glut, daß keine Gottheit sie umstimmt
Innig, gleich mir durch heiße Liebe Aeneas verbunden.
Wie du richten dies kannst, vernimm jetzt meine Gedanken.
Schau, zur sidonischen Stadt, vom liebenden Vater gerufen,
Rüstet der fürstliche Sohn sich zu gehn, den von Herzen ich liebe,
Gaben zu bringen, vom Meer und aus Trojas Brandstatt noch übrig.
Diesen will ich, in Schlummer versenkt, auf der steilen Kythera

Oder Idaliums Höhn an heiliger Stätte verbergen, 681
Daß er nicht merke die List, nicht störend zu nahen vermöge.
Nur eine einzige Nacht nimm täuschend seine Gestalt an,
Und als Knabe erschein in des Knaben bekannten Gebärden,
Daß du, sobald auf den Schoß dich nimmt die überselige Dido,
Unter dem fürstlich prangenden Mahl und dem Saft des Lyaeus,
Wenn sie dich dann umarmt und zärtliche Küsse dir aufdrückt,
Trügendes Gift ihr ins Herz und heimliches Feuer ihr einhauchst.«
Amor gehorcht dem Gebot der lieben Mutter, entledigt
Schnell sich der Flügel und wandelt vergnügt dann als Julus von dannen. 690
Aber Venus durchströmt mit sanftem Schlummer die Glieder
Ihres Askanius, hegt ihn warm im Schoße und trägt ihn
Hoch in Idalias Hain, wo linder Majoran duftend
Ihn umhaucht und zarter, lieblicher Schatten ihn aufnimmt.
Amor, dem Worte getreu, eilt schon mit den Königsgeschenken
Froh in Achates Geleit zu den Tyrern. Als er dahin kam,
Hatte die Königin schon, auf prangenden Teppichen ruhend,
Über dem goldenen Sofa sich mitten im Saale gelagert.
Vater Aeneas auch und auch die trojanische Jugend 699
Kommen herbei und strecken sich rings auf purpurne Kissen.
Diener reichen das Wasser, die Hände zu waschen, und bringen
Glattgeschorene Tücher und bieten Brot aus den Körben,
Fünfzig Mägde bereiten behende das Mahl in der Küche –
Lang ist die Folge der Speisen –; sie schüren die Glut auf den Herden.
Andere hundert und ebenso viel gleichaltrige Diener
Türmen auf Tischen die Schüsseln und stellen die Becher in Reihen.
Auch die Tyrer kommen in Scharen zur Schwelle der Freude,
Und man ersucht sie, auf bunten Decken Platz nun zu nehmen.
Alle bewundern Aeneas' Geschenke, bewundern Julus 709
Und das trügende Wort und die Flammenblicke des Gottes,
Mantel und Schleier zugleich, durchwoben vom gelben Akanthus.

Dido vor allem, die Arme, dem nahen Verderben geweiht schon,
Kann ihr Gemüt nicht sättgen und glüht bereits bei dem Anblick,
Wird vom Knaben zugleich wie von den Gaben bezaubert.
Dieser aber, sobald er Aeneas umarmt und umschlungen
Und das verlangende Herz des getäuschten Vaters beruhigt,
Eilt zu der Königin hin. Sie hängt mit den Augen, dem ganzen
Herzen an ihm und drückt ihn zuweilen im Schoße; die Arme
Weiß nicht, welch ein Gott sie umgarnt. Es dachte da Amor
An seiner Mutter Gebot, beginnt das Bild des Sychaeus'
Mählich zu tilgen und sucht zu lebendiger Liebe zu reizen
Ihr erkaltetes Herz und der Brust erstorbne Gefühle.
Jetzt, nachdem sie ruhten vom Mahl und die Tische entfernt sind,
Bringen sie mächtige Krüge und kränzen zum Trunke die Becher.
Rauschen entsteht im Palast, und durch die geräumigen Hallen
Wälzen die Stimmen sich fort. An der goldenen Decke erstrahlen
Flammende Leuchter; die Nacht wird verdrängt vom Scheine der Fackeln.
Jetzt will Dido die Schale, die schwer ist von Gold und Smaragden,
Füllt sie mit Wein, aus dieser pflegten schon Belus und alle
Herrscher zu trinken nach ihm; da verstummt die geräuschvolle Halle:
»Jupiter, dich ja nennt man den mächtigen Hüter des Gastrechts,
Diesen Tag, o laß ihn den Tyrern freudig und Trojas
Fremdlingen sein, laß seiner noch unsere Enkel gedenken.
Bacchus, komm, o du Spender der Lust, komm, gütige Juno.
Ihr auch, Tyrer, feiert das Mahl mit freudigem Herzen!«
Sprach's und goß auf den Tisch die götterehrende Spende,
Kostet zuerst nach der Spende vom Trank mit nippendem Munde,

Reicht ihn sodann ermunternd dem Bitias. Ohne zu zögern
Schlürft er den schäumenden Wein und leert den Inhalt des Goldes,
Andere Große nach ihm. Nun tönt auf der goldenen Leier
Jopas im Schmucke der Locken, ihn lehrte der riesige Atlas.
Dieser besingt den wechselnden Mond und die Mühsal der Sonne,
Auch der Menschen und Tiere Entstehung, des Regens, der Blitze,
Auch vom Arktur, den feuchten Hyaden und beiden Trionen,
Weshalb die Wintersonnen so schnell in den Ozean tauchen
Oder welcher Verzug die langsamen Nächte zurückhält.
Endlos klatschen die Tyrer ihm Beifall, es folgen die Teukrer.
Auch durch manches Gespräch zieht Dido die Nacht in die Länge,
Ach, die Arme, und trinkt in langem Zuge die Liebe,
Viel über Priamus fragt sie und über Hektor auch vieles,
Dann in welcher Rüstung der Sohn der Aurora genaht sei,
Wie Diomedes' Gespann, wie groß Achilles gewesen:
»Aber erzähle uns doch, o Gast, vom ersten Beginne«,
Sprach sie, »der Danaer heimliche Listen, dein eigenes Irrsal
Und der Deinen Geschick; dich trägt der siebente Sommer
Doch schon in Irrfahrt dahin durch alle Gewässer und Länder.«

Zweiter Gesang

Alle verstummten ringsum, voll Spannung blickte ihr Auge.
Nunmehr begann vom erhabenen Sitz der Vater Aeneas:
»Unaussprechlichen Schmerz erneuert, o Fürstin, dein Wort mir.
Wie die trojanische Macht, das Reich, das würdig der Tränen,
Starb unter Danaerhänden, wieviel ich des Elends gesehen,
Was ich auch selber erlitt – wer könnte, erzählte er dieses,

Myrmidon, Doloper oder Soldat des wilden Ulyxes,
Wehren dem Strom seiner Tränen? Auch eilt vom Himmel die Nacht schon
Tauend herab, es laden zum Schlummer die sinkenden Sterne.
Aber verlangt dich so sehr, unser Jammergeschick zu vernehmen
Und über Ilion kurz die letzten Leiden zu hören –
Wenn auch mein Herz im Gedenken sich sträubt und vor Trauer zurückbebt –
Nun, ich beginne! Vom Kriege gelähmt und vom Schicksal bezwungen,
Bauen der Danaer Fürsten – es schwanden der Jahre so viele –
Hoch wie ein Berg ein Roß, durch göttliche Kunst der Minerva,
Zimmern die Rippen sodann mit tannenen Balken, und heucheln
– Also geht das Gerücht –, es sei ein Gelübte für Heimkehr.
Und sie werfen das Los und schließen erlesene Männer
Heimlich ins dunkle Gewölbe und füllen die Tiefe der Höhlung
Und den gewaltigen Bauch mit schwer bewaffneten Kriegern.
Tenedos, ferne zu sehn, eine Insel, berühmt und gepriesen,
Reichgesegnet an Gut, als Priamus' Reiche noch blühten,
Jetzt eine einsame Bucht, für die Schiffe ein tückischer Hafen:
Dorthin steuerten sie, am öden Gestade sich bergend.
Wir aber dachten, sie seien entflohn, nach Mykene gesegelt.
Also atmet befreit ganz Troja von langer Beklemmung.
Auf nun die Tore! Hinaus in das Feld! das dorische Lager
Und die verlassenen Plätze zu schaun und das einsame Ufer.
Hier war der Doloper Schar, hier lag der grimme Achilles,
Hier war der Hafen der Flotte, hier pflegten die Heere zu kämpfen.
Andre bewundern das Todesgeschenk der keuschen Minerva
Und bestaunen die Größe des Pferdes. Thymoetes vor allen
Rät, in die Stadt es zu ziehen, auf die Höhe der Burg es zu stellen;
War es Verrat? Oder weil das Schicksal Trojas bestimmt war?
Kapys jedoch und wer von klügerem Geiste erfüllt war,

Heißen der Danaer Trug und ihre verdächtige Gabe
Niederstürzen ins Meer oder doch mit Flammen verbrennen,
Oder man sollte den Bauch durchbohren, die Winkel erforschen.
Schwankend teilt sich das Volk und wünscht bald dieses, bald jenes.

Da nun rennt vor allen zuerst von der Höhe des Schlosses
Glühend Laokoon her, von großen Scharen begleitet: 41
»Elende«, ruft er von fern, »welch tolle Verblendung, ihr Bürger!
Glaubt ihr an Flucht des Feindes, und wähnt ihr, von Danaern komme
Je ein ehrlich Geschenk? So ist euch bekannt ein Ulyxes?
Hier in dem Holze verbergen sich, dicht umschlossen, Argiver,
Oder es ist ein Gefüge, den Mauern zum Trotze gezimmert,
Uns in die Häuser zu schaun und über die Heimat zu kommen.
Irgendwie droht ein Verrat. Dem Pferde mißtrauet, o Troer!
Was es auch sei, ich fürchte die Danaer, selbst wenn sie schenken.«

Sprach's und stieß mit kräftiger Hand die gewaltige Lanze
In die Seite des Tiers, in des Bauches gebogene Füllung 51
Machtvoll hinein. Sie stak erzitternd, und tief erschollen
Im erschütterten Leib und ächzten die hohlen Gewölbe.
Hätte nicht göttliche Fügung, verblendeter Sinn uns bezwungen,
Hätt' er gewiß uns entflammt, den griechischen Trug zu zerschmettern,
Troja, es stünde noch jetzt, und du, des Priamus Hochburg.

Siehe, da schleppten mit lautem Geschrei dardanische Hirten
Einen Jüngling zum König, die Hände am Rücken gebunden,
Der aus eignem Entschluß – da er unbekannt allen Troern –
Anzuzetteln die List und Troja den Griechen zu öffnen, 60
Selbst sich erbötig gemacht und schon auf beides gerüstet,
Trug zu vollenden, ansonst dem sicheren Tod zu verfallen.
Gierig, zu schauen, stürzt rings herbei die trojanische Jugend,

Ihn umströmend, und höhnt den gefangenen Mann um die Wette.
Nun vernimm der Danaer List, und am Frevel des Einen
Lerne erkennnen das Volk.
Wie er – von allen betrachtet – nun stand, verwirrt, ohne Waffen,
Ringsum irret sein Auge und ringsum sah es nur Phryger:
»Weh«, rief er da, »welch Feld und welche Gewässer verleihen
Zuflucht? Oder was bleibt mir Unglückseligem übrig,
Mir, den geächtet das Danaervolk? Zu allem dazu noch
Fordern mein Blut zur Strafe die bittergrollenden Troer!«
Aber der Jammer rührt' unser Herz, und es legte sich aller
Drohender Sinn. Wir heißen ihn sprechen, woher er denn stamme,
Was er uns bringe, worauf er vertraue, da er doch gefangen?
[Endlich legte er ab die Furcht und sprach nun die Worte:]
»Alles, und was auch geschehen, bekenne ich, Herr, dir getreulich,
Selbst mein griechisch Geschlecht, dies sei das erste Geständnis.
Wenn auch zu Elend und Leid das Schicksal den Sinon erschaffen,
Soll ihn das grausame doch zum Schwätzer und Lügner nicht machen.
Ist durch die Sage vielleicht zu deinen Ohren der Name
Und der herrliche Ruhm Palameds, des Beliden, gedrungen,
Den ohn' alles Vergehn des Verrats die Pelasger beschuldigt?
Schwerer Verleumdung zufolge – nur weil gegen Krieg er geredet –
Wurde dem Tod er geweiht; nun trauert man tief um den Toten.
Diesem sendete mich als blutsverwandt zum Gefährten
Gleich im Beginne des Krieges hieher mein ärmlicher Vater,
Als er noch galt im Rate der Könige und in der Würde
Sicher stand, da schmückte mich selbst auch Namen und Ansehn.
Als er jedoch, durch den Haß des ränkevollen Ulyxes –
Was ich erzähl, ist bekannt – die Welt hier oben verlassen,

Schleppt' ich gebeugt mein Leben in Dunkelheit hin und in Trübsal,
Über den Tod entrüstet des schuldlos sterbenden Freundes.
Aber ich schwieg nicht, ich Tor: wenn je es das Schicksal gestatte,
Wenn ich als Sieger dereinst zur heimischen Argos gelange,
Schwur ich ihm Rache und weckte mir bitteren Haß durch die Rede.
Dies war der Quell des Verderbens für mich. Jetzt ängstigt Ulyxes
Stets mich mit neuem Verdacht, er streute dunkle Gerüchte
Unter das Volk und suchte sich Waffen, bewußt seines Unrechts.
Ja, er rastete nicht, bevor er mit Hilfe des Kalchas –
Aber warum enthüll ich umsonst die widrige Kunde?
Aber was säumt ihr? Bedeuten euch alle die Griechen das gleiche –
Wenn dies allein euch genügt, so mußtet ihr längst mich bestrafen;
Dies mag der Ithaker wollen und reich die Atriden es lohnen.«
Jetzt erst entbrennen wir heiß, nach den tieferen Gründen zu forschen,
Unvertraut mit pelasgischer List und so großen Verbrechen.
Zagend setzt er nun fort und spricht mit tückischer Seele:
»Oft verlangten die Danaer schon, von Troja zum Rückzug
Aufzubrechen und, müde des langen Krieges, zu scheiden.
Hätten sie doch es getan! Oft hielt ein tobender Seesturm
Sie am Ufer zurück, und – am Wege schon – schreckt sie der Südwind.
Aber vor allem, als hier, aus Ahornbalken gezimmert,
Stand dies Roß, da erdröhnte der ganze Himmel von Wettern.
Ratlos senden Eurypylus wir, den Willen des Phoebus
Uns zu erfragen. Er bringt aus dem Tempel die traurige Antwort:
Blut und Tod einer Jungfrau hat einst auch die Winde besänftigt,

Als zu den ilischen Küsten zuerst ihr Danaer kamet.
Blut nur verschafft euch die Heimkehr, es muß ein griechisches Leben
Fallen zum Opfer. – Kaum hatte das Volk die Kunde vernommen,
Standen sie alle bestürzt, und kalt durch Mark und Gebeine
Lief der Schreck: Wem gelte der Spruch, wen fordere Phoebus.
Aber der Ithaker zog inmitten des Lärmes den Kalchas
Mitten ins Volk, den Seher, und drang auf des Göttergebotes
Näheren Sinn. Es sagten voraus mir viele des Frevlers
Grausames Werk und sahen im stillen das Nahen der Zukunft.
Jener doch schwieg zehn Tage, verweigert es, lang sich verstellend
Wen zu verraten durchs eigene Wort und dem Tode zu liefern.
Endlich jedoch, vom großen Geschrei des Ulyxes getrieben,
Brach er, wie sie es besprochen, das Schweigen, bestimmt mich zum Opfer.
Alle nun stimmten ihm zu, und wovor ein jeder gezittert,
Dieses ließen sie gern zum Verderben des andern sich wälzen.
Schon war er da, der entsetzliche Tag, mir drohte das Opfer,
Mir das gesalzene Mehl, um die Schläfen die heiligen Binden:
Da, ich gesteh's, entriß ich dem Tod mich und sprengte die Fesseln
Und versteckte die Nacht mich im schlammigen Sumpfe, verborgen
Zwischen dem Schilf, bis die Segel sie spannten, wofern sie es täten.
Nimmer hoff ich zu schauen der alten Heimat Gefilde,
Nimmer die treuen Söhne, den Vater, das Ziel meiner Sehnsucht.
Fordern vielleicht doch von ihnen die Griechen ob meines Entweichens 139
Strafe, so sühnen dann meine Schuld mit dem Tode die Armen.
Drum bei den Himmlischen dort, bei den Göttern, die wissen, was wahr ist,
Und wenn je die Treue noch unter den Menschen geblieben

Unverletzbar und rein, erbarme dich solcher Bedrängnis,
Ach, erbarme dich doch der Seele, die schuldlos im Leide.«
Solchen Tränen gewähren wir Hilfe, erbarmen uns auch noch.
Priamus selber gebietet zuerst, die Fesseln zu lösen,
Die um die Hände sich schlingen, und spricht mit freundlichen Worten:
»Wer du auch bist, vergiß die verlorenen Griechen in Zukunft,
Unser wirst du nun sein. Doch beantworte wahr meine Fragen
Weshalb türmten so hoch sie das Roß? Wer ist der Erfinder?
Was ist der Zweck? Ein Gelübde an Götter? Ein Werkzeug des Krieges?«
Sprach's. Doch jener mit Trug und pelasgischen Künsten gerüstet,
Hob zu den Sternen empor die Hände, die frei von den Fesseln
»Ihr, o ewige Feuer, o Gottheit, die niemand verletze,
Zeugt mir's«, sprach er, »und ihr, Altäre und ruchlose Schwerter,
Die ich geflohn! Ihr Binden, die dort ich als Opfer getragen!
Brechen darf ich sie nun, die heiligen Rechte der Griechen,
Darf es hassen, das Volk, und öffentlich alles verkünden,
Was es verbirgt! Mich binden nicht mehr die Gesetze der Heimat!
Du nur bleibe getreu den Versprechungen, halt, o erhaltnes
Troja, mir Wort, wenn ich Wahres verkünde und groß es dir lohne!
Immer ruhte der Griechen Vertraun und die Hoffnung des Krieges
Auf der Hilfe der Pallas. Doch seit der verruchte Tydide
Und Ulyxes, der Stifter des Greuels, aus heiligem Tempel
Jenes verhängnisvolle Palladium frech zu entwenden
Wagten und dort die Wächter des hohen Schlosses ermordet,
Weggeschleppt das göttliche Bild und mit blutigen Händen
Nicht zu berühren gescheut den Schleier der göttlichen Jungfrau,
Seither zerrann und entschwand den Danaern jegliche Hoffnung,

Und ihre Macht war gebrochen, das Herz der Göttin gewendet.
Auch bezeugte Tritonia das mit deutlichen Zeichen.
Kaum war das Bild ins Lager gebracht, da leuchteten Flammen
Lodernd aus ihrem erhobenen Aug', es lief von den Gliedern
Salziger Schweiß, und sie selbst sprang dreimal – o Wunder zu künden! –
Auf von der Erde, den Schild in der Hand und die bebende Lanze.
Schnell gibt Kalchas den Rat, die Flucht durchs Meer zu versuchen:
Pergamum falle nicht mehr durch Waffen der Griechen, wofern nicht
Neuen Bescheid sie aus Argos geholt und die Göttin geleitet
Wieder nach Haus', die sie über das Meer gebracht auf den Schiffen.
Jetzt, da sie mit dem Wind nach Mykene steuern, zur Heimat,
Holen sie Waffen und Göttergeleit: doch über die Meere
Kehren sie plötzlich zurück. So ordnete Kalchas die Zeichen.
Statt des Palladium nun, für der Göttin heftige Kränkung,
Stellten gewarnt sie dieses Gebild zur Sühne des Frevels.
Aber Kalchas gebot, bis zum Himmel zu türmen das Bauwerk,
Jegliches Maß überragend, gefügt aus kernigen Balken,
Daß nicht die Tore, die Mauern nicht fassen es könnten,
Daß es nicht schirme das Volk bei der altherkömmlichen Andacht.
Denn wenn ihr der Minerva Geschenk mit den Händen verletztet,
Würde ein schrecklicher Sturz (oh, möchten die Götter auf jenen
Wenden den Fluch!) des Priamus Reich und den Phrygern bevorstehn.
Doch wenn mit eigener Hand in die eigene Stadt ihr es brächtet,
Würde Asien selbst zu Pelops Mauern mit Heermacht
Ziehen dereinst, und dieses Geschick träf' unsere Enkel.«
Solchem listigen Trug und dem falschen Eide des Sinon
Glaubten wir fest, durch Ränke und Heucheltränen gefangen,

Wir, die nicht der Tydid' und der Larissaeer Achilles,
Nicht zehn blutige Jahre noch tausend Schiffe bezwungen.
Aber ein größeres noch, ein Schreckbild, furchtbar zu schauen,
Zeigte uns Armen sich da und verwirrt' überraschend die Herzen. 200
Denn Laokoon, Priester Neptuns, durchs Los ihm bestimmt einst,
Schlachtete eben am Festaltar den gewaltigen Jungstier;
Siehe, da ziehen von Tenedos her durch stilles Gewässer
(Schauernd erzähl ich es dir) zwei Schlangen, mit gräßlichen Ringen
Über die Wellen gestreckt, und eilen zugleich ans Gestade.
Jäh erhebt sich im Meere die Brust, und die blutigen Kämme
Ragen über die Wogen empor, der übrige Körper
Streift übers Meer, und es krümmt sich in Kreise der gräßliche Rücken.
Schäumend erbrauste die Flut, schon sind sie ans Ufer geschwommen,
Und, die funkelnden Augen mit Feuer und Blut unterlaufen,
Lecken sie zischend den Schlund mit den Zungen, die zucken und geifern. 211
Blaß von der Angst zerstoben wir da. Sie aber, sie schießen
Zielbewußt auf Laokoon los, und zuerst um die Söhne
Legt sich das Schlangenpaar, um die beiden kindlichen Leiber
Ringelt es sich und zernagt – o Jammer – die Glieder mit Bissen.
Ihn dann ergreifen sie selbst, da zur Hilfe er naht mit den Speeren,
Schlingen um ihn ihre Leiber, die übergewaltigen, und schon
Zweimal die Mitte umfassend, am Hals die schuppigen Rücken
Zweimal geschlungen, so ragen sie hoch mit Haupt und mit Nacken. 219
Jener ringt mit den Händen zugleich, die Knoten zu trennen,
Ganz vom Eiter die Binde besudelt und schwärzlichem Gifte,
Und zugleich auch erhebt er ein gräßlich Geschrei zu den Sternen,

Gleich dem Gebrüll, wenn blutend ein Stier vom Altare hinwegstürmt
Und das fehlgeschwungene Beil aus dem Nacken sich schüttelt,
Aber die Zwillingsschlangen entfliehn zum obersten Tempel,
Gleitend dahin, und eilen zur Burg der erzürnten Tritonis,
Hinter der Wölbung des Schilds zu den Füßen der Göttin sich bergend.
Aber nunmehr durchzittert des Volkes erschütterte Herzen
Neue Angst, laut ruft man, Laokoon büße des Unrechts
Eigene Schuld; er war's, der das heilige Holz mit dem Wurfspieß 230
Hätte verletzt und den frevelnden Speer in die Seite geschleudert.
»Führt zum Tempel das Bild und bittet die Göttin um Hilfe!«
Rufen sie alle zusammen.
Wir durchbrechen die Mauern der Stadt und eröffnen die Wälle.
Alle schürzen sich rasch zu dem Werk, und rollende Walzen
Schieben sie unter die Füße und spannen sich hänfene Fesseln
Vorn an den Hals. Nun steigt das Unglücksroß zu den Mauern,
Waffenschwanger. Die Knaben umher und züchtige Mädchen
Singen ihm Hymnen und freun sich, das Seil mit der Hand zu berühren. 239
Drohend steigt es bergan und dringt in die Mitte der Stadt ein.
Wehe, mein Vaterland! Weh dir, Ilion, Wohnung der Götter!
Dardanermauern, durch Schlachten berühmt! An den Schwellen des Tores
Stand es viermal, und viermal im Bauch erklangen die Waffen;
Aber wir mühen uns fort, nicht achtend, verblendet vom Wahnsinn,
Stellen sogar in die heilige Burg das verderbliche Untier.
Damals eröffnet' Kassandra uns noch das kommende Schicksal,
Aber, so fügt es der Gott, es glaubten ihr nimmer die Teukrer.
Wir bekränzen nunmehr wie Arme, für welche der letzte
Tag anbrach, in der Stadt die Tempel mit festlichem Laube.
Doch schon dreht sich der Himmel, es steigt vom Meere die Nacht auf, 250

Pol und Erde verhüllend in ihrem gewaltigen Schatten,
Wie auch der Griechen Betrug. Die Dardaner rings in der Festung
Liegen verstummt, der Schlummer umfängt die ermüdeten Glieder.
Schon aber zog das griechische Heer auf gerüsteten Schiffen
Wieder von Tenedos her durch die freundliche Stille des Mondes
Zum bekannten Gestade. Da leuchten vom Schiffe des Königs
Fackeln empor, und, geschützt vom feindlichen Schicksal der Götter,
Öffnet Sinon das fichtene Tor und erlöst aus dem Bauche
Dort die verborgenen Griechen. Das Roß, nun geöffnet,
Läßt sie ans Licht; froh kommen hervor aus der hölzernen Kammer
Sthenelus und Thessandrus, der Held, und der wilde Ulyxes,
Niedergleitend am hängenden Seile, auch Akames, Thoas.
Neoptolemus auch, der Pelide, vor allen Machaon,
Auch Menelaus und selbst des Trugwerks Schöpfer Epeos
Fallen über die Stadt, die in Wein und Schlummer versunken,
Metzeln die Wachen nieder und öffnen die Tore, empfangen
Alle Gefährten, das ganze Heer, das von allem erfahren.
Schon war die Zeit, wo zuerst den ermüdeten Menschen die Ruhe
Naht und durch Göttergeschenk willkommen sich einschleicht.
Siehe, da schien im Traume in tiefster Trauer mir Hektor
Vor meinen Augen zu stehn und Ströme der Tränen zu weinen,
Ganz wie voreinst, von den Rossen geschleift und von blutigem Staube
Dunkel befleckt und mit Riemen durchschnürt die geschwollenen Füße.
Wehe, wie war er entstellt, wie ganz verschieden von jenem
Hektor, der einst mit der Rüstung Achills bekleidet zurückkam,
Der auch den phrygischen Brand in die Schiffe der Griechen geschleudert,
Schmutzig der Bart, die Haare von Blut ineinander verkrustet,

Noch mit den Narben der Wunden, die rings um die heimischen Mauern
Zahllos einst er empfing! Da glaubt' ich zuerst und mit Tränen
Anzureden den Mann und die traurigen Worte zu stöhnen:
»O Dardaniens Licht! O sicherste Hoffnung der Teukrer!
Wo denn weilst du so lange? Aus welchen Gefilden, o Hektor,
Kommst du, Ersehnter, nun an? Wie müssen wir dich nach so vielen
Leichen der Deinen, so mancherlei Not der Stadt und der Menschen,
Wie wir Müden dich schaun! Welch herbes Begegnen entstellte
Dein so heitres Gesicht, und warum erblick ich die Wunden?«

Schweigend stand er vor mir, meiner eitlen Fragen nicht achtend,
Sondern, schwer aus der Tiefe des Herzens seufzend, begann er:
»Flieh, o du Sohn der Göttin, entreiß dich schleunig den Flammen!
Feinde besetzten die Stadt; vom hohen Gipfel herab stürzt
Troja. Genug ist geschehn für Priamus und für die Heimat;
Könnte ein Arm sie retten, es hätte sie meiner gerettet.
Troja vertraut dir die Heiligtümer und seine Penaten;
Nimm sie als deines Schicksals Begleiter, für diese nun suche
Mauern, die einst du erbaust, nachdem du die Meere durchirrt hast.«
Sprach's und trug mit den Binden zugleich die mächtige Vesta
Und ihr ewiges Feuer hinaus aus der innersten Halle.

Jetzt durchwogte die Stadt von allen Seiten der Jammer,
Und schon heller und heller, wiewohl des Vaters Anchises
Wohnung in einsamer Ferne beschützt lag hinter den Bäumen,
Scholl das Getöse, und drohender wuchs das Klirren der Waffen.
Nunmehr schrecke ich auf, und empor zu der obersten Zinne
Steige ich raschen Laufs und stehe mit lauschenden Ohren:
Wie wenn der Blitz beim Heulen des Süds sich stürzt in die Saaten
Oder ein reißender Bach im Sturz vom Gebirge die Äcker

Und die lachenden Saaten verschwemmt und die Werke der Stiere,
Jäh in die Tiefe der Wälder verschleppt; und es staunt, überrascht da,
Hoch vom Haupt des Felsen den Lärm vernehmend, ein Hirte.
Nun ist offen fürwahr der Danaer Treu', ihre Arglist
Zeigt sich uns klar. Schon stürzt des Deiphobus weiter Palast ein,
Durch die Flammen besiegt, schon lodert Ukalegons Wohnung
Nachbarlich mit, breit leuchtet vom Brand die Bucht von Sigeum.
Jammergeschrei der Männer erhebt sich und Klang der Posaunen.
Waffen ergreif ich betäubt und weiß nicht Rat in den Waffen.
Aber Volk zu sammeln zum Kampf und zur Burg mit den Freunden
Hinzueilen, das brennt in der Seele mir. Wut und Erbitt'rung
Spornen das Herz, und herrlich erscheint mir der Tod in den Waffen.
  Sieh aber Panthus, der eben entflohn dem Geschosse der Griechen,
Panthus, der Othryad', ein Priester der Burg und des Phoebus,
Schleppt in der Hand das heil'ge Gerät und die fliehenden Götter
Und den kindlichen Enkel, und drängt – von Sinnen – zur Schwelle.
»Panthus, wie steht das Schicksal der Stadt? Wo finden wir Rettung?«
Kaum hatt' ich dieses gesprochen, erwidert er seufzend: »Gekommen
Ist nun der letzte Tag, unabwendbar dem Dardanerlande.
Troer sind wir gewesen, vergangen Troja, der Teukrer
Strahlender Ruhm; und Jupiter schenkte nun alles nach Argos,
Grollend im Zorn. In der brennenden Stadt aber herrschen die Griechen.
Mitten steht in den Mauern das Roß hoch ragend; und Krieger

Schüttet es aus, und Sinon, der Sieger, verbreitet den Mordbrand
Höhnisch; andre ziehn durch die weit geöffneten Tore,
Tausende, alle, die einst aus dem großen Mykene gekommen;
Andere halten – die Wege versperrend – mit Waffen die engen
Gassen besetzt; die Schärfe des Schwerts mit blitzender Klinge
Starret gezückt, zum Morde bereit; kaum wagen die ersten
Wachen der Tore den Kampf und wehren sich, ohne zu sehen.«
Jetzt, durch die Worte des Panthus getrieben, den Anruf der Götter,
Stürz ich in Flammen und Waffen hinein, wo die grausame Erinnys,
Wo das Getöse mich ruft und Geschrei, das zum Himmel emporschallt.
Bald auch gesellen sich Rhipheus mir und der waffenberühmte
Epytus; Hypanis auch und Dymas begegnen im Mondlicht.
Und sie schließen sich dicht uns an; auch der Jüngling Koroebus,
Mygdons Sohn. Er war erst jüngst nach Troja gekommen
Durch sein Geschick, von rasender Liebe entflammt zu Kassandra,
Hilfe als Eidam dem Priamus noch und den Phrygern zu bringen –
Unglückseliger, da er die warnende Stimme nicht hörte
Seiner verzückten Braut.
Als ich geschart sie erblickte, zum Kampfe mutig entschlossen,
Sprach ich sie an: »O Männer, umsonst so tapfer im Herzen!
Habt ihr Verlangen, im Streite das Letzte hier zu versuchen,
Sicheren Todes vor Augen: ihr seht, wie das Schicksal entschieden!
Aus den Tempeln geflohen und von den Altären gewichen
Sind die Götter, die Schirmer des Reichs; der brennenden Heimat
Kommt ihr zu Hilfe. Nun laßt in die Waffen uns stürzen und – sterben.
Nimmer auf Rettung zu hoffen, ist Rettung allein für Besiegte.«

Das entflammte zur Wut die Jünglinge. Drauf, wie die Wölfe
Gehen durch Nacht und Nebel auf Raub, wenn rasender Hunger
Blind aus den Höhlen sie treibt, indes die verlassenen Jungen
Harren mit lechzendem Schlund: so wir auch; durch Waffen und Feinde
Eilen wir, sicherem Tode geweiht, und nehmen durch Trojas
Mitte den Weg; schwarz hüllt uns in hohlen Schatten die Nacht ein.
Wer doch könnte das Morden und all' die Leichen beschreiben
Dieser Nacht, wer fände der Tränen genug für das Elend?
Uraltes Troja, es stürzt, das so viele der Jahre geherrscht hat!
Zahllos liegen auf Straßen ermordet die wehrlosen Körper,
In den Häusern und selbst auf geweihten Schwellen der Götter.
Doch, es büßen nicht nur die Teukrer allein mit dem Blute,
Manchmal kehrt noch zurück der Mut ins Herz der Besiegten:
Auch der siegende Danaer fällt. Rings grausamer Jammer,
Rings Entsetzen und Angst und der Tod in tausend Gestalten.

Allen voran begegnet, inmitten des Danaerhaufens,
Jetzt Androgeos uns und hält uns für Waffengenossen,
Ja, er begrüßt uns sogar – nichts ahnend – mit freundlichen Worten:
»Eilt doch, ihr Männer, nur rasch! Was lähmt euch für säumiges Zaudern?
Andere plündern und schleppen hinweg das brennende Troja,
Ihr aber kommt erst jetzt daher von den ragenden Schiffen?«

Sprach's und merkte nun plötzlich, denn gar nicht vertrauliche Antwort
Ward ihm erteilt, er sei hier mitten in Feinde geraten.
Staunend prallt er zurück und hemmte Rede und Schritte.
Wie wenn einer die Schlange im stachligen Busch überraschte
Und mit dem Fuße sie trat – und erschrocken plötzlich zurückflieht,
Wenn sie zornig sich bäumt und den bläulichen Hals dann emporschwellt:
Also entwich Androgeos auch, noch zitternd vom Anblick.

Aber wir stürzen hinein ins dichteste Waffengewühle,
Schlagen des Orts unkund'ge, von Angst ergriffene Feinde
Nieder ringsum! Hold lächelt das Glück dem Beginne der Arbeit.
Von dem Erfolge berauscht und dem eigenen tapferen Herzen,
Sprach Koroebus: »Wo, Freunde, den Weg zur Rettung das erste
Glück uns weist und sich günstig uns zeigt, da lasset uns folgen!
Tauschen laßt uns den Schild und der Danaer Rüstungen anziehn.
Tapferkeit oder Betrug, wer wird es suchen am Feinde?
Mögen sie selbst die Waffen uns geben!« – So spricht er, und alsbald
Legt er den buschigen Helm des Androgeos an und des Schildes
Herrlichen Schmuck und schnallt das Argiverschwert an die Seite.
Dies tut Dymas und Rhipheus mit ihm und alle die Männer,
Jubelnd und froh; es bewaffnet mit frischem Raube sich jeder.
Unter die Danaer dringen wir ein, vom Schicksal verlassen,
Schlagen, in finsterer Nacht uns begegnend, noch manchen
Blutigen Kampf und senden der Danaer viele zum Orkus.
Andere fliehn zu den Schiffen zurück, zum sichren Gestade
Rennen sie fort; ein Teil auch ersteigt in schmählichem Schrecken
Wieder das ragende Roß, im traulichen Bauch sich verkriechend.
Ach, es vertraue doch keiner ungnädigen Göttern sein Heil an!
Siehe, da ward aus dem Tempel und Heiligtum der Minerva
Priamus' Tochter Kassandra geschleppt an fliegenden Haaren.
Ach, vergebens erhob sie die flammenden Augen zum Himmel,
Nur ihre Augen; denn Fesseln hemmten die zärtlichen Hände.
Nicht vermochte Koroebus vor Zorn dies Bild zu ertragen,
Und er warf sich, ein Sterbender selbst, in die Mitte des Haufens.
Alle folgen wir ihm, in die dichtesten Schwerter zu stürzen.

Uns überschütten zuerst von der hohen Zinne des Tempels 410
Unsere Freunde mit Speeren: ein klägliches Metzeln beginnt nun,
Weil der Waffen Gestalt sie täuscht und der griechische Helmbusch.
Dann auch die Griechen – sie zürnen, da ihnen das Mädchen entrissen,
Stürzen in Scharen heran, vor allen der wütende Ajax,
Beide Atriden zugleich und der Doloper sämtliche Scharen.
Wie wenn ein Wirbel zerbricht, sich Gegenwinde bekämpfen,
Zephyrus, Notus zugleich und, eoischer Rosse sich freuend,
Eurus; es krachen die Wälder und Nereus rast mit dem Dreizack
Flutenumschäumt und erregt aus dem tiefsten Grunde die Meerflut. 419
Jene sogar, die in finsterer Nacht wir gejagt durch die Schatten,
Trügend mit List, wir hatten umher sie durch Troja getrieben,
Eilen zurück und erkennen den Trug der Waffen und Schilde:
Dieses zuerst, doch dann der Sprache besondere Laute.
Wehe, nun wirft uns die mächtige Zahl! Vor allen Koroebus
Stürzt durch Peneleos Hand an der waffenmächtigen Göttin
Festaltar: auch Rhipheus erliegt, der gerechtesten einer
Unter den Teukrern und stets der treuste Hüter des Rechtes.
Anders gefiel es den Göttern. Auch Dymas und Hypanis fallen,
Selbst von Gefährten durchbohrt. Auch dich, hinsinkender Panthus,
Schützte die Frömmigkeit nicht und nicht die Binde Apollos!
Ilions Aschenhaufen, ihr Leichenflammen der Meinen, 431
Zeugt mir: bei eurem Sturz hab ich weder Geschosse noch irgend
Kämpfe der Griechen gemieden! Hätt' mir das Schicksal gewunken –
Wahrlich, mein Arm hätt's verdient! Jetzt reißen von dort wir
Fort uns, Iphitus mit mir und Pelias (langsam durch Alter
Iphitus schon, und Pelias matt durch Ulyxes' Verwundung),
Schnell durch großes Geschrei zu Priamus' Wohnung gerufen.

Hier erst sehn wir unmäßigen Kampf, als wütete nirgends
Sonst der Krieg, als stürbe im ganzen Pergamum niemand,
So unbändige Wut und das Haus bestürmende Griechen
Schauen wir dort und die Schwelle umlagert von nahenden Schilden,
Leitern lehnen an Wänden ringsum, selbst unter den Pfosten
Klimmt man die Sprossen empor, den schützenden Schild in der Linken,
Gegen die Pfeile gedeckt, mit der Rechten die Giebel ergreifend.
Aber die Dardaner brechen die Türme und ragenden Dächer
Selbst an den Wohnungen ein und trachten mit diesen Geschossen,
Weil sie das Ende erblickt, sich am Rande des Todes zu wehren.
Goldumglänztes Gebälk, erhabene Zierden der Ahnherrn,
Wälzt man herab, doch andre, mit blinkenden Schwertern, besetzen
Unten das Tor und verteidigen es in geschlossenen Haufen.
Das belebt uns den Mut, des Königs Burg noch zu schützen,
Hilfe dem Volk zu verleihn und die Kraft den Besiegten zu stählen.
Eine Schwelle war da, ein verborgenes Tor und ein Durchgang,
Welcher des Priamus Häuser verband, und einsame Pfosten
Hinter der Burg, wo zuvor, so lange das Reich noch bestanden,
Oft zu den Schwiegereltern die arme Andromache eilte,
Ohne Geleit, und zum Ahn den Knaben Astyanax brachte.
Hier nun steig ich hinaus zum obersten Giebel des Daches,
Wo die Troer im Elend die Speere nutzlos versandten.
Jählings ragte ein Turm in die Höhe, vom obersten Dache
Bis zu den Sternen geführt, von wo ganz Troja zu sehn war,
Einst auch der Danaer Schiffe, das weite griechische Lager.
Diesen bestürmen mit Eisen wir rings, wo der oberste Stock uns
Weichende Fugen versprach, und los von der Höhe des Platzes
Reißen und brechen wir ihn. Da sinkt er vom plötzlichen Stoße
Krachend zur Erde, und weithin über der Danaer Scharen

Stürzt er herab. Doch andere rücken heran, und indessen
Rasten weder die Steine noch andere Todesgeschosse.
Hart an dem Tore des Eingangs und vorn an der Schwelle des Hauses
Brüstet sich Pyrrhus, von Waffen umstrahlt und ehernem Glanze.
So wie die Schlange erscheint, von giftigen Kräutern gemästet,
Die, gedunsenen Leibes, der Winter in frostiger Erd' hielt;
Jetzt aber streift sie die Haut ab und frisch in glänzender Jugend
Wälzt sie, die Brust erhebend, daher den schuppigen Rücken,
Bäumt sich zur Sonne und zückt aus dem Maul die dreifache Zunge.
Periphas naht, der Riese, Automedon auch, des Achilles
Lenker und Träger der Waffen, und alle die Jugend von Skyrus
Rücken gegen die Burg und schleudern Brände zum Giebel.
Pyrrhus, unter den ersten, durchbricht die kräftigen Schwellen
Schnell mit der doppelten Axt und reißt die ehernen Pfosten
Aus der Angel, zerhaut einen Balken und höhlt dann des Tores
Eichene Bohlen und spaltet ein weitaufgähnendes Fenster.
Offen erscheint nun das Innre der Burg und die weiten Gemächer,
Offen des Priamus Sitz und die Wohnung der früheren Fürsten,
Und man erblickt an der Schwelle des Tors die harrenden Krieger.
Aber von Ächzen und kläglichem Schrei erfüllt ist des Hauses
Inneres ganz, und es hallen vom Heulen und Schreien der Frauen
Weit die Gemächer. Die Klage dringt zu den goldenen Sternen.
Angstvoll irren die Mütter umher in den mächtigen Hallen,
Halten die Säulen umfaßt und küssen sie. Pyrrhus indessen
Dringt heran, so stark wie sein Vater. Es hemmen nicht Riegel,
Hemmen nicht Wachen ihn mehr. Unter häufigen Stößen des Widders
Wanken die Tore, es stürzen, gesprengt, aus der Angel die Pfosten.

Da, mit der Macht der Gewalt erzwingen die Griechen den
Eintritt,
Morden die ersten und füllen umher mit Kriegern die Räume.
Nicht so stürzt der schäumende Strom, der die Dämme
durchbricht und
Über die Ufer stürmt und den hemmenden Wall überflutet,
Wütend rast er turmhoch dahin und reißt durch die Felder
Ställe zugleich und Herden hinweg. Selbst sah ich den Pyrrhus,
Wie er tobte im Mord, sah die beiden Atriden am Tore;
Auch mit den hundert Töchtern die Hekuba, und an den Stufen
Priamus blutend schänden die selbst geweihten Altäre.
Fünfzig Ehegemächer, die glänzende Hoffnung der Enkel,
Pfosten, vom Gold der Barbaren und Siegesbeute erstrahlend,
Sanken dahin. Was die Flamme verschont, besetzen die
Griechen.

Doch du möchtest vielleicht auch des Priamus Schicksal
erfahren.
Als er den Sturz der eroberten Stadt und erbrochen des Hauses
Pforten erblickt und den Feind schon mitten in seinem Palaste,
Legt die Waffen der Greis um die Schultern, die beben von
Alter,
Ach, um die längstentwöhnten – umsonst – und das nutzlose
Eisen
Gürtet er um und rennt zum Tod in die dichtesten Feinde.
Dort im Hofe der Burg, unter freiem Gewölbe des Äthers,
War ein großer Altar und daneben ein uralter Lorbeer,
Der, zum Altare geneigt, mit Schatten umfing die Penaten.
Hekuba drängt sich umsonst mit den Töchtern um die Altäre;
Gleich wie die Tauben, die schwarzer Sturm zur Erde
gescheucht hat,
Saßen sie dicht beieinander, die Bilder der Götter
umklammernd.
Als sie ihn selbst nun, den Priamus, sah in Waffen der Jugend,
Rief sie: »Welch unheilvoller Gedanke, unseliger Gatte,
Dich mit den Waffen zu rüsten? Wohin denn willst du dich
stürzen?

Solcher Hilfe und solcher Beschützer bedarf nicht die Stunde,
Nein, und wäre sogar mein Hektor selber zugegen.
Hierher flüchte nunmehr, der Altar wird alle beschirmen,
Oder du stirbst mit uns.« – Und als sie gesprochen, da zog sie
Nah ihn zu sich und setzte den Greis an die heilige Stätte.
Sieh dort Polites, der eben dem mordenden Pyrrhus entronnen,
Einer von Priamus Söhnen, entfloh durch Geschosse, durch Feinde,
Längs in den Säulengängen und irrt in den leeren Gemächern
Blutend umher. Ihm die tötende Wunde zu schlagen, verfolgt ihn
Pyrrhus mit Groll; schon faßt ihn die Faust, schon trifft ihn die Lanze. 530
Als er zuletzt noch entrann vor der Eltern Augen und Antlitz,
Stürzt' er hin und vergoß im Strömen des Blutes sein Leben.
Priamus aber, wiewohl von Todesnot schon umfangen,
Konnte sich doch nicht halten noch Zorn und Zunge beherrschen:
»Wehe, für solch ein Verbrechen«, so rief er, »für solche Gewalttat
Mögen, ist anders im Himmel noch Recht, das solches beachtet,
Würdigen Dank dir die Götter verleihn, den Lohn dir erstatten,
Den du verdienst, der des Sohnes Ermordung mit eigenen Augen
Sehen mich ließ und mit Blut das Antlitz des Vaters entweihte!
War doch anders Achill, den du fälschlich als Vater bezeichnest,
Gegen Priamus einst, den Feind: denn Recht und Vertrauen 541
Eines Flehenden scheut' er und gab den verbluteten Leichnam
Hektors mir zur Bestattung und sandte mich heim in die Herrschaft.«
Also sagte der Greis und schleuderte kraftlosen Wurfes
Seinen harmlosen Speer, der vom dumpfen Erze zurückprallt,
Leicht nur des Schildes Buckel verletzt und kraftlos herabhängt.
Pyrrhus darauf: »So melde denn dies und geh mit der Botschaft
Zum Peliden hinab und vergiß nicht, die traurigen Taten

Seines entarteten Sohnes, des Pyrrhus, treu zu berichten.
Nun aber stirb!« – Schon riß er den Bebenden, der in des Sohnes
Vielvergossenem Blute oft ausglitt, selbst zum Altar hin.
Faßt mit der Linken das Haar, erhob mit der Rechten das blanke
Schwert in die Höh' und stieß in die Seite es ihm bis zum Hefte.
Dies war des Priamus Tod, so raffte des Schicksals Erfüllung
Durch Verhängnis ihn weg, der Troja gestürzt sah, in Flammen
Pergamum sah, der Beherrscher von Asien, stolz auf so viele
Völker und Länder voreinst. Groß liegt am Gestade der Rumpf nun
Und von der Schulter getrennt das Haupt, ohne Namen der Leichnam.

Da überkam mich erstmals ein Schreck voll tiefem Entsetzen:
Bebend stand ich; das Bild des geliebten Vaters erscheint mir,
Als ich den König, an Alter ihm gleich, durch die grausame Wunde
Sah verhauchen das Leben, mir erscheint die verlassne Kreusa,
Auch das geplünderte Haus und des kleinen Askanius Schicksal.
Rückwärts blick' ich, die Schar der Gefährten um mich zu erspähen;
Alle entzogen sich müde dem Kampf, im Sturze zur Erde
Suchten den Tod sie erschöpft oder warfen sich dort in die Flammen.

Übrig von allen war ich nur allein, da sah auf der Vesta
Schwelle die Tochter des Tyndarus ich, die an heimlicher Stelle
Dort verborgen sich hielt. Die hellen Gluten des Brandes
Geben mir Licht, da irrend umher ich alles betrachte.
Sie, ob Iliums Fall die erbitterten Teukrer befürchtend,
Auch der Danaer Rache, den Zorn des verlassenen Gatten,
Da sie für Heimat und Troja zugleich Verderben gewesen,
War sie dorthin geflohen und saß versteckt am Altare.
Flammen durchloderten schnell mir das Herz, Zorn packt mich, zu rächen
Unsere sinkende Stadt und den Frevel des Weibes zu strafen:

»Soll sie denn Sparta noch schaun und das heimatliche Mykene?
Soll sie, heil und verschont, im Triumph als Königin einziehn?
Soll den Gatten, das Haus, soll Eltern noch sehen und Kinder,
Von trojanischen Frauen und phrygischen Dienern begleitet?
Während Priamus fiel durch das Schwert und Troja durch Feuer
Und das dardanische Ufer in strömendem Blute ertrunken!
Nimmer und nie! Denn mag es auch keinen Ruhm mir gewähren,
Rache zu nehmen am Weib, mag der Sieg auch des Lobes ermangeln,
Dennoch bringt es mir Dank, vertilgt zu haben das Scheusal,
Wie sie die Strafe verdient. Die Flamme der Rache zu kühlen,
Soll ein Labsal mir sein, und der Meinigen Asche zu sühnen.«
Also rief ich und stürmte dahin mit wütender Seele,
Als in solcher Klarheit, wie nie sie mein Auge gesehen,
Mir die erhabene Mutter erschien und im strahlenden Lichtglanz
Schimmerte hin durch die Nacht, als Göttin, so groß und so herrlich,
Wie nur Himmelsbewohner sie schaun. Die Rechte mir fassend,
Hielt sie mich auf und sagte dazu mit rosigem Munde:
»Sohn, welch heftiger Schmerz erweckt dir unbändiges Zürnen?
Weshalb tobst du? Wohin ist die Sorge für uns dir entwichen?
Solltest du eher nicht schaun, wo müde vom Alter Anchises,
Wo dein Vater verblieb? Ob noch die Gemahlin Kreusa
Oder Askanius lebt? Denn alle die Scharen der Griechen
Streifen rings um sie her, und hätte mein Schutz nicht gewaltet,
Hätte der Brand sie vernichtet und feindliches Eisen getötet.
Nicht die Lakonerin, dir so verhaßt, des Tyndarus Tochter,
Nicht der beschuldigte Paris, o nein, die Mißgunst der Götter,
Götter zerbrachen die Macht und schleuderten Troja vom Gipfel.
Schau, denn alle die Wolken, die nun dein Auge verdunkeln
Und die sterblichen Blicke dir schwächen, mit dunstigem Nebel
Alles umhüllen, ich ziehe sie weg! Die Befehle der Mutter,

Sohn, zu befolgen fürchte dich nicht noch dem Wort zu gehorchen!
Dort, wo zertrümmerte Massen du siehst und Steine gesprengt von
Steinen, wo Wolken ziehen von Staub und wogendem Rauche,
Schüttelt Neptun die Mauern und hebt mit mächtigem Dreizack
Fundamente empor und wühlt aus den Tiefen das ganze
Ilion auf. Dort steht voll Haß auf dem Skaeischen Tore
Juno voran und ruft das verbündete Heer von den Schiffen
Wütend herbei, mit dem Schwerte gegürtet.
Sieh, dort sitzt auf der Zinne der Burg Tritonia Pallas,
Schimmernd im Strahlengewölk' und mit schreckenverbreitender Aegis.
Selbst der Vater verleiht den Danaern Mut und des Sieges
Freudige Kraft, selbst spornt er zum Kampf mit Troja die Götter.
Fliehe, mein Sohn, flieh rasch und mache ein Ende der Mühsal!
Nirgends bin ich dir fern und bringe zum Hause des Vaters
Sicher dich hin.« – So sprach sie und barg sich im Dunkel der Nächte.
Da, schon erkenn ich die Schreckensgestalten, die feindlichen Mächte
Trojas, die mächtigen Götter.

Jetzt schien wahrlich mir Ilion ganz in Glut zu versinken
Und aus unterstem Grunde gewühlt das neptunische Troja:
Ebenso wie die gealterte Esche auf hohen Gebirgen,
Wenn sie die Bauern behaun mit dem Beil, mit schmetternden Äxten
Eifrig sie auszuwühlen bemüht, dann droht sie beständig,
Wankt mit zitterndem Laub und nickt mit taumelndem Wipfel,
Bis sie zum letzenmal, allmählich besiegt von den Wunden,
Stöhnt: Nun stürzt sie herab von der Höh' und kracht in die Tiefe.
Nieder steig ich, in göttlichem Schutz, durch Flammen und Feinde

Glücklich geführt; mir weichen die Flammen und weichen die Speere.
Als ich zur Schwelle nunmehr des Vaterhauses gekommen
Und zum alten Palast und zuerst den Vater zu führen
Wünschte ins hohe Gebirg und zu ihm als ersten mich wandte,
Weigert' er sich, nach Trojas Verderb am Leben zu bleiben,
In die Verbannung zu gehn: »Ihr, denen in blühender Jugend
Strömt euer Blut, ihr, denen von Kräften noch strotzen die Arme,
Denkt nun mit Eifer an Flucht! 640
Hätten die Götter gewollt, daß länger ich lebte, sie hätten
Mir auch erhalten das Haus. O genug und zuviel, daß ich einmal
Schon überlebte die Stadt und Eroberung sah und Verwüstung.
So, nun lasset mich liegen und geht und sprecht mir den Abschied!
Find ich doch selbst mir den Tod. Es erbarmt sich ein Feind schon,
Meine Rüstung verlangend, und leicht entbehr ich des Grabes.
Längst schon bin ich den Göttern verhaßt und friste die Jahre
Unnütz, seit mich der Vater der Götter und König der Menschen
Angeweht mit dem Hauch seines Blitzes, mit Feuer gerührt hat.«

Sprach's und beharrte darauf und blieb an die Stelle geheftet.
Wir zerfließen in Tränen um ihn, die Gattin Kreusa. 651
Julus zugleich und das ganze Gesinde: nicht möge der Vater
Alle verderben mit sich und das drängende Schicksal beflügeln.
»Nein!« sagt er da und beharrt auf dem Platz und dem gleichen Entschlusse.

Wieder will ich zum Kampf, ich Ärmster wünsche den Tod mir,
Denn welch andrer Entschluß, welch Schicksal blieb mir noch übrig?
»Weichen soll ich von hier? Soll dich, mein Vater, verlassen?
Meintest du das? Solch böser Rat aus dem Mund eines Vaters?
Wollen die Götter, daß nichts von der alten Größe verbleibe,

Hast du's beschlossen und lüstet es dich, in Trojas Verderben
Dich und die Deinen zu ziehn, das Tor zum Tod ist geöffnet; 661
Bald naht Pyrrhus heran, von des Priamus Blute noch triefend,
Der vor dem Vater den Sohn, am Altare mordet den Vater.
Dies war's, göttliche Mutter, warum durch Waffen und Feuer
Du mich gerettet, damit ich den Feind inmitten der Hallen,
Und den Julus, den Vater zugleich, und meine Kreusa
Niedergeschlagen den einen im Blut des andern erblicke?
Waffen her, Waffen, es ruft der letzte Tag den Besiegten!
Gebt mich den Danaern wieder, laßt neu mich die Schlachten beginnen! 669
Niemals sterben wir heut', ohne Rache am Feinde zu nehmen.«
Drauf umgürt ich mir wieder das Schwert und strecke die Linke
In die Bande des Schildes, um fortzustürmen vom Hause.
Aber, o siehe, mein Weib umschlang meinen Fuß auf der Schwelle,
Schmiegte sich an und hielt mir den kleinen Julus entgegen:
»Gehst du fort in den Tod, so reiß auch uns ins Verderben,
Hoffst du jedoch, da du vieles gesehen, noch Heil von den Waffen,
Schütze zuerst dies Haus! Wem läßt du Julus, den Knaben,
Wem den Vater und mich, die einst deine Gattin geheißen?«
Solches schrie sie und füllte mit Jammer die ganze Behausung,
Als uns plötzlich ein Zeichen erschien, ein Wunder zu nennen!
Zwischen den Händen und vor den Augen der trauernden Eltern, 681
Siehe, da zeigt sich ein spitziges Leuchten am Scheitel des Julus,
Strahlte ein Licht ringsum; mit sanfter Berührung und schadlos
Leckte die Flamme das Haar und breitet sich rings um die Schläfen.
Wir erschrecken und beben vor Angst, und die brennenden Locken
Schütteln wir ab und löschen mit Wasser das heilige Feuer.
Aber der Vater Anchises erhob zu den Sternen die Augen,

Hoch erfreut, und streckte die Hände und flehte zum Himmel:
»Allgewaltiger Zeus, wenn je dich Gebete bewegen,
Blicke auf uns, nur jetzt! Und sind wir durch Frömmigkeit würdig,
Vater, so sende auch ferner uns Hilf' und bestärke das Zeichen.«
Kaum noch hatte gesprochen der Greis, da – mit plötzlichem Krachen
Donnert zur Linken es schon, und ein Stern, dem Himmel entfallend,
Eilte und zog seinen Schweif durch die Nacht mit strahlendem Lichte.
Ihn, der über das oberste Dach des Hauses hinwegglitt,
Sehen wir hellumstrahlt, im Idaerwalde versinkend,
Weithin zeichnen die Bahn; eine Furche im Dunkel des Himmels
Schimmert ihm nach, und ringsum dampfte die Gegend von Schwefel.
Aber besiegt erhebt sich sofort mein Vater vom Lager,
Fleht zu den Göttern hinauf und betet zum heiligen Sterne:
»Nun gibt's keinen Verzug, ich folge, wohin ihr mich führet,
Heimische Götter! erhaltet das Haus, erhaltet den Enkel!
Dies ist ein Zeichen von euch, und so weit ihr waltet, ist Troja.
Nunmehr gebe ich nach und folge dir, Sohn, als Begleiter.«
Jener sprach's, und wir hören heller das Prasseln des Feuers
Schon in den Mauern umher, und der Brand wälzt näher die Hitze:
»Auf denn, mein teuerster Vater, und setze dich mir auf den Nacken!
Schon sind die Schultern gebückt, diese Last wird nie mich beschweren.
Wie auch falle das Los, wir teilen alle Gefahren,
Teilen auch alle das Heil! Mein kleiner Askanius wandle
Mir an der Hand, und hinter mir gehe behutsam die Gattin!
Ihr nun, Knechte, beherzigt die Worte genau, die ich spreche!
Außer der Stadt ist ein Hügel, ein alter Tempel der Ceres,
Lange verödet, daneben steht eine greise Cypresse,

Viele Jahre durch heiligen Dienst der Väter erhalten.
Alle treffen wir dort auf verschiedenen Wegen zusammen.
Nimm du, Vater, das heil'ge Gerät und der Heimat Penaten;
Mir, der aus schrecklicher Schlacht und frischem Gemetzel daherkam,
Ist die Berührung versagt, bevor in lebendigem Strome
Abgewaschen ich bin.« –
Sprach's und neigte herab den Hals und die mächtigen Schultern,
Die mit dem Kleide bedeckt und dem Fell des gelblichen Löwen,
So übernehm ich die Last. Der kleine Julus, er schmiegt sich
Mir an die Hand und begleitet mit kürzeren Schritten den Vater,
Hinter mir schreitet die Frau. Wir durcheilen die finsteren Gassen,
Und mich, welchen zuvor kein Lanzenregen erschüttert,
Keine begegnenden Griechen in dichtgeschlossenen Schlachtreihn,
Schreckt nun ein jeder Hauch in der Luft, regt jedes Geräusch auf,
Angstvoll bin ich und fürchte für Bürde zugleich und Begleitung.
  Nahe schon war ich den Toren der Stadt, und allen Gefahren
Wähnt' ich entronnen zu sein, als den Schall von nahenden Tritten
Stärker und stärker zu hören ich glaubte; der Vater im Dunkel,
Vor sich spähend, er rief: »Nun rasch nur, mein Sohn, denn sie kommen!
Hellauf blinkendes Erz bemerk ich und funkelnde Schilde.«
Jetzt verwirrt mir, ich weiß nicht welche mich hassende Gottheit,
In meiner Angst und Bestürzung den Sinn. Denn als ich in Eile
Abwegs geh, mich vom Lauf der bekanntesten Gassen entferne,
Weh, da verlier ich Armer Kreusa, mein Weib; ob das Schicksal
Sie mir entriß, ob den Weg sie verfehlt', ob sie müde sich setzte,
Weiß ich nicht, und nimmer erblickte mein Auge sie wieder.

Aber ich schaute nicht früher mich um, der Verlorenen achtend,
bis wir den Hügel erreicht und der altehrwürdigen Ceres
Heiligen Sitz. Hier endlich, da alle sich sammelten, fehlte
Einzig nur sie, die Gefährtin, den Sohn und den Gatten betrübend.
Sinnlos, ach, wen klagt' ich nicht an von den Göttern und Menschen!
In der zerstörten Stadt – gab's da ein größeres Unheil?
Meinen Julus, Anchises, den Greis, und der Teukrer Penaten
Berg ich im Schatten des Tals, sie der Hut der Gefährten empfehlend.
Selber kehr ich zur Stadt, mit blitzenden Waffen umgürtet;
Neu die Gefahr zu bestehn und Troja aufs neu zu durchlaufen,
Ist mein Entschluß, und wieder mein Haupt dem Schicksal zu bieten. 751

Anfangs richt ich den Schritt zu den Mauern, woher ich gekommen,
Und zu der dunklen Schwelle des Tors und verfolge nun rückwärts
Jede beachtete Spur durch die Nacht mit forschendem Blicke.
Grauen erfaßte mein Herz, mich ängstigte selber die Stille.
Auch zum Hause zurück, ob sie etwa dorthin sich geflüchtet,
Wandte ich mich. Doch Griechen stürmten und füllten die Räume.
Alles vorbei! Und der Sturmwind jagt das gefräßige Feuer
Bis in den First, es siegen die Flammen, und rot ist der Himmel.
Weiter nun eil ich und komme zur Burg und zu Priamus' Häusern. 760
Schon in dem Tempel der Juno, in seinen verödeten Hallen,
Waren zu Wächtern Phoenix bestellt und der wilde Ulyxes,
Um zu verhüten den Raub. Hier werden die Schätze von Troja,
Rings aus brennenden Tempeln geschleppt, hier Tische der Götter,
Becher aus lauterem Gold und erbeutete Feiergewänder
Aufgehäuft. Auch Knaben umher und zitternde Mütter
Stehen ringsum.

Tollkühn wagt' ich's sogar, zu erheben im Dunkel die Stimme,
Füllte die Gassen mit meinem Geschrei, und in tiefer Betrübnis
Rief ich umsonst und wieder umsonst den Namen Kreusa.
Während rasend ich nun durch die Stadt sie suche und suche,
Schien das traurige Bild, der Schatten meiner Kreusa,
Mir vor Augen zu stehn, doch in höherem Wuchse als vorher.
Angstvoll erstarrt' ich, die Haare gesträubt, es stockte die Stimme;
Sie aber sprach da zu mir und sagte die tröstenden Worte:
»Wie doch kannst du so sehr dich unseligem Schmerze ergeben,
O mein süßer Gemahl! Nicht ohne den Willen der Götter
Kam dies Los. Nicht durft' als Gefährtin Kreusa dir folgen,
Solches verbot das Geschick und der Herrscher im hohen Olympe.
Lange im Elend wirst du durchkreuzen die endlosen Meere,
Aber du kommst ins hesperische Land, wo der lydische Thybris
Fruchtbare Völkergefilde durchströmt mit sanftem Gewoge.
Glück und italische Macht und aus Königsgeschlecht eine Gattin
Findest du dort. O beweine nicht mehr die geliebte Kreusa!
Nicht der Myrmidonen und Doloper stolze Paläste
Brauch ich zu sehn noch zu dienen als Sklavin den griechischen Frauen,
Ich, des Dardanus Tochter und Schwiegertochter der Venus,
Sondern es hält mich zurück die erhabene Mutter der Götter.
Lebe denn wohl und erhalte dein Herz dem gemeinsamen Sohne.«
Als sie die Worte gesagt und ich weinend noch vieles zu sprechen
Trachtete, schwand sie hinweg und entwich wie ein Hauch in die Lüfte.
Dreimal versucht' ich es noch, um den Hals ihr die Arme zu schlingen,
Dreimal entfloh mir, vergebens erhascht, die Gestalt aus den Händen,
Ähnlich dem Hauch eines Windes, dem flüchtigen Traume vergleichbar.

Also verbring ich die Nacht und suche dann wieder die Freunde,
Und ich finde daselbst mit Verwunderung neue Gefährten,
Hergeströmt in gewaltiger Anzahl, Mütter und Männer,
Jugend dazu, versammelt zur Flucht, unglückliche Menschen.
Ringsher kommen sie an, mit all ihrer Habe, entschlossen,
Überall hin mir zu folgen, wohin ich führen sie wollte.
Schon stieg Lucifer auf am ragenden Gipfel des Ida,
Als Verkünder des Tags. Die Danaer hielten der Tore
Schwellen besetzt, und es schwand uns jegliche Hoffnung auf Hilfe.
Also wich ich und stieg ins Gebirg', auf der Schulter den Vater.

Dritter Gesang

Seit es den Göttern gefiel, zu vernichten Asiens Mächte
Samt dem schuldlosen Priamusvolk, gesunken das stolze
Ilion war, in Asche verraucht das neptunische Troja,
Trieben uns die Verbannung, in ferne, verödete Länder
Götterbefehle. Wir bauten am Fuße des phrygischen Ida,
Hart an der Stadt Antandros, die Flotte, nicht wissend und ahnend,
Wohin das Schicksal uns führe und wo es uns Ruhe vergönne.
Doch wir sammeln die Männer. Kaum hatte der Sommer begonnen
Und Anchises geboten, dem Schicksal die Segel zu hissen,
Da verlaß ich mit Tränen die Küste der Heimat, den Hafen
Und das Gebiet, wo Ilion stand; schon fahr ich, vertrieben,
Mit den Genossen, dem Sohn, den Penaten und mächtigen Göttern.
Ferne ein kriegerisch Land mit unermeßlichen Feldern,
Thraker besiedeln's, vor Zeiten beherrscht vom König Lykurgos,

Längst uns durch gastliche Freundschaft und gleiche Penaten verbunden,
Als noch blühte das Glück. Hier land ich und gründe die ersten
Mauern an einer Bucht, jedoch unter widrigem Schicksal,
Und ich benenne die Stadt nach dem eigenen Namen dann Aenus.

Opfer bracht' ich sodann der Mutter Dione und allen
Himmlischen Schützern des werdenden Baus und weihe am Strande
Einen glänzenden Stier dem erhabenen Göttergebieter.
Nahe dabei war ein Hügel, auf dem Kornellengesträuche
Wucherten und gedrängt die starrenden Schäfte der Myrte.
Dorthin geh ich; doch wie ich das grüne Gebüsch aus der Erde
Ziehn schon will, damit die Altäre mit Laub zu bedecken,
Seh ich ein grauses, ein wahrlich entsetzlich wirkendes Zeichen.
Denn sobald ich den Strauch mit den Wurzeln dem Boden entrissen,
Da entströmt ihm Blut in dunkel quellenden Tropfen
Und besudelt mit Eiter die Erde. Ein eisiger Schauer
Fährt ins Gebein mir, mein Blut erstarrt vor Entsetzen.
Wieder schick ich mich an, ein anderes schwankendes Zweiglein
Auszureißen, um ganz den verborgenen Grund zu erforschen;
Schwarz aber fließt das Blut auch aus der Rinde des andern.
Voll von Schrecken und Angst fleh an ich die ländlichen Nymphen
Und den Beschützer der getischen Flur, den Vater Gradivus,
Mir die Erscheinung zum Heil und das Zeichen zum Guten zu mildern.
Aber nachdem ich mit stärkeren Kräften das dritte der Bäumlein
Fasse und mit den Knien dem Sand entgegen mich stemme,
(Sag ich's oder verstumm ich?) da dringt aus der Tiefe des Hügels
Jammergeheul, und es schallt an die Ohren die klagende Stimme:
»Was zerfleischst du mich Armen, Aeneas? O schone den Toten,

Schone auch deine Hand vor dem Frevel. Ich bin dir kein Fremder –
Kennst mich von Ilion her –, nicht fließt das Blut aus dem Holze.
Flieh dies grausame Land, ach flieh dies gierige Ufer.
Denn Polydorus bin ich, den hier durchbohrte der Waffen
Eiserne Saat, die keimend aus spitzigen Lanzen emporwuchs.«
Jetzt von doppelter Angst im furchtsamen Herzen beklommen,
War ich erstarrt, mir sträubt' sich das Haar, es stockte die Stimme.
Hatt' doch gesandt mit Schätzen von Gold den Sohn Polydorus
Priamus einst, der Arme, geheim dem thrakischen König,
Ihn bei sich zu erziehn, als schon den Dardanerwaffen
Nicht mehr er traute, die Stadt vom belagernden Feind er umringt sah.
Doch als gebrochen die Teukrermacht und gewichen das Glück war,
Huldigte dieser den Waffen des Siegs und der Macht Agamemnons,
Alles Recht verletzend erschlägt er den Jüngling, gewaltsam
Raubend das Gold. Wozu doch treibst du sterbliche Herzen,
Schändlicher Hunger nach Gold! – Sobald ich den Schreck überwunden,
Meld ich der Götter Gebot den erwählten Häuptern des Volkes,
Doch dem Vater zuerst, und forsche nach ihren Gedanken.
Alle nun stimmen mir bei, das verruchte Gebiet, des entweihten
Gastrechts Stätte, zu fliehn und den Winden die Segel zu geben.
Also erneuern wir nun des Polydorus Bestattung,
Türmen zum Hügel die Erde, errichten Altäre den Manen,
Traurig mit dunklen Binden umhüllt und schwarzen Zypressen,
Rings auch ilische Frauen, die Haare gelöst nach der Sitte.
Laue Milch nun bringen wir dar in schäumenden Näpfen,
Auch die Schalen mit heiligem Blut und schaffen der Seele
Ruhe im Grabe und rufen mit lauter Stimme zum Abschied.
Drauf, sobald wir trauten der See und die Winde den Meeren

Ruhe verliehn und die säuselnde Luft auf die Meere hinausrief,
Ziehen die Freunde die Schiffe vom Strand und füllen das Ufer.
Wir entfliehen dem Hafen, und Länder und Städte entschwinden.
Mitten erhebt sich im Meer ein prächtiges, liebliches Eiland,
Lieb dem Aegaeer Neptun und der nereidischen Mutter,
Das der Bogenschütze, da einst es um Küsten und Ufer
Irrte, dankbar an Gyarus band, an die Höh' von Mykonus,
Daß es nun fest den Bewohnern stehe und trotze den Stürmen.
Dorthin fahr ich, es nimmt ein sicherer Hafen die Müden
Freundlich auf, wir landen und ehren die Stadt des Apollo.
Anius, König der Leute zugleich und Priester des Phoebus,
Um die Schläfen gewunden das Band und heiligen Lorbeer,
Tritt uns entgegen und kennt den alten Freund in Anchises.
Gastlich reichen wir uns die Hände und gehn in die Wohnung,
Grüßen den Tempel Apolls, den Bau ehrwürdigen Alters:
»Gib uns, Thymbraeer, ein eigenes Heim, gib Mauern den Müden,
Enkel und bleibende Stadt! Bewahre für Troja ein andres
Pergamum, und was den Griechen entfloh und dem wilden Achilles.
Wer soll uns führen? Wo schickst du uns hin, wo gründen wir Sitze?
Gib uns ein Zeichen, o Vater, und senke dich uns in die Seelen!«
Kaum war solches gesprochen, als sichtlich die Gegend erbebte,
Schwelle des Gottes und Lorbeerhain und das ganze Gebirg rings
Zitterten heftig, aus offenem Tempel erschallt' es vom Dreifuß.
Nieder sinken wir fromm und vernehmen den göttlichen Ausspruch:
›Hartes Dardanervolk, ein Land, das vom Stamme der Väter
Euch ursprünglich schon trug, es empfängt euch kehrend nun wieder
In dem lachenden Schoße. Die alte Mutter, nun sucht sie!

Dort wird das Haus des Aeneas die Länder der Erde beherschen,
Und auch Sohn auf Sohn und Enkel hinter dem Enkel.«
Phoebus rief es laut, es erhebt sich in großem Getümmel
Freude, da fragten sie alle, von welchen Mauern Apollo
Ihnen verkündet, wohin er die Irrenden rufe zur Heimkehr.
Jetzt begann mein Vater, uralter Sagen gedenkend:
»Hört mich, ihr Fürsten des Volks, lernt eure Zukunft erkennen.
Mitten im Meere liegt Kreta, des großen Jupiter Insel,
Wo der idaeische Berg ist, die Wiege unsres Geschlechtes.
Hundert gewaltige Städte sind dort und fruchtbare Fluren.
Unser erhabener Ahne, entsinn ich mich recht des Gehörten,
Teukrus segelt' von dort zuerst an die Küste Rhoeteums,
Wählte zum Reich sich das Land. Noch standen Ilions Burgen,
Noch stand Pergamum nicht, denn das Volk wohnt unten in Tälern.
Kybele stammte von dort, die pflegende Mutter, des Ida
Hain, das Erz der Kureten, von hier das Opfergeheimnis
Und das Löwengespann, das am Wagen der herrschenden Göttin.
Auf denn und laßt uns folgen, wo Götter Befehle uns heißen.
Laßt uns versöhnen die Winde, besuchen die knosischen Reiche!
Nicht gar weit ist die Reise dahin; wenn uns Jupiter beisteht,
Landet die Flotte am dritten Tag am Gestade von Kreta.«
Also sprach er und weiht den Altären als schuldiges Opfer
Einen Stier dem Neptun, einen andern dem schönen Apollo,
Lämmer, ein schwarzes dem Sturm, ein weißes dem günstigen Westwind.
Kommt ein Gerücht zu uns: aus dem Reiche der Väter vertrieben
Sei Idomeneus und die Küste von Kreta verödet,
Frei die Häuser vom Feind, die Wohnungen stehen verlassen.
Wir entfliehen Ortygias Hafen, durchstreifen die Wellen,
An dem bacchantischen Naxos, am grünen Donysa vorüber,

An dem glänzenden Paros, Olearos, durch der Kykladen
Inselmeer, ein Gewässer, besät mit zahlreichen Ländern.
Fröhliches Schiffergeschrei erschallt verbissen am Ruder,
Mahnend rufen die Freunde: »Laßt suchen uns Kreta, die Ahnen!«
Günstig erhebt sich im Rücken der Wind, die Reise beflügelnd,
Und so landen zuletzt wir am alten Strand der Kureten.
Schleunig gründ ich die Mauern, die alle ersehnten,
Nenne Pergama sie, und das Volk, das des Namens sich freute,
Mahn ich, zu lieben den Herd und die Burg für die Häuser zu türmen.

Viele der Schiffe, sie waren ans trockene Ufer gezogen,
Ehen beschäftigten schon und Ackerverteilung die Jugend,
Wohnung gab ich und Recht, als plötzlich, die Glieder verzehrend,
Aus verpestetem Raume der Luft die Seuche daherkam,
Bäumen verderblich sogar und Saaten, ein Jahr der Vernichtung.
Viele verhauchten bereits ihr süßes Leben, und andre
Schleppten den siechen Leib, und der Sirius sengte die Fluren,
Nahrung versagten kränkelnde Saaten, und Kräuter verdorrten.
Wieder zurück auf dem Wege des Meers zum Orakel des Phoebus
Heißt der Vater nach Delos uns segeln, um Gnade da flehen.
Welch ein Ziel der Not er bestimme, wo Hilfe im Elend
Endlich suchen er heiße, wohin wir zu richten die Schiffahrt.

Nacht war's, und der Schlummer umfing, was lebte auf Erden,
Als ich die heiligen Bilder der Götter und Phrygerpenaten,
Die aus Troja ich trug, aus der Stadt rings wütender Flammen,
Glaubte zu schauen im Schlafe, denn dicht vor des Liegenden Augen
Standen sichtbar sie da in heller Beleuchtung, wo dann sich
Durch das vergitterte Fenster des Vollmonds Schimmer hereingoß,
Und sie begannen zu mir und sprachen die tröstenden Worte:
»Was Apollo dir sagte, wenn du nach Ortygia führest,

Kündet er hier und sendet uns selbst an die Schwelle des Hauses.
Wir, die nach Ilions Brand dir folgten und deinem Gebote
Und auf der Flotte mit dir die stürmischen Meere durchfurchten,
Werden die kommenden Enkel dir auch zu den Sternen erheben,
Herrschaft der Welt verleihen der Stadt. Du baue den Mächt'gen
Mächtige Mauern und scheue die langen Beschwerden der Flucht nicht.
Ändern mußt du den Ort. Nicht hat der delische Phoebus
Dir dies Ufer geraten, noch hieß er in Kreta dich siedeln.
Fernhin liegt ein Land, Hesperien nennt es der Grieche,
Uralt, mächtig durch Waffen und reich durch den Segen des Bodens,
Einst von oenotrischen Männern bewohnt, jetzt nennen's die Jüngern,
Sagt man, Italien, nach des Königs Italus Namen.
Das ist der uns eigene Sitz, wo Dardanus herstammt,
Vater Iasius auch, der Ahnherr unsres Geschlechtes.
Mache dich auf und künde dem alten Vater mit Freuden
Dies untrügliche Wort: Ausonien soll er sich suchen
Und des Korythus Stadt. Es weigert dir Jupiter Kreta.«
Vollends betroffen von solchem Gesicht und den Worten der Götter
(Denn das war kein Traum, ihr Antlitz wähnt' ich zu kennen
Und das umschleierte Haar und deutlich sichtbar die Mienen,
Auch entströmte mir kalt aus dem ganzen Körper der Angstschweiß),
Raff ich plötzlich vom Lager mich auf und strecke die Hände
Hochgefaltet und bittend zum Himmel und sprenge die Spende
Lauteren Weins auf den Herd. Und froh nach vollendetem Opfer
Mache ich Meldung dem Vater, eröffne ihm alles getreulich.
Er erkannte, daß zweifachem Stamme die Ahnen entsprossen

Und wie jüngst er geirrt und alle Länder verwechselt.
Drauf beginnt er: »O Sohn, in Iliums Leiden Geübter,
Nur Kassandra allein hat solches Geschick mir geweissagt.
Jetzt erst gedenk ich, daß unsrem Geschlecht dies Los sie verkündet,
Oft von Hesperien sprach sie und oft von italischem Reiche;
Doch wer dachte, daß je nach hesperischen Küsten die Teukrer
Kämen, wen hätte gerührt Kassandra, die Seherin, damals?
Weichen wir Phoebus und folgen gewarnt dem besseren Rate.«
Sprach's, und wir alle gehorchten sofort mit Jauchzen dem Worte.
Also scheiden wir auch von hier, nur wenige bleiben,
Hissen die Segel und eilen im hohlen Schiff durch die Meerflut.

Als auf dem Meere nun steuert die Flotte und nirgend ein Land mehr
Sichtbar uns war, nur überall Himmel und überall Wasser,
Hing ein düstres Gewölk alsbald mir über dem Haupte,
Nacht verkündend und Sturm, und vom Dunkel erschauert die Woge.
Plötzlich zerwühlen Stürme das Meer, es schwellen die Fluten
Mächtig an, und wir treiben zertreut in endlosem Wirbel.
Nebel verhüllen den Tag, es raubt uns den Anblick des Himmels
Finsterer Regen, und Blitze durchzucken zerrissene Wolken.
Aus der Richtung geworfen durchirren wir blindlings die Wellen,
Selbst Palinurus erklärt, er könne am Himmel nicht länger
Nacht und Tag unterscheiden, den Weg nicht finden im Meere.
Drei unsichere Tage, im blinden Dunkel befangen,
Irren wir über das Meer und gleich viel sternlose Nächte.
Endlich am vierten Tage sehen wir Land sich erheben,
Fernes Gebirge sich zeigen und Rauch aufwirbeln. Die Segel
Werden gerefft, wir ergreifen rasch nun die Ruder, die Schiffer
Ringen ohne Verzug im Schaum und peitschen die Wellen.

So den Fluten entronnen empfängt mich strophadisches Ufer.
Inseln sind die Strophaden, mit griechischem Namen geheißen,

In dem großen jonischen Meer, wo die grause Kelaeno
Haust und andre Harpyen, seitdem die Wohnung des Phineus
Ihnen sich schloß und aus Furcht sie die früheren Tische verließen.
Grausiger ist kein Scheusal als sie, und schlimmer ist niemals
Je eine Pest und ein Götterfluch aus den stygischen Wellen
Aufgestiegen, ein Vogelgezücht, jungfräulich das Antlitz,
Scheußlich ihr Unrat, die Hände sind Krallen, und ständig vor Hunger
Bleich ihr Gesicht.
Als wir nun hierher in den Hafen gelangten, da siehe,
Muntere Rinderherden und ziegenartige Tiere
Sehen wir rings auf der Flur ohne Hirten weidend im Grase.
Alsbald dringen wir ein mit dem Schwert und laden die Götter,
Jupiter erst, zum Anteil am Raub, in der Buchten Gestade
Breiten Polster wir uns und freun uns des köstlichen Mahles.
Aber plötzlich im grausigen Sturz von den Bergen sich hebend
Nahn die Harpyen und schlagen mit lautem Brausen die Flügel,
Reißen die Speisen uns weg und besudeln mit garstigem Unrat
Alles; dazu noch das schrille Gekreisch und der scheußliche Pesthauch.
Wieder, in einsamer Schlucht und in einem Felsengewölbe,
Rings von Bäumen umgeben und schaurigen Schatten umschlossen,
Stellen wir Tische uns auf und legen Glut auf den Altar.
Wieder aus anderen Räumen der Luft, aus dunklen Verstecken
Stürmt mit den gierigen Krallen der kreischende Schwarm auf die Beute
Und befleckt mit dem Maule das Mahl. Jetzt heiß ich die Freunde
Waffen ergreifen und Kampf mit dem gräßlichen Volke beginnen.
Willig befolgen sie, was ich gebot, und verstecken im Grase
Ihre Schwerter und bergen dazu auch heimlich die Schilde.
Als die Vögel sich setzten, die Buchten des Ufers umlärmten,
Gab Misenus das Zeichen mit hohlem Erz auf der Warte;

Los nun brechen die Freunde zu solchem seltsamen Kampfe,
Mit dem Schwert zu zerhaun die scheußlichen Vögel des Meeres.
Aber keine Gewalt durchdringt das Gefieder und keine
Wunde den Rücken; in eiliger Flucht zu den Sternen sich hebend,
Lassen sie halbverschlungen das Mahl und häßliche Spuren.
Eine nur setzte sich dort auf schroffe Klippen, Kelaeno,
Eine Prophetin des Unglücks, und stieß aus dem Busen die Worte:
»Krieg für den Mord an den Rindern und hingeschlachteten Stieren,
Krieg nun wollt ihr dafür uns, Laomedons Enkel, bereiten,
Wollt aus der Heimat uns, die Harpyen, schuldlos verjagen?
Höret mich also und prägt mein Wort euch tief in die Seele:
Was der allmächtige Vater dem Phoebus und Phoebus mir selber
Offenbarte, das melde ich euch, der Furien größte.
Nach Italien lenkt ihr die Fahrt, mit erbeteten Winden
Kommt nach Italien ihr und werdet erreichen den Hafen;
Doch die verheißene Stadt umschließt ihr nicht eher mit Mauern,
Als bis rasender Hunger, weil ihr so schnöde gemordet,
Zwingen euch wird, an Tischen zu nagen und sie zu verschlingen.«
Sprach's und entfloh in die Waldung zurück, von den Flügeln getragen.

Doch den Gefährten erstarrte das Blut vom plötzlichen Schrecken,
Allen sank nun der Mut, sie wollen nicht länger mit Waffen,
Sondern allein mit Gelübden und Flehen den Frieden erbitten,
Ob es nun Göttinnen sind, ob Vögel des Fluchs und Entsetzens.
Aber der Vater Anchises, die Hände erhebend am Ufer,
Ruft die himmlischen Mächte, verspricht die schuldigen Opfer:
»Götter, o hindert die Drohung und wendet, o Götter, solch Unheil

Und erhaltet die Frommen in Gnaden.« Drauf heißt er vom Ufer
Reißen die Seile und lösen das aufgewickelte Tauwerk.
Südwind schwellte die Segel, wir fliegen durch schäumende Wellen,
Wo uns der Wind hinrief und der Steuermann lenkte die Flotte.
Schon erscheint uns im Meer das wälderreiche Zakynthus,
Same, Dulichium auch und des Neritus ragende Felsen.
Ithakas Klippen entfliehn wir sodann, dem Reich des Laertes,
Und verfluchen das Land der Heimat des wilden Ulyxes.
Auch das umnebelte Haupt des Leukategebirges enthüllt sich
Und der Tempel Apolls, den die Schiffer fürchten. Ermüdet
Steuern wir hin und erreichen das kleine Städtchen. Die Anker
Fallen vom Vorderdeck, und die Kiele liegen am Ufer.
Als wir so unverhofft zu Lande endlich gekommen,
Weihen wir Jupiter uns, entflammen betend Altäre
Und beleben den aktischen Strand durch ilische Spiele.
Nackt und mit Öl gesalbt wetteifern in Kämpfen der Heimat
Unsre Gefährten, erfreut, so vielen griechischen Städten
Glücklich entflohn und gerettet zu sein aus der Feinde Umzinglung.
Unterdessen durchrollt den Kreis des Jahres die Sonne,
Und der eisige Winter durchwühlt mit dem Nordwind die Wellen.
Einen ehernen Schild, den der mächtige Abas getragen,
Hefte ich vorn an das Tor und bezeichne die Tat mit der Inschrift:
»Diese Wehr der siegreichen Danaer stiftet Aeneas.«
Dann aber heiß ich scheiden vom Hafen, die Bänke besetzen.
Eifrig peitschen die Freunde das Meer und durchfurchen die Wogen.
Schnell versinken vor uns der Phaeaken luftige Hügel,
Und wir gleiten vorbei an Epirus' Gestade und laufen
In den chaonischen Hafen, betreten das hohe Buthrotum.
Hier erfüllt uns das Ohr ein Gerücht unglaublicher Taten:
Helenus, Priamus' Sohn, sei Herrscher in griechischen Städten,

Zepter besitzend und Gattin des aeakidischen Pyrrhus,
Und Andromache wieder vermählt einem heimischen Gatten.
Staunend vernehm ich's, mir brannte das Herz von gewaltiger Sehnsucht,
Anzureden den Mann und so großes Geschick zu erkunden.
Also schreit ich zum Hafen, verlassend Flotte und Ufer,
Als soeben ein festliches Mahl und Trauergeschenke
Vor der Stadt im Hain, an des neuen Simois Wellen,
Opfernd Andromache weihte der Asche, zum Grabe des Hektor
Rief sie die Manen; sie hatte hier alles aus grünendem Rasen
Ihm, nebst zwei Altären, geweiht, dort weinen zu können.
Als sie kommen mich sah und rings die trojanischen Waffen
Schaute, halb entseelt und bestürzt von der Wundererscheinung,
Starrte sie mitten im Schaun, die Wärme verließ die Gebeine,
Niedersank sie, und erst allmählich fand sie die Worte:
»Ist das dein wahres Gesicht und nahst du als wahrhafter Bote?
Lebst du, Sohn einer Göttin? Doch wenn das Licht dir geschwunden,
Wo ist Hektor?« Sie sprach's und zerfloß in Tränen und füllte
Rings mit dem Jammer den Ort. Kaum weniges kann der Betörten
Drauf ich erwidern und stammle verwirrt nur einige Worte:
»Ja, ich lebe und schleppe mein Leben durch äußerstes Elend,
Zweifle du nicht, was du schaust, ist wahr.
Wehe, welchem Geschick verfielst du nach eines so großen
Gatten Tode? Oder beglückt dich ein würdiges Schicksal?
Teilst du, Hektors Andromache, noch mit Pyrrhus das Lager?«
Sie aber senkte den Blick und begann mit stockender Stimme:
»Ach, nur eine ist glücklich von allen Priamustöchtern,
Die an dem feindlichen Grab, vor Trojas ragenden Mauern,
Sterben durfte, bevor sie irgendeiner erloste,
Und kein Bett des siegreichen Herrn als Sklavin berührt hat.
Nach dem Brande der Stadt, verschiedene Meere durchfahrend,

Trug ich den Stolz des achillischen Stamms, den trotzigen Jüngling,
Und ich gebar in Dienstbarkeit ihn. Drauf zog er nach Sparta,
Sich um Hermione dort, die Enkelin Ledas, bewerbend,
Und verschenkte dem Helenus mich, dem Sklaven die Sklavin.
Aber von glühender Liebe entbrannt zur entrissnen Verlobten
Lauert Orestes, verfolgt von den Furien seiner Verbrechen,
Auf den Ahnungslosen und schlug an des Vaters Altar ihn.
Nach Neoptolemus' Tod erhielt einen Teil des Gebietes
Helenus dann, der später die Felder chaonische nannte,
Und das ganze Chaonien, nach dem trojanischen Chaon,
Pergamum baute er dann und Ilions Burg auf der Höhe.
Aber was leitete dich für ein Wind und welches Verhängnis?
Oder was trieb für ein Gott dich Ahnungslosen an unsre
Küsten? Was macht dein Julus? Verblieb er am Leben und atmet,
Den dir schon Troja . . .
Ob der Knabe wohl noch gedenkt der verlorenen Mutter?
Ob zu männlichem Mut und zur Heldentugend der Ahnen
Ihn sein Vater Aeneas auch anspornt und Hektor, sein Oheim?«
Sprach's in Tränen zerfließend und setzt' mit vergeblichen Klagen
Lange das Weinen noch fort. Doch siehe, da naht von den Mauern
Helenus, Priamus' Sohn, der Held, mit großer Begleitung,
Gleich erkennt die Seinigen er und führt sie zur Wohnung
Und vergoß viel Tränen bei jedem einzelnen Worte.
Vorwärts geh ich und sehe ein kleines Troja, dem großen
Pergamum ähnlich, ein seichtes Bächlein, nach Xanthus'
Namen benannt, und umarme die Schwellen des skaeischen Tores.
Auch die Teukrer gehn, die verbündete Stadt zu genießen;
In den geräumigen Hallen empfing sie gastlich der König.
Mitten im Hofe spenden sie nun aus Pokalen dem Bacchus,
Speisten aus Schüsseln von Gold und hielten die Schalen zum Opfer.

Schon war der Tag uns entflohn und wieder ein Tag, und die Winde
Rufen die Segel zur Fahrt, der Südwind bläst in das Leinen.
Und da rede den Seher ich an und frage ihn also:
»Enkel des Tros, Verkünder der Götter, der du den Dreifuß,
Der du den Wink des Apollo, die Sterne, den klarischen Lorbeer, 360
Auch die Stimme der Vögel verstehst und des Fluges Bedeutung,
Sprich (denn Götterverkündung versprach mir günstige Seefahrt,
Ja, mich hießen die Himmlischen alle mit mahnenden Winken
Nach Italien steuern, entlegene Länder erkunden,
Nur die Harpye Kelaeno allein weissagt mir Verderben,
Neues unnennbares Grauen, und kündet traurige Rache,
Scheußlichen Hunger uns an); doch welche Gefahren vermeid ich?
Oder was muß ich tun, so arge Not zu besiegen?«
Helenus, als er nach Sitte zuvor die Stiere geschlachtet, 369
Fleht um der Götter erbarmende Huld und löste die Binden
Vom geheiligten Haupt, und zu deinem Tempel, o Phoebus,
Führt er mich selbst an der Hand, da vom Schauer des Gottes ich zage.
Darauf verkündet der Priester aus göttlichem Munde mir also:
»Sohn einer Göttin! (Denn daß du in höherer Leitung durch Meere
Fährst, ist deutlich genug.) So ordnet der König der Götter
Menschliches Los und verhängt das Geschick nach Ordnung der Dinge.
Weniges nur von vielem vermag ich dir jetzt zu enthüllen:
Daß du gesicherter ziehst durch gastliche Wogen und landest
Im ausonischen Hafen, die Parzen verbieten noch mehr zu
Künden, und den Helenus hemmt gar sehr die saturnische Juno.
Erstens das Italerland, das bereits ganz nahe du wähntest 381
Und im benachbarten Hafen zu landen dich rüstest, Getäuschter,

Davon trennt dich noch wegloser Weg durch entlegene Lande.
Vorher muß in trinakrischer See das Ruder sich biegen,
Und du mußt mit den Schiffen ausonische Salzflut durchschneiden,
Auch den avernischen Teich und die Insel der kolchischen Circe,
Ehe die Stadt erbauen du kannst auf sicherer Erde.
Zeichen verkünd ich dir nun, du halte sie fest in der Seele.
Wenn dir Bekümmertem einst am einsam strömenden Flusse
Unter den Ufereichen erscheint ein gewaltiges Wildschwein,
Das der Frischlinge dreißig gebar, im Schatten gelagert,
Weiß, am Boden gestreckt und die weißen Ferkel ums Euter,
Dort ist der Ort für die Stadt, ist sichere Ruh vor der Mühsal.
Auch erschaudere nicht vor der künftigen Speise der Tische;
Zeigt doch das Schicksal klar dir den Weg, es erscheint dir Apollo.
Aber die Gegenden dort und den Saum der italischen Küste,
Die unser eigenes Meer mit seiner Brandung umdonnert.
Fliehe, die Städte sind alle bewohnt von tückischen Griechen.
Burgen haben sie dort, von narykischen Lokrern gegründet.
Auch besetzte mit Kriegern Idomeneus, Herrscher von Lyktus,
Sallentiner Gebiet, auch das kleine Petilia liegt hier,
Das Philoktet, der Fürst von Meliboea, umschanzte.
Wenn du da jenseits des Meers mit deiner Flotte geankert
Und Altäre gebaut, um Opfer am Strande zu bringen,
Dann verhülle dir noch dein Haar mit purpurner Binde,
Daß bei den heiligen Feuern und frommer Götterverehrung
Dir kein feindliches Antlitz erscheint und die Zeichen dir störe.
Diesen Opfergebrauch beachte du selbst und die Deinen,
Diesen heiligen Dienst soll fromm auch der Enkel bewahren.
Wenn dich darauf nach der Abfahrt der Wind zur sizilischen Küste
Hinführt und sich das Tor des engen Pelorum dir weitet,
Suche dann links das Land und links in weiter Umschiffung
Fahre durchs Meer, rechts meide den Strand und die Wellen.
Einst, so erzählt man, wurden gewaltsam durch schrecklichen Einsturz

(So viel kann verändern die Zeit in längerer Dauer)
Diese Gebiete zerrissen, die früher zusammen gehörten,
Aber das Meer drang mitten hinein gewaltsam, die Wogen
Rissen das Sikulerland von Hesperien, Fluren und Städte
Wurden mit ihren Ufern getrennt von enger Durchbrandung.
Rechts ruht Skylla und links die unversöhnte Charybdis.
Diese verschluckt dreimal in des Abgrunds unterstem Strudel
Jäh hinunter die Massen der Flut und speit sie dann wieder
Wechselweise hinauf und peitscht mit den Wogen die Sterne.
Aber die Skylla haust in finstrer, verborgener Höhle,
Streckt ihre Köpfe heraus und lockt zu den Klippen die Schiffe.
Oben ist Menschengestalt, mit schönem Busen die Jungfrau,
Bis zum Schoß, doch unten ein Meertier mit gräßlichem Körper
Und Delphinenschwänzen, an Seehundbäuche gewachsen:
Sicherer ist's, du umfährst den trinakrischen Berg des Pachynus,
Selbst mit Verzögrung, und nimmst einen Kurs mit längerem Umweg,
Als du schaust in grausiger Höhle die gräßliche Skylla
Einmal nur und die Felsen, die schwarze Hunde durchheulen.
Ferner, wenn je in Helenus Weisheit wohnt, er als Seher
Glauben verdient und Apollo sein Herz erfüllte mit Wahrheit,
Will ich das eine dir, Sohn einer Göttin, vor allem das eine
Künden und will dich nur immer und immer wieder ermahnen,
Junos erhabene Macht verehre vor allem mit Beten,
Juno rufe aus eigenem an, die gewaltige Herrin
Mach dir durch Gaben und Flehen geneigt, so wirst du als Sieger
Endlich vom Sikulerland die Italergrenzen erreichen.
Wenn du dorthin gelangst und Kumaes Mauern genaht bist,
Auch dem heiligen See, dem waldumrauschten Avernus,
Wirst du die Seherin schaun, die Verzückte, die in der Grotte
Schicksale kündet, mit Zeichen und Namen beschreibt sie die Blätter.
Hat die Orakel sodann auf Blätter geschrieben die Jungfrau,
Ordnet sie alle nach Zahl und läßt sie verschlossen im Felsen.
Immer verbleiben jene am Platz, aus der Reihe nicht weichend.

Aber sobald die Angel sich dreht, wenn nur leise der Zugwind
Gegen sie bläst und das Öffnen die zarten Blätter verwirrt hat,
Sorgt sie sich nicht, im Geklüft die flatternden wieder zu haschen,
Herzustellen die Lage, die Sprüche wieder zu ordnen.
Ratlos zieht man hinweg und flucht dem Sitz der Sibylla.
Laß hier keinen Verzug, kein Säumnis zu kostbar dir dünken –
Ob die Gefährten auch murren und ob die weitere Meerfahrt
Dringend dich ruft und die Segel vom günstigen Winde geschwellt sind –,
Bis du zur Seherin gingst und mit Beten Orakel erbatest.
Huldvoll singe sie selbst und öffne dir willig die Lippen.
Sie wird die Völker Italiens dir und die kommenden Kriege,
Und wie du je die Leiden bestehn kannst oder vermeiden,
Künden, für deine Verehrung glückliche Fahrt dir gewähren.
Das ist's, was dir zu sagen durch meinen Mund nun vergönnt ist.
Geh nur und hebe durch Taten das mächtige Troja zum Äther.«
  Als jetzt der Seher den Spruch mit dem Mund eines Freundes verkündet,
Heißt er, goldne Geschenke und elfenbeinernes Schnitzwerk
Schwer zu den Schiffen zu tragen, und unten im Kielraum verstaut er
Riesige Lasten von Silber nebst dodonaeischen Schalen,
Auch den Ringelpanzer aus dreifach goldenen Maschen
Und den Kegel des prächtigen Helms und den wehenden Haarbusch,
Einst Neoptolemus' Wehr. Auch für den Vater Geschenke
Fügt er hinzu und Rosse und ihren Lenker,
Auch ergänzt er die Ruder und rüstet die Freunde mit Waffen.
Nun gebot Anchises, die Segel der Flotte zu hissen,
Um nicht längern Verzug dem günstigen Winde zu schaffen,
Ehrerbietig spricht da zum Vater der Seher des Phoebus:
»O Anchises, der hohen Umarmung der Venus gewürdigt,
Liebling der Götter, dem Schutt von Pergamum zweimal entrissen!

Schau, dort liegt das Ausonierland, dort lenke die Fahrt hin!
Und doch mußt du daran vorübergleiten im Meere.
Fern ist jener ausonische Teil, den Phoebus eröffnet.
Geh nun«, schloß er, »beglückt durch die Liebe des Sohnes. Was red ich
Weiteres noch und verzögre mit Worten die drängenden Winde?«
Auch Andromache, schmerzlich betrübt von der Stunde des Abschieds,
Bringt jetzt farbig gestickte, mit Gold durchwirkte Gewänder
Und ein phrygisches Kleid für Julus, und eifernd in Ehrung,
Schenkt sie ihm reichlich Gewebe und spricht dann die Worte:
»Nimm auch dieses für dich von meiner Hand zum Gedenken,
Das, mein Knabe, dir zeige, wie sehr dich Andromache liebe,
Hektors Gattin. Empfange der Deinen letzte Geschenke,
Du, der mir übrig als meines Sohnes einziges Abbild.
So ja war sein Antlitz und seine Augen und Hände,
Und nun würd' er mit dir im gleichen Alter heranblühn.«
  Also schied ich von ihnen und sprach im Strome der Tränen:
»Lebt denn glücklich, ihr, die ihr schon euer Schicksal erfüllt habt.
Wir aber werden von einem Geschick in das andre gerufen.
Euch ward Ruhe zuteil, ihr braucht nicht Meere durchfurchen,
Kein Ausonierland, das immer wieder zurückweicht,
Braucht ihr zu suchen, ihr seht des Xanthus Abbild und Troja,
Das ihr durch eigene Hände euch schuft, mit besseren Zeichen
Hoff ich, und das die Wut der Griechen dann minder erreiche.
Komm ich zum Thybris dereinst und den Nachbarfeldern des Thybris
Und erblicke die Mauern, die meinem Geschlechte bestimmt sind,
Laßt die verbrüderte Stadt und die längst befreundeten Völker,
Latium sowie Epirus, da beide vom Dardanus stammen,
Beiden gleiches Geschick, durch eine Gesinnung zu einem
Troja uns schmieden. Dies zu vollenden bleib Sorge den Enkeln.«

Da nun segeln wir fort, an Keraunien nahe vorüber,
Wo der Weg nach Italien führt auf kürzester Seefahrt.
Jetzt geht unter die Sonne, und Schatten umdunkeln die Berge.
Hart am Wasser, im Schoß des ersehnten Landes uns lagernd,
Laben wir, losend die Wache am Ruder, auf trocknem
Ufer den Leib; der Schlummer erquickt die ermüdeten Glieder.
Noch nicht hatte die Nacht, von den Horen geleitet, des Himmels
Mitte erreicht, da erhebt Palinurus sich rasch von dem Lager,
Forscht nach allen den Winden und hascht mit den Ohren die Lüfte.
Alle Gestirne bemerkt er, die still den Himmel durchgleiten,
Sieht den Arktur, die feuchten Hyaden und beide Trionen.
Auch erspäht er genau den goldumstrahlten Orion.
Als er in Ordnung nun alles am heitern Himmel befunden,
Gibt er ein lautes Zeichen vom Deck. Wir räumen das Lager,
Schicken uns an zur Fahrt und öffnen die Flügel der Segel.
Schon errötet Aurora und scheucht die Sterne vom Himmel,
Als wir Italiens flache Küste, umdämmert die Hügel,
Fernher erblicken. »Italien!« ruft vor allen Achates,
Und »Italien!« grüßen mit Freudengeschrei die Gefährten.
Aber Vater Anchises bekränzt den gewaltigen Becher,
Füllt ihn mit Wein und stehend hoch auf dem Hinterverdecke
Rief er die Götter:
»Ihr, gewaltige Herrscher des Meeres, der Erde und Stürme,
Schenkt uns leichte Fahrt durch den Wind und wehet uns günstig.«
Kräftiger weht die erbetene Luft, ein Hafen erschließt sich
Näher bereits, und der Tempel erscheint auf den Höhn der Minverva.
Strandwärts treibt man die Kiele und rollt die Segel zusammen.
Wie ein Bogen gehöhlt ist der Hafen durch östliche Brandung,
Vorgelagerte Klippen umschäumt die spritzende Salzflut,
Er ist versteckt. Hoch strecken zu doppelter Mauer getürmte
Felsen die Arme herab, und es weicht vom Ufer der Tempel.
Hier erblick ich, als erstes Zeichen, vier in dem Grase

Weidende Rosse, so weiß wie Schnee, über Felder verstreut. Und
Vater Anchises ruft: »Bringst Krieg, o du gastliches Land, uns.
Krieg ja wappnet die Rosse, und Krieg bedeutet die Herde;
Aber die Rosse, sie pflegen ja auch den Wagen zu ziehen
Und ins Joch gespannt die Zügel in Eintracht zu dulden.
Frieden auch dürfen wir hoffen.« Wir flehen zur waffenumrauschten
Pallas, der heiligen Macht, die als erste die Jubelnden aufnahm.
Wir umhüllen das Haupt vor Altären mit phrygischem Schleier,
Nach des Helenus heilig genanntem Gebote, entbrennen
Opfer pflichtgemäß dann zu Ehren der Juno von Argos.
Ohne Verzug und sobald die Gelübde in Ordnung erfüllt sind,
Drehen die Enden wir um der segelumflatterten Rahen
Und verlassen die Flur, die verdächtigen Häuser der Griechen.
Dann erscheint uns der Busen Tarents, das, lügt nicht die Sage,
Herkules baute, es hebt sich die hehre Lacinia drüben,
Kaulons Burg sowie der Schiffe Gefahr, Skylakeum,
Dann auch fern aus der Flut erscheint der sizilische Ätna,
Und ein gewaltiges Tosen des Meers und brandende Felsen
Hören von weitem wir schon und gebrochnes Getöse am Ufer.
Hochauf siedet die Flut, und Meersand kocht in dem Strudel.
Vater Anchises hierauf: »Dies, wahrlich, ist jene Charybdis,
Dies die Klippen, die Helenus meinte, das gräßliche Felsriff.
Reißt euch heraus, o Gefährten, und werft euch all auf die Ruder.«
Eifrig tun sie, wie er gebot, und links die Meerflut
Drehte mit Macht Palinurus zuerst den ächzenden Schiffskiel;
Linkshin sucht mit Ruder und Wind die Mannschaft zu wenden,
Himmelwärts fliegen wir jetzt auf bäumendem Strudel, und wieder,
Wenn die Woge verebbt, versinken wir tief zu den Toten.
Dreimal zwischen dem hohlen Gestein erdröhnten die Felsen.
Dreimal sahn wir den spritzenden Schaum bestäuben die Sterne.

Wind und Sonne haben indessen uns Müde verlassen,
Und wir geraten, des Weges nicht kundig, zum Strand der Kyklopen.
Sicher gegen das Nahen der Stürme und groß ist der Hafen,
Aber daneben donnert mit schrecklichem Wüten der Ätna.
Manchmal stößt zum Himmel er nur ein schwarzes Gewölke,
Wirbelt rauchenden Qualm wie Pech und glühende Asche,
Wirft auch Feuergarben empor und leckt zu den Sternen;
Manchmal speit er Gestein, dem Schoß des Berges entrissen,
Stöhnend empor und schleudert geschmolzene Lava mit Krachen
Hoch hinauf in die Luft und brodelt aus unterster Tiefe.
Dort soll halbverbrannt vom Blitz des Enkeladus Körper
Ruhen unter der Last, und über demselben gelagert
Atmet der mächtige Ätna die Glut aus klaffendem Schlunde;
Aber wenn jener ermattet die Seite wechselt, so zittert
Ganz Sizilien dumpf, und Rauch umschleiert den Himmel.
Wir, von Wäldern gedeckt, ertragen das grausige Wunder
Jener Nacht, nicht sehend, woher das Tosen entstehe;
Denn kein funkelnder Stern erschien, kein heiterer Äther
Leuchtete, sondern Wolken umzogen den finsteren Himmel,
Und im Nebel verbarg den Mond die sinkende Nacht uns.
Jetzt erhob mit dem Morgenstern der folgende Tag sich,
Und Aurora entfernte vom Himmel die tauende Dämmrung;
Siehe, da tritt aus dem Walde, ein Abbild äußerster Schwäche,
Ein uns fremder und seltsamer Mann in erbärmlicher Kleidung
Plötzlich hervor und streckte flehend die Hände zum Ufer.
Wir schaun hin. Abscheulicher Schmutz, verwildertes Barthaar,
Dornengeheftet die Hülle, doch deutlich als Grieche erkennbar,
Der in heimischer Rüstung voreinst nach Troja geschickt ward.
Als er nun Dardanertracht und troische Waffen von weitem
Sah, da stutzt er ein wenig zuerst, und, vom Anblick erschrocken,
Hemmte er seinen Schritt, doch bald, im eiligen Laufe,
Stürzt er zum Ufer mit Weinen und Flehen: »Bei den Gestirnen,

Bei den Göttern und diesem belebenden Lichte des Himmels,
Nehmt mich, ihr Teukrer, an Bord und bringt mich, wohin es auch sein mag.
Dieses genügt mir; ich weiß zwar, ich bin von der Danaerflotte
Einer und hab, ich bekenn es, die Troerpenaten befehdet.
Dafür, wenn meine Schuld und mein Verbrechen so groß sind,
Werft mich zerstückelt ins Meer und versenkt mich tief in den Wogen.
Sterb ich, so tröstet es mich, durch Menschenhände zu sterben.«
Sprach's, und das Knie umklammernd und mir vor den Knien sich wälzend,
Hing er sich an. Da mahnen wir ihn, sein Geschlecht uns zu nennen,
Auch den Namen und, welch ein Geschick ihn verfolge, zu melden.
Ohne langen Verzug reicht Vater Anchises dem Jüngling
Selber die Hand zum Pfand, was schnell den Armen ermutigt,
Jener hierauf, von der Furcht sich endlich erholend, erzählt uns:
»Ithaka bin ich entstammt, war Genosse des Dulders Ulyxes,
Achaemenides heiß ich, und weil Adamastus, mein Vater,
Arm war, zog ich, o hätt' ich mein früheres Leben, nach Troja.
Hier, als in Angst und Eile die grausamen Schwellen sie räumten,
Ließen die Freunde mich in der schrecklichen Kluft der Kyklopen
Achtlos zurück. Ein Haus voll Moder und blutigen Knochen,
Innen düster und weit; er selbst ein Riese, berührt fast
Hohe Gestirne – vertilgt von der Erde, ihr Götter, das Scheusal –.
Unerträglich im Anblick, zu keinem freundlich mit Worten,
Nährt er vom Fleisch der Gemordeten sich, von schwärzlichem Blute.
Selber hab ich gesehn, wie er zwei von unsren Gefährten
Packte mit mächtiger Faust und, zurückgelehnt in der Höhle,

Sie an den Felsen zerschmettert, daß rings vom Blute der Boden
Schwamm; ich sah, wie er Glieder, die dunkel tropften vom Blute,
Fraß und wie in den Zähnen die warmen Gelenke noch zuckten.
Aber er tat es nicht straflos, nicht duldet Ulyxes den Frevel,
Auch in gefährlicher Lage blieb treu sich Ithakas König.
Denn als jener vom Fraße gefüllt und im Weine begraben
Senkte den Hals, den gebeugten, und riesenhaft in der Höhle
Lag, und Schleim spie er aus im Schlafe und Brocken
Fleisches mit blutigem Weine vermischt, da flehn zu den Göttern
Wir und warfen das Los und stürzen zugleich miteinander
Alle auf ihn und durchbohren mit spitzigen Schäften sein Auge,
Welches einzig und groß in buschigen Brauen versteckt ist,
Einem griechischen Schild und der Scheibe des Phoebus vergleichbar;
Und so rächten wir endlich nun froh die Schatten der Freunde.
Aber entflieht, Unglückliche, flieht und reißet die Seile
Flugs vom Strand.
Denn so schrecklich und groß wie Polyphem in der Höhle
Einsperrt wolliges Vieh und melkt die strotzenden Euter,
Wohnen bei hundert andre Kyklopen hier an dem Ufer,
Ein abscheuliches Volk, sie irren auf hohen Gebirgen.
Dreimal füllte mit Licht sich schon die Sichel des Mondes,
Seit ich mein Leben in Waldungen schleppe und zwischen den öden
Lagern und Höhlen des Wilds und das Riesengeschlecht der Kyklopen
Sehe vom Felsen, vom Hall der Schritte und Stimmen erbebend.
Ärmliche Kost, nur Beeren und steingefüllte Kornellen,
Bieten die Büsche, auch nähren mich Kräuter samt ihren Wurzeln.
Wie ich nun stets auf der Lauer mich hielt, da sah ich dem Ufer
Eure Flotte sich nahn. Und dieser, wes immer sie wäre,
Gab ich mich hin. O genug, nur fort von dem schlimmen Geschlechte.
Mögt ihr, wie immer ihr wollt, mir dieses Leben auch nehmen.«

Kaum war dieses gesagt, als wir schon auf der Höhe des Berges
Zwischen den Herden ihn sahn mit massigem Leib sich bewegend,
Ihn, Polyphemus, den Hirten. Er ging zum gewohnten Gestade,
Gräßlich zu schaun, unförmig und groß, mit geblendetem Auge,
Einen Fichtenstamm in der Hand als lenkende Stütze:
Ihn begleiten die wolletragenden Schafe als einzge
Freude, einziger Trost im Gram.
Als er das tiefe Gewässer erreicht und ans Meer war gekommen,
Wusch er das rinnende Blut von dem ausgestochenen Auge,
Stöhnend und zähneknirschend; er schritt schon mitten im Meere,
Dennoch stieg ihm das Wasser noch nicht bis hoch an die Hüfte.
Hastig entfliehn wir voll Bangen und nehmen den Armen,
Weil er's verdiente, mit uns und schlagen dann ruhig das Seil ab;
Vorwärts gebeugt durchwühlen das Meer wir mit eifrigen Rudern.
Jener vernahm es und wandte den Schritt nach dem Schall des Geräusches.
Aber da er uns nicht mit der Hand zu packen vermochte
Noch die jonische Flut, uns folgend, konnte bemeistern,
Brüllt er mit ungeheurem Geschrei, daß die Meere mit allen
Wellen erbebten und weithin das Italerland in dem tiefsten
Innern erschrak und in Schluchten und Klüften der Ätna erdröhnte.
Doch das Kyklopengeschlecht, aus Wäldern und hohen Gebirgen
Aufgestört, stürmt nieder zum Hafen und füllt das Gestade.
Dort nun sahen wir sie mit sinnlos drohendem Blick, die
Brüder des Ätna, das hohe Haupt zum Himmel erhoben,
Eine schaurige Schar, wie luftige Eichen umherstehn,
Ragenden Wipfels, und zapfenbehängte Zypressen,
Jene des Jupiter Wald und diese ein Hain der Diana.

Da treibt Angst uns zur Eile, wohin es auch gehe, die Taue
Aufzurollen und günstigem Winde die Segel zu spannen.
Aber es mahnt uns des Helenus Wort, die Charybdis und Skylla,
Weil bei beiden der Weg am Rande des Todes vorbeiführt,
Wohl zu vermeiden im Kurs. Nun rückwärts zu segeln beschloß ich.
Aber siehe, da braust von dem engen Sund des Pelorus
Boreas an. Ich fahr an Pantagias felsenumstarrter
Mündung vorbei, an Megaras Bucht und am ebenen Thapsus.
Diese Gestade erklärt, da er jüngst sie umfuhr, auf der Rückfahrt
Achaemenides uns, der Gefährte des Dulders Ulyxes.
Gegen die Brandungen hin bei Plemurium liegt eine Insel
Vor der sizilischen Bucht, Ortygia nannten's die Väter.
Hierher hat, so erzählt man, sich heimliche Bahnen gebrochen
Unter dem Meer Alpheus, der elische Strom, und vermischt sich
Jetzt mit dem Sikulermeer durch deinen Quell, Arethusa.
Treu dem Gebote verehr ich die waltenden Götter der Gegend,
Lenke sodann um das fette Gebiet des seichten Helorus;
Auch um die felsigen Höhn des Vorgebirges Pachynus
Biegen wir, auch Kamerina erscheint von fern, wo das Schicksal
Streng vor Veränderung warnt, hierauf die geloischen Felder
Und das fruchtbare Gela, genannt nach dem Namen des Stromes.
Ferner zeigt seine mächtigen Mauern das steile Akragas,
Das vor Zeiten gezüchtet der Rosse feurige Rassen.
Dich auch verlaß ich im Wind, du palmenreiches Selinus,
Und umsteure das heimliche Riff lilybeischer Watten.
Dann empfängt mich die unerfreuliche Küste, der Hafen
Drepanums. Hier, so vielen Stürmen entronnen, verlier ich,
Wehe, den Vater Anchises, den Tröster in jeglichen Sorgen,
Allen den Leiden. Hier ließest du, teuerster Vater, mich Müden
Nun zurück, ach, umsonst so großen Gefahren Entrißner.
Helenus weder, der Seher, so viel er auch Schrecken geweissagt,

Nannte mir dieses Leid, noch auch die grause Kelaeno.
Dies war das Ende der Mühen, das Ziel unendlicher Fahrten.
Dorther trieb mich ein Gott, da ich schied, an eure Gestade.«
So sprach Vater Aeneas, und alle lauschten dem Einen,
Wie er erzählte die Irrfahrt und götterverhängte Geschicke.
Endlich schloß er die Rede und schwieg und gönnte sich Ruhe.

Vierter Gesang

Aber die Königin, längst von den Qualen der Liebe verwundet,
Nährt in den Adern das Gift, und die heimliche Flamme verzehrt sie.
Immer umschwebt sie die Tugend des Mannes und seines Geschlechtes
Herrlicher Glanz. Es haften ihr all seine Mienen und Worte
Tief im Gemüt, und die Sorge vergönnt nicht Ruhe den Gliedern.
Wieder leuchtet der Morgen, erstrahlend über die Länder,
Wieder hat er vom Himmel den dunstigen Schatten vertrieben,
Als sie im Wahn ihres Herzens zur liebenden Schwester sich wandte:
»Schwester Anna, was zittert mein Herz, was schrecken mich Träume?
Welch ein seltsamer Gast, der unserer Schwelle genaht ist!
Welch ein Wesen, wie tapfer sein Herz, wie strahlend die Waffen!
Wahrlich, ich glaub es und täusche mich nicht: er stammt von den Göttern!
Furcht verrät die niedre Geburt. Doch welch ein Geschick warf
Diesen umher! Von wie vielen durchkämpften Kriegen erzählt' er!
Wenn es im Herzen nicht fest und unabwendbar mir säße,

Keinem Manne mich mehr aufs neu in der Ehe zu binden,
Seit mich der Tod um die erste Liebe enttäuscht und betrogen,
Wäre mir nicht das ehliche Bett und der Hochzeit Fackel zuwider,
Dieser einzigen Schwäche vielleicht noch könnt' ich erliegen.
Anna, dir will ich's gestehn, seitdem mein Gatte Sychaeus
Elend gefallen und Brudermord die Penaten besudelt,
Hat mir nur dieser gewendet den Sinn und die wankende Seele
Mächtig gerührt: ich merke die Spuren der früheren Liebe.
Doch es verschlinge mich eher der Erde gähnender Abgrund,
Schmettre der Blitz des allmächtigen Vaters mich tief zu den Schatten,
In die unendliche Nacht, zu den bleichen Schatten des Orkus,
Eh' ich, o Scham, dich entweihe und deine Pflichten verletze!
Er, mein erster Gemahl, nahm all die Liebe der Gattin
Mit sich hinweg, er habe, behalte sie ewig im Grabe!«
Also sprach sie und netzte den Busen mit quellenden Tränen.
  Anna versetzt: »O Schwester, die mehr als das Leben ich liebe, 31
Willst du in Gram als Witwe nun ganz die Jugend vertrauern,
Süße Kinder nicht mehr, Geschenke der Liebe nicht kennen?
Glaubst du, es kümmern sich darum der Staub und die Manen der Toten?
Wohl! Dir Trauernden beugte bisher kein Fremder die Seele,
Weder in Libyen hier noch in Tyrus zuvor, du verschmähtest
Jarbas und andere Fürsten, die Afrika, reich an Triumphen,
Nährte; nun wehrst du der Liebe sogar, die dem Herzen willkommen?
Kommt dir's nicht in den Sinn, in welcher Männer Gebiet du
Siedelst? Gaetulische Städte, ein Volk, nicht bezwungen im Kriege,
Zuchtlose Numiderhorden, die Syrten, ungastlich den Fremden,
Schließen dich ein, dort Wüsten, verödet im Durst, der Barkaeer
Rasende Haufen. Was nenn ich den Krieg der von Tyrus herannaht,

Oder des Bruders Drohn?
Durch der Götter Geschick und die Gunst der Juno, so glaub ich,
Hielten die ilischen Schiffe den Lauf hierher mit dem Winde.
Schwester, wie wirst du so mächtig die Stadt, durch solche Vermählung
Wachsen sehen das Reich! Vereint mit den Waffen der Teukrer,
Ach, wie wird so gewaltig der punische Ruhm sich erheben!
Flehe die Götter um Gnade und, wenn du durch Opfer gesühnt hast, 50
Sei eine gastliche Frau und such nach Gründen des Bleibens,
Tobt doch der Sturm auf dem Meer und der regenreiche Orion,
Ist doch die Flotte zerschellt noch, den Schiffern widrig der Himmel!«
Solche Worte entflammen die glühende Seele mit Liebe,
Nähren mit Hoffnung das zweifelnde Herz und schläfern die Scham ein.
Aber den Tempel besuchen sie erst, um bei den Altären
Huld zu erflehn. Sie schlachten der satzungstiftenden Ceres,
Auch dem Phoebus erlesene Schafe, dem Vater Lyaeus,
Aber der Juno zuerst, der Pflegerin ehlicher Bande. 59
Dido selbst, die schönste der Fraun, in der Rechten die Schale,
Gießt der schimmernden Kuh die Spende zwischen die Hörner
Oder besucht vor den Augen der Götter die reichen Altäre,
Heiligt mit Opfern den Tag und blickt in die Herzen der Tiere,
Und mit bangendem Blick befragt sie die atmenden Lungen.
Geist, der die Sprüche verkennt! Was können Gelübde, was Tempel
Frommen dem rasenden Weib. Es frißt die schleichende Flamme
Schon im Mark, und unter der Brust lebt heimlich die Wunde.
Dido, die arme, sie lodert, und durch alle Gassen Karthagos
Rast sie in Wut, wie etwa unter dem Pfeile die Hindin,
Welche von fern der verfolgende Hirt in kretischen Wäldern
Traf – sie sah sich nicht vor – und das fliegende Eisen zurückließ, 71

Ahnungslos; sie streift durch die Triften und Wälder von Kreta,
Fliehenden Laufs, es haftet das tödliche Rohr in der Seite.
Nunmehr führt sie den Helden mit sich durch die Mitte der Straßen,
Zeigt den sidonischen Glanz und die Stadt, die sie prächtig erbaut hat.
Kaum beginnt ein Gespräch – schon stockt sie inmitten des Wortes;
Dann wieder sucht sie zur Neige des Tages Erholung beim Gastmahl
Und verlangt betört die Kunde von Ilions Leiden
Wieder zu hören, und wiederum hängt sie am Mund des Erzählers.
Wenn sie hierauf sich getrennt und sein Licht der erblassende Mond schon
Wieder verbirgt – und es laden zum Schlafe die sinkenden Sterne,
Grämt sie sich einsam im leeren Gemach und wirft sich aufs Lager,
Das wieder einsam, sie hört, sie sieht aus der Ferne den Fernen,
Dann wieder hält sie Julus, vom Bilde des Vaters bezaubert,
Freudig im Schoß, um zu täuschen der Liebe unsagbare Stärke.
Nicht mehr steigen die Türme empor, nicht übt sich die Jugend
Weiter in Waffen, noch baut man den Hafen und sichernde Schanzen
Gegen den Krieg; da ruhen die unterbrochenen Werke,
Trotzende Zinnen der Mauer und himmelstürmende Bauten.
Als nun Jupiters hehre Gemahlin das Unheil gewahrte,
Welches die Fürstin erfaßt, daß selbst nicht die Sorge des Rufs mehr
Hemme die Liebe, da naht sie mit diesen Worten der Venus:
»Wahrlich, trefflichen Ruhm und stattliche Beute gewinnt ihr,
Du und dein Knabe mit dir! O Tat, die wert des Gedenkens,
Wenn eine einzige Frau unterliegt dem Trug zweier Götter.
Auch bemerkte ich wohl deine Scheu vor unseren Mauern,
Deinen Verdacht, den du gegen die Häuser des hohen Karthago

Hegst. Wann endigen wir? Und wozu noch so heftigen Hader?
Laß uns ewigen Frieden vielmehr und den Bund der Ehe
Schließen. Siehe, du hast, was mit ganzer Seele du suchtest;
Dido lodert vor Liebe und sog ins Herz sich den Wahnsinn.
Darum wollen wir einig das Volk nach gemeinsamen Rechten
Künftig beherrschen. So mag dann dem phrygischen Gatten sie dienen
Und die tyrischen Männer als Hochzeitsgabe dir schenken.«
Venus – sie merkte ja leicht der Heuchlerin heimliche Absicht,
Nun das italische Reich nach den libyschen Küsten zu tauschen –
Fiel ihr sogleich ins Wort: »Wer möchte das töricht verweigern
Oder lieber mit dir ohne Ende im Kampfe sich messen?
Wenn nur das, wovon du sprichst, dann glücklich auch ausgeht!
Aber ich bin durchaus nicht sicher, ob Jupiter eine
Einzige Stadt für die Tyrer will und die Fremden aus Troja;
Ob die Völkermischung er billigt und den Vertragsschluß.
Dir, der Gattin, gebührt's, sein Herz durch Bitten zu prüfen.
Eile dorthin, ich folge.« – Da sprach die Königin zu Juno:
»Diese Mühe sei mein! Jetzt will ich in kurzem dir zeigen,
Wie am leichtesten unser Entwurf zur Vollendung gedeihe.
Morgen will mit Aeneas die unglückselige Dido
Jagen gehn ins Gehölz, sobald mit dem tagenden Morgen
Phoebus sich wieder erhebt und die Erde enthüllt durch die Strahlen.
Dann aber will ich ein schwarzes Gewölk mit Regen und Hagel,
Während die Treiber sich mühn und mit Garn die Hügel umziehen,
Niedergießen und rings mit Donner den Himmel erschüttern.
Alle Begleiter entfliehn, und nächtliches Dunkel bedeckt sie.
Dido gerät mit dem Troer zugleich in die nämliche Grotte.
Selbst dann komm ich herbei und, ist dein Wille mir sicher,
Geb ich zu eigen sie ihm, in ewiger Ehe vereinigt.
Dort sei ihr Hochzeitsfest!« – Nicht abhold nickte da Venus
Ihrem Begehren und lachte des wohlerdachten Betruges.

Doch indessen verließ, sich erhebend, Aurora das Weltmeer:
Und in den Morgen strömt durch die Tore erlesene Jugend.
Schlingen man sieht und maschiges Garn und mit breitem Beschlage,
Spieße, massylische Reiter dazu mit spürenden Hunden.
Noch verweilt im Gemache die Königin, und an der Pforte
Harren die Punierfürsten; mit Gold und Purpur behangen
Steht ihr Roß und knirscht voll Feuer am schäumenden Zügel.
Endlich tritt sie heraus, umringt von dichtem Gefolge,
Schön im Sidonergewande mit farbigem Saume gekleidet.
Golden glänzte ihr Köcher, mit Gold durchschlungen das Haupthaar,
Aufgerafft das purpurne Kleid mit goldener Schnalle.
Auch die troischen Männer zugleich und der muntere Julus
Ziehen einher. Er selbst der schönste von allen, Aeneas,
Reiht als Gefährte dem Zuge sich an und zugleich sein Gefolge.
Wie wenn vom winternden Lykien her und vom strömenden Xanthus
Nun Apollo sein Delos besucht und im Land seiner Mutter
Wettgesänge beginnt, wenn in bunter Schar um den Altar
Kreter und Dryoper schwärmen und festlich bemalt Agathyrser,
Wenn er die Höhen des Kynthus durcheilt, die wallenden Locken
Eingeflochten in Kränze aus Laub und umwunden mit Golde,
Auf der Schulter erklirren die Pfeile: nicht weniger stattlich
Wandert Aeneas, nicht minder erstrahlt in Anmut sein Antlitz.
Als sie die hohen Berge erreicht und die weglose Wildbahn,
Siehe, da springen, von felsiger Höh' sich stürzend, die Gemsen
Über die Hügel einher; von der anderen Seite durchstürmen
Hirsche die offenen Felder in Hast und drängen in Rudeln
Bang sich zusammen in stäubender Flucht und verlassen die Berge.
Aber Julus, der Knabe, erfreut sich des feurigen Pferdes
Mitten im Tal, überholt bald diesen, bald jenem im Laufe,

Wünscht sich zugleich mit dem schüchternen Wild einen schäumenden Eber,
Fleht, daß ein Löwe mit goldener Mähne vom Berge herabsteigt. 159
Doch indessen beginnt mit dumpfem Grölen der Himmel
Sich zu verdunkeln, und Hagel stürzt und Regen zur Erde.
Aber die Tyrerbegleitung und auch die Jugend von Troja,
Julus, der Enkel der Venus, sie suchen in Angst durch die Felder
Sich verschiedenen Schutz. Von den Bergen stürzen die Ströme.
Dido gerät mit dem Troer zugleich in die nämliche Grotte.
Tellus zuerst und Juno, die Schützerin ehlicher Bande,
Senden ein Zeichen; die Blitze, der Äther als Zeuge des Brautfests
Leuchteten hell; auf felsiger Höh' aber heulten die Nymphen.
Jener Tag war des Todes und alles kommenden Unheils
Erster Beginn; jetzt sorgt sie um Ehre sich nicht und um Anstand, 170
Dido denkt nicht mehr an heimliche Freuden der Liebe,
Nennt sie Ehe nunmehr, verhüllt ihre Schuld mit dem Worte.
Alsbald wandelte Fama durch Libyens mächtige Städte,
Fama, ein Übel, das hurtiger ist als alle die andern.
Schnelligkeit nährt sie, es wächst die Kraft ihr im Schreiten.
Klein zu Beginn aus Furcht, erhebt sie sich bald in die Lüfte,
Schreitet am Boden einher und verbirgt in den Wolken den Scheitel.
Mutter Erde gebar sie, erbittert gegen die Götter,
Wie man erzählt, als ihr letztes Kind, des Enkeladus und des
Koeus Schwester, an Füßen behend und an hurtigen Flügeln,
Gräßlich und groß an Gestalt. So viele Federn sie decken, 181
So viel wachsame Augen darunter – o Staunen –, so viele
Zungen und Mäuler ertönen, so viele Ohren macht spitz sie.
Nachts durchfliegt sie den Raum, der zwischen Erde und Himmel,
Rauscht durch die Schatten, nie neigt sie die Augen dem lieblichen Schlummer.
Tags sitzt lauernd sie da, bald hoch auf dem Giebel der Häuser,

Bald auf der Höhe der Türme und schreckt die gewaltigen Städte,
Ist auf die Lüge erpicht so zäh wie als Botin der Wahrheit.
Sie nun erfüllte ringsum mit vielen Gerüchten die Völker
Und erzählte mit hämischer Freude von Wahrem und Falschem,
Sagt, Aeneas sei da, ein Sproß aus troischem Blute,
Den als Gemahl die schöne Dido für würdig befunden.
Jetzt durchschwelgen sie beide mit Pracht die Länge des Winters,
Nimmer der Herrschaft gedenk und von schändlichen Lüsten gefangen.
Solches ergießt in die Mäuler des Volks die häßliche Göttin.

Plötzlich richtet nunmehr sie den Lauf zum König Jarbas,
Bringt sein Herz durch Gerüchte in Glut und mehrt seinen Ingrimm.
Sohn des Hammon, der eine libysche Nymphe sich raubte,
Hatt' er im weiten Gebiete dem Jupiter hundert Altäre,
Hundert gewaltige Tempel gebaut, ein ewiges Feuer,
Dauernde Tempelwachen gestiftet, vom Blute der Opfer
Troff da der Grund, und von bunten Kränzen blühten die Tore.
Dieser in rasender Wut und entflammt von der schmerzlichen Kunde,
Warf sich vor den Altären, im Kreis der göttlichen Mächte,
Nieder vor Jupiter, flehte mit hocherhobenen Händen:
»Jupiter, mächtiger Gott, dem jetzt die maurischen Völker
Spenden vom Opferwein, auf farbigen Teppichen schmausend,
Siehst du das an? Ach, Vater, vor dir, wenn Blitze du schleuderst,
Schaudern vergebens wir dann! Nur blinde Glut in den Wolken
Setzt die Gemüter in Schrecken, erregt ein nichtiges Donnern.
Sie, nur ein Weib, das für Geld ein winziges Städtchen gegründet,
Irrend in unserm Gebiet, sie, der ich das Ufer zum Pflügen,
Der ich den Ort zum Beherrschen verlieh, hat unsre Vermählung

Schnöde verschmäht und empfängt als Herrscher im Reich den Aeneas?
Dieser Paris nunmehr mit seinen weibischen Männern –
Kinn und triefendes Haar in maeonische Mützen gebunden –
Soll genießen den Raub? Wir freilich bringen Geschenke
Deinen Tempeln noch stets und nähren den nichtigen Wahn nur!«
Also betete er und umfing den Altar. Es erhörte
Jupiter ihn und wandte den Blick zu den Mauern der Fürstin,
Zu den Liebenden hin, die des guten Rufes vergaßen, 221
Sprach mit Merkurius dann und erteilte ihm folgenden Auftrag:
»Auf und rufe den West, mein Sohn, und gleit auf den Schwingen
Hin zum Fürsten der Teukrer, der jetzt im Karthago der Tyrer
Immer noch säumt und der Städte nicht denkt, die das Schicksal ihm bietet.
Sprich mit ihm und trage mein Wort durch die flüchtigen Lüfte.
Solch einen Mann verhieß mir nicht die schönste der Mütter,
Nicht deswegen entriß sie den Griechenwaffen ihn zweimal,
Sondern damit er Italien lenke, die Mutter der Reiche,
Die vom Kriegslärm erdröhnt, und den Stamm entfalte des alten
Blutes der Teukrer, die Völker der Welt seinem Recht unterwerfe. 231
Wenn ihn aber der Glanz nicht entflammt so hoher Berufung,
Wenn zum eigenen Ruhm er das mühsame Werk nicht bestehn will,
Will dem Julus der Vater die römischen Burgen mißgönnen?
Was doch beginnt er, was hofft er, im feindlichen Lande verweilend?
Achtet er nicht des Ausonierstamms und lavinischer Fluren?
Rasch auf die Schiffe, ich will's, das sollst du von mir ihm verkünden.«
Sprach's. Da rüstet Merkur sich gleich, des mächtigen Vaters
Hohem Gebot zu gehorchen, und schnallte zuerst an die Füße
Goldene Flügelschuhe, die hoch ihn über die Meere, 240
Über die Lande tragen, im Wehen des reißenden Windes.

Dann ergreift er den Stab, womit aus dem Orkus die bleichen
Schatten er ruft und andre zum traurigen Tartarus sendet,
Schlummer nimmt und verleiht, aus dem Tod noch das Leben zurückruft.
Fassend den Stab, zerteilt er die Winde und schwebt durch die trüben
Nebel; schon sieht er im Fluge den Gipfel, die ragende Wand des
Atlas, des vielbeschwerten – er stützt mit dem Scheitel den Himmel –,
Jenes Atlas, dem stets das fichtenbewachsne, mit schwarzen
Wolken umzogene Haupt von Wind und Wetter gepeitscht wird.
Schnee umhüllt seine Schultern, herab vom Kinne des Greises
Stürzen Bäche, vom Eis erstarrt das struppige Barthaar.
Hier erst hemmte Merkur, im Gleichgewicht seiner Flügel,
Seinen Flug, drauf schwingt er mit ganzen Kräften sich jählings
Auf das Meer, wie ein Vogel, der Klippen, die reich sind an Fischen,
Und die Küsten umkreist und niedrig am Wasser dahinschwebt;
So fliegt jener dahin zwischen Himmel und Erd' in der Mitte.
So durchschnitt er die Lüfte in Libyens sandiger Küste.
Kommend vom Mutterahn, der eilende Schützling Kyllenes.
  Als er die Häuser betrat mit seinen beflügelten Sohlen,
Sah er Aeneas schon, wie er Burgen und neue Paläste
Gründete. Sternenglanz von grünlich funkelndem Jaspis
Warf sein Schwert, und es glühte von tyrischem Purpur der Mantel,
Der von den Schultern herabhing, den Dido, die reiche, als Gabe
Selber verfertigt mit goldenem Faden.
Plötzlich fährt er ihn an: »Du gründest das hohe Karthago
Jetzt und erbaust die prächtige Stadt als Knecht eines Weibes.
Aber dein eigenes Reich und deine Bestimmung vergißt du.
Selbst der Götterbeherrscher, der Himmel und Erde mit Allmacht

Dreht, er sendet zu dir mich herab vom klaren Olymp, er
Selber befahl mir, zu tragen sein Wort durch die flüchtigen Lüfte.
Was ist dein Ziel? Was hoffst du säumend in libyschem Lande?
Wenn dich aber der Glanz nicht entflammt so hoher Berufung,
Wenn für den eigenen Ruhm du das mühsame Werk nicht bestehn willst,
Dann beachte Askanius doch, den wachsenden Erben
Großer Hoffnungen, ihn, dem die Italerlande bestimmt sind
Und das römische Reich!« – Als dies der Bote gesprochen,
Schied er, mitten im Wort sich den sterblichen Blicken entziehend,
Und entschwand in die zarten Lüfte fern aus den Augen.
Aber Aeneas verstummte, erschüttert von dieser Erscheinung,
Schauer sträubte das Haar ihm empor, und es stockte die Stimme.
Gleich entbrennt er, zu fliehn und das süße Land zu verlassen,
Tief berührt von solchem Gebot und Willen der Götter.
Was nur tun, wie jetzt zu der rasenden Königin kommen?
Wie die Anrede wagen, und wo nur finden den Anfang?
Rasch nun eilt sein Geist von einem Entschlusse zum andern;
Alles wägt er und prüft von verschiedenen Seiten die Pläne.
Dieser Gedanke nun schien dem Schwankenden endlich der beste:
Mnestheus ruft er herbei, den Sergestus, den tapfern Kloanthus,
Still zu ordnen die Flotte, am Strand die Gefährten zu sammeln,
Waffen zu rüsten, doch klug des Planes Grund zu verschleiern.
Während indessen die gütige Dido nichts davon wisse 291
Noch auch den Bruch solcher Liebe nur ahne, würd' er's versuchen,
Würde die Stimmung erspähn, die günstigste Stunde zum Sprechen,
Wie er denn alles am besten vollende. Alle gehorchen
Gern und in Freuden seinem Gebot und vollziehn die Befehle.
Aber der Königin Herz – wer könnt' eine Liebende täuschen? –
Merkte Verrat und erriet zuerst den drohenden Aufbruch,

Selbst vor dem Sichern in Angst. Der Wütenden meldet es Fama,
Jene verruchte, man rüste die Flotte, betreibe die Abfahrt.
Ratlos tobt sie umher, und durch alle Gassen Karthagos
Rast sie wie eine Bacchantin beim Anschaun heil'ger Geräte,
Wenn mit dem Bacchusruf dreijährige Orgien locken
Und mit nächtlichem Jubelgeschei der Kythaeron herbeiruft.
Endlich redet von selbst die Königin so zu Aeneas:
»Auch zu verhehlen sogar ein solches Verbrechen, o Frevler,
Hast du gehofft, und heimlich aus meinem Lande zu weichen
Hält nicht unsere Liebe, die einst beschworene Treue,
Hält nicht Dido dich auf, die stirbt in furchtbarem Tode?
Selbst unter Wintergestirnen betreibst du die Rüstung der Flotte?
Drängt es dich, mitten in Stürmen des Nords die See zu befahren?
Grausamer! Wie, wenn du nicht zu fremden Gefilden und Häusern
Führest, die du nicht kennst, wenn Troja, das alte, noch stünde
Wärest du jetzt durch das stürmische Meer nach Troja gesegelt
Fliehst du denn mich? Bei den Tränen, bei deiner beschworenen Treue,
Weil mir Armen doch nichts mehr anderes übriggeblieben,
Ach, bei unsrer Vermählung, der kaum vollzogenen Ehe,
Wenn ich Gutes verdient um dich, wenn etwas an Dido
Lieb dir war, so erbarme dich meines nun wankenden Hauses
Ach, wenn Bitten noch gelten, laß ab von diesem Gedanken!
Deinetwillen sind Libyerstämme, Nomadengebieter,
Sind die Tyrer mir gram, um deinetwillen vernichtet
Scham und Zucht und, der mich allein zu den Sternen emportrug,
Früherer Ruf! Wem willst du mich Sterbende lassen – o Gastfreund!
Dieser Name allein bleibt mir ja vom Gatten zurück noch!
Soll ich harren vielleicht, bis Bruder Pygmalion unsre
Mauern zerstört, bis Jarbas gefangen mich schleppt, der Gaetule?

Hätt' ich zumindest von dir ein Pfand der Liebe empfangen,
Ehe du fliehst, und spielte vor mir ein kleiner Aeneas
Hier im Palast, in dessen Gestalt dein Bild sich erneute,
Oh, dann würd' ich betrogen nicht ganz und verlassen mich dünken.«

Sprach's. Doch er hielt – durch Jupiters Warnung – starr seine Augen,
Starr seinen Blick und preßte die Liebe kämpfend ins Herz ein.
Endlich erwidert er kurz: »Nie werd ich, soviel du auch immer
Gutes zu rühmen vermagst, o Königin, deine Verdienste
Jemals verleugnen, noch wird es mich reun, an Elissa zu denken,
Niemals, solang' ich nur denke und Geist noch belebt meine Glieder.
Weniges sprech ich für mich. Nie wollte ich, glaube nur das nicht,
Listig verhehlen die Flucht, nie hab ich die Rechte des Gatten
Angesprochen, noch bin ich zu solcher Verbindung gekommen.
Hätte es mir mein Schicksal erlaubt, mein Leben zu führen,
Wie es mein eigener Sinn, und frei nach dem Wunsche zu schalten,
Würd' ich der troischen Stadt und den teuren Resten der Meinen
Widmen mich erst, und es stünden des Priamus ragende Burgen,
Pergamum würde aus Trümmern durch mich erstehn den Besiegten.
Doch in das große Italien heißt Gryeus Apollo,
Hin nach Italien heißen die lykischen Sprüche mich steuern,
Dort ist mein Herz und das Vaterland. Wenn die Burgen Karthagos
Oder der Anblick der libyschen Stadt dich, Punierin, fesseln,
Warum neidest du uns, wenn dort im Ausonierlande
Teukrer sich siedeln? Auch ich muß die Macht mir suchen im Ausland.
Mich ermahnt und mich schreckt, sooft in tauende Schatten

Nacht die Länder verhüllt und die feurigen Sterne sich heben,
Immer im Traume das düstere Bild des Vaters Anchises;
Julus mahnt mich dazu und des Lieblings grausame Kränkung,
Den ich betrüg um Hesperias Reich, um die Lande des Schicksals.
Auch der Bote der Götter – bei unserem Haupte beschwör ich's –
Hat, von Jupiter selber gesandt, durch die flüchtigen Lüfte
Jetzt mir Befehle gebracht. Selbst sah ich den Gott in die Mauern
Treten im hellen Licht und vernahm ihn mit eigenen Ohren.
Höre doch auf, durch Klagen zu quälen dein Herz und das meine:
Zieh ich doch freiwillig nicht ins Italerland.«
Während er dieses noch sprach, betrachtet sie ihn von der Seite,
Rollt ihre Augen umher und mißt ihn mit schweigenden Blicken
Ganz von der Sohle zum Scheitel und bricht in die Worte der Wut aus:
»Nein, dich gebar eine Göttin nicht! Nicht Ahn des Geschlechts ist,
Treuloser, Dardanus dir! Der grausige Kaukasus zeugte
Dich aus hartem Granit! Dich säugten hyrkanische Tiger!
Was denn verhehle ich mir, was erwart ich noch ärgere Leiden?
Hat mein Weinen beklagt, hat nur das Aug' er gewendet,
Meine Liebe bedauert und Tränen der Rührung vergossen?
Was kann schlimmer noch sein? Jetzt kann nicht Juno, die hohe,
Kann der saturnische Vater nicht ruhigen Auges mehr zusehn!
Nirgends ist Treue und Dank! Entblößt, ans Ufer geworfen,
Nahm ich ihn auf und erhob ihn betört zu des Thrones Gemeinschaft,
Rettete ihm die verlorene Flotte, die Freunde vom Tode!
Ach, mich erfaßt der Furien Wahn! Der Seher Apollo,
Dann die lykischen Sprüche, nun gar in Jupiters Auftrag
Bringt der Bote der Götter den grausen Befehl durch die Lüfte

Wahrlich, um solches mühen sich Götter! Die Himmlischen kümmert
Solch ein Werk! Ich halte dich nicht, widerlege dein Wort nicht,
Zieh nach Italien, suche dein Reich im Sturme der Fluten!
Aber ich hoffe, dich wird, wenn gütige Götter noch walten,
Zwischen den Klippen die Rache ereilen! Oft wirst du dann Dido,
Dido rufen! Ich folg aus der Ferne mit Furienfackeln,
Und, wenn der eiskalte Tod die Glieder gelöst von der Seele,
Zieht mein Schatten dir nach, wo du weilst. Du büßest, Verräter!
Ich werd's hören, mir kommt noch hinab zu den Manen die Kunde.« –
Hier bricht plötzlich die Rede sie ab und zieht vor dem Tage
Müd sich zurück und wendet sich ab, aus dem Aug' ihm zu kommen,
Ihm, der in Ängsten noch manches zu sagen, zu schweigen bedachte.
Mädchen fangen sie auf und bringen die kraftlosen Glieder
In das Marmorgemach und legen sie hin auf die Polster.
Aber Aeneas, der fromme, wie gern den Kummer der Dido
Lindern er möchte durch Trost und die Leiden mildern durch Zuspruch,
Seufzt wieder auf und wankt im Geist von unendlicher Liebe;
Dennoch folgt er dem Göttergebot und geht zu der Flotte.
Nun aber strengen die Teukrer sich an, vom ganzen Gestade
Ziehn sie die ragenden Schiffe; geteert schon schwimmen die Kiele,
Grünendes Holz für die Ruder, noch roh behauene Balken
Schleppen vom Wald sie im Eifer der Flucht,
Eilen sah man sie jetzt aus der ganzen Stadt zu dem Strande.
Wie wenn Ameisenschwärme den großen Haufen des Weizens
Plündernd verschleifen, des Winters gedenk, und in Zellen verwahren;
Schwarz geht über die Felder der Zug, auf der Enge des Weges
Schleppen den Raub im Grase sie fort; die schieben der Körner

Größere Last, mit den Schultern gestemmt; die schließen den Heerzug,
Strafen die Müden, und ringsum wimmeln die Pfade geschäftig
  Was empfandest du, Dido, dabei, da du solches erblicktest
Ach, wie stöhntest du auf, da du weithin wimmeln die Ufer
Sahst von der Höhe der Burg und das ganze Gewässer in Aufruhr
Vor den Augen erschautest, erfüllt von Rufen und Lärmen?
Grausame Liebe, wozu nicht zwingst du die Herzen der Menschen!
Wieder die Tränen zu rufen, ihn wieder durch Flehn zu bestürmen,
Zwingt sie das Herz und den Stolz in Demut der Liebe zu opfern,
Daß sie grundlos nicht stürbe, hätt' etwas sie irgend vergessen
»Anna, du siehst das Getümmel der Eile am ganzen Gestade,
Ringsum sammelt man sich, schon ruft das Segel den Lüften,
Schon versehen mit Kränzen das Heck die freudigen Schiffer.
Wenn ich dieses so mächtige Leid zu ahnen vermochte,
Dann, o Schwester, ertrag ich es auch! Dies eine nur, Anna,
Tu mir Armen zulieb (denn dich hat jener Verräter
Einzig geehrt, dir hat er vertraut die geheimsten Gefühle,
Du nur kanntest die Stunde des Manns und den günstigen Zeitpunkt).
Geh, o Schwester, und sprich in Demut zum trotzigen Fremdling:
Ich nicht habe den Troern Vernichtung zu Aulis geschworen
Mit den Griechen im Bund, noch sandt' ich nach Pergamum Flotten;
Nicht entweiht' ich die Asche, die Manen des Vaters Anchises
Warum wehrt er das harte Ohr meinen Bitten? Was eilt er?
Dieses letzte Geschenk vergönn er der armen Geliebten,
Mög eine leichtere Fahrt er erwarten und günstige Winde.
Nicht mehr begehr ich die alte Vermählung – sie hat er verraten
Nicht, daß des Reichs er entsage, das herrliche Latium meide

Zeit nur, ach, Zeit nur erbitt ich und Raum und Ruhe dem Wahnsinn,
Bis mich das Schicksal in meinem Leide die Trauer gelehrt hat.
Diesen Dienst nur erfleh ich mir noch, erbarme dich meiner!
Reichlich – gewährt er ihn mir – vergelt ich ihn dir noch im Tode!«
  Also bat sie, und also trägt die Schwester voll Sorge
Wieder und wieder die Tränen ihm zu. Doch Tränen und Bitten
Rühren ihn nicht, ihn vermag kein Wort zu erweichen, das Schicksal
Hemmt, und ein Gott verschließt dem fühlenden Manne die Ohren.
Wie wenn den uralt-mächtigen Stamm der gewaltigen Eiche
Nördliche Alpenstürme – sie wehen von hieher und daher –
Auszuwurzeln im Kampf sich bemühn, es brausen die Wipfel,
Zittert der Stamm, und Blätter bedecken fallend den Boden;
Aber sie haftet im Fels, und so hoch ihr Haupt in des Äthers
Lüfte sie hebt, so tief bis zum Tartarus strebt ihre Wurzel:
So auch wurde der Held mit dringenden Bitten von allen
Seiten bestürmt, und er fühlte das Leid in dem großen Gemüte,
Doch der Entschluß bleibt fest, und vergebens fließen die Tränen.
Nun aber wünscht sich – vom Leide besiegt, vom Schicksal erschüttert –
Dido den Tod, ihr graut, des Himmels Wölbung zu schauen.
Aber damit um so rascher den Todesentschluß sie vollbringe,
Sah sie am Opferaltar, wo sie Weihrauchgaben verbrannte
(Unheilschwangeres Wort!), die heilige Spende sich dunkeln
Und in häßliches Blut den vergossenen Wein sich verwandeln.
Nie erzählte sie dieses Gesicht, auch selbst nicht der Schwester.
Eine Marmorkapelle, geweiht dem früheren Gatten,
War im Palast, die sie stets in frommer Verehrung besuchte
Und mit schneeigen Binden und festlichem Laube bekränzte.
Dorther, glaubte sie oft, erschallen des rufenden Gatten
Stimme und Worte, wenn dunkle Nacht die Länder umhüllte.
Oft auch klagt vom Giebel ihr Totenlied eine Eule

Einsam herab und dehnt ihre schleppenden Töne zum Heulen.
Viele Verkündungen auch der heiligen Seher durchschauern
Ihr mit schrecklichen Sprüchen das Herz; Aeneas, der wilde,
Jagt in Träumen die Wütende selbst, und immer verlassen
Scheint sie einsam zu sein und langen Weg zu durchwandern,
Ohne Geleit, und in Wüsten umher die Tyrer zu suchen.
Wie wenn die Schar der Furien sieht der rasende Pentheus
Und ihm doppelt die Sonne und doppelt Theben sich darstellt;
Oder wie wenn, auf der Bühne verfolgt, Agamemnons Orestes
Vor seiner Mutter flieht, die mit schwarzen Schlangen und Fackeln
Gegen ihn tobt, und die rächenden Diren die Schwellen besetzen.
  Nun, da vom Schmerze bezwungen sie endlich ihr Rasen erfaßt hat
Und zu sterben beschlossen, bedachte sie Art und den Zeitpunkt
Bei sich selber und trat mit dem Wort zur trauernden Schwester,
Hoffnung auf heiterer Stirn, den Beschluß mit der Miene verbergend:
»Preise, o Schwester, mich glücklich, ich habe das Mittel gefunden,
Das ihn mir wiedergibt, wenn nicht, mich löst von der Liebe.
An des Okeanus Grenze und nahe der sinkenden Sonne
Liegt Aethiopiens fernes Land, wo der mächtige Atlas
Dreht auf der Schulter den Pol, den die funkelnden Sterne umgeben.
Dorther bot man die Priesterin mir des massylischen Volkes,
Welche den Tempel bewohnte der Hesperiden, dem Drachen
Futter gegeben, am Baum die heiligen Früchte bewahrt hat,
Schlummerbringenden Mohn mit flüssigem Honig ihm reichend.
Diese verspricht, durch Zaubergesang die Herzen zu lösen,
Welche sie will, und andre mit Liebesqual zu beladen,

Flüsse zu hemmen im Lauf und zurück die Sterne zu wenden,
Auch beschwört sie die Manen der Nacht. Ihr unter den Füßen
Sieht man brüllen die Erde und Eschen die Berge verlassen.
Liebe, bei Göttern beschwör ich's, bei dir, o Schwester, und deinem
Teuren Haupt, ich bediene nicht gern mich der magischen Künste.
Türme du heimlich ein Scheitergerüst im inneren Burghof
Hoch in die Lüfte und lege darauf die Waffen des Frevlers,
Die im Gemache er ließ, auch seine Kleider, das Lager,
Wo mein Verderben ich fand. Denn ich möchte alles vernichten,
Was mich an diesen Verruchten erinnert! Die Priesterin will es!«
Sprach's und verstummte. Zugleich umzog eine Blässe ihr Antlitz.
Anna jedoch vermutet noch nicht, daß unter dem neuen
Opfer den Tod die Schwester verhülle, sie ahnt nicht das schwere
Rasen im Herzen, noch fürchtet sie mehr als beim Tod des Sychaeus.
Drum vollbringt sie den Wunsch.
  Aber sobald im innern Hof der gewaltige Holzstoß
Hoch in die Lüfte sich hob von Kien und gespaltener Eiche,
Kränzt die Königin ihn mit Zypressengewinden und zieht auch
Blumenketten umher, dann legt sie das Schwert und die Kleider
Und das Bildnis des Mannes darauf und denkt an die Zukunft.
Ringsum stehen Altäre, die Seherin, fliegenden Haares,
Rief dreihundert Unsterbliche an, dich, Erebus, Chaos,
Dreifache Hekate, dich, dreiköpfige keusche Diana!
Spendet auch Naß, geschöpft, wie sie sagt, aus dem Quell des Avernus.
Kräuter sucht man dazu, mit ehernen Sicheln im Mondschein
Abgemäht und strotzend vom Saft des schwärzlichen Giftes;
Sucht das Liebesgewächs von der Stirne des kaum noch geborenen
Füllen, das rasch der Mutter entwendet.
Sie, am Altar mit dem Opfermehl und den betenden Händen,

Aus der Umschnürung den Fuß gelöst, in wallendem Kleide,
Ruft, dem Tode geweiht, die Götter und ruft des Geschickes
Kundige Sterne und fleht um Recht und Rache, wenn irgend
Einer der Götter sich noch um glücklos Liebende sorge.
Nacht war's, und es genoß den seligen Schlummer ermüdet
Alles, was lebt auf der Erde, auch Wälder und stürmende Meere
Ruhten, da schon auf der Mitte der Bahn die Sterne sich drehten.
Rings verstummte die Flur, die Herden, die farbigen Vögel,
Ob sie nun wohnten am spiegelnden Teich, in Busch und Gefilden
Weit umher, in schweigender Nacht, in Schlummer versunken
Lagern sie alle, von Sorgen befreit, und vergaßen der Mühen –
Nur Elissa war wach im Unglück des Herzens, und nimmer
Löst sie im Schlummer sich auf, nicht Auge noch Busen empfängt mehr
Frieden der Nacht; und doppelt die Qualen und wieder erwachend
Wütet die Liebe und flutet im tobenden Wirbel des Hasses.
Dabei beharrt sie und überlegt sich also im Herzen:
»Was soll ich tun? Verhöhnt, nun selbst um der früheren Freier
Herz mich bemühn? In Demut verlangen die Eh' mit Nomaden?
Die ich so oft schon verschmäht, da sie meiner nicht würdig?
Soll ich der Italerflotte, den Schmachbefehlen der Troer
Folgen, weil sie es etwa noch freut, wie treu ich geholfen,
Und sie der alten Verdienste vielleicht sich dankbar erinnern?
Wollt' ich es auch, wer ließe das zu, wer nähm in die stolzen
Schiffe mich auf, die Verhaßte? Ach, weißt du noch nicht, du Verlorne,
Spürst du den Meineid noch nicht des laomedontischen Volkes
Wie denn, soll ich allein den jauchzenden Schiffern gar nachziehn,
Oder soll ich, umringt und geschützt von der Schar meiner Tyrer,

Stürzen auf sie? Mein Volk, das ich kaum von Tyrus hinwegzog,
Wieder treiben aufs Meer und den Stürmen die Segel vertrauen?
Stirb nur, wie du verdienst, und ende die Qual mit dem Schwerte!
Du, o Schwester, zuerst von meinen Tränen bezwungen,
Schufst solch Leid der Rasenden einst und verrietst mich dem Feinde.
Konnt' ich denn nicht ohne Schuld und ehelos führen mein Leben,
Wie im Walde das Wild, und solcher Schmerzen enthoben?
Wehe, die Treu' ist gebrochen, dem Staub des Sychaeus geschworen!«
Also brach aus der Brust ihr die herzzerreißende Klage.
  Aber auf ragendem Heck, in allem zur Abfahrt entschlossen,
Pflegte Aeneas des Schlafs, nachdem schon alles bereit war.
Da erschien ihm des Gottes Gestalt, mit der früheren Miene
Wiederkehrend im Traum, dem Merkurius ähnlich in allem,
So an Farbe wie Stimme, an reizenden Gliedern der Jugend
Und am goldenen Haar, und schien ihn aufs neue zu mahnen:
»Sohn einer Göttin, du kannst in gefährlicher Lage noch schlummern?
Siehst du denn nicht, welch große Gefahren dich rings hier umlauern?
Tor, und hörst du auch nicht das Wehen des günstigen Westwinds?
Sie aber denkt an Betrug und argen Frevel im Herzen,
Fest zu Tode entschlossen, und flutet in Wogen des Hasses.
Fliehst du nicht schleunig von hier, da schleunig zu fliehn dir vergönnt ist?
Bald, bald wirst du das Meer von Schiffen durchfurcht und das Leuchten
Schrecklicher Fackeln und bald von Flammen die Ufer erhellt sehn,
Wenn Aurora dich hier verweilend im Lande noch antrifft.
Eile nun ohne Verzug! Denn unstet, veränderlich immer

Schwankt ja das Weib.« So sprach er, im nächtlichen Dunkel entschwindend.
Aber Aeneas, erschreckt aus dem Schlaf durch die plötzlichen Schatten,
Rafft sich vom Lager empor und treibt seine Freunde voll Hast an:
»Schleunig, ihr Männer, erwacht und setzt euch all' an die Ruder,
Hurtig, die Segel gespannt! Ein Gott, vom Äther gesendet,
Spornt schon wieder uns an, vom Strande zu kappen die Seile
Und zu betreiben die Flucht. Wir folgen dir, heilige Gottheit!
Wer du auch bist, und gehorchen mit Jauchzen dem zweiten Befehle.
Bleibe mit Schutz und Segen bei uns, und bringe am Himmel
Günstige Sterne!« So sprach er, das blitzende Schwert aus der Scheide
Machtvoll ziehend, zerhieb mit geschwungenem Stahl er die Seile.
Alle beseelte ein Eifer und Ernst, sie rennen, sie stürzen,
Haben die Ufer verlassen; von Schiffen bedeckt ist das Meer schon.
Hastig rudern sie alle im Schaum und peitschen die Wellen.
Und schon streute ihr erstes Licht die junge Aurora
Über die Welt und verließ des Tithonus goldenes Lager.
Als die Königin jetzt von der Burg das nahende Frühlicht
Tagen sah und die Flotte mit vollen Segeln hinwegziehn,
Leer den Strand und von Ruderern leer den Hafen erblickte,
Schlug sie sich dreimal und viermal im Schmerz an den Busen,
Raufte die goldenen Locken und sprach: »Ach, Jupiter, flieher
Darf er, und darf im eigenen Reich, ein Fremdling, mich höhnen?
Wappnen die Leute sich nicht, aus allen Toren ihm folgend?
Reißen nicht andre die Schiffe hinweg von den Werften? So eilt doch!
Fackeln herbei! Die Segel gehißt! Die Ruder geschwungen!

Ach, was red ich, wo bin ich, was ändert mein Herz für ein Wahnsinn?
Arme Dido, empfindest du jetzt erst als Frevel die Taten?
Hättest du's doch, als das Zepter du gabst. O Glauben und Treue!
Ist das der Mann, der die Heimatgötter, so sagt man, dahinführt,
Der auf den Schultern den alterentkräfteten Vater getragen?
Konnt' ich ergreifen ihn nicht und in Stücke zerhaun und in Wellen
Ausstreun? Nicht die Gefährten und selbst den Askanius morden?
Nicht für den Tisch des Vaters den Sohn bereiten zum Mahle?
Aber zweifelhaft war der Erfolg des Kampfes! Und war er's,
Was denn fürcht' ich, zum Tode entschlossen? Ich hätte ins Lager
Feuer geworfen, die Schiffe verbrannt, den Sohn und den Vater
Samt dem Geschlechte vertilgt und mich selber darüber geworfen.
Sol, der die Werke der Welt mit Flammenaugen betrachtet,
Du auch, Juno, du kennst ja und schenkst die Sorgen der Liebe,
Du auf den Scheidewegen bei Nacht mit Heulen verehrte
Hekate, rächende Dire, und ihr, der sterbenden Dido
Götter, vernehmt es und straft mit verdientem Gerichte die Frevler
Und erhört mein Gebet! Bleibt jenem verworfenen Haupte
Schicksalsbestimmt, zu erreichen den Hafen und glücklich zu landen,
Heischt es Jupiters Wille und ist dies Ziel ihm beschieden,
Dann, dann soll er, im Kriege bedrängt von mutigen Feinden,
Aus dem Land verjagt, den Armen des Julus entrissen,
Betteln um Hilfe, der Freunde schreckliche Leichen erblicken
Soll auch, wenn er sich beugt entehrender Friedensbedingung,
Nicht genießen des Reichs und des süßen Lebens, er falle
Vor seiner Zeit, und grablos liege im Sande die Leiche!
Dieses erfleh ich und ströme mit diesem Seufzer mein Blut hin.

Dann, o ihr Tyrer, verfolgt diesen Stamm und des ganzen Geschlechtes
Künftige Brut mit Haß, bringt dies als Opfer der Sühnung
Meiner Asche. Nicht Liebe noch Bund sei zwischen den Völkern.
Möge aus meinem Gebein sich einst ein Rächer erheben,
Der mit Feuer und Schwert die dardanischen Siedler verfolge,
Jetzt so wie einst, zu welcherlei Zeit die Macht es gestattet.
Ufer sei stets dem Ufer und Flut den Fluten entgegen,
Waffen den Waffen, und ewig sie selbst und die Enkel im Kampfe!«

Sprach's und jagte den Geist von einem Entschlusse zum andern,
Suchend, wie sie aufs schnellste den Lebensqualen entfliehe.
Dann aber spricht sie nur kurz mit Barke, der Amme Sychaeus',
Denn die ihrige moderte längst als Staub in der Heimat:
»Auf, o geliebteste Amme, und bringe mir Anna, die Schwester!
Sag ihr, sie soll sich in Eile mit fließendem Wasser besprengen,
Soll auch die Schafe bringen, die Mittel der Sühnung, und also
Komme sie. Du verhülle mit heiligen Binden die Schläfen,
Weil ich dem Herrn des Orkus die ziemend begonnenen Opfer
Gerne beendigen möcht, und von diesem Leide mich lösen
Und das Scheitergerüst mit dem Bilde des Troers verbrennen!«
Sprach es. Doch jene beschleunigt den Schritt mit der Eile des Alters.

Dido aber, voll Hast, durchtobt von dem gräßlichen Vorsatz,
Rollt die blutigen Augen umher; mit Flecken gezeichnet
Sind ihre zitternden Wangen; und blaß vor der Nähe des Todes
Stürmt sie hinein in das Innre der Burg, steigt rasend im Zorne
Auf das hohe Gerüst und zückte das Schwert des Aeneas,
Das sie nicht zu solchem Gebrauch als Geschenk sich erbeten.
Hier, da des Troers Kleider sie sah und das ach zu bekannte
Lager, da hemmt sie ein wenig die Tränen und sinnt in Gedanken,
Warf auf das Polster sich hin und sprach die Worte des Abschieds:

»Kleider, teuer, solang' das Geschick und ein Gott es vergönnten,
Nehmt dies Leben von mir und löst mich von dieser Betrübnis;
Ja, ich habe gelebt und die Bahn des Schicksals vollendet,
Und nun sinkt mein erhabenes Bild in die Tiefe der Erde.
Baute die ruhmvolle Stadt, ich erblickte die eigenen Mauern,
Habe den Gatten gerächt und den grausamen Bruder gezüchtigt,
Glücklich, zu glücklich vielleicht, hätt' unsre Gestade nur niemals
Eines der Dardanerschiffe berührt.« – So sprach sie und drückte
Tief in das Kissen ihr Antlitz. »Soll ungerächt denn ich sterben?
Ja, ich sterbe auch so und will auch so zu den Schatten.
Schau er dann hoch vom Meere noch dieses Feuer, der harte
Troer, und trage mit sich die Ahnungen unseres Todes.«
  Sprach's, und unter der Rede zusammensinken vom Schwerte
Sahen die Frauen sie da und den Stahl umflossen vom Blute
Und die Hände bespritzt. Da scholl zu den hohen Gemächern
Lautes Geschrei und die Kunde, sie rast durch erschrockene Häuser.
Rings von Jammergeschrei, von Weibergeheule und Stöhnen
Beben die Hallen, vom Himmel herab klingt wider der Wehruf.
Wie wenn ganz Karthago durch eingedrungene Feinde
Oder das alte Tyrus versänke und wütende Flammen
Über die Giebel der Menschen dahin und der Götter sich wälzten.
  Halbentseelt und erschreckt in bebendem Laufe vernahm es
Anna, zerfleischte mit Fäusten die Brust, mit Nägeln das Antlitz,
Stürzte durchs drängende Volk und rief der Sterbenden Namen:
»Dies, dies war es, o Schwester? Mit Trug hast du mich umgangen?
Dies hat jenes Gerüst, dies Flamme und Altar bedeutet?
Ach, was klag ich zuerst als verwaiste? Als Todesgefährtin
Hast du die Schwester verschmäht? Zu gleichem Schicksal gerufen,

Hätte uns beide *ein* Schmerz, die gleiche Stunde getötet. 679
Selbst erbaut' ich den Stoß, rief selbst die heimischen Götter,
Daß ich ferne dir bin, ich Grausame, wenn du dahingehst?
Mich und dich, das Volk und die Stadt und die Väter von Sidon
Hast du getötet! O laßt mich die Wunde mit Wasser ihr waschen
Und, wenn ein Atem noch über ihr schwebt, dann saugen den letzten
Lebenshauch!« – So sprechend erstieg sie die ragenden Stufen,
Faßte mit sanfter Umarmung die kaum noch atmende Schwester,
Seufzte dann laut und trocknet das schwarze Blut mit dem Kleide.
Dido bemüht sich, den schweren Blick zu erheben, und wieder
Bricht er, und unter der Brust gischt tiefgestoßen die Wunde.
Dreimal bäumt sie sich auf und will auf die Arme sich stützen,
Dreimal sinkt sie aufs Lager und sucht mit irrenden Augen 691
Oben am Himmel das Licht und seufzt, sobald sie es findet.
  Doch die allmächtige Juno, der Todesnot sich erbarmend
Und der dauernden Qual, entsandte die Iris vom Himmel,
Um die ringende Seele, die Fesseln des Leibes zu lösen.
Denn weil nicht durch Geschick noch schuldigen Todes gestorben,
Sondern zu früh die Arme, von plötzlichem Wahnsinn befallen,
Hatte Proserpina noch von dem Scheitel die goldene Locke
Nicht ihr getrennt und das Haupt zum stygischen Orkus verurteilt.
Also flog durch den Himmel auf goldenen Schwingen die Iris,
Bunt der Sonne entgegen in tausend Farben erglänzend, 701
Kam und stand ihr zu Häupten: »Ich bringe dem Pluto
Dieses Opfer und lös auf Befehl die Seele vom Leibe.«
Sprach's und schnitt mit der Rechten das Haar ab. Plötzlich entschwunden
War alle Wärme aus ihr, und das Leben entwich in die Lüfte.

Fünfter Gesang

Mittleren Kurs durch das Meer mit der Flotte hatte indessen
Unbeirrbar Aeneas gehalten, durchschnitt schon die Fluten,
Dunkel vom Nordwind, den Blick zu den Mauern, die schon von dem Feuer
Leuchten der armen Elissa. Was solche Flammen entzündet,
Blieb ihm verborgen, aber die Qualen verratener Liebe,
Und auch die Kunde, wozu ein rasendes Weib ist imstande,
Führten zu trüben Ahnungen bald die Herzen der Teukrer.
Als auf dem Meere nun kreuzte die Flotte und nirgends ein Land mehr
Sichtbar war, nur Himmel ringsum und überall Wasser,
Hing ein schwarzes Gewölk ihm alsbald über dem Haupte,
Nacht verkündend und Sturm, und vom Dunkel erschauert die Woge.
Selbst Palinurus, der Steuermann, ruft vom hohen Verdecke:
»Wehe, warum doch umziehn so schwere Wolken den Himmel?
Vater Neptun, was bereitest du vor?« Und plötzlich gebot er,
Fest sich ins Ruder zu legen und alle Geräte zu bergen,
Richtet quer die Segel zum Wind und spricht zu Aeneas:
»Nie, du erhabener Held, und verbürgt' sich mir Jupiter selber,
Hoff ich, ins Italerland bei solchem Wetter zu kommen.
Springen die Winde doch um und blasen nun brausend aus finstrem
Westen herauf, die Luft ist ganz von Wolken verdichtet;
Weder zu halten die Bahn noch mühsam vorwärts zu dringen,
Reicht unsre Kraft, drum laßt dem gebietenden Schicksal uns folgen,
Und, wo es hinruft, lenken den Kurs; nicht ferne vermut ich
Eryx' gastliches Brudergestad' und sikanischen Hafen,
Wenn ich recht mich entsinne der jüngst betrachteten Sterne.«
Drauf der fromme Aeneas: »Längst merkt' ich es schon, daß die Winde

Solches verlangen und du dich vergebens dagegen gesträubt hast.
Laß die Segel dem Wind. Ist denn ein Ufer mir teurer
Oder willkommener, um daran mit müden Schiffen zu ankern,
Als das Gebiet, das den Dardanerhelden Akestes beherbergt
Und des Vaters Anchises Gebein im Schoße behütet?« 31
Also sprach er. Sie lenken zum Hafen, und günstiger Westwind
Schwellt die Segel, und schnell durchfährt die Flotte die Brandung.
Endlich landen sie froh am wohlbekannten Gestade.
Aber verwundert gewahrte Akestes vom Gipfel des Berges,
Daß befreundete Schiffe sich nahten, und eilte entgegen,
Rauh von Lanzen umstarrt und im Fell einer libyschen Bärin,
Ihn empfing vom Strome Krinisus die troische Mutter.
Jener gedachte der Ahnen noch immer aus Tagen der Vorzeit,
Grüßte die Wiederkehrenden und, froh des ländlichen Vorrats,
Nimmt er sie auf und erquickt die Müden mit freundlichen Gaben. 41
Als nun der folgende strahlende Tag mit östlichem Lichte
Scheuchte die Sterne, berief Aeneas die Freunde am weiten
Ufer zu einer Versammlung und sprach vom Hügel zu ihnen:
»Mächtige Dardanussöhne, dem Blute der Götter entsprossen,
Nun ist erfüllt der Kreis der Jahre im Laufe der Monde,
Seit wir die Überreste und Beine des seligen Vaters
Hier in die Erde versenkt und Traueraltäre ihm weihten.
Täusch ich mich nicht, ist heute der Tag, der immer mir bitter,
Immer gefeiert mir ist, so habt ihr, Götter, beschlossen; 50
Ob ich ihn heimatlos in gaetulischen Syrten verbringe,
Ob im argolischen Meere verschlagen und selbst in Mykene,
Würd' ich alljährlich doch mit Gelübden und festlichem Aufzug
Ihn begehn und Altäre mit schuldigen Opfern errichten.
Aber nun sind wir von selbst beim Gebein und der Asche des Vaters,
Wohl nicht ohne Wunsch und Willen der Götter, so glaub ich,
Angelangt und so im befreundeten Hafen gelandet.
Laßt uns darum diesen Ehrentag nun festlich begehen,

Günstige Winde erflehn, und später werde dies Opfer,
Wenn die Stadt wir gegründet, alljährlich im Tempel gefeiert.
Je zwei Stiere gewährt der Trojasprosse Akestes 61
Jedem Schiffe. Nun rufet herbei die Penaten der Heimat,
Ladet auch jene zum Mahl, die Akestes verehrt, unser Gastfreund.
Ferner: sobald zum neuntenmal Aurora den Erdkreis
Strahlend enthüllt und das Licht den Menschen zur Freude zurückbringt,
Ordne ich an einen Wettkampf der schnellen Flotte den Teukrern;
Auch wer den Kräften vertraut und im Laufe der Füße behend ist
Oder ein Meister im Speerwurf und mit den geflügelten Pfeilen,
Oder wer sich getraut, im rauhen Faustkampf zu streiten,
Alle die mögen erscheinen und würdige Preise erwarten. 70
Meidet störende Worte, bekränzt mit Zweigen die Schläfen.«
Sprach's und umflocht sich das Haar mit der Myrte, der Mutter geheiligt;
Dies tut Helymus, ebenso auch der bejahrte Akestes,
Auch Askanius tut's und zugleich die übrige Mannschaft.
Jetzt verließ die Versammlung der Held und schritt zu dem Grabe.
Tausende mit ihm; die Schar des begleitenden Volkes umringt ihn.
Dort auch gießt er nach Sitte zwei Schalen lauteren Weines,
Zwei mit Milch und zwei mit heil'gem Blut auf den Boden,
Purpurne Blumen streut er darauf und spricht dann die Worte:
»Gruß dir, erhabener Vater, und abermals Gruß deiner Asche,
Die vergebens ich wiedergefunden, o Seele des Vaters, 81
Und sein Schatten! Nicht durft' ich mit dir das Land des Geschickes,
Nicht Italien suchen, und, wo er auch sein mag, den Thybris.«
Also sprach er. Da kroch, aus der untersten Tiefe gewunden,
Eine gewaltige Schlange mit sieben sich rollenden Ringen,
Schmiegte sich sanft um das Grab und glitt empor zum Altare,

Bläulich am Rücken gestreift, und flammender Goldglanz
Brannte rings auf den Schuppen, wie bunt in den Wolken der Bogen,
Gegen die Sonne gekehrt, mit tausend Farben sich spiegelt.
Staunend sah die Erscheinung Aeneas. Sie aber entschlüpfte,
Wand sich zwischen den Schalen hindurch und den blinkenden Bechern,
Kostet' ein wenig vom Mahl und kroch dann, ohne zu schaden,
In die Tiefe des Grabs, die benaschten Altäre verlassend.
Um so froher erneut er des Vaters begonnenes Fest nun,
Ungewiß, ob es der Schutzgeist des Ortes oder des Vaters
Bote gewesen. Er schlachtet ein Paar zweijährige Schafe,
Ebenso viele Schweine und Stiere mit schwärzlichem Rücken,
Spendete Wein aus den Schalen und rief des großen Anchises
Seele herbei und die Manen, entlassen aus Acherons Tiefe.
Ebenso bringen die Freunde, ein jeder nach seinem Vermögen,
Froh ihre Gaben, beladen Altäre und opfern die Stiere;
Andere stellen die Kessel in Reihn und, im Grase gelagert,
Legen Kohlen sie unter die Spieße und braten das Fleisch dann.
Endlich erschien der erwartete Tag, und Phaethons Rosse
Führten den neunten Morgen herauf in heiterem Lichte.
Schon hat Ruf und Name des edlen Akestes die Nachbarn
Hergelockt, und sie erfüllten in froher Versammlung das Ufer,
Teils die Trojaner zu sehn, und teils gerüstet zum Wettkampf.
Erstlich stellten die Preise sie hin inmitten des Kreises
Vor ihre Augen, den heiligen Dreifuß, grüne Gewinde,
Palmen auch, der Siegenden Lohn, auch Waffen, Gewänder,
Purpurdurchtränkt, dazu auch Gold- und Silbertalente.
Dann ertönten Trompeten vom Wall zum Beginne der Spiele.
Jetzt eröffnen den Kampf, sich gleich an gewaltigen Rudern,
Vier aus der ganzen Flotte mit Sorgfalt erkorene Schiffe.
Mnestheus führt den behenden, den ruderbeflügelten »Walfisch«,
Er, der Memmier Ahn, nun bald der italische Mnestheus;
Gyas leitet mächtig den mächtigen Bau der »Chimära«,
Eine schwimmende Stadt, die dreifach Dardanerjugend

Rudert (dreifach übereinander in Reihen geordnet).
Auch Sergestus, von dem die Sergier leiten den Namen,
Fährt auf dem großen »Kentaur«, auf der bläulichen »Skylla« Kloanthus,
Woher dein Geschlecht, o Römer Cluentius, abstammt.
Fern im Meer liegt ein Fels, gegenüber dem schäumenden Ufer,
Manchmal untergetaucht und von schwellenden Wogen umbrandet,
Wenn der Nordwest im Winter mit Wolken verhüllt die Gestirne;
Ruhen die Stürme, dann schweigt er und hebt aus dem glatten Gewässer
Frei seine Fläche, willkommen sich sonnenden Tauchern als Ruhplatz.
Dort nun befestigt den grünenden Ast der laubreichen Eiche
Vater Aeneas, den Schiffen als Zeichen, damit sie von dort dann
Wiederkehren, sobald sie ihn lang im Laufe umfahren.
Dann bestimmen die Lose den Startplatz, es glänzen die Führer
Prangend in Purpur und Gold hoch auf den Achterverdecken.
Aber mit Laub von der Pappel bekränzt sich die übrige Mannschaft
Und entblößt die Schultern, gesalbt mit glänzendem Öle,
Setzt auf die Bänke sich dann, die Arme kräftig am Ruder
Und erwartet gespannt das Zeichen; im pochenden Herzen
Tobt beklemmende Angst, durchdrungen von Gier nach dem Ruhme.
Dann beim hellen Tone der Tuba, da stürmen sie alle
Ohne Verzug aus den Schranken, es schallt zum Himmel das helle
Schiffergeschrei, und es schäumen die Fluten vom Schwunge der Ruder.
Alle zugleich ziehn Furchen dahin, und tief auseinander
Klafft, von Rudern zerrissen und zahnigen Schnäbeln, die Meerflut.
Nicht so jählings stürmt da des Wagens Doppelgespann und

Kämpft sich hinaus ins Feld, den offenen Schranken entronnen;
Nicht so heftig peitschen die Lenker die stürmenden Rosse
Mit ihrem Zügel, sie beugen sich weit vornüber zum Schlage.
Hell vom Beifall und Jauchzen des Volks und vom Eifer der Rufer
Tönt der ganze Wald, und die eingeschlossene Küste
Wälzt den Schall, es hallt zurück vom Hügel das Echo.
Rasch vor den andern entflieht und durchgleitet als erster die Wellen
Gyas unter dem Jubel der Menge; es folgt ihm Kloanthus,
Besser berudert, doch hemmt ihn des trägeren Schiffes
Schwererer Bau; nach diesen bemühn sich in gleicher Entfernung,
Noch zu gewinnen den vordersten Platz, der »Kentaur« und der »Walfisch«;
Bald ist der große »Kentaur« voran, bald macht ihm der »Walfisch«
Streitig den Sieg, bald laufen beide Stirne an Stirne
Und durchfurchen zugleich gestreckten Kieles die Salzflut.
Und schon kommen sie nahe dem Fels und erreichen die Wende,
Als der siegreiche Gyas, der alle im Wasser des Meeres
Hinter sich ließ, zu Menoetes begann, dem Lenker des Schiffes:
»Warum schweifst du so weit nach rechts ab? Da mußt du doch fahren!
Bleib am Gestade, mag links auch das Ruder dir streifen am Felsen.
Laß den andern die See!« Er sprach's, doch Menoetes befürchtet
Heimliche Klippen und dreht nach dem offenen Meere die Spitze.
»Wohin drehst du denn ab?« Und wieder: »Zum Felsen, Menoetes!«
So rief Gyas aufs neue, und schon gewahrt er Kloanthus
Dicht hinter sich und mächtig sich drängend und näher sich haltend.
Jener, zwischen dem Schiffe des Gyas und brandenden Klippen,

Streicht mehr innen und links auf der Bahn, eilt plötzlich vorüber
Und gewinnt, die Wende im Rücken, die sichere Meerflut.
Da aber brennt gewaltiger Schmerz im Herzen des Mannes,
Tränen rannen ihm über die Wangen, den trägen Menoetes
Stieß er, der eigenen Würde, des Heils der Genossen vergessend,
Köpflings hinab ins Meer vom hohen Hinterverdecke.
Selbst nun tritt er ans Steuer, er selbst ein Meister der Schiffahrt,
Muntert die Ruderer auf und dreht das Steuer zum Ufer.
Aber Menoetes, schwer und bejahrt schon, als er der Tiefe
Kaum sich endlich entringt und in triefenden Kleidern emporklimmt,
Kroch den Felsen hinauf und saß auf der trockenen Klippe.
Lachend hatten die Teukrer ihn fallen und schwimmen gesehen,
Und sie lachten, wie nun die salzigen Fluten er ausspeit.
Freudige Hoffnung schöpften nunmehr Sergestus und Mnestheus,
Sie, die letzten, noch über den säumigen Gyas zu siegen.
Früher erreicht Sergestus das Mal, sich nahend dem Felsen,
Aber er ist nicht ganz voraus um die Länge des Schiffes,
Nur zum Teil, es drängt ihn der Schnabel des eifernden »Walfischs«.
Aber inmitten des Schiffes die Reihn der Gefährten durchschreitend,
Muntert Mnestheus sie auf: »Jetzt werft euch über die Ruder,
Hektors Genossen, die ich bei Trojas letztem Verhängnis
Mir zu Gefährten erwählt, jetzt zeigt die äußersten Kräfte,
Zeigt euren Mut, den jüngst in Gaetuliens Syrten erprobten,
Auf dem jonischen Meer und der brandenden Flut bei Malea:
Mnestheus verlangt nicht von euch als erster im Kampfe zu siegen,
Zwar, o geläng's! Doch es siege, wem du es, Neptunus, beschieden.
Nur nicht die letzten zu sein, o Schmach! Da sieget, ihr Männer,

Wendet die Schmach!« Nun strengen sich alle mit äußerster Kraft an,
Von den gewaltigen Schlägen erbebt der eherne Schiffskiel,
Und es schwindet die Flut. An Glieder und trockenen Gaumen
Schlägt der keuchende Atem, und Schweiß rinnt nieder in Strömen.
Endlich gewährt den ersehnten Preis ein Zufall den Männern.
Denn als allzu verwegen zum Fels Sergestus den Schnabel
Drängt und sich mehr innen nähert der mißlichen Enge,
Bleibt er zum Unglück hängen auf steinigem Vorsprung.
Bebend hallt das Gestein, die stemmenden Ruder zerkrachen
An dem felsigen Riff, der zerschlagene Schnabel verfängt sich.
Alle fahren empor, schrein laut und können nicht weiter
Holen Hebel mit Eisen beschlagen und spitzige, lange
Stangen herbei und fischen im Strom die zerbrochenen Ruder.
Mnestheus aber, erfreut und mutiger durch das Gelingen
Stößt mit hurtigen Rudern und mit erbetenen Winden
Vor in die flutende See und schießt durch die offenen Wellen.
So wie die Taube, die, aufgescheucht aus ihrem Geklüfte,
Wo sie ein freundliches Nest sich gebaut im durchlöcherten Steine,
Rasch in die Felder entflieht; die erschrockene schlägt mit den Flügeln
Heftig aufs Felsengewand, dann, gleitend im ruhigen Äther,
Streicht sie auf heiterer Bahn und regt nicht die eilenden Schwingen.
So durchschneidet Mnestheus die letzte Flut mit dem »Walfisch«,
Flüchtigen Laufs, so treibt den Fliegenden selber die Schwungkraft.
Hinter sich läßt er zuerst den Sergest, der am ragenden Fels sich
Müht auf seichter Bahn, er ruft vergebens nach Hilfe,
Hat jetzt eilends gelernt, mit zerbrochenen Rudern zu fahren.
Dann auch erreicht er den Gyas, der ungeheuren »Chimaera«
Mächtigen Bau; sie weicht, da sie doch des Lenkers beraubt ist.
Bald nun am Ziele der Bahn ist einzig Kloanthus noch übrig:

Ihn auch verfolgt und bedrängt er mit seinen äußersten Kräften.
Wieder erhebt sich lautes Geschrei, den Verfolgenden stachelt
Doppelter Zuruf der Menge, vom Lärm hallt wider der Äther;
Jene voll Scham und Verdruß, die gewonnene Ehre, den Kampfpreis
Nicht zu behaupten, setzen das Leben daran, um zu siegen;
Diese belebt der Erfolg, man kann, was die Stärke sich zutraut.
Und wohl hätten sie beide gleichauf die Belohnung empfangen
Hätte nicht gegen das Meer die Hände Kloanthus erhoben,
Angerufen die Götter mit Flehn und Gelübde versprochen:
»Götter, Beherrscher des Meeres, durch dessen Fluten ich eile,
Dankbar weih ich vor eurem Altar an diesem Gestade
Einen glänzenden Stier, so wahr ich's gelobt, und das Innre
Opfere ich den Fluten und spende funkelnde Weine.«
Sprach's. Ihn hörten tief im Meere die Töchter des Nereus,
Phorkus' versammelter Chor, und Panopea, die Jungfrau.
Selbst mit mächtiger Hand trieb Vater Portunus die flinke
Barke voran, und schneller als Wind und gefiederte Pfeile
Flog sie ans Land und verbarg sich in der Tiefe des Hafens.
Aber der Sohn des Anchises beruft nach Brauch die Versammlung,
Läßt durch den Ruf des Herolds Kloanthus zum Sieger erklären
Und umwindet ihm dann die Schläfen mit grünendem Lorbeer.
Auch für die Schiffe gewährt drei Stiere der Held als Belohnung,
Wein dazu und ein ganzes Talent aus gediegenem Silber,
Aber besondere Ehrengeschenke verleiht er den Führern:
Für den Sieger ein Kleid, mit Gold durchwirkt und mit reichem
Meliboeischem Purpur verbrämt in zweifachem Saume.
Drein war der Königssohn gestickt in den Wäldern des Ida,
Wie er die flüchtigen Hirsche im Lauf mit Speeren verfolgte,
Feurig, er schien zu keuchen, ihn raubte vom Ida hinweg schon
Jupiters Wappenträger mit Krallenfüßen im Fluge.
Fruchtlos recken zum Himmel die alten Diener die Hände,
Und es rast der Hunde Gebell hoch gegen die Lüfte.
Dem aber, der so mutig den zweiten Platz sich erstritten,
Gab Aeneas zu eigen als Zier und Schutz in den Schlachten

Einen geringelten Panzer, aus Gold und dreifach geflochten,
Den er selber als Sieger voreinst dem Demoleus auszog 261
Bei des reißenden Simois Flut vor dem ragenden Troja.
Mühsam schleppten das schwere Geflecht auf stämmigen Schultern
Phegeus und Sagaris nun, die Knechte, doch einst in der Rüstung
Jagte Demoleus laufend ringsum die fliehenden Troer.
Drauf verteilt er als drittes Geschenk zwei eherne Kessel,
Schalen aus Silber gefertigt, verziert mit erhabenen Bildern.
Und schon gingen sie alle beschenkt und stolz auf die Schätze,
Auch die Schläfen in Laub gehüllt und purpurne Binden,
Als dem gräßlichen Fels sich kaum noch mühsam entwindend,
Seiner Ruder beraubt, auf einer Seite zerschlagen, 271
Landet sein wrackes Schiff Sergestus, verspottet und ruhmlos.
So wie zuweilen die Schlange, erfaßt auf dem Fahrweg der Straße,
Welche ein ehernes Rad zerquetscht, ein Stein hat erschlagen,
Halb schon tot und verstümmelt der Wandrer ließ auf der Straße,
Und sie vergebens versucht zu fliehen in langem Geringel,
Trotzig zum Teil, es funkeln die Augen, mit zischendem Halse
Bäumt sie sich steil, doch teils gehemmt durch die lähmende Wunde,
Sucht sie, auf Schlingen gestützt, sich in den Gelenken zu winden.
Also schleppte das Schiff sich mit seinen zertrümmerten Rudern, 280
Dennoch hißt es die Segel, die hochgeschwellt sind, und gleitet
Endlich zum Hafen. Da gibt das versprochne Geschenk dem Sergestus
Freudig Aeneas, weil jener das Schiff und die Freunde gerettet;
Und erhält eine Sklavin, in Werken Minervas erfahren,
Pholoe, kretischen Stammes, mit Zwillingsknaben am Busen.
Als nun Aeneas, der Held, dies Kampfspiel hatte beendet,
Schritt er zum grasigen Feld, das rings auf welligen Hügeln

Wälder umschlossen und wo sich inmitten des Tales der Zirkus
Dieses Theaters befand; umgeben von Tausenden ging er
In die Versammlung und ließ auf erhabenem Sitze sich nieder.
Hier, wer etwa zu kämpfen gewillt im stürmischen Wettlauf,
Fordert er auf durch Preise, bestimmt die Belohnung dem Sieger.
Ringsher kommen die Teukrer herbei vermischt mit Sikanern,
Nisus vor allen zuerst und Euryalus.
Und Euryalus strahlt von frischer Jugend und Schönheit,
Nisus von treuer Liebe zum Jüngling; es folgte den beiden
Königssohn Diores, aus Priamus' edlem Geschlechte.
Patron und Salius dann, ein Akarnaner der eine,
Aber arkadischen Bluts aus tegeischem Volke der andre;
Zwei trinakrische Jünglinge auch, in Wäldern erwachsen,
Helymus und Panopes, des alten Akestes Begleiter:
Viele andere noch, die mit Dunkel die Sage verhüllt hat.
Mitten unter sie tretend begann der Vater Aeneas:
»Hört alle her und vernehmt mein Wort mit freudigen Herzen;
Ohne Geschenk soll keiner aus diesen Reihen mir weggehn.
Zwei kretensische Lanzen aus glattem, glänzendem Stahle
Und ein doppelschneidiges Schwert, verziert mit erhabenem Silber,
Geb ich allen gemeinsam als Gabe. Drei Sieger empfangen
Preise dazu und umwinden das Haupt mit hellgrünem Ölzweig.
Einen prächtig gesattelten Gaul soll haben der erste;
Aber der zweite erhält einen amazonischen Köcher,
Voll von thrakischen Pfeilen, mit goldenem, breitem Gehänge,
An einer rundgeschliffenen Gemme als Schnalle befestigt;
Fröhlich prunke der dritte mit diesem griechischen Helme.«
Also sprach er. Sie stellen sich auf, und hinaus in die Rennbahn
Stürzen sie rasch, als das Zeichen gegeben, verlassen den Startplatz,
Gießen sich aus wie ein Sturm und halten den Blick nach dem Ziele.
Vorn unter ihnen als erster enteilt den übrigen Kämpfern

Nisus im Laufe, geschwinder als Wind und geflügelte Blitze.
Diesem zunächst, doch nur in weitem Abstand der nächste,
Folgt ihm Salius nach. Und wieder in einigem Abstand
Rennt als dritter Euryalus.
Helymus folgt hinter ihm, doch schon ganz dicht auf den Füßen
Fliegt Diores daher und streift mit der Ferse die Ferse,
Diesem die Schulter bedrängend, und, wäre noch länger die Rennbahn,
Käm' er entweder zuvor, macht mindestens ihm streitig den Vorsprung.
Und fast nahten sie schon sich dem Ende der Rennbahn und waren
Schier schon am Ziele, ermüdet, da strauchelte Nisus, der Arme,
Auf dem schlüpfrigen Blut, das dort von geschlachteten Stieren
Über den Boden geströmt, den grünenden Rasen benetzte.
Jauchzender Sieger bereits, vermocht' sich der Jüngling nicht länger
Hier auf schwankenden Füßen zu halten, sondern er stürzte
Grade hinein in heiliges Blut und besudelnden Unrat.
Doch auch jetzt des Euryalus nicht, noch der Freundschaft vergessend,
Wirft er dem Salius sich, aus dem Schmutz sich erhebend, entgegen.
Dieser kam rücklings zu Fall und lag in der schlüpfrigen Pfütze.
Jetzt ist Euryalus vorn, und durch die Hilfe des Freundes
Fliegt er als erster zum Ziel, umrauscht von Jubel und Beifall.
Dann naht Helymus, und zum dritten Preise Diores.
Salius aber erfüllt das große Rund der Versammlung
Und die vordersten Reihen der Väter mit lautem Geschrei und
Fordert jetzt die Erstattung des listig entrissenen Preises.
Doch den Euryalus schützen die Gunst der blinkenden Tränen
Und der Erfolg, gesteigert durch seine blühende Schönheit.
Ihn unterstützt und ruft mit gewaltiger Stimme Diores,
Der einen Preis noch bekäme, umsonst um den letzten der Preise
Buhlend, wenn Salius schon die erste der Ehren erhielte.

Vater Aeneas darauf: »Euch bleiben, o Jünglinge, sicher
Eure Preise erhalten, sie werden nicht anders geordnet,
Mir sei erlaubt, des schuldlosen Freundes Fall zu bedauern.«
Sprach's, das riesige Fell des gaetulischen Löwen 351
Schwer von Zotten und goldenen Klauen dem Salius reichend.
Aber Nisus rief: »Wenn Besiegten so herrlicher Preis wird,
Wenn du Gefallene also bedauerst, welch würdige Gabe
Schenkst du dann mir, der mit Ruhm den ersten der Kränze verdiente,
Wenn nicht auch mir das Geschick, wie dem Salius, feindlich gewesen?«
Also sprach er und zeigte das Antlitz dabei und die Glieder,
Schmutzig von feuchtem Schlamme. Ihm lächelte gütig der Vater
Und ließ bringen den Schild, das schöne Werk Didymaons, 359
Den die Griechen geraubt von dem heiligen Tor des Neptunus,
Dieses schöne Geschenk verlieh er dem trefflichen Jüngling.
Als so beendet der Lauf und alle Belohnung verteilt war:
»Nun erscheine, wer Stärke besitzt und Mut in dem Herzen,
Der erhebe die Arme mit riemenumgürteten Fäusten.«
Also rief er und setzte dem Kampf einen doppelten Preis aus,
Einen Stier dem Sieger, mit Gold und Bändern umwunden,
Einen prächtigen Helm und ein Schwert dem Besiegten zum Troste.
Ohne Verzug tritt plötzlich mit übergewaltigen Kräften
Dares hervor und rühmt sich im großen Gemurmel der Männer,
Er, der allein sich dem Paris im Kampf zu stellen gewohnt war
Und an dem Hügel, in dem der erhabene Hektor begraben. 371
Einst den siegreichen Butes von übermenschlicher Größe,
Der vom bebrykischen Stamm des Amykus sich rühmte zu kommen,
Niedergeschlagen; wie tot fast lag er im gelblichen Sande:
Wieder stellte sich Dares zum Kampfe erhobenen Hauptes,
Zeigte die mächtigen Schultern und schwang auch wechselnd die Arme,
Weithin ausgestreckt, und peitscht mit den Streichen die Lüfte.

Ihm wird ein Gegner gesucht, doch keiner des riesigen Heeres
Wagt es, dem Mann sich zu stellen, die Hand mit dem Riemen zu schnüren.
Also stellt er im Wahn, daß alle der Palme entsagen,
Froh vor Aeneas' Füße sich hin, und länger nicht zögernd,
Faßt er den Stier mit der Linken am Horn und redete also:
»Sohn einer Göttin, wenn keiner es wagt, zum Kampf sich zu stellen,
Weshalb steh ich noch hier, wie lange noch soll ich verweilen?
Heiß mich den Preis empfangen.« Da riefen die Dardaner alle
Beifall ihm und geboten, den Preis dem Manne zu geben.
Jetzt aber trifft den Entellus mit tadelnden Worten Akestes,
Welcher neben ihm saß auf grünendem Polster des Rasens:
»O Entellus, du einst gepriesener Heros,
Läßt du dir solch einen Preis ohne jeden Kampf so geduldig
Rauben und nehmen? Wo bleibt uns hinfort der göttliche Eryx,
Den du vergebens als Lehrer gerühmt? Wo bleibt denn dein Ruf im
Sikulerland und all deine Beute, die du an die Pfosten gehängt hast?«
Jener darauf: »Noch hat mir den Ruhm und die Liebe zur Ehre
Furcht nicht geraubt, doch kühler fließt nun vom wachsenden Alter
Mir mein Blut, und erschöpft ist die Kraft im erkalteten Körper.
Wenn, wie vor Zeiten sie war und worauf der vermessene Prahler
Drüben so baut, wenn jetzt doch jene Jugend mir blühte,
Wahrlich, nicht erst vom Preise gelockt und dem prächtigen Stiere
Wär ich genaht, nicht acht ich des Lohnes.« Sobald er gesprochen,
Warf in den Kreis zwei Riemen er hin von unendlicher Größe,
Die der streitbare Eryx im Kampf zu tragen gewohnt war,
Eingeschnürt die Faust in die ungeschmeidige Stierhaut.
Mächtig erstaunten sie alle, als nun von gewaltigen Stieren
Sieben Häute starrten, mit Blei und Eisen durchflochten.

Dares selbst vor allen erstaunt und verweigert den Faustkampf.
Doch der erhabene Anchisiade betastet und wägt nun
Ihre Last und dreht die vielfach gewundenen Riemen.
Jetzt erleichtert der Greis sich die Brust mit folgenden Worten:
»Ha, wenn einer den Riemen des Herkules erst und die Rüstung
Hätte gesehn und den traurigen Kampf an diesem Gestade!
Diese Waffen hat Eryx voreinst, dein Bruder, getragen.
Noch erblickst du Flecken von Blut und zerschmettertem Hirne;
Diese schwang er gegen den großen Alkiden, und ich auch
Trug sie, als noch frisches Blut mir Kraft gab und um die
Schläfen gestreut noch nicht das neidische Alter ergraute.
Doch wenn unsre Waffe zurückweist der troische Dares,
Will es der fromme Aeneas, und wenn es Akestes verlangte,
Tragen wir aus nun den Kampf. Ich entsage den Waffen des Eryx,
Nur keine Furcht, und auch du entblößt dich des troischen Riemens.«
Also sprach er und warf das Doppelgewand von den Schultern,
Zeigte der stattlichen Glieder Gelenke, der Knochen und Muskeln
Kräftigen Wuchs und stand, ein Riese, inmitten des Sandes.

Riemen von gleichem Gewicht ließ bringen der Vater Aeneas
Und umwickelte beiden mit ähnlichen Waffen die Fäuste.
Alsbald stellen sie sich, emporgereckt auf den Zehen,
Und erheben die Arme furchtlos hoch in die Lüfte,
Biegen zurück von den Schlägen sich und die ragenden Häupter.
Faust und Faust sind rasch im Gemenge und reizen zum Zweikampf.
Dares, gewandt durch Schnelle der Füße, der Jugend vertrauend,
Massig Entellus an Wucht und Gewicht; doch die langsamen Knie
Schlottern dem Greis, und der Riesenkörper erbebt vom Gekeuche.

Viele vergebliche Hiebe versetzen sie gegeneinander,
Viele treffen die hohle Flanke und viele die Brüste,
Diese erdröhnen, auch streicht um Schläfen und Ohren im Kreise
Häufig die Faust, von harten Schlägen krachen die Backen.
Wuchtig steht Entellus und ohne vom Platze zu weichen,
Nur mit dem Körper den Schlag und mit wachsamen Augen vermeidend.
Dares, wie einer die ragende Stadt berennt mit Maschinen
Und mit Waffengewalt die Hügelfestung belagert
Sucht er bald hier, bald dort einen Zugang zu ihr zu gewinnen,
Blößen erspähend, bedrängt sie mit manchem Angriff vergeblich.
Sieh, da erhebt sich Entellus und zeigt seine Rechte, da holt er
Weitaus. Jener gewahrte den hoch vom Scheitel geschickten
Schlag behend und entweicht sich drehend mit blitzschnellem Körper.
Aber Entellus verströmte die Kraft in die Luft und stürzte
Schwer auf den Boden, schwer wie er ist, mit vollem Gewichte;
So wie zuweilen die Fichte, die hohl und von Wurzeln gelöst ist,
Auf den Höhen des Ida und Erymanthus dahinstürzt.
Plötzlich springen voll Eifer Sikaner und Troer vom Sitze,
Himmelan tönt das Geschrei, und es eilt als erster Akestes
Helfend herbei, hebt auf den Freund und Altersgenossen.
Aber der Held, nicht zaghaft noch schreckenerfüllt von dem Unfall,
Eilt in den Kampf noch frischer und weckt mit dem Zorne die Stärke;
Scham entflammt auch die Kraft und der Tapferkeit sichres Bewußtsein.
Glühend jagt den flüchtigen Dares er im ganzen Gefilde,
Bald mit der Rechten den Schlag und bald mit der Linken verdoppelnd,
Ohne Rast und Verzug, wie ein Wetter mit prasselndem Hagel
Rasselt über dem Dach, mit so dichten Schlägen, mit beiden
Fäusten treibt nun der Held den Dares ununterbrochen.

Aber der Vater Aeneas gestattet dem Grimme zu folgen
Länger nicht mehr, verbietet Entellus, erbittert zu wüten,
Sondern er macht dem Kampfe ein Ende und half dem erschöpften
Dares und redete freundlich ihn an mit tröstenden Worten.
»Unglückseliger, was für ein Wahnsinn hat dich verblendet?
Spürst du nicht höhere Kraft und der Götter verwandelten Willen?
Weiche dem Gott!« So rief er und trennte den Kampf durch den Zuruf.
Aber den Dares, der nur mit schlotternden Knien sich hinschleppt –
Taumelnden Hauptes schwankt er dabei, und blutige Brocken
Speit aus dem Mund er mit Zähnen vermischt –, ihn führen die Freunde
Hilfreich fort zu den Schiffen und nehmen von andren gerufen
Helm und Schwert und lassen den Sieg und den Stier dem Entellus.
Aber der Sieger, im Übermut und Stolz auf den Farren:
»Sohn einer Göttin«, so sprach er, »und ihr, o Teukrer, erkennt nun,
Welche Kraft ich vordem in blühender Jugend besessen,
Wie vom Tode nun Dares durch euren Ruf ihr gerettet.«
Sprach's und stellte gerade sich hin vor die Stirne des Stieres,
Der da als Preis des Kampfes stand, und schwang mit der Rechten
Weitausholend und hochgestreckt den starrenden Riemen
Zwischen die Hörner, zerbrach das Gehirn und zerschmettert das Stirnbein.
Siehe, da stürzt nun beraubt seines Lebens der zuckende Stier hin.
Jener sagte darob und ergoß aus dem Herzen die Worte:
»Diese Seele sei dir für den Tod des Dares, o Eryx,
Besser geweiht. Als Sieger entsag ich dem Kampf und dem Riemen.«
Schnell nun ladet Aeneas, mit flüchtigen Pfeilen zu kämpfen,
Jeden herbei, der etwa gewillt, und bestimmte die Preise,

Richtet durch kräftige Hände den Mast vom Schiff des Serestus
Auf, und als Ziel der Geschosse befestigt er oben am Maste
Eine flatternde Taube in einer Schlinge des Seiles.
Schützen treten herzu, die hineingeworfenen Lose 49
Sammelt ein eherner Helm und, begrüßt von freudigem Beifall
Springt vor allen voraus Hippokoon, Hyrtakus' Sprößling.
Mnestheus folgte sodann auf ihn, der eben im Schiffskampf
Sieger gewesen, Mnestheus, bekränzt noch mit grünendem Ölzweig;
Dritter Eurytion war, er war dein Bruder, du großer
Pandarus, dem voreinstens befohlen, zu stören das Bündnis,
Welcher unter die Griechen den Pfeil als erster geschossen;
Doch auf dem Boden des Helmes verblieb als letzter Akestes,
Der es noch wagt, mit der Faust der Jünglinge Kampf zu versuchen.
Kraftvoll spannen sie alle sodann den gezogenen Bogen, 50
Jeder so gut er vermag, und entnehmen dem Köcher die Pfeile.
Erst entschwirrte zum Himmel des hyrtakidischen Jünglings
Pfeil von der tönenden Sehne, durchpeitscht im Fluge die Lüfte
Kam ans Ziel und bohrte sich vorn hinein in den Mastbaum;
Da erbebte der Mast, und es schlug der erschrockene Vogel
Scheu das Gefieder, und alles erscholl von gewaltigem Beifall.
Nun trat Mnestheus kühn hervor mit gezogenem Bogen,
Aufwärts zielend, und strengt das Geschoß und die Augen zugleich an.
Doch der Arme vermag die Taube nicht ganz zu erreichen,
Sondern die Knoten allein und die hanfenen Bande durchschoß er, 51
Wo sie, am Fuße geschnürt, hoch oben vom Mast herabhing.
Sie nun entflog in die Luft und floh in das Dunkel der Wolken.
Rasch und den Pfeil schon lange bereit auf gerichtetem Bogen
Rief Eurytion mit Gelübden flehend den Bruder,
Als er die frohe bereits am offenen Himmel mit Flügeln,
Schlagen sah, durchbohrt er sie unter der düsteren Wolke.
Leblos fiel sie herab und ließ bei den Sternen des Äthers
Ihre Seele und brachte den tötenden Pfeil auf die Erde.

Jetzt, der Palme beraubt, war nur Akestes noch übrig,
Dennoch schnellt er den Pfeil hinauf in die Lüfte des Himmels,
Daß er als Alter die Kunst und den klingenden Bogen noch zeige.
Plötzlich erscheint den Augen ein zukunftdeutendes Wunder,
Voll von großer Bedeutung, das lehrt erschütternd der Ausgang,
Aber zu spät erkannten die Unglückspropheten das Zeichen.
Denn das fliegende Rohr begann in den Wolken zu brennen
Zeichnete flammend die Bahn und löste verlodernd
Sich in wehende Winde: wie manchmal fallende Sterne
Eilen über den Himmel, im Flug einen Schweif hinter sich ziehn.
Wie vom Donner gerührt erstaunten Sikaner und Teukrer,
Zu den Himmlischen flehend, doch selbst der erhabne Aeneas
Wies das Zeichen nicht ab, er umarmte den frohen Akestes,
Überhäuft ihn mit schönen Geschenken und redete also:
»Vater, nimm, denn es wollte der hohe Herrscher im Himmel
Durch dies Wunder auch ohne Kampf dir Ehre verleihen.
Nimm dies Ehrengeschenk des hochbetagten Anchises,
Diesen mit Bildern getriebenen Krug, den der Thrakier Kisseus
Einst meinem Vater Anchises verlieh als herrliche Gabe,
Ihn als Pfand und Zeichen der Freundschaft mit sich zu nehmen.«
Sprach's und umwand die Schläfen des Alten mit grünendem Lorbeer
Und erklärt zum ersten Sieger vor allen Akestes.
Edel neidet Eurytion nicht ihm die Ehre des Vorzugs,
Trotzdem allein er vom hohen Himmel den Vogel herabschoß.
Nächst ihm ging mit den Preisen einher, der die Bande durchschossen,
Jener zuletzt, der den Mast mit befiedertem Pfeile durchbohrte.
  Aber der Vater Aeneas, bevor er die Spiele geendet,
Rief den Begleiter und Hüter des jungen Knaben Julus,
Epytus' Sohn, und raunt ins Ohr dem Treuen den Auftrag:

»Gehe dem Julus melden, wofern er den Festzug der Knaben
Schon bereit und auch die Figur der Rosse geübt hat,
Daß er dem Ahn zu Ehren ihn führ und in Waffen erscheine.«
Also sprach er und hieß den hereingedrungenen Volksstrom
Räumen und die Rennbahn und Felder offen erhalten.
Auf nun ziehn die Knaben und glänzen vorm Auge der Väter
Gleich auf gezügelten Rossen heran; der nahende Zug wird
Jauchzend bestaunt von troischer Jugend und allen Sikanern.
Alle umwinden nach Sitte das Haar mit beschnittenen Kränzen,
Schwingen zwei eisenbeschlagene Lanzen aus Holz der Kornelle,
Einigen hängt um die Schulter ein glänzender Köcher, vom Halse
Fließt auf die Brust ein biegsamer Reif von geflochtenem Golde.
Da nun ziehen sie auf, in drei Schwadronen geteilt, und
Jedem sprengt ein Führer voran; zwölf Knaben begleiten
Jeden voll Glanz im gesonderten Zug und zugleich mit den Lehrern.
Eine jauchzende Schar der Knaben leitet der kleine
Priamus, so nach dem Ahn benannt, dein herrlicher Sprößling,
O Polites, bestimmt, das Italerreich zu vermehren.
Heute trägt ihn ein Thrakierscheck, an den vorderen Hufen
Weiß und das stolze Haupt mit weißer Blesse gezeichnet.
Atys hierauf, von dem die latinischen Atier stammen,
Atys, der kleine Knabe, geliebt von dem Knaben Julus.
Endlich ritt, an Gestalt der schönste von allen, Julus
Auf dem Sidonierpferd, das jüngst ihm die glänzende Dido
Hatte gegeben, ein Pfand und Angedenken der Liebe.
Doch auf trinakrischen Rossen des alten Helden Akestes
Tummelt die Jugend.
Klatschend empfangen die Troer die Schüchternen, freun sich des Anblicks
Und erkennen verjüngt der greisen Väter Gestalten.
Als vor den Augen der Ihren sie um die ganze Versammlung
Freudig getrabt, gibt ihnen von fern – da zum Spiel sie bereit sind –

Epytus' Sohn ein Zeichen durch Zuruf und knallt mit der Geißel.
Jene nun ziehen sich gleichgereiht auseinander und stellen
In drei Rotten gesondert sich auf, auf ein weiteres Zeichen
Schwenken sie dann und bedrohen einander feindlich mit Waffen.
Jetzt beginnen die einen den Lauf und andre den Rücklauf,
Gegen einander gewandt, und in immer wechselnden Kreisen
Wenden sie sich und schaffen das Bild einer Feldschlacht in Waffen,
Bald auf der Flucht, den Rücken entblößt, bald feindlich die Speere
Zugekehrt, bald wieder vereint nach geschlossenem Frieden.
Wie denn das Labyrinth auf dem hohen Kreta vor Zeiten
Manch geheimen Weg in dunklen Wänden und tausend
Trügrische Gänge enthielt, ein unentwirrbares Irrsal,
Ohne Rückweg, verhindert, den leitenden Spuren zu folgen,
Also verflechten in kreuzendem Lauf die Söhne der Teukrer
Immer die Spur und verschlingen im Spiele Angriff und Rückzug,
Ähnlich dem Zug der Delphine, die, schwimmend in libyschem Wasser
Oder karpathischer Flut, die feuchten Meere durchkreuzen.
Diesen Brauch, dies Rennen und diese Spiele des Kampfes
Hat Julus, als Albalonga mit Mauern umschlossen,
Erstmals erneut und sie feiern gelehrt die alten Latiner,
Wie er sie selbst als Knabe beging mit der troischen Jugend;
Alba belehrte die Seinen sodann; von diesen ererbte
Rom, das erhabne, den Brauch und bewahrte die Ehre der Väter.
Heute noch nennt man »Troja« das Spiel und die Knaben Trojaner.
So weit wurden die Kämpfe dem göttlichen Vater gefeiert.
Da nun zuerst zeigt wieder das Schicksal den Wandel der Treue:
Während dem Grab noch die Feier sie weihn mit mancherlei Spielen,

Sandte vom Himmel herab die saturnische Juno die Iris
Zu der ilischen Flotte im raschen Hauche des Windes,
Voll von Plänen, noch immer der alten Kränkung gedenkend.
Iris beschleunigt den Weg auf tausendfarbigem Bogen,
Unbemerkt läuft über die Brücke die eilende Jungfrau.
Schaut das gewaltge Gewühl der Menge, durchwandert das Ufer
Und erblickt die Häfen verödet, verlassen die Flotte.
Aber abseits und fern am einsamen Ufer beweinen
Trojas Frauen den Tod des Anchises, und weinend betrachten
Alle die Tiefe des Meers: »Weh, daß noch so viel des Gewässers
So viel Flut der Ermatteten wartet.« So rufen sie alle,
Wünschen ein Haus sich, verdrossen, des Meeres Mühen zu tragen.
Also schwingt sie rasch, bewandert im Schaden, sich mitten
Unter die Schar und legt der Göttin Gewand und Gestalt ab.
Beroe wird sie, die greise Gattin des Tmarers Doryklus,
Die durch Gestalt und Namen dereinst und Söhne berühmt war,
Und so mischt sie sich nun in die Reihe der dardanischen Mütter:
»Ach, Unselige«, sprach sie, »daß nicht die Hand der Achaeer
Euch im Kriege zu Tode geschleppt bei den heimischen Mauern!
Arme Frauen, zu welchem Verderben bewahrt euch das Schicksal?
Schon ist nach Trojas Zerstörung der siebente Sommer vergangen,
Seit wir die Meere und Länder der Erde und drohende Klippen,
Auch den Zorn der Gestirne durchmessen, ein Spiel der Gewässer,
Durch das unendliche Meer das flüchtige Latium suchen.
Hier ist des Eryx brüderlich Land und Akestes, der Gastfreund,
Wer hält uns ab, hier Mauern und Stadt für die Bürger zu gründen?
Vaterland, ach, vergebens dem Feinde entrißne Penaten!

Wer spricht fürder denn noch von Trojas Mauern? Und nirgends
Soll ich die Ströme des Hektor, den Xanthus und Simois, schauen?
Nun wohlan, nun verbrennet mit mir die leidigen Schiffe,
Denn mir schien im Traume der Geist der Prophetin Kassandra
Lodernde Fackel zu bieten. ›Hier‹, sagte sie, ›suchet euch Troja,
Hier ist ein Heim euch bestimmt, und jetzt ist die Zeit da zum Handeln.
Keinen Verzug erlaubte der Traum. Hier stehn dem Neptunus
Vier Altäre; der Gott gibt selbst uns den Mut und die Fackeln.‹«
Sprach's, und gewaltsam entreißt sie zuerst das verderbliche Feuer,
Und mit erhobener Rechten von ferne wirbelnd im Schwunge
Schleudert sie's. Staunen ergriff und starres Entsetzen die Herzen
Ilischer Fraun. Doch eine, die älteste unter der Reihe,
Pyrgo, die Amme der Fürsten, so vieler Priamuskinder:
»Dies ist Beroe nicht, die Rhoeteerin, nicht des Doryklus
Weib, ihr Mütter, so seht doch die Zeichen der göttlichen Anmut,
Seht ihren flammenden Blick. Wie ist der Geist ihr lebendig,
Welche Gebärden und Stimme, und der Wandelnden Gang, wie erhaben!
Hab doch die Beroe eben verlassen, als ich hierherging.
Kränklich und mürrisch daheim, weil sie bei so heiligen Opfern
Fehle und dem Anchises die schuldigen Ehren nicht brächte.«
Also redete sie.
Doch die Mütter, im Anfang noch zweifelnd, sehen mit scheelen
Augen zu den Schiffen hinüber und schwanken in Sehnsucht
Nach dem Reich der Verheißung und nach dem hiesigen Lande,
Als im schwebenden Flug durch den Himmel die Göttin sich aufschwang,
Unter die Wolken entwich, den gewaltigen Bogen durchschneidend.

Donnergerührt von der Wundererscheinung, getrieben vom Wahnsinn
Schreien sie alle und reißen die Glut von den Herden der Häuser,
Plündern sogar die Altäre, und Laub und Reisig und Fackeln
Schleudern sie hin. Da rast die zügelentflohene Flamme
Quer durch die Ruder und Bänke und schön bemalten Verdecke.
Doch zu Anchises Grab und dem hochgestuften Theater
Rennt mit der Kunde der brennenden Schiffe Eumelus, und selber
Schaun sie zurück, wie die Asche mit Glut schwarzwirbelnd emporfliegt.
Aber Askanius, der gerade voll Freude die Reiter
Führte, er stürmte auf fliegendem Roß ins zerrüttete Lager,
Und es vermögen ihn nicht die keuchenden Lehrer zu halten.
»Was ist das für ein Wahnsinn? Was soll das alles«, so ruft er,
»Weh, ihr verblendeten Weiber! Nicht Feinde und griechische Lager,
Nein, eure eigene Hoffnung verbrennt ihr! Sehet, da bin ich,
Euer Askanius!« Warf den leeren Helm vor die Füße,
Der ihm den Scheitel gedeckt bei dem schlachtennachahmenden Kampfspiel.
Schnell auch erscheint Aeneas und schnell die anderen Teukrer.
Jene nun fliehn auseinander voll Angst und verstreuen am Ufer
Weit sich umher in Wälder, und wo nur versteckt ein Geklüft ist,
Suchen sie's auf, sie verwünschen die Tat und den Tag, sie erkennen
Reuig wieder die Ihren, befreit aus Junos Verstrickung.
Deshalb legen jedoch die lodernden Flammen des Brandes
Nicht die entfesselte Wut. Tief unter dem feuchten Gebälke
Glimmt noch langsam qualmend das Werg, die schwellende Lohe
Frißt an den Kielen, den ganzen Rumpf durchwühlt die Verwüstung;

Nichts vermag der Helden Kraft, nicht Wasser in Strömen.
Jetzt aber riß der fromme Aeneas das Kleid von der Schulter,
Streckte die Hände empor und rief die Götter um Hilfe:
»Jupiter, mächtiger Herr, sind noch die Troer nicht alle
Ganz dir verhaßt, und schaut ein wenig auf menschliches Elend
Deine frühere Huld, laß, Vater, den Flammen entkommen
Unsere Flotte und rette der Teukrer ärmliche Habe,
Oder schleudre den Rest mit feindlichem Strahl ins Verderben,
Hab ich's verdient, so zerschmettere ihn mit eigenen Händen!«
Kaum hat er dieses gefleht, als schon mit strömenden Güssen
Schwarz ein unmäßig Wetter herabstürzt, Hügel und Felder
Beben vom Donner ringsum, vom ganzen Äther entströmt ein
Stürmischer Regen, vom Wasser verdunkelt und dichten Gewölken.
Voll stehn alle Verdecke, die halbversengten Gebälke
Triefen von Flut, bis endlich erloschen der Brand war und alle
Schiffe (vier nur loderten noch) vom Verderben gerettet.
Aber der Vater Aeneas, bedrückt durch die traurige Lage,
Warf im Herzen schwankend umher die gewaltigen Sorgen,
Ob er, vergessend seines Geschicks, auf sizilischen Fluren
Wohnungen gründe, ob fürder nach Italerküsten er strebe.
Jetzt aber redet Nautes, der Greis, den Tritonia Pallas
Selber gelehrt und begnadet auch hat mit höherer Weisheit;
Diese gab ihm immer Bescheid, wenn drohte der Götter
Mächtiger Zorn oder sonst der Gang des Schicksals es heischte.
Er nun begann den Aeneas zu trösten: »Du, Sohn einer Göttin,
Wie das Geschick uns treibt oder hemmt, wir müssen ihm folgen!
Was es auch sei, mit Geduld ist jegliches Los zu bestehen.
Hast doch den Dardanerfürsten, den Göttersprößling Akestes,
Diesen Gefährten ziehe zu Rat und verpflicht ihn, der's gern macht.
Ihm vertraue das Volk, das nach der Schiffe Verlust noch
Übrig, denen dein Plan, dein großes Beginnen zuwider.
Alterbelastete Greise, die mehr entkräfteten Mütter
Und was immer gebrechlich bei dir und bang vor Gefahr ist,

Sondre die Müden und laß hier Mauern im Lande sie haben;
Nenne die Stadt dann Akeste, wenn dieser Name erlaubt ist.«
Ganz durchwühlt von solchen Worten des greisen Gefährten,
Fühlt er im Grunde ja doch sein Herz von Sorge zerrissen.
Und die finstere Nacht durchfuhr auf dem Wagen den Himmel.
Bald dann schien vom Himmel das Bild des Vaters Anchises
Niederzuschweben und ihn mit diesen Worten zu grüßen:
»Sohn, du mehr als mein Leben, so lange das Leben mir währte,
Lieb mir und teuer, mein Sohn, durch Iliums Leiden geprüfter!
Schau, ich komme auf Jupiters Wunsch, der die Flotte vom Feuer
Rettete und sich zuletzt im erhabenen Himmel erbarmte.
Folge dem trefflichen Rat, den Nautes, der Greis, dir gegeben.
Auserlesene Jünglinge nur, die tapfersten Herzen
Nimm nach Italien mit: ein Volk, das gehärtet und rauh ist,
Mußt du in Latium zwingen durch Krieg. Doch gehe zuvor noch
Zu Plutos unterem Haus, durch Avernus' Geklüfte
Suche mich auf, mein Sohn. Es umfangen des grausen
Tartarus traurige Schatten mich nicht, in Elysiums Fluren
Wohn ich, mit seligen Frommen vereint. Die keusche Sibylle
Leitet dich hin, wenn das Blut der schwarzen Tiere geopfert,
Dort erfährst du dein ganzes Geschlecht und die Stadt der Verheißung.
Lebe nun wohl! Die tauende Nacht dreht mitten die Laufbahn,
Und mit schnaubenden Rossen behaucht mich der grausame Morgen.«
Also sprach er und schwand wie Rauch in die wehenden Lüfte.
Aber Aeneas: »Wo stürzest du hin? Wem enteilst du?« so sprach er,
»Wem entfliehst du? Wer reißt dich hinweg aus meiner Umarmung?«
Solches sagend, belebt er die Asche, die schlummernden Gluten,
Ehrt den pergamenischen Lar und die Stätte der Vesta
Andachtsvoll mit heiligem Mehl und dampfendem Rauchfaß.
Rasch dann ruft er die Freunde zu sich und vor allem Akestes,

Jupiters Göttergebot und des teuren Vaters Befehle
Kündet er ihnen und welchen Entschluß im Herzen er hege
Schnell ist entschieden der Rat, und Akestes genehmigt den Antrag.
Also bestimmt für die Stadt man die Mütter, die willigen Scharen
Sondern sie ab, die Seelen, die großen Ruhm nicht verlangen.
Selber erneun sie die Bänke, ergänzen das flammenversengte
Balkenwerk und rüsten zur Abfahrt Ruder und Taue,
Zwar an Zahl nur gering, doch tapfer und mutig zum Kriege.
Unterdessen begrenzt Aeneas die Stadt mit dem Pfluge,
Lost die Wohnungen aus und heißt ein erneuertes Troja
Aufblühn. Herzlich erfreut sich des Reichs der Troer Akestes,
Hält das Gericht und erteilt den berufenen Vätern Gesetze.
Dann wird der Venus Idalia dort auf dem Gipfel des Eryx
Hoch zu den Sternen ein Tempel erbaut, und dem Grab des Anchises
Soll ein heiliger Hain mitsamt einem Priester erstehen.
  Und schon hatte das Volk neun Tage gespeist, den Altären
Ehre getan, da ebneten günstige Winde die Wasser.
Kräftig und freundlichen Hauchs weht wieder der Süd auf der Meerbahn,
Da erhob sich am krummen Gestade ein schreckliches Jammern,
Unter Umarmungen bringen sie noch den Tag und die Nacht hin.
Auch die Mütter sogar, sie alle, denen so herb erst
Schien des Meeres Gestalt und unerträglich sein Name,
Wünschen zu ziehn und alle Beschwerden der Flucht zu ertragen.
Liebreich tröstet sie noch mit freundlichen Worten Aeneas
Und empfiehlt sie weinend dem blutsverwandten Akestes.
Drauf gebot er, den Stürmen ein Lamm, drei Rinder dem Eryx
Abzuschlachten und schnell nacheinander die Seile zu lösen.
Er, den beschnittnen Olivenkranz um den Scheitel gewunden,

Steht ganz vorn auf dem Schiff, eine Schale in Händen, und schüttet
Eingeweide ins Wasser und spendet funkelnde Weine.
Günstig erhebt sich im Rücken der Wind, die Reise beflügelnd,
Eifrig peitschen die Freunde das Meer und durchfurchen die Wogen.

Aber Venus indes, aufs neue von Sorgen geängstigt,
Wendet sich an Neptun und ergießt aus dem Busen die Klage
»Junos grausamer Zorn und unersättliche Rachsucht
Zwingen mich, o Neptun, mich tief mit Bitten zu beugen,
Weil nicht Länge der Zeit noch Frömmigkeit irgend sie mildert,
Weil kein Schicksal sie bricht, noch Jupiters Wille sie bändigt
Ihrem frevlen Grolle genügt nicht, daß sie die Hauptstadt
Tilgte mitten aus Phrygiervolk und schleppte den Rest durch
Alle Qualen, sie wütet auch gegen Gebeine und Asche
Iliums noch. Allein weiß sie die Gründe des Grolles.
Warst ja selber mir jüngst ein Zeuge in libyschen Wogen,
Welchen Sturm sie plötzlich erregte. Das Meer und den Himme
Wühlte sie durcheinander, des Aeolus Wettern vertrauend,
Solches wagt sie sogar, wenn auch fruchtlos, in deinem Gebiete.
Siehe, nun hat sie, die troischen Frauen zu Freveln empörend
Schändlich die Schiffe verbrannt, und wegen des Mangels der Flotte
Zwang sie, die Freunde im fremden Lande zu lassen.
Nun ist dieses mein Flehn: O laß ihn mit sicheren Segeln
Fahren durchs Meer und ihn den laurentischen Thybris erreichen,
Wenn mir die Bitte erlaubt, wenn die Parzen ihm geben die Mauern.«
Drauf der Sohn des Saturn, des tiefen Meeres Beherrscher:
»Billig fürwahr, Kytherea, vertraust du dich meinem Gebiete,
Dem du selber entstammst, auch verdien ich es. Oft ja bezähmt' ich
Rasendes Ungestüm und die Wut des Himmels und Meeres.
Auch nicht minder zu Land, wie Xanthus und Simois zeugen

War ich um deinen Aeneas besorgt. Als drängend Achilles
Gegen die Stadt verfolgte die kraftlosen Männer von Troja,
Tausende niederschlug und voll von den Leichen die Fluten
Stöhnten und Xanthus den Weg nicht finden konnt' und hinaus sich
Wälzen ins Meer, da entrückt ich in Wolken hüllend Aeneas,
Der mit dem tapfren Peliden an göttlichem Schutz und an Kräften
Ungleich ging in den Kampf, obwohl ich doch auch zu zerstören
Wünschte das selbst erbaute, das eidschwurbrüchige Troja.
Jetzt noch heg ich die alte Gesinnung, laß doch die Sorge;
Sicher, wie du verlangst, erreicht er die Bucht des Avernus.
Einen nur wird er verloren im Strudel des Meeres vermissen,
Opfern ein einziges Haupt für viele.«
Jetzt, nachdem er das Herz der Göttin freudig besänftigt,
Schirrt er ins goldene Joch und legt die feurigen Rosse
Schäumend in ihr Gebiß, und schießen ließ er die Zügel.
Leicht durchfliegt er die Fläche des Meers auf bläulichem Wagen.
Friedlich legt sich die See, und unter der donnernden Achse
Glättet sich schwellend die Flut, es fliehn aus dem Äther die Wolken.
Bunt erscheint hinter ihm das Gefolge, gewaltige Robben,
Glaukus' greiser Reigen und Inos Sprößling Palaemon,
Schnelle Tritonen dazu und alle Scharen des Phorkus;
Thetis und Melita links, Panopea, die Jungfrau,
Spio zugleich und Nisaea, Kymodoke auch und Thalia.
Jetzt durchlebt die beklommene Seele des Vaters Aeneas
Wieder der schmeichelnden Freude Gefühl. Rasch heißt er nun alle
Masten richten und alle Kräfte ans Ruder begeben.
Alle wenden zugleich und gleicherweise die Schoten
Bald nach rechts und nach links und drehen die ragenden Segel
Vor und wieder zurück; so läuft vor dem Winde die Flotte.
Vorn vor allen steuert den dichten Zug Palinurus,

Hinter ihm her nach Befehl auch richten den Lauf nun die andern.
Und schon hatte beinahe die feuchte Nacht an dem Himmel
Halb durchmessen die Bahn, und in süße Ruhe gesunken
Rasteten unter den Rudern auf harten Bänken die Schiffer,
Als von dem Sternengezelt herab der schwebende Schlafgott
Niedersank durch die finstere Luft und die Schatten zerteilte,
Dir, Palinurus, zu nahn und zu bringen dem schuldlosen Manne
Träume des Todes. Es saß der Gott auf hohem Verdecke,
Gleich an Gestalt dem Phorbas, und raunte flüsternd die Worte:
»Jasus' Sohn, Palinurus, das Meer treibt selber die Flotte,
Gradaus weht der Wind und vergönnt eine Stunde der Ruhe.
Bette dein Haupt und wende die müden Augen vom Steuer,
Ich will selber für dich dein Amt ein wenig versehen.«
Kaum noch die Augen erhebend, begann Palinurus dagegen:
»Nicht die ruhige See und stilles Gewoge zu kennen,
Das verlangst du von mir, um dem Ungetüm zu vertrauen?
Soll ich Aeneas im Ernst dem täuschenden Wind überlassen,
Ich, den so oft die Lüge des heiteren Himmels betrogen?«
Also sprach er und klammerte sich noch fester ans Steuer,
Ließ davon nirgends ab und hielt zu den Sternen die Augen.
Siehe, da schüttelt der Gott den Zweig, getränkt mit des Lethe
Tau und der schläfernden Kraft des Styx, ihm schnell um die beiden
Schläfen und schloß dem Sträubenden sanft verschwimmend die Blicke.
Kaum hat erst der Schlummer ihn unvermutet bewältigt,
Als er sich über ihn warf, mit zerbrochenem Teil des Verdeckes
Stieß er ihn samt dem Steuer hinab in die strömenden Wellen;
Häuptlings stürzt er ins Meer, umsonst noch rufend den Freunden.
Jener erhob wie ein Vogel im Flug sich in wehende Lüfte.
Sicheren Laufes durchquert nicht minder die Flotte den Meerpfad
Ungestört dahin, wie Vater Neptunus verheißen.

Und schon nahte sie auch dem felsigen Sitz der Sirenen,
Einst so gefährlich und weiß von den bleichen Gebeinen so vieler.
Rauh von ständiger Brandung der Flut ertönten die Felsen,
Als am Schwanken des Schiffs Aeneas des Steuermanns Fehlen
Merkte, nun lenkte er selbst es in nachtumdunkelten Wogen.
Klagend und tief im Herzen bedrückt von des Freundes Verhängnis.
»Du, der dem Himmel zu sehr und dem heiteren Meere vertraute,
Grablos wirst, Palinurus, du liegen am fremden Gestade.«

Sechster Gesang

Also spricht er mit Tränen und läßt dem Winde die Segel,
Endlich landet er an der euboeischen Küste von Kumae,
Seewärts drehen sie da den Bug, und mit packendem Zahne
Fesselt der Anker die Schiffe; die bauchigen Hinterverdecke
Säumten das Ufergestade. Die Mannschaft, glühend vor Freude,
Springt an Hesperiens Strand; teils suchen sie Feuer, verborgen
In dem Geäder des Steins, teils schaffen sie Holz aus dem Dickicht,
Wo sich das Wild verbirgt und weist auf gefundene Quellen.
Aber Aeneas, der fromme, besucht des waltenden Phoebus
Burg auf der Höh' und die Riesenkluft, der grausen Sibylle
Einsam verborgenen Sitz. Ihr hauchte der Seher von Delos
Ahnenden Geist und Verstand in das Herz und enthüllt ihr die Zukunft.
Schon betreten sie Hekates Hain und die goldenen Tempel.
Daedalus, meldet die Sage, dem Reiche des Minos entfliehend,
Wagte dem Himmel sich anzuvertrauen auf eilenden Flügeln,
Flog auf der seltsamen Bahn hinauf zum eisigen Norden,
Bis er schwebend zuletzt auf Kumaes Burg sich herabließ.

Hier, da der Erde er wieder geschenkt war, weihte er, Phoebus,
Dir, seine rudernden Schwingen und baute den stattlichen Tempel.
Formte am Tor des Androgeos Tod, der Athener Bestrafung,
Die – welch ein Schmerz – alljährlich die sieben Töchter und Söhne
Liefern mußten! Die Urne ruht, vollbracht ist die Losung!
Knosus – am andern Tore zu sehen – ragt hoch aus den Fluten;
Hier die grausige Liebe zum Stier und Pasiphae, heimlich
Dargebracht, und das Bastardgeschlecht und der doppelgestalt'ge
Sprößling, der Minotaur, eine Mahnung an ruchlose Buhlschaft.
Hier auch das Labyrinth und der unentrinnbare Irrweg.
Aber, gerührt von der mächtigen Liebe der Königin, löste
Daedalus selbst die Irrungen auf und des Baues Gewinde,
Lenkt mit dem Knäuel im Dunkel den Schritt. Nicht minderen Anteil
Ikarus, hättest auch du, vergönnt' es der Schmerz, an dem Kunstwerk!
Zweimal hat er versucht, in Gold zu gestalten den Unfall,
Zweimal entsank dem Vater die Hand. – Noch hätten sie alles
Schärfer mit Augen beschaut, da kam der entsandte Achates
Mit Deiphobe schon, der Tochter des Glaukus, der Priestrin
Hekates und des Phoebus, herbei, die zum König sich wandte:
»Nicht ist jetzt noch die Zeit, die solche Betrachtungen fordert,
Besser, du schlachtest aus unberührter Herde der Stiere
Sieben – wie's Sitte – und ebensoviel der erlesenen Schafe!«
Also sprach zu Aeneas die Priesterin, und, da die Männer
Eilig geopfert, berief sie zum hohen Tempel die Teukrer.
Ausgehaun ist die Wand des euboeischen Felsens zur Höhle,
Wo man durch hundert geräumige Gänge und Tore hineingeht,
Hundertfältig bricht auch hervor der Spruch der Sibylle.
Eben betrat man die Schwelle, da sprach sie: »Fordre das Schicksal
Jetzt! Denn der Gott, o siehe, der Gott!« – Und als sie am Eingang

Solches gesagt, da wandeln sich plötzlich Mienen und Farbe,
Flatternd löst sich das Haar, keucht schwerer die Brust, und im Wahnsinn
Schwillt schon wilder das Herz; und höher scheint sie zu wachsen,
Irdisches tönt nicht ihr Mund, da die Kraft des nahenden Gottes
Sie mit dem Hauche berührt ... »Du säumst mit Gebet und Gelübden«,
Sprach sie, »o Troer Aeneas, du säumst? Nicht eher erschließen
Dir sich donnererdröhnend die mächtigen Schlünde des Hauses.«
 Sprach's und verstummte. Da lief durch die harten Glieder der Teukrer
Eisiger Schreck, und es flehte der König aus innerstem Herzen:
»Phoebus, der stets sich erbarmte des grausam leidenden Troja,
Der auf den Leib des Peliden die Hand des Paris gelenkt hat
Und den Dardanerpfeil! Der länderumschlingenden Meere
Hab ich so viele besucht in deinem Geleite, die fernsten
Gaue massylischer Völker und syrtenumlagerte Felder,
Und nun haschten wird endlich Italiens fliehende Küsten.
Möge bis hier und nicht weiter trojanisches Schicksal uns folgen!
Recht ist's und billig von euch, zu schonen Pergamums Völker,
Götter und Göttinnen all, die ihr einst uns um Troja beneidet
Und um Dardanerruhm. Du Priesterin, heilig und wissend,
Was auch die Zukunft verbirgt – ich fleh nicht um Reiche, die mir vom
Schicksal ewig verwehrt – laß Teukrer in Latium siedeln,
Siedeln die irrenden Götter und Trojas vertriebne Penaten!
Phoebus und Hekate sei ein Tempel von ewigem Marmor
Dankbar geweiht und Feste, genannt nach dem Namen des Phoebus.
Eine prächtige Halle bestimm ich auch dir in dem Reiche,
Denn ich werde die Sprüche daselbst und des Schicksals Geheimnis,
Das du kündest dem Volk, bewahren und heilige Priester,

Hehre, dir weihn! Nur Blättern vertraue du nicht deine Sprüche,
Daß sie wirr nicht zerflattern, ein Spiel der reißenden Winde!
Künde, ich bitte, sie selbst!« – Er hatte die Rede geendet.
Aber die Seherin beugte noch nicht ihrem Gott sich, und furchtbar
Tobt sie umher und versucht, des Phoebus Gewalt von dem Herzen
Schütteln zu können; doch mehr nur ermüdet den schäumenden Mund er,
Bändigt das tobende Herz und zähmt sie und macht sie gehorsam.
Und nun springen sie auf, die Riesentore des Hauses,
Alle von selbst, und tragen der Seherin Spruch durch die Lüfte:
»Du, der du endlich bestanden die großen Gefahren des Meeres,
Schwerere harren zu Lande noch dein! In Laviniums Reiche
Kommen die Dardaner zwar, wirf diese Sorge vom Herzen,
Aber sie werden's verwünschen einmal. Krieg, schreckliche Kriege
Seh ich voraus und wallen vom vielen Blute den Thybris.
Nicht der Xanthus, der Simois nicht und das dorische Lager
Fehlen dir da, auch für Latium ist ein Achilles geboren,
Auch der Sohn einer Göttin, mit Rache die Teukrer verfolgend,
Droht dir Juno auch dort. Dann wirst du, schmachtend im Elend,
Welch ein Italervolk und welche Städte nicht anflehen!
Quelle der Not ist wieder ein Weib, ist Bewirtung der Teukrer,
Wieder die Gattin aus fremdem Geblüt.
Weiche dem Unheile nicht, nein, schreite beherzter entgegen,
Als es dein Schicksal erlaubt. Der erste Weg zur Errettung
Wird, was du nimmer geahnt, aus der Griechenstadt sich eröffnen.«
Also kündet aus heiliger Tiefe die Weise von Kumae
Schaurigen Rätsels Geheimnis und dröhnt in dem Felsengewölbe,
Wahrheit hüllend in dunklen Bericht. So schüttelte Phoebus

Ihr in der Wut die Zügel und drehte im Herzen den Stachel.
Aber sobald sie das Toben verließ und der schäumende Mund schwieg,
Sprach der Held Aeneas zu ihr: »Nicht eine der Mühen,
Jungfrau, hebt sich mir neu und unerwartet vor Augen!
Alles sah ich voraus und erwog es im prüfenden Herzen!
Eines nur fleh ich – da hier, wie man sagt, des avernischen Königs
Pforte sich zeigt und der nächtliche Sumpf von des Acherons Mündung –,
Mög' es mir glücken, dem Mund und dem Blicke des Vaters zu nahen.
Weise du selbst mir den Weg und öffne die heiligen Pforten.
Hab ich ihn doch durch die Flammen und tausend verfolgende Lanzen,
Selbst aus der Mitte des Feindes auf diesen Schultern gerettet.
Er, ein treuer Begleiter des Wegs, hat alle die Meere
Alle Schrecken der See mit mir und des Himmels ertragen,
Schwach, wie er war, weit über das Los und die Kräfte des Alters.
Dir im Gebete zu nahn und deine Schwelle zu suchen,
Gab er bittend mir noch den Befehl. Des Sohnes und Vaters,
Göttin, erbarme dich jetzt, du bist ja allmächtig; vergebens
Setzte dich Hekate nicht den avernischen Hainen zur Herrin!
Wenn es Orpheus vermocht, zu rufen die Seele der Gattin,
Weil er der thrakischen Harfe vertraute, dem Klang seiner Saiten;
Wenn durch den eigenen Tod sich Pollux den Bruder erlöste,
Wandernd zum Licht und wieder zum Dunkel; was nenn ich den Theseus
Oder den Herkules noch? Auch mir ist Jupiter Ahnherr!«
Also fleht' er zu ihr und berührte den heiligen Altar.
Nunmehr begann die Prophetin: »Du Sproß aus göttlichem Blute,
Troer, du Sohn des Anchises, zwar leicht ist der Weg zum Avernus,

Tag und Nacht steht offen das Tor in das Dunkel der Tiefe,
Aber zu wenden den Schritt und zur Oberwelt zu entrinnen,
Hier erst beginnt alle Not! Und bloß, wen Jupiter liebte, 129
Wenigen nur, die zum Äther die strahlende Tugend emporhob,
Göttersöhnen gelang's! Weit schließen die Wälder den Raum ein,
Und mit düsterer Bucht umfängt ihn die Flut des Kokytus.
Drängt dich jedoch so innige Liebe, so großes Verlangen,
Zweimal den stygischen See zu durchschwimmen, des Tartarus Nächte
Zweimal zu sehn, willst gern du die furchtbaren Nöte bestehen,
Höre, was erst noch zu tun dir befohlen. An schattigem Baume
Birgt sich im Dunkeln ein Zweig, die Gerte von Gold und die Blätter,
Heilig ist und geweiht er der Herrin der Tiefe. Und Wälder
Hüllen ihn ein, und die Nacht der finsteren Täler umringt ihn;
Aber keiner vermag in die Tiefe der Erde zu wandeln,
Bis er vom Baume gepflückt den Schößling mit goldenem Laube.
Diesen bestimmt die schöne Proserpina sich als ihr eignes
Opfergeschenk. Ist der eine gebrochen, so fehlt nie ein andrer,
Golden wie er, und es grünt die Rute von gleichem Metalle.
Also hebe den Blick in die Höhe und brich den gefundnen,
Wie es der Brauch. Selbst wird er leicht und willig dir folgen,
Wenn das Schicksal dich ruft, wo nicht, wird keine Gewalt ihn
Je überwinden, noch selbst dein harter Stahl ihn bezwingen.
Aber noch eins: es liegt entseelt der Körper des Freundes –
Wehe, das weißt du noch nicht – und befleckt als Toter die Flotte,
Während Rat du dir holst und hier auf der Schwelle verweilest.
Diesen bestatte zuerst und schenk ihm die Ruhe des Grabes!
Führe – als Sühnebeginn – die schwärzlichen Schafe zum Opfer!
Dann erst kannst du den stygischen Hain und die Reiche erblicken,
Die nur den Toten geöffnet sind.« Sie sprach's und verstummte.

Aber mit trauriger Miene, die Augen zu Boden geheftet,
Ging aus der Höhle Aeneas, die dunklen Worte erwägend

Hin und her im Gemüt. Neben ihm der treue Achates
Schritt als Gefährte einher und trug sich mit ähnlichen Sorgen
Viel berieten sie nun im Wechselgespräch miteinander,
Wer denn der tote Freund, dem ein Grab der Spruch der Prophetin
Hatte gefordert. Da sahn sie am trockenen Strand den Misenus,
Als sie kamen, entrafft vom unverschuldeten Tode,
Ihn, des Aeolus Sohn; er verstand es – besser als alle –,
Mit der Trompete die Männer zu rufen, die Schlacht zu entflammen.
Hektors Gefährte war er, des gewaltigen, Hektor zur Seite
Ging er zum Kampf, mit der Tuba zugleich und der Lanze gerüstet.
Als nun jenem das Leben geraubt der Sieger Achilles,
Hatte der tapfere Held sich dem Dardaniden Aeneas
Als Gefährten gesellt, einem Helden, nicht schlechter als Hektor.
Als er jedoch übers Meer mit der hohlen Muschel geblasen,
Tor! – und als er sogar die Götter entboten zum Wettkampf,
Lauert der eifernde Triton ihm auf – wer soll es bezweifeln? –
Zwischen den Klippen und senkte den Mann in die schäumenden Fluten.
Also beklagten ihn alle umher mit lautem Gejammer,
Aber Aeneas zumeist. Drauf wird das Gebot der Sibylle
Ohne Verzug, unter Tränen, vollbracht; zum Leichengerüste
Schleppt man Bäume daher, im Eifer zum Himmel sie türmend,
Dringt in den alten Wald, das ragende Lager des Wildes;
Kiefern stürzen zu Boden, es hallt von Äxten die Eiche;
Balken aus Eschen und hartem Holz, das leicht zu zerteilen,
Spalten die Keile; auch wälzt man gewaltige Erlen vom Berge.
Allen voran Aeneas selbst bei solchem Geschäfte,
Mahnt die Gefährten und rüstet sich auch mit ähnlichem Werkzeug.

Jetzt aber, da er des Waldes unendliche Tiefe erblickte,
Wälzte er dies in der trauernden Brust und rief im Gebet aus:
»Wenn sich doch jetzt der goldene Zweig auf dem Baume mir zeigte,

Hier in dem weiten Gehölz; es hat ja doch alles nach Wahrheit,
Ach, nur zu wahr, o Misenus, von dir die Prophetin gesprochen!«
Kaum war dieses gesagt, als schon zwei Tauben vom Himmel
Schwebten; sie glitten im Fluge vorbei am Antlitz des Helden,
Setzten sich hin auf dem grünen Gefild'. Der erhabene Heros
Kannte die Vögel der Mutter sofort und betete freudig:
»Seid meine Führer, wenn irgendein Weg, und lenkt in die Wälder
Durch die Lüfte den Flug, wo dem üppigen Boden der Goldzweig
Schatten spendet! Du aber, o göttliche Mutter, verlaß mich
Nicht in der Not!« – So rief er empor und hemmte die Schritte,
Sorgsam die Zeichen des Flugs und die weitere Richtung beachtend.
Nahrung suchend flattern sie fort, doch immer so weit nur,
Als er zu folgen vermag mit dem Blick seiner spähenden Augen.
Als sie die Klüfte erreicht und den scharfen Dunst des Avernus,
Hoben sie leicht sich empor, und schwebend im Lichte des Äthers
Ließen sich beide herab auf des Baumes erkorenem Sitze,
Wo ein goldenes Licht durch die grünen Zweige hervorschien.
Wie zuweilen die Mistel bei Winterfrost in den Wäldern
Sprießt mit grünendem Laub, doch nicht aus dem Samen des Baumes,
Und mit goldnem Gezweig um die runden Äste sich anschmiegt,
So auch blühte der goldene Zweig an der schattigen Eiche,
Knisterte auch das goldene Blatt im Hauche des Windes.
Gierig ergreift Aeneas den Zweig, der sich sträubte, und bricht ihn
Hastig ab und trägt ihn zum Haus der Prophetin Sibylle.
  Doch es beweinen die Teukrer indes den Misenus am Ufer,
Spenden die letzte Ehre der nimmer dankenden Asche.
Erst aber baun sie von harzigem Kien und gespaltenen Eichen

Mächtig den Scheiterhaufen empor; mit düsterem Laubwerk
Kleiden die Seiten sie ein und pflanzen Zypressen den Toten
Vor das Gerüst und verzieren es oben mit blinkenden Waffen.
Siedendes Wasser bereiten die andern in Kesseln, und Flammen
Wallen empor; sie waschen und salben den Körper des Toten.
Klage ertönt; man legt unter Tränen auf Polster den Leichnam,
Hüllt ihn in purpurne Kleider, wie er sie zu tragen gewohnt war.
Andere traten sodann ganz nah an die mächtige Bahre –
Trauriger Dienst! – und hielten, getreu dem Brauche der Väter,
Abgewendet die Fackeln daran. Dann häuft und verbrennt man
Speisen und Weihrauchopfer und gießt das Öl aus den Krügen.
Als nun die Asche zusammengefallen, die Flamme verglommen,
Löschten den Rest sie, die durstige Asche, mit Tropfen des Weines.
Sammelnd barg das Gebein Korynaeus in eherner Urne,
Dreimal umwandelt er dann mit reinem Wasser die Freunde,
Sprengt sie mit flüchtigem Naß und dem Zweig des fruchtbaren Ölbaums;
So entsühnt er die Männer und spricht die Worte des Abschieds.
Aber Aeneas, der fromme, errichtet ein stattliches Grabmal
Seinem Gefährten und birgt seine Waffen, Trompete und Ruder,
Dicht am luftigen Berg, der jetzt Misenus genannt wird
Und den unsterblichen Namen bewahrt für ewige Zeiten.
Rasch vollzog er hierauf der Sibylle heilige Vorschrift.
Dort war ein tiefes Geklüft mit furchtbar gähnendem Schlunde,
Schroff und geschirmt von dem Dunkel des Sees und den düsteren Hainen.
Nie noch hatte ein Vogel vermocht, ohne Strafe zu nehmen,
Über die Kluft seinen Flug: betäubend ergoß sich ein Brodem
Aus den finsteren Schlünden und stieg zum Gewölbe des Himmels:
Darum gaben die Griechen dem Ort den Namen »Aornos«.
Hier nun brachte zuerst vier Stiere mit schwärzlichem Rücken

Weihend die Pristerin dar und sprengte den Wein auf die Stirnen,
Raufte zwischen den Hörnern die Spitzen der Haare und warf sie
In das heilige Feuer hinein, zum Beginne des Opfers,
Rief zu Hekate dann, die im Himmel und Erebus Macht hat.
Einige zücken von unten den Stahl und fangen in Schalen
Lau noch das Blut auf. Aeneas selber schlachtet ein schwarzes
Lamm der Furienmutter und ihrer gewaltigen Schwester
Und eine Kuh, die niemals getragen, der Herrin der Tiefe.
Spät in der Nacht erbaut er Altäre dem stygischen König,
Legt der Stiere unzerschnittenes Fleisch auf die Flammen
Und gießt nährendes Öl auf die brennenden Eingeweide.
Als sich die Sonne erhob und den Toren des Lichtes sich nähert',
Brüllte das Land tief unter den Füßen, die Hügel der Wälder
Bebten ringsum, und Hündinnen schienen die Nacht zu durchheulen,
Als die Göttin erschien. »Fort, fort, Unheilige!« ruft da
Laut die Seherin aus, »und entfernet euch ganz aus dem Haine!
Du nur wage den Weg und reiß dein Schwert aus der Scheide!
Jetzt braucht's mannhaften Mut und ein eisernes Herz, o Aeneas!«
So viel sprach sie und stürmte voll Wut in die offene Grotte:
Furchtlos aber wie sie und Seite an Seite Aeneas.

Götter, die ihr die Seelen beherrscht, und ihr schweigenden Schatten,
Chaos und Phlegethon auch, ihr Räume voll nächtlichen Schweigens,
Laßt, was ich hörte, mich singen, o laßt mich begeistert von euch nun
Offenbaren, was tief im Erdenschoße verschlossen.

Dunkel wandelten sie in einsamer Nacht durch den Schatten,
Durch die verödeten Reiche des Dis und die toten Gebiete,
Wie bei dem fahlen Scheine des Mondes in spärlichem Lichte
Führt durch die Wälder der Weg, wenn den Himmel Jupiter einhüllt

Tief in das Dunkel und Nacht allen Dingen die Farbe genommen.
Schon im Vorhofe selbst, noch im ersten Schlunde des Orkus,
Haben ihr Lager der Gram sich gewählt und die rächenden Sorgen.
Bleiche Krankheiten wohnen daselbst und das grämliche Alter,
Übelratender Hunger und Angst und häßliche Armut,
Schreckensgestalten, entsetzlich zu schaun, der Tod und die Mühsal,
Dann auch der Bruder des Todes, der Schlaf, und die Freuden der Sinne,
Und der mordende Krieg, er haust gegenüber am Eingang,
Eiserne Kammern der Furien auch und die rasende Zwietracht,
Die sich ihr Vipernhaar mit blutigen Binden durchflochten. 281
Mitten im Hofe, da breitet die Äste und uralten Arme
Weit eine Ulme, verdüstert und groß, wo die nichtigen Träume
Wohnen, wie man erzählt; sie hangen an all ihren Blättern;
Ferner hausen auch hier die Schatten gewaltiger Tiere,
Dort am Tore Kentauren und doppelgestaltige Skyllen,
Hundertarmig Briareus dort und der Drache von Lerna,
Furchtbar fauchend sein Maul; und die flammenbewehrte Chimaera,
Auch Gorgonen, Harpyen, des Riesen dreifacher Körper. 289
Hastig nun greift in plötzlichem Schreck Aeneas zum Schwerte,
Riß es behend aus der Scheide und streckt' es den Schatten entgegen.
Wenn ihn nicht kundig die Führerin lehrte, daß nichtige Leben
Körperlos hier ihn umflattern, Gestalten eitler Phantome,
Hätt' er auf sie sich gestürzt, mit dem Schwerte die Schatten zu treffen.

Dort ist der Weg, der zum Acheron führt, dem Tartarusstrome.
Dieser, vom Schlamme getrübt und von grundlos gurgelndem Strudel,
Brandet da auf und speit allen Sand hinab zum Kokytus.
Diese Gewässer und Strömungen hütet der häßliche Fährmann

Charon, starrend vor Schmutz; um das Kinn liegt dicht und verwildert 299
Der schon ergrauende Bart, es lodern in Flammen die Blicke,
Schmutzig hängt an der Schulter geknotet der Mantel herunter.
Selber treibt er das Boot mit der Stange, bedient es mit Segeln,
Führt stromüber die Toten auf dunkelfarbigem Fahrzeug,
Zwar schon ein Greis, doch es grünt noch frisch das Alter dem »Gotte«.
Dort ans Gestade hin stürzt sich alles, der Haufe der Toten,
Weiber und Männer zugleich und der hochgemuten Heroen
Eben verstorbene Seelen, auch Knaben und bräutliche Jungfraun,
Jünglinge auch, in die Flammen gelegt vor den Augen der Eltern,
Zahllos wie in den Wäldern im ersten Froste des Herbstes
Welkende Blätter fallen, zum Land vom offenen Meere 310
Zahllos drängen der Vögel Schwärme, wenn eisige Kälte
Über das Wasser sie scheucht und in wärmere Gegenden sendet.
Bittend standen sie da, um als erste hinüber zu fahren,
Und erhoben die Hände, das andere Ufer ersehend.
Doch bald diese erwählt, bald jene der mürrische Fährmann,
Andere drängt er zurück und hält sie weit vom Gestade.
Aber Aeneas, erstaunt und mächtig bewegt von dem Aufruhr:
»Jungfrau«, so sprach er, »o sage, was will am Strom das Gedränge?
Was begehren die Seelen? Nach welchem Grundsatz verlassen
Diese den Strand, da jene die bleichen Gewässer durchrudern?«
Ihm antwortete kurz die hochbejahrte Prophetin: 321
»Sohn des Anchises, Aeneas, der Götter echtester Sprößling,
Ringsum erblickst du den See des Kokytus, die stygischen Sümpfe,
Die zu betrügen im Eid und zu täuschen selbst Götter sich scheuen.
All dies Volk, das du schaust, ist unbestattet und hilflos,
Jener Fährmann ist Charon, die Flut trägt nur die Begrabnen;

Denn nicht über die Schreckensgestad' und tosenden Flüsse
Darf er sie führen, eh' nicht im Grabe ruhn die Gebeine.
Hundert Jahre nun irren und schweben sie dort um die Ufer,
Dann erst ist es erlaubt, zu schaun die ersehnten Gewässer.«
Stehn blieb da Aeneas und hemmte die zaudernden Schritte,
Ganz vertieft und im Geiste das herbe Verhängnis bejammernd.
Dort erblickt er, betrübt und der Ehre des Todes entbehrend,
Den Leukaspes, Orontes, den Führer der lykischen Flotte,
Die, da eben von Troja durch stürmische Meere sie fuhren,
Wirbelnde See erfaßte und Schiff wie Mannen versenkte.
Siehe, da wandelt einher der Steuermann Palinurus,
Der erst jüngst auf der libyschen Fahrt, bei Betrachtung der Sterne,
Stürzte vom Steuerverdeck, in die Tiefe der Wellen geworfen.
Als er nun kaum den Betrübten im tiefen Schatten gewahrte,
Sprach er also zuerst: »Palinurus, welcher der Götter
Hat dich uns denn entrissen, versenkt inmitten des Meeres?
Sag es, denn er, den zuvor ich niemals als Lügner befunden,
Nur in dieser Verkündung betrog das Herz mir Apollo,
Denn er verhieß, du würdest dem Meere entrinnen und kommen
Glücklich ins Italerland. Ist das die versprochene Treue?«
Jener darauf: »Es täuschte dich weder des Phoebus Orakel,
Held, des Anchises Sohn, noch versenkte ein Gott mich im Meere;
Denn das Steuer – vielleicht gelöst durch die Stärke des Druckes –, 349
Das ich als Hüter betreute und hielt, zu lenken die Schiffahrt,
Riß ich im Sturze mir nach. Ich schwör's bei den stürmischen Meeren,
Daß ich noch nie für das eigene Leben so Arges befürchtet
Als für das Schiff, des Steuers beraubt und des Lenkers verlustig,
Daß es endlich erliege den Wogenbergen des Meeres.
Mich aber trug drei Nächte im Sturm durchs endlose Meer hin
Über der Flut der heftige Süd; am vierten der Tage

Sah ich Italien kaum, da ich schwebte am Kamm einer Welle.
Langsam schwamm ich zum Ufer heran; schon fühlt' ich mich sicher,
Hätt' nicht ein grausames Volk, da vom nassen Kleid ich beschwert war
Und den zackigen Fels mit klammernden Händen erfaßte,
Mich mit dem Schwerte bestürmt und für Beute unkundig gehalten.
Ruhlos trägt mich die Flut, mich wälzen am Ufer die Winde.
Drum so fleh ich beim freundlichen Licht und den Lüften des Himmels,
Bei deinem Vater dich an, bei der Zukunft des wachsenden Julus,
Löse mich, siegreicher Held, aus dem Leide und streue
Erde auf mich, du vermagst es, und fahre zu Velias Hafen,
Oder ergibt sich ein Weg, wenn etwa die göttliche Mutter
Einen dir wies – denn ich glaube, nicht ohne die Leitung der Götter
Willst du so mächtige Flüsse, den stygischen Sumpf überwinden –,
Reiche mir Armen die Hand und nimm mich mit dir durch die Fluten,
Daß ich zumindest im Tode noch Ruhe finde und Frieden.«
Als er die Rede geendet, begann die Seherin also:
»O Palinurus, was hegst du ein solch unselig Verlangen?
Kannst du denn unbeerdigt die stygischen Sümpfe, den strengen
Strom der Furien schaun und geheißlos nahen dem Ufer?
Hoffe du nimmer, der Götter Geschick durch Bitten zu wenden!
Aber beachte mein Wort, als Trost in arger Bedrängnis:
Denn das benachbarte Volk, erschreckt durch die Zeichen der Götter
Weit und breit in den Städten des Landes, wird deine Gebeine
Sühnen, den Hügel erbaun und Opfer spenden dem Grabe,
Und die Stätte behält Palinurus' Namen auf ewig!«

Solche Reden verscheuchten die Sorge, im trauernden Herzen
Schwand ein wenig das Leid, denn er freut sich am Namen des Ortes.
Also wandern sie weiter des Wegs und nahen dem Flusse.
Als auf der stygischen Welle schon aus der Ferne der Fährmann
Wandeln sie sah durch den schweigenden Hain und zum Ufer sich wenden,
Rief er zuerst sie unwillig an mit scheltenden Worten:
»Wer du auch bist, der bewaffnet zu unsern Gewässern herabkommt,
Rede, warum du erscheinst! Bleib stehn und halte den Schritt an!
Hier ist der Schatten Gebiet, der betäubenden Nacht und des Schlafes,
Lebende darf der stygische Kahn nicht führen, und wahrlich,
Mich hat's wenig gefreut, daß ich Herkules, da er zu mir kam,
Aufgenommen im See, den Pirithous auch und den Theseus,
Söhne der Himmlischen zwar und unbesiegbar an Kräften;
Jener forderte gar, zu fesseln des Tartarus Hüter,
Fordert's beim Throne des Herrn und schleppte den Zitternden mit sich.
Diese wagten's, den Burgen des Dis zu entführen die Fürstin.«
Ihm erwiderte kurz die amphrysische Seherin also:
»Banne die Sorgen! Hier droht kein solcher Verrat, und die Waffen
Bringen dir keine Gewalt; mag ewig der mächtige Hüter
Bellen aus seiner Kluft und die blutlosen Schatten erschrecken,
Mag Proserpina züchtig des Oheims Schwelle behüten.
Siehe, der Troer Aeneas, durch Frömmigkeit groß und durch Waffen,
Steigt zum Vater hinab in des Erebus unterste Schatten.
Wenn dich jedoch der Gedanke nicht rührt zu frommer Gesinnung,
Nun so erkenne« – sie zog aus dem Kleid den Zweig, den verborgnen –

»Diesen Zweig!« – Da legt sich sein kochendes Grollen im Herzen,
Sie aber schwieg. – Doch er, die heilige Gabe bestaunend
Jenes schicksalmächt'gen, so lang nicht gesehenen Zweiges,
Wendet den bläulichen Kahn herum und kehrt zum Gestade. 410
Drauf verjagt er die Seelen, die auf den Bänken gesessen,
Öffnet den Gang und empfängt zugleich den gewalt'gen Aeneas
Innen im bauchigen Kahn, der ächzte unter den Lasten,
Da er nur Binsengeflecht, und Schlamm strömt ein durch die Fugen.
Endlich setzt er den Mann und die Seherin über dem Strome
Wohlbehalten im häßlichen Moor und grünlichen Schilf aus.
 Kerberus, mächtig und groß, durchbellt aus dreifachem Schlunde
Dort das Gefilde, gewaltig sich lagernd vorn an der Höhle.
Diesem wirft, denn sie sieht schon starren die Hälse von Schlangen,
Rasch einen Brocken die Seherin vor: mit Honig und Kräutern
War er betäubend getränkt. In rasendem Hunger den Dreischlund 421
Öffnend, schnappt er ihn weg und streckt den greulichen Rücken
Weithin und dehnt sich gewaltig, die ganze Höhle erfüllend.
Nunmehr gewinnt, da der Wächter entschlief, Aeneas den Zugang,
Eilends entrinnt er dem Strand, von dem noch niemand zurückkam.
 Alsbald wurden da Stimmen gehört und ein lautes Gewimmer,
Weinende Seelen von Kindern, die an der Schwelle des Lichtes –
Eh' sie des Lebens Süße gekostet, dem Busen entrissen –
Raffte der finstere Tag und im frühen Grabe versenkte.
Nahe da sind, die ein falscher Verdacht zum Tode verurteilt.
Doch sind hier die Orte nicht ohne Richter und Urteil. 431
Minos verhört und schüttelt die Urne, beruft auch der Richter

Schweigenden Rat und erforscht der Seelen Verschuldung und Leben.
Nahe bei ihnen wohnen in Trauer, welche den Tod sich
Schuldlos gaben mit eigener Hand und, müde des Lebens,
Von sich warfen den Geist. Wie möchten sie oben im Äther
Jetzt allen Mangel so gern und harte Beschwerden erdulden!
Aber das Schicksal verwehrt es, sie fesselt des widrigen Sumpfes
Traurige Flut, und der Styx, der neunfach umströmende, bannt sie.
Nicht gar ferne von hier und nach allen Seiten sich dehnend,
Zeigen sich dort die Felder der Trauer, so lautet ihr Name. 441
Hier, die das grausame Gift unglücklicher Liebe verzehrte,
Einsame Pfade bergen sie dort, und ein Myrtengehölz schließt
Ringsum sie ein, und die Qualen verlassen sie selbst nicht im Tode.
Hier erblickt er die Phaedra, die Prokris und hier Eriphyle,
Welche trauernd noch zeigt die Wunde des grausamen Sohnes;
Auch die Euadne, Pasiphae auch; zu ihnen gesellt sich
Laodamia und Kaenis, die, einst zum Jüngling verwandelt,
Hier in die Mädchengestalt durch Schicksal wieder zurückkehrt.
Unter den Seelen, mit frischer Wunde noch, irrt durch den großen
Wald die Phönikerin Dido umher. Da der troische Heros
Ihr an der Seite nun stand und jetzt durch den finsteren Schatten
Kaum sie erkannte, wie wenn man sieht zu Beginn eines Monats
Durch die Wolken den Mond oder wähnt nur, den Aufgang zu sehen,
Steigen ihm Tränen ins Aug', und mit inniger Liebe begann er:
»Unglückselige Dido, so war die Kunde doch richtig,
Daß du gestorben und mit dem Schwerte dir selbst dein Ende bereitet?
Mein ist – wehe! – die Schuld! Ich schwör's bei den Sternen, bei Göttern
Und wenn irgendein Eid noch gilt in der Tiefe der Erde,
Schwer nur, Königin, ging ich hinweg von deinem Gestade,

Aber der Götter Gebot, das hier durch die Schatten zu wandern,
Durch die Moore voll Moder, durch nächtliche Klüfte mich nötigt,
Trieb mich fort mit gebietender Macht; nie hätt' ich geahnt nur,
Daß ich dir so gewaltigen Schmerz durch die Trennung bereite.
Hemme den Schritt und entziehe dich nicht meinen Augen! Wen fliehst du?
Gönnt doch dies letzte Wort mir an dich nur heute das Schicksal!«
Also versuchte Aeneas der Frau, die grollend mit finstrem
Blick zu ihm schaute, zu mildern das Herz und zu Tränen zu rühren.
Starr hält jene die Augen und abgewendet zu Boden 469
Und verändert die Miene nicht mehr, seit zu reden er anhob,
Regungslos wie ein harter Granit oder Marmor von Paros.
Endlich rafft sie sich auf und flieht voll Gram in dem Herzen
In die Schatten des Hains, wo ihr früherer Gatte Sychaeus
Zärtlich teilt ihren Gram und Liebe schenkt um die Liebe.
Aber Aeneas, nicht minder berührt vom traurigen Schicksal,
Folgt ihr lange mit Tränen im Aug' und bedauert ihr Scheiden.
Weiter nun zieht man des Wegs, des gewiesenen, und sie erreichten
Schon die äußerste Flur, die gesondert die Helden bewohnen.
Hier begegneten Tydeus ihm und der waffenberühmte
Parthenopaeus und hier der Schatten des bleichen Adrastus, 480
Hier die in Schlachten gefallnen, so oft auf Erden beweinten
Dardaner. Seufzend erblickt er in langer Reihe sie alle,
Glaukus hier und Medon, dazu die drei Antenoriden,
Auch den Thersilochus hier, Polyphoetes, den Priester der Ceres,
Auch den Idaeus, der immer mit Wehr und Wagen versehen.
Ihn umdrängen die Seelen in Scharen zur Rechten und Linken,
Nicht zufrieden, ihn einmal zu sehn; es freut sie, zu säumen,
Ihm das Geleite zu geben, zu wissen, warum er gekommen.
Doch Agamemnons Phalangen, der Griechen Fürsten und Edle,

Als sie sahn den Mann und die Waffen im Dunkel noch blitzen,
Faßt sie gewaltige Angst; die einen wandten den Rücken,
So wie sie einst zu den Schiffen geeilt, die andern versuchten
Schwach einen Schrei; doch die Stimme versagt, da den Mund sie nur öffnen.
Auch den Deiphobus dort, den am ganzen Leibe zerfleischten
Priamiden erblickt er, wie grausam verstümmelt das Antlitz,
Furchtbar zerfetzt seine Hände zugleich und die ohrenberaubten
Schläfen entstellt und die Nase von gräßlicher Wunde verstümmelt.
Kaum erkennt er ihn noch, den Verängstigten, welcher die grause
Marter verbirgt, und spricht ihn zuerst mit traulichem Wort an:
»Waffengewaltiger Held, o Deïphobus, Enkel des Teukrus!
Wer doch hat es gewagt, so grausame Rache zu nehmen?
Wer, wer durfte so Übles dir tun? In der Nacht des Verderbens
Kam mir die Kunde, du seist, vom greulichen Mord der Pelasger
Endlich erschöpft, auf den Haufen der Leichen zur Ruhe gesunken.
Damals schuf am rhoeteischen Strand ich selber ein leeres
Grabmal dir und beschwor mit dem Rufe dreimal die Manen.
Wehr und Name bezeichnen den Ort. Dich, Freund, zu erblicken,
War mir versagt, da ich schied, und in heimische Erde zu legen!«
Drauf sprach Priamus' Sohn: »O Freund, nichts hast du verabsäumt,
Alles hast du getan, des Deiphobus Geist zu erlösen!
Nein, mich hat mein Geschick und Helenas blutiger Frevel
In dies Elend verstrickt, dies Denkmal ließ sie zurück mir.
Wie wir unter betörender Lust die letzte der Nächte
Schwärmend verbracht, das weißt du, es mahnt nur zu oft die Erinnerung.
Als das verderbliche Roß sich über die Mauern von Troja

Hob und im trächtigen Bau die bewaffneten Krieger hinauftrug,
Heuchelt sie Freude am Tanz und führte zur Orgienfeier
Jauchzende Frauen umher; sie selbst hielt flammend im Kreise
Hoch eine Fackel und gab den Griechen vom Schlosse die Losung.
Damals barg mich, von Sorgen erschöpft und vom Schlafe belastet,
Mein unseliges Hochzeitsgemach; es umfing auf dem Lager
Süß mich der Schlummer und tief, dem friedlichen Tode vergleichbar.
Aber das treffliche Weib entfernt aus dem Hause die Waffen
Alle, entwendet mir unter dem Haupt das Schwert, das getreue,
Ruft ins Haus Menelaus herein und öffnet die Tore,
Weil sie davon sich ein großes Verdienst um den Buhlen erhoffte,
Hoffte, so tilgen zu können den Ruf der früheren Frevel.
Kurz, sie stürmen zur Kammer herein! Zu ihnen gesellt sich
Aeolus' Enkel, der Hetzer zum Mord. O Götter, den Griechen
Zahlt es zurück, wenn ich Rache mit frommem Mund mir erbitte!
Aber nun künde auch mir, was hat für ein Schicksal dich lebend
Hergeführt? Erscheinst du, von Stürmen des Meeres verschlagen
Oder auf Götterbefehl? Welch Unheil treibt dich, das düstre,
Sonnenlose Gebiet, die Orte des Grauens zu suchen?«
  Bei diesem Wechselgespräch hat schon mit rosigem Wagen
Mitten den Kreis auf der Himmelsbahn Aurora durchlaufen,
Und sie hätten beinah alle Zeit mit Worten verredet,
Aber Sibylle, die Führerin, spricht ein mahnendes Wort nur:
»Held, es enteilt uns die Nacht, wir vergeuden mit Weinen die Stunden!
Hier ist der Ort, wo die Straße sich teilt in verschiedene Wege.
Rechts, da zieht sie sich hin zum Palast des mächtigen Pluto,
Führt auch zum Elysium hin; doch jene zur Linken
Straft die Bösen mit Qual und führt zu des Tartarus Schrecken.«
Dann Deiphobus: »Zürne mir nicht, erhabne Prophetin,

Scheiden will ich, zurück, in die Nacht, die Zahl zu ergänzen.
Du, unser Stolz, geh hin und genieße ein besseres Schicksal!«
Während er dieses noch sprach, da dreht er sich scheidend von dannen.
Plötzlich blickte Aeneas zurück, und links an dem Felsen
Sieht er den weiten Palast, von dreifacher Mauer umgeben,
Den der Phlegethon tosend umfließt mit sengenden Flammen,
Er, des Tartarus Strom, der donnernde Felsen dahinwälzt. 551
Drüben ein mächtiges Tor, aus gediegenem Stahle die Säulen,
Daß nicht menschliche Kraft, selbst nicht die Götter im Kampfe
Sie zu sprengen vermögen. Auch ragt ein eiserner Turm hoch.
Schürzend den blutigen Mantel, so sitzt Tisiphone dort und
Hütet die Schwelle und wacht, ohne Schlaf bei Nacht und am Tage.
Dorther hörten sie Stöhnen und wütender Schläge
Schwirrenden Klang und Eisengerassel und Kettengeklirre.
  Als dies Aeneas erschrocken vernahm, da hemmt' er die Schritte:
»Welche Verbrecher sind dort, und von welchen Strafen, o Jungfrau, 560
Werden sie, sag es, gequält? Was tönt für ein Jammern zum Himmel?«
Wieder begann die Prophetin: »Erhabener Fürst der Trojaner,
Nie ist es Reinen erlaubt, zu betreten die Schwelle der Frevler.
Als mir Hekate einst den avernischen Hain übergeben,
Führte sie selbst mich umher und zeigt' die Strafen der Götter.
Diese furchtbaren Reiche beherrscht Rhadamanthus aus Knosos,
Straft und verhört den bösen Betrug und zwingt zum Geständnis,
Wenn auf Erden ein Mensch sich erfreute an nichtigem Diebstahl,
Bis zum Tode heran der Sünden Bürde sich aufhob.
Plötzlich schlägt, mit der Geißel bewehrt, Tisiphone rächend
Auf die Verbrecher voll Hohn, mit der Linken gewundene Schlangen 571

Gegen sie schüttelnd, und ruft nach dem wütenden Heere der Schwestern.
Dann erst eröffnen sich dort – und schaurig knarren die Angeln –
Ihm die Pforten des Fluchs: du siehst, welch greuliche Wache
Hütet den Hof, welch Schauergestalt bewacht diese Schwelle.
Ungeheuer ein Drachen – mit fünfzig gähnenden Schlünden –
Haust darinnen, noch toller an Wut. Der Tartarus selber
Klafft nun zweimal so tief zu des Abgrunds Schatten hinunter,
Als zu den Ätherhöhn des Olympus trägt unser Auge.
Hier ist der Erde vergangnes Geschlecht, die Schar der Titanen,
Niedergeschmettert vom Blitz und wälzt sich unten im Grunde.
Auch die zwei Aloiden, die Ungeheuer an Größe,
Hab ich gesehen, die den Himmel mit stürmender Hand zu durchbrechen
Trachteten, Jupiter aus dem Reiche des Himmels zu stoßen;
Sah auch den Salmoneus, von grausamen Strafen gepeinigt,
Weil er des Himmels Donner, die Blitze Jupiters nachahmt'.
Stolz im Vierergespann und die Fackeln schwenkend, so fuhr er
Mitten durch Elis Stadt und die Völkerschaften der Griechen,
Wie im Jubeltriumph, und forderte göttliche Ehrung,
Tor, der mit ehernen Rädern, dem Stampfen der hörnernen Hufe
Unnachahmliche Blitze und Wetter glaubt' zu erreichen.
Aber es schwang sein Geschoß der allmächtige Vater aus dichten
Wolken – nicht warf er Fackeln vielleicht und des rauchenden Kienspans
Feuer – und stieß ihn kopfüber in reißendem Wirbel zu Boden.
Tityos auch, den Pflegling der Mutter des Weltalls,
Sah ich; neun Hufen des Bodens bedeckte sein mächtiger Körper,
Und der entsetzliche Geier zerhackt mit gebogenem Schnabel
Ihm die unsterbliche Leber, sein Fleisch, das zur ewigen Strafe
Immer ihm wächst, und wühlt in dem Fraß und wohnt in des Busens

Hohem Gewölbe, vergönnt nicht Ruhe dem Muskel, der nachwächst.
Nenn ich noch die Lapithen, Pirithous und den Ixion?
Über sie her, als fiele er schon und stürzte hernieder,
Droht ein düsterer Fels; an schwellenden Lagern der Freude
Glänzt ein goldnes Gestell, und ein fertiges Mahl vor dem Munde
Lockt mit fürstlicher Pracht. Die größte der Furien hockt sich
Nahe zu Tisch und verwehrt den Händen der Speisen Berührung,
Schwingt die Fackel und richtet sich auf mit donnerndem Munde.
Wer seinen Vater geschlagen, mit Trug umgarnt seinen Schützling,
Wer nur einsam für sich auf erworbenen Schätzen gebrütet
Und keinen Teil den Seinen gereicht – und das sind die meisten –,
Männer sodann, erschlagen im Ehbruch, wer ruchlosen Waffen
Folgte, wer nicht sich gescheut, dem Herren die Treue zu brechen:
Alle sie harren im Kerker der Strafe; erlaß mir die Antwort,
Welcher und welches Gericht und welches Geschick sie gestürzt hat.
Mächtige Felsen wälzen die einen; in Speichen der Räder
Hängen andre geflochten; da sitzt, um ewig zu sitzen,
Theseus jammererfüllt. Da mahnt im äußersten Elend
Phlegyas alle und zeugt mit lautem Ruf durch die Schatten:
»Laßt euch warnen und handelt gerecht und ehret die Götter!«
Dieser verkaufte für Gold seine Heimat und setzt' den Tyrannen
Ihr in die Burg, für Geld erließ er und tilgte Gesetze;
Jener drang in der Tochter Gemach zu verbotner Umarmung;
Alle wagten die furchtbare Tat und vollendeten alles.
Nein, wenn hundert der Zungen und hunderte Kehlen ich hätte,
Eisern die Stimme, ich könnte nicht alle die Formen der Frevel
Fassen, ich könnte nicht alle die Namen der Strafen berichten.«

Sprach's, und wieder begann die greise Prophetin des Phoebus:
»Aber wohlan, nun frisch auf den Weg und erfülle den Auftrag!
Auf, laß schneller uns gehn! In kyklopischer Esse geschmiedet
Ragt mir entgegen die Burg und vorne des Tores Gewölbe,
Wo uns der Götterbefehl gebietet, die Spende zu reichen.«
Sprach's. Da durchwanderten sie den düsteren Weg miteinander,
Legten den Raum in der Mitte zurück und nahten dem Tore.
Eilends gewinnt Aeneas den Eingang, besprengt sich mit klarem
Wasser den Leib und heftet den Zweig ganz vorn an die Schwelle.
Erst als sie dieses getan und das Opfer der Göttin gebracht war,
Kamen sie hin zu den Orten der Freude, in glücklicher Wälder
Lieblich grünende Fluren, zum seligen Sitze der Frommen.
Reichlicher hüllt der Äther in Purpurlicht die Gefilde,
Eine eigene Sonne erkennen sie, eigene Sterne.
Einige üben im Kampf auf blumigem Rasen die Glieder,
Kämpfen im Spiel miteinander und ringen auf gelblichem Sande,
Andere tanzen im Reigen umher und sprechen Gedichte.
Auch der thrakische Priester, gehüllt in den wallenden Mantel,
Spielt zum Gesang in Akkorden auf siebenstimmiger Leier,
Schlägt sie bald mit den Fingern und bald mit den beinernen Stäbchen.
Hier ist das alte Geschlecht, die herrlichen Enkel des Teukrus,
Hochgesinnte Heroen, geboren in besseren Jahren,
Ilus, Assarakus auch, und Dardanus, Trojas Begründer.
Waffen und leere Wagen der Helden bestaunt er von ferne,
Lanzen stehn in die Erde gerammt, geschirrlose Rosse
Weiden zerstreut auf der Flur. Die Lust an Wagen und Waffen,
Die sie im Leben gesehn, und die Sorge um glänzender Rosse
Weide und Pflege, sie folgt dem Bestatteten unter die Erde.
Siehe, noch andre bemerkt er, die links und rechts auf dem Rasen

Schmausend genießen und singen im Chor das fröhliche Danklied,
Mitten im duftenden Lorbeerhain, von wo sich nach oben
Durch den Wald die Fluten des breiten Eridanus wälzen.
Hier verweilt auch die Schar, die Wunden ertrug für die Heimat,
Wer als Priester sich rein bewahrt, solange er lebte,
Auch die heiligen Dichter, die würdig dem Phoebus gesungen,
Auch die Erfinder, die einst durch Künste das Leben veredelt,
Wer sich durch seinen Verdienst bei den Menschen Ehre erworben,
Alle tragen die Schläfen mit weißen Binden umwunden.
Rings umdrängt von den Scharen, befragt die Sibylle sie alle,
Doch den Musaeus zuvor, der über die anderen ragte,
Die ihn zahlreich umringten, zu ihm die Augen erhoben.
»Nennt, ihr glücklichen Seelen, und du, ehrwürdigster Seher,
Gegend und Ort, den Anchises bewohnt! Nur ihn zu begrüßen,
Kamen wir her, überquerten des Erebus mächtige Ströme.«
Ihr erwiderte da mit wenigen Worten der Heros:
»Keinem ist eigen ein Haus, wir wohnen in schattigen Hainen,
Auf den Wiesen, von Bächen erfrischt, und an schwellenden Ufern
Lagern wir uns. Doch ihr, wohnt solcher Wunsch euch im Herzen,
Geht hier über den Berg, ich führe den leichtesten Pfad euch.«
Sprach es und schritt ihnen rasch voran und zeigte von oben
Ihnen die lachenden Fluren. Jetzt steigen vom Hügel sie nieder.
Aber der Vater Anchises betrachtet die Seelen, die tief im
Grünenden Tale umschlossen verweilten, bereit schon,
Wieder ans Licht zu gehn, und musterte eifrig soeben
All die Sprößlinge seines Geschlechts, die Enkel, die teuren,
Sah ihr Glück und Geschick und die Sitten und Taten der Männer.
Als er Aeneas erblickte, der über den Anger zu ihm eilt,
Streckt er die beiden Hände entgegen in freudiger Eile.
Tränen im Auge, so sprach der Vater erschüttert zum Sohne:

»Kommst du nun endlich! So hat die längst dem Vater erprobte
Liebe die Mühen der Reise besiegt? Ach, darf ich dein Antlitz
Schauen, o Sohn, und hören das liebe Wort und erwidern?
Ja, so dacht' ich es immer, so glaubt' ich, würd' es geschehen,
Zählte die Stunden und Tage, und nicht betrog mich die Sehnsucht.
Wieviel Länder hast du durchwandert und wie viele Meere,
Welche Gefahren bestanden, damit ich dich endlich begrüße!
Ach, wie sorgte ich mich, es könnte dir Libyen schaden.«
Jener darauf: »Dein Bild, dein trauerndes Abbild, o Vater,
Öfter erscheinend, trieb mich in diese Gefilde. Die Flotte
Ruht mir indes im tyrrhenischen Meer. Nun gönne den Handschlag,
Gönne, o Vater, mir ihn und entzieh dich nicht meinen Armen!«
Sprach's und netzte zugleich mit Tränenströmen sein Antlitz.
Dreimal versucht' er es dann, um den Hals ihm die Arme zu schlingen,
Dreimal entfloh ihm, vergebens erhascht, die Gestalt aus den Händen,
Gleich dem wehenden Hauch und ähnlich dem flüchtigen Traume.

Da erblickte Aeneas im Hintergrunde des Tales
Einen gesonderten Hain mit raunenden Büschen im Walde.
Sah der Lethe Strom, der an friedlichen Sitzen vorbeifließt.
Aber den Strom umschweben Geschlechter und Völker ohn' Ende:
Wie auf den Wiesen, wo sommers die Bienen in lachender Sonne
Mannigfaltige Blumen besuchen, um Lilienblüten
Schwärmen in Scharen, das ganze Gefilde ertönt vom Gesumme.
Schaudernd, zugleich überrascht von dem Anblick, erforscht er die Gründe –
Nichts noch ahnend – der Held, was hier für Flüsse vorbeiziehn,

Welche Männer in solchem Gedränge am Ufer sich sammeln.
Vater Anchises darauf: »Die Seelen, für welche das Schicksal
Neue Körper bestimmt, am Strand des lethaeischen Stromes
Trinken sie kummerstillende Flut und langes Vergessen.
Diese dir einmal zu künden und selbst vor Augen zu stellen,
Sehnt' ich mich längst, und meines Geschlechtes Stamm zu beschreiben,
Daß du dich mehr noch freust, Italien wiederzufinden.«
»Ist's denn wahr, mein Vater, daß einige Seelen zur Höhe
Wieder entschweben von hier und in schwere Körper zurückgehn?
Welch ein grausames Sehnen nach Licht erfaßt doch die Armen!«
»Sohn, ich will es dir sagen, dich soll kein Zweifel mehr quälen«,
Nimmt Anchises das Wort, nach der Reihe ihm alles erklärend.
»Anfangs nährte den Himmel, die Erde, die Wassergefilde
Und die leuchtende Kugel des Monds und die riesige Sonne
Innen ein Geist und bewegte als Seele all diese Masse,
Strömt durch die Glieder und einigt sich ganz mit dem mächtigen Leibe.
Daher stammt das Menschengeschlecht, die Tiere und Vögel
Und was riesenhaft lebt in den glänzenden Wassern der Meere.
Feurig durchdringt sie die Lebenskraft und der himmlische Ursprung,
Wenn sie entstehn, solange nicht schädliche Körper sie lähmen,
Nicht die irdische Hülle sie schwächt und sterbliche Glieder.
Hier ist die Quelle der Furcht und Begier, des Grams und der Freude,
Nicht mehr schaun sie zum Himmel, von Dunkel und Kerker umschlossen,
Selbst wenn das Leben sie flieht und zuletzt dann die Augen noch brechen,
Dennoch verläßt die Armen nicht ganz das Übel, nicht völlig
Alle Vergiftung des Körpers, denn tief – bei der langen Verbindung –

Mußten all die Gebrechen des Leibs mit der Seele verwachsen.
Also reinigt die Buße sie erst, und in quälenden Strafen
Büßt man die alte Schuld. Die einen schweben in Winden
Ausgespannt, die andern läutern im Strudel des Wassers
All ihrer Sünden Keim, die dritten im Brande der Flammen.
Jeder trägt seiner Manen Geschick. Durch Elysiums Fluren
Wandern wir dann, doch nur wenige ruhn in den Wonnegefilden,
Bis sich endlich der Tag im Laufe der Zeiten erfüllt und
Eingefreßne Verderbnisse tilgt, die ätherische Seele
Und den reinen Geist geläutert vom Feuer zurückläßt.
Wenn dann das Rad der Zeiten an tausend Jahre gelaufen,
Ruft sie in mächtigen Scharen ein Gott zum Strome der Lethe,
Daß sie erinnerungslos aufs neu das Gewölbe des Himmels
Schaun und wieder zurück in Körper zu wandern beginnen.«
So Anchises, dann zieht er den Sohn und mit ihm die Sibylle
Mitten hinein in die rauschende Schar, in den Kreis der Versammlung,
Steigt auf den Hügel sodann, wo in langer Reih' er sie alle
Schauen konnte von vorn und erkennen der Kommenden Antlitz.

»Nunmehr vernimm, welch Glanz einst folge dem Dardanerstamme,
Welche Enkel erwarten du darfst von italischer Abkunft,
Seelen, umleuchtet vom Ruhm, die unseren Namen beerben.
All dies künde ich dir und zugleich dein eigenes Schicksal.
Den du dort siehst, der Jüngling, gestützt auf die Lanze des Sieges,
Steht durchs Los als nächster dem Licht; er wird in des Äthers
Lüfte zuerst sich erheben, vermischt mit italischem Blute,
Silvius, Albas Geschlecht, dein nachgeborener Sprößling,
Welchen im Alter dir spät Lavinia, deine Gemahlin
Dort in Wäldern erzieht, den König und Ahnen von Fürsten.
Er wird unser Geschlecht zum Herren machen in Alba.
Ihm der nächste ist Prokas, der Stolz des trojanischen Volkes,
Kapys und Numitor auch und Aeneas Silvius, der dich

Wiedergibt im Namen, so fromm wie berühmt in der Waffen
Glanz, sofern er dereinst empfängt in Alba die Herrschaft.
Was für Jünglinge, sieh, wie gewaltige Kräfte sie zeigen!
Und es umschattet ihr Haupt die Bürgerkrone aus Eichlaub.
Diese baun dir Nomentum und Gabii einst und Fidena,
Und errichten die Burg auf collatinischen Hügeln,
Inuus' Burg, Pometii dann und Bola und Cora,
Namhafte Städte dereinst, heut' namenlose Gebiete.
Selbst noch dem Ahn zum Gefährten erhebt sich der Sprößling des Kriegsgotts,
Romulus, den aus Assarakus' Blut die Mutter einst aufzieht,
Ilia. Schau, wie der Doppelbusch auf dem Scheitel ihm wehet
Und wie der Vater ihn schon mit göttlicher Ehre gezeichnet!
Sohn, von diesem gegründet, erhebt sich die glänzende Roma,
Welche die Macht mit der Erde begrenzt, den Mut mit dem Himmel,
Sieben Hügel umschließt sie mit einer Mauer, gesegnet
Durch das Geschlecht ihrer Helden. So fährt durch Asiens Städte
Turmgekrönt auf dem Wagen die berekyntische Mutter
Selig der Göttersöhne und hundert Enkel umarmend,
Himmelsbürger sie all' und olympischer Höhen Bewohner.
  Dorthin wende die Blicke nunmehr und sieh deine Römer,
Dies erlauchte Geschlecht, den Caesar dort und des Julus
Ganzen Stamm, der einst zu den Sternen des Himmels emporsteigt!
Dies ist der Mann, er ist's, der so oft vom Schicksal verheißne
Caesar Augustus, des Göttlichen Sohn, der das goldene Alter
Wieder nach Latium bringt, dort, wo vor Zeiten Saturnus
König gewesen. Bis zu Garamanten und Indern und weiter
Dehnt er die Grenze des Reichs, daß Land liegt außer den Sternen,
Außer den Bahnen von Sonne und Jahr, wo der Träger des Himmels,
Atlas, wendet die Achse, geheftet an brennende Sterne.

Jetzt schon erbeben vor seinem Kommen die kaspischen Reiche,
Fürchtend die Sprüche der Götter, erschaudert das Land des Maeotis,
Und die Mündungen zittern des siebenarmigen Niles.
Herkules selbst durchwanderte nicht so viele der Länder,
Ob Erimanthus' Wälder er schützte, ob er mit dem Bogen
Schreckte die Schlange und schoß die ehernfüßige Hindin;
Bacchus nicht, der die Tiger von Nisas erhabenem Gipfel
Treibt und mit Rebenzügeln das Joch im Triumphe umwindet.
Und da zögern wir noch, durch Taten den Ruhm zu bewähren?
Oder hemmt uns die Furcht, Ausoniens Land zu betreten?

Wer in der Ferne dort trägt, bekränzt mit dem Zweig der Olive,
Opfergerät? Ich kenne das Haar des römischen Königs
Und den ergrauenden Bart, der zuerst die Stadt durch Gesetze
Gründen wird, von Cures, dem kleinen, aus dürftigem Lande
Hergeschickt in das mächtige Reich. – Nach diesem erhebt sich
Tullus: er bricht den Frieden der Heimat und führt seine trägen
Mannen wieder zur Schlacht, die schon des Triumphes entwöhnte
Kriegerschar. – Doch es folgt ihm der übermütige Ankus,
Der sich schon jetzt zu viel erfreut an der wechselnden Volksgunst.
Willst du die Könige nun, die Tarquinier, schaun und des Brutus
Stolzen Geist, des Rächers, die wiedergewonnenen Fascen?
Konsulsmacht wird diesem zuerst, und die furchtbaren Beile
Wird er empfangen; die Söhne, die Stifter neuer Empörung,
Wird der Vater dem Tode weihn zum Schutze der Freiheit.
Glücklos du – und mögen auch Spätere rühmen die Taten!
Liebe zur Heimat, sie siegte, und übermächtige Ruhmgier.
Druser und Decier auch, den Torquatus mit richtendem Beile
Schau dort weit, Camillus, den Wiederbringer der Fahnen. –
Aber jene, die glänzen du siehst in ähnlicher Rüstung,
Friedliche Seelen noch hier, solange von Nacht sie bedeckt sind,

Ach, welch schrecklichen Krieg, wenn droben zum Licht sie gelangen,
Werden sie unter sich einst, welch mordende Schlachten erregen!
Niedersteigt von den Alpen, vom Fels des Monoecus, der Schwager,
Ihm entgegen der Eidam mit feindlichen Scharen des Ostens.
Nicht doch, ihr Kinder, gewöhnet euch nicht an so schreckliche Kriege,
Wendet nicht gegen das Herz eurer eigenen Heimat die starken
Waffen! Doch du, o schone zuerst, du, der vom Olympus
Leitet den Stamm, wirf weg, mein Blut, deine Speere!
Der dort lenkt als Besieger Korinths im Triumphe den Wagen
Zum Kapitol empor, ein Held in den Schlachten der Griechen.
Jener zerstört Agamemnons Mykene und Argos, vernichtet
Aeakus' Enkel, den Sproß des gewaltigen Kämpfers Achilles,
Trojas Ahnen zu rächen und Pallas' geschändete Tempel. –
Wer verschwiege den Cossus und dich, o erhabener Cato?
Wer des Gracchus Geschlecht? Die Donner in Schlachten, die beiden
Scipio-Sprossen, der Libyer Sturz? Dich, reich in der Armut,
O Fabricius? Dich auch, du Ackerbesteller, Serranus?
Wohin reißt ihr mich Müden, ihr Fabier? Maximus, du bist
Jener, der uns allein die Heimat durch Zaudern gerettet!
Andere mögen Gebilde aus Erz in weicherem Gusse
Formen, ich glaub's, und lebendige Züge dem Marmor verleihen,
Besser mit Reden verfechten das Recht und die Bahnen des Himmels
Zeichnen mit messendem Stab und der Sterne Erscheinen verkünden:
Du aber, Römer, gedenke mit Macht der Völker zu walten,
Dies sei deine Berufung – des Friedens Gesetze zu ordnen,
Schon den, der sich gefügt, doch brich den Trotz der Rebellen!«
Also der Vater Anchises, und Staunen erfaßt sie, dann spricht er:

»Schau, wie Marcellus, geschmückt mit erbeuteter Rüstung des Königs,
Wandelt und über die Männer ringsum als Sieger hervorragt!
Er wird stützen die römische Macht im Sturm des Tumultes,
Punierheere vernichten, besiegen den gallischen Aufruhr
Und die dritten Trophäen einst weihen dem Vater Quirinus.«
Aber Aeneas versetzt, denn er sah mit dem Helden einhergehn
Einen Jüngling von hoher Gestalt und mit blitzenden Waffen,
Doch mit düsterer Stirn und den Blick zu Boden geheftet:
»Vater, wer ist es, der so den wandelnden Helden begleitet?
Etwa der Sohn? Ist's irgendein Enkel des großen Geschlechtes?
Welch ein Jauchzen der Freunde um ihn! Welch königlich Ansehn!
Aber die Nacht umschwebt sein Haupt mit finsteren Schatten.«
Vater Anchises begann, und Tränen entquollen den Augen:
»Forsche du nicht, mein Sohn, nach dem großen Jammer der Deinen!
Denn das Geschick, es zeigt ihn der Erde nur, aber nicht länger
Läßt sie ihn leben. Es schien', o ihr Götter, der römische Stamm euch
Allzu mächtig, wenn dieses Geschenk ihm zu eigen verbliebe?
Klagen der Männer wird sich erheben auf Feldern und Straßen
Eurer Stadt. Und welch ein Gepränge, o Gott unsres Tibers,
Wirst du schaun, wenn am frischen Hügel des Grabes du hinströmst!
Nein, kein Knabe vom ilischen Stamm wird Latiums Ahnherrn
Je zu größeren Hoffnungen locken, die römische Erde
Wird sich künftig nimmer erfreuen solch eines Sohnes.
Ach, seine Tugend, die heilige Treue und seine im Kampfe
Nimmer bezwungene Hand! Nie hätte ein Gegner sich straflos
Ihm in Waffen gestellt, er zöge zu Fuß in die Feldschlacht,
Oder er grübe die Sporen dem schäumenden Roß in die Lenden.
Knabe, des Mitleids so wert, du wärst uns, besiegst du dein hartes
Schicksal, ein andrer Marcellus. Bringt Lilien ihm mit den vollen

Händen herbei! Selbst streu ich ihm Purpurblüten und ehre
So mit diesem Geschenk den Geist des Enkels, erfüll ihm
Diese nichtige Pflicht.« – So schweiften sie rings durch die Gegend,
Weit in den luftigen Fluren umher und betrachteten alles.
Als nun alles und jedes Anchises dem Sohne gezeigt hat
Und die Seel' ihm entflammt mit Liebe zum kommenden Ruhme, 889
Gibt er von Kriegen Bericht, die er durchzukämpfen berufen,
Schildert laurentische Völker sodann und die Stadt des Latinus
Und wie er jede Gefahr bestehn soll oder vermeiden.
Siehe, da sind zwei Tore des Traums, von Horne das eine,
Sagt man, wo leicht hindurch die wahren Träume entschweben;
Aber von glänzendem Elfenbein das andre gebildet,
Hier versenden die Manen zur Welt die falschen Gesichte.
Dorthin geleitet Anchises den Sohn und zugleich die Sibylle,
Immer noch redend, entläßt er durchs elfenbeinerne Tor sie.
Aber Aeneas geht rasch zu den Schiffen und grüßt die Gefährten,
Fährt dem Gestade entlang in Kajetas Hafen. Der Anker 900
Fällt vom Verdeck, es liegen die Kiele am Ufer.

Siebenter Gesang

Du auch, Amme Aeneens, hast unsren Gestaden
Ewig währenden Glanz durch deinen Tod noch verliehen.
Heut' selbst wahrt deine Ehrung den Ort, dein Name bezeichnet
Nun dein Grab, was Ruhm wohl ist, im großen Hesperien.
Als nun der fromme Aeneas nach Brauch die Bestattung vollendet
Und den Hügel getürmt und da nun die wogenden Meere
Ruhten, hißt er die Segel zur Fahrt und scheidet vom Hafen.

Günstig wehen bei Nacht ihm die Winde, das silberne Mondlicht
Sichert den Kurs, in zitterndem Lichte leuchtet die Fläche.
Näher rücken bereits die Ufer des Landes der Circe,
Wo mit stetem Gesang die unzugänglichen Haine
Helios' mächtige Tochter erfüllt, und in stolzen Gemächern
Brennt zur Erhellung der Nacht die lieblich duftende Zeder
Wenn sie das zarte Gewebe durchquert mit dem tönenden Kamme.
Dorther wurde das Brüllen gehört von zornigen Löwen,
Die, der Fesseln sich sträubend, die nächtliche Stille durchdröhnen,
Auch die borstigen Schweine und in den Zwingern die Bären
Wüteten und das laute Geheule riesiger Wölfe,
Welche Circe aus Menschengestalt, die grausame Göttin,
Hat verwandelt durch Zauberkraft in tierische Leiber.
Daß nicht die frommen Trojaner so grause Verwandlung befalle,
Falls sie die bergende Bucht und die schrecklichen Ufer beträten,
Schwellt mit günstigem Wind Neptunus die Segel und führte
Diese in eiliger Flucht an brandenden Ufern vorüber.
  Schon erglänzte das Meer in rötlichem Licht, und Aurora
Strahlt auf rosigem Wagen nun safrangolden vom Äther,
Als die Winde sich legten und all ihr Wehen auf einmal
Wich, nur mühsam kämpften in marmorner Glätte die Ruder.
Da nun gewahrt einen mächtigen Hain Aeneas vom Meer aus.
Ihm entströmt mit lieblicher Flut der Fluß Tiberinus,
Unter reißenden Wirbeln und gelb vom zahlreichen Sande,
Stürmt er hinaus in das Meer. Buntfarbige Vögel ringsum und
In den Höhn, an die Ufer gewöhnt und die Böschung des Flusses
Füllen den Äther mit ihrem Gesang und schwirren im Haine.
Wenden heißt er die Freunde den Kurs und die Schnäbel zum Lande
Seitwärts lenken und fährt erfreut in den Schatten des Stromes.

Auf nun, o Muse, ich künde, wer einst die Gebieter im alten
Latium, was für Verhältnisse, welcher Zustand gewesen,
Als an ausonischen Küsten zuerst der Fremdlinge Schiffsmacht
Landete, rufe den Anfang der Kämpfe zurück mir im Geiste.
Göttin, belehre den Dichter du selbst. Von schrecklichen Kriegen
Sing ich, ich singe von Heeren und Herrschern, blutig entschlossen,
Und von tyrrhenischer Macht und vom ganzen, zu Schlachten vereinten
Italerland. Da wächst mir größer die Folge der Taten,
Höher entrollt sich mein Werk. Der König Latinus beherrschte,
Alt schon, die friedlichen Städte und Lande in dauernder Ruhe.
Stammen soll er von Faunus; Marica, die Nymphe Laurentums,
Habe ihn ihm geboren. Des Faunus Vater sei Picus,
Der nennt dich, Saturn, den Urahn seines Geschlechtes.
Keinen Sohn mehr gönnte noch männlichen Erben dem König
Göttlicher Wille, er ward ihm in blühender Jugend entrissen.
Haus und Herrschaft behütet ihm seine einzige Tochter,
Reif schon für den Gemahl und schon in den Jahren der Brautschaft.
Viele aus Latiums Gauen, dem ganzen Ausonierlande
Warben um sie, es warb vor allem der Jünglinge schönster,
Turnus, durch Väter und Ahnen erlaucht, den die Gattin des Königs
Mit besonderem Eifer als Eidam wünschte zu binden;
Aber mit mancherlei Schrecken verhindern es Zeichen der Götter.
Mitten stand im Palast im Säulenhofe ein Lorbeer,
Heilig belaubt, voll Scheu seit vielen Jahren erhalten,
Den der Vater Latinus zur Zeit, da die Burg er gegründet,
Selber fand, wie man sagt, und dem Phoebus weihte den Lorbeer;
Und er nannte nach ihm die Siedler mit Namen Laurenter.
Einst umflog den Gipfel des Baums, als Wunder zu preisen,
Dichter Bienenschwarm, der mit lautem Gesumme daherkam

Durch die heitre Luft, ineinander geklammert die Füße,
Hing er urplötzlich als Traube am laubigen Aste hernieder.
Gleich aber rief ein Seher: »Von fernen Landen erblick ich
Einen Mann und ein Heer, aus nämlicher Richtung nach gleicher
Richtung dringt der Zug und herrscht dann hoch auf der Feste.«
Dann, als Lavinia einst, die Jungfrau, zur Seite des Vaters
Stand, wie er die Altäre mit heiligem Kienspan entzündet,
Schien es – entsetzlich –, als fasse ihr wallendes Haar nun ein Feuer
Und ihr gesamter Schmuck verlodre in prasselnder Flamme
Und es brenne ihr königlich Haar, es brenne die Krone,
Reich mit Juwelen geschmückt, und, in Rauch und gelbliche Flamme
Eingehüllt, versprühe sie Glut im ganzen Palaste.
Dieses Wunderzeichen erschien von schlimmer Bedeutung.
Zwar verherrlicht durch Ruhm und Schicksal, sangen die Seher,
Würde sie einst, doch dem Volke künde es furchtbare Kriege.
Aber der König, erschreckt von dem Zeichen, besucht das Orakel
Seines prophetischen Vaters, des Faunus, und forscht in dem Haine
Bei Albuneas Quell, der höchsten Nymphe der Wälder,
Rauschend mit heiliger Flut und Schwefeldünsten im Schatten,
Und die Italervölker und rings die oenotrischen Lande
Holen sich Rat hier in Nöten. Wenn hier der Priester die Opfer
Hergeführt und im Schweigen der Nacht auf geschlachteter Schafe
Ausgebreitetes Fell sich gebettet und Träume erbeten,
Schaut er, wie wunderbar seltsam ihn viele Gebilde umschweben,
Hört auch vielerlei Stimmen, und Zwiesprach darf er mit Göttern
Pflegen und auch mit Acheron reden tief im Avernus.
Hier auch bat nunmehr um Orakel der Vater Latinus,

Schlachtete hundert wollige Schafe dem Brauch nach und legte
Hochgebettet sich dann auf die hingebreiteten Felle.
Gleich ward aus der Tiefe des Hains der Spruch ihm gegeben:
»Sollst die Tochter nicht mit latinischen Freiern vermählen,
O mein Sohn, noch traue dem schon bereiteten Brautbett.
Fremde Eidame nahen, ihr Blut wird bis zu den Sternen
Unsern Namen erhöhn, und ihnen entstammende Enkel
Werden alles zu Füßen, so weit die kreisende Sonne
Schaut den Osten und Westen, Menschen und Herrscher erblicken.«
Diesen Bescheid vom Vater, dem Faun, die Warnung, in stiller
Nacht ihm erteilt, verschloß nicht im schweigenden Herzen Latinus,
Sondern es trug ihn bereits ringsum die geschäftige Fama
Durch Ausoniens Städte, als eben die troische Jugend
Hatte befestigt die Flotte am grasigen Rande des Ufers.
  Aber Aeneas, die Fürsten des Heers und der schöne Julus
Strecken unterm Gezweig des hohen Baumes sich nieder
Und bereiten ein Mahl und legen unter die Speisen
Weizenkuchen ins Gras, so mahnte sie Jupiter selber,
Und behäufen mit ländlichen Früchten die Platten der Ceres.
Als verzehrt das andre nun war und der Mangel der Speise
An das bißchen Brot die Lippen zu setzen sie antrieb,
Mit der Hand und verwegenem Zahn der bedeutsamen Scheiben
Kruste zu brechen und nicht die flachen Platten zu schonen,
Da rief Julus: »Ha, wir verzehren sogar schon die Tische!«
Mehr nicht sprach er im Scherz. Dies Wort, sobald es gehört ward,
Brachte das Ende der Not, und zuerst von des Redenden Lippen
Griff der Vater es auf, erstaunt ob dem Gange des Schicksals:
»Heil dir«, rief er sofort, »du längst vom Geschick mir verheißnes
Land! Und Heil nun auch euch, o treue Penaten von Troja!
Hier ist Heimat und Haus, so hat mir der Vater Anchises,
Eben erinnre ich mich, des Schicksals Geheimnis eröffnet.

Wenn dich, o Sohn, der Hunger an unbekannten Gestaden
Nötigen wird, nach genossenem Mahl auch noch die Tische zu essen,
Dann erst magst du, erschöpft, dir Wohnung erhoffen, und dort auch
Baue zuerst und umschanze mit festen Wällen die Siedlung. –
Das also war der Hunger, der uns am Ende erwartet,
Um der Not zu setzen ein Ziel.
Auf drum und laßt uns froh beim ersten Strahle der Sonne
Ziehen, um zu erkunden das Land, die Bewohner und Städte,
Und wir wollen vom Hafen uns rings in die Gegend verstreuen
Spendet dem Jupiter nun aus euren Schalen und betend
Ruft zum Vater Anchises und stellet uns Wein auf die Tische.«
Also spricht er, umschattet mit grünenden Zweigen die Schläfen,
Ruft zum Schutzgeist der Flur und dann zu der ältesten Göttin,
Tellus, der Erde, sodann zu den Nymphen und auch zu den Flüssen,
Die ihm noch fremd, zur Nacht und ihren steigenden Sternen,
Auch zum idaeischen Jupiter, drauf zur phrygischen Mutter,
Schließlich zum Elternpaar im Erebus und im Olympus.
Dreimal donnerte jetzt der allmächtige Vater aus heitrem
Himmel, und eine Wolke mit goldstrahlendem Lichte
Schimmert, von ihm geschüttelt mit eigener Hand, von dem Äther.
Plötzlich verbreitet sich jetzt das Gerücht durch die Scharen der Troer,
Heut sei gekommen der Tag, die Stadt der Verheißung zu gründen.
Eifrig erneun sie das Mahl, und, froh des mächtigen Zeichens,
Stellen sie Trinkgefäße nun auf und bekränzen die Becher.
Als der folgende Tag mit dem ersten Strahle die Lande
Wieder beschien, wird Gegend und Stadt und Ufer des Volkes
Rings durchspäht, man erfuhr, dies sei der Sumpf des Numicus,
Hier der Thybrisstrom, dort wohnen die tapferen Latiner.
Jetzt erwählt aus sämtlichen Scharen der Sohn des Anchises

Hundert Gesandte, damit sie zur prächtigen Stadt des Beherrschers
Schreiten, alle mit Zweigen der Pallas, von Binden umwunden,
Gaben dem Manne zu bringen und Frieden den Teukrern zu sichern.
Unverzüglich folgen sie diesen Befehlen und eilen
Fort, er selbst begrenzt mit niedrigen Graben die Mauern
Und befestigt den Ort, und die ersten Häuser am Strande
Werden nach Art der Lager mit Wall und Zinnen umschlossen.
Schon ist durchmessen der Weg, da sahen sie schon der Latiner
Ragende Bauten und Türme vor sich und nahten der Mauer.
Knaben sind außer der Stadt und blühende Jugend beschäftigt,
Rosse zu tummeln und Wagen im Staube sicher zu lenken.
Andre spannen die Bogen mit Kraft, und andere schleudern
Schlanke Speere und fordern einander zum Wettlauf und Faustkampf.
Und schon bringt ein Bote auf raschem Rosse dem alten
König zu Ohren, es seien gar seltsam gekleidete, starke
Männer erschienen. Da ließ der Herrscher zum Hause sie rufen,
Und er setzt auf den Thron seiner Väter sich mitten im Saale.

Herrlich und groß war das Haus, von hundert Säulen getragen,
Ragend über der Stadt, die Burg des laurentischen Picus,
Ehrfurchtsvoll durch den Hain und die fromme Verehrung der Väter.
Hier zu empfangen das Zepter, die ersten Fasces zu heben,
War der Könige Brauch, hier war zur Beratung der Tempel,
Hier der Ort zu festlichem Mahle, hier pflegten die Väter
Nach dem Opfer des Widders an langen Tafeln zu sitzen.
Hier der Reihe nach standen auch Bilder früherer Ahnen,
Alt, aus Zedern geschnitzt, hier Italus, Vater Sabinus,
Der die Rebe gepflanzt, sein Bild noch zeigte die Sichel,
Auch Saturnus, der Greis, und des Janus doppeltes Antlitz
Standen vorn in der Halle, auch andre Fürsten der Urzeit

Und auch Helden, mit Wunden bedeckt, für die Heimat empfangen.
Viele Waffen auch hingen daselbst an den heiligen Pfosten,
Mit den eroberten Wagen, daneben gebogene Äxte,
Auch die Büsche der Helme, gewaltige Schlösser von Toren,
Lanzen und Schilde sowie von Schiffen erbeutete Schnäbel.
Er nun saß mit dem Stab des Quirinus inmitten, das kurze
Staatskleid aufgeschürzt, und trug den Schild an der Linken,
Picus, der Rossebezähmer, ihn hatte glühend umbuhlend
Circe mit goldener Rute berührt, durch Gift dann verwandel
Und zum Vogel gemacht mit buntgesprenkelten Flügeln.
Innen in diesem Tempel der Götter und auf der Ahnen
Sitze thronte Latinus und rief in die Halle die Teukrer.
Als herein sie getreten, begann er mit freundlicher Miene:
»Saget, ihr Dardanersöhne (denn fremd blieb weder die Stadt uns
Noch euer Volk, und wir hörten von eurer Fahrt durch die Meere),
Was ist euer Verlangen? Was trieb für ein Grund und Bedürfni
Durch so viele Gewässer an Ausoniens Ufer die Flotte?
Ob durch Verfehlung des Wegs, ob hierher verschlagen durch Stürme,
Wie es doch häufig auf offener See den Schiffern begegnet,
Ihr in die Ufer des Stromes fuhrt und im Hafen nun ankert,
Fliehet die Gastlichkeit nicht, verkennt auch nicht die Latiner
Söhne saturnischer Ahnen, die, ohne Zwang und Gesetze
Billigkeit übend, bewahren des alten Gottes Gesittung.
Auch entsinn ich mich noch (doch Jahre verdunkeln die Sage)
Was mir aurunkische Greise erzählt, daß Dardanus, dieser
Gegend entstammt, zu den phrygischen Stätten am Ida gelangt sei
Und in das thrakische Samos, das jetzt Samothrake genannt wird.
Hier von Korythus, Sitz der Tyrrhener, zog er von dannen,
Nun aber thront er verklärt im himmlischen Reiche der Sterne
Und hat unter der Zahl der Götter eigne Altäre.«

Jener sprach es, und ihm erwidert Ilioneus also:
»König, des Faunus erhabener Sohn, kein düstrer Orkan hat
Uns durch Wogen genötigt, an eurem Gestade zu landen,
Kein Gestirn hat uns irregeleitet und keinerlei Ufer,
Nein, wir nahen mit Absicht und völlig willigen Herzens
Dieser Stadt, aus dem Reiche verjagt, dem größten, das ehmals
Schaute die kommende Sonne vom äußersten Rand des Olympus.
Jupiter ist des Volkes Ahn, die troische Jugend
Rühmt sich seiner als Ursprung, von dessen erhabnem Geschlechte 220
Trojas König Aeneas, und dieser schickte zu dir uns.
Welch ein schrecklicher Sturm vom wilden Mykene zu Idas
Fluren getobt, durch welch ein Verhängnis getrieben die beiden
Teile der Welt, Europa und Asien, kämpfend sich maßen,
Solches vernahm selbst der, den am kreisenden Ozean ferne
Trennt das entlegenste Land, auch wen der brennenden Sonne
Kreis inmitten der heißesten aller Zonen getrieben.
Solcher Verwüstung entflohen durch so viel verödete Meere,
Flehn wir um einigen Platz für die heimischen Götter an sichrem
Ufer euch an und um Wasser und Luft, die allen gemein sind.
Nicht wird Schande dem Reiche durch uns, nicht wenig wird euer 231
Ruf sich erhöhn, noch schwinden der Dank für so große Verdienste,
Nie soll, Troja zu hegen im Schoß, die Ausonier reuen.
Wahrlich, bei dem Geschick und der mächtigen Hand des Aeneas,
Ob im Bunde, ob einer im Krieg sie erprobt und in Waffen,
Viele Völker und Stämme – verachte uns nicht, wenn wir selber
Kommen mit flehenden Worten und vor uns tragen die Binden –
Haben begehrt und haben gewünscht, sich mit uns zu vereinen;
Aber uns trieb der Götter Geschick durch eigne Gebote,
Eure Lande zu suchen. Von hier stammt Dardanus, hierher 240

Ruft er uns heim, und mit großen Ermahnungen drängt uns Apollo
Zum tyrrhenischen Tiber, zum heiligen Quell des Numicus.
Ferner verehrt er von früherem Reichtum dir kleine Geschenke
Kärgliche Reste, die wir aus den Flammen von Troja gerettet,
Diesen goldnen Pokal, aus dem an Altären Anchises
Opferte, hier des Priamus Kleid, wenn versammeltem Volke
Recht nach Gewohnheit er sprach, sein Zepter, den heiligen Kopfschmuck,
Kleider, das Werk von ilischen Frauen.«
  Während Ilioneus also noch spricht, hält fest seine Blicke
Doch Latinus gesenkt, starrt unbewegt auf den Boden,
Schickt dann gespannt die Augen umher, es berührten den König
Keine Purpurgewänder so sehr noch des Priamus Zepter,
Als er sinnend verweilt bei seiner Tochter Vermählung
Und im Herzen erwägt des alten Faunus Orakel:
Das sei jener Fremde aus fernem Lande, vom Schicksal
Ihm zum Eidam bestimmt und berufen zur Herrschaft mit gleichen
Rechten, diesem werde ein tapfres Geschlecht einst erstehen,
Das die gesamte Welt mit männlicher Kraft wird beherrschen
Endlich ruft er vergnügt: »Seid gnädig unsrem Beginnen,
Götter, und eurer Verkündung. Dir, Troer, gewähr ich die Bitte,
Nehme auch eure Geschenke. Und unter dem König Latinus
Soll euch fruchtbares Feld und Trojas Reichtum nicht fehlen.
Trägt Aeneas nun selbst nach uns so großes Verlangen,
Wenn er die Freundschaft sucht, will Bundesgenosse mir heißen,
Komm er zu uns und fürchte sich nicht vor dem Antlitz des Freundes;
Friede beginnt schon für mich bei Berührung der Rechten des Herrschers.
Ihr dagegen verkündet auch meine Wünsche dem König.
Eine Tochter ist mein, sie heimischem Mann zu vermählen

Gönnt mir weder des Vaters Orakel noch himmlische Weisung,
Häufig gesichtet. Es werden vom Ausland Eidame kommen,
Das sei Latiums Los, ihr Blut soll unseren Namen
Bis zu den Sternen erhöhn. Ihn scheint das Schicksal zu rufen,
Glaub ich und wünsche es auch, so weit ich die Wahrheit erahne.«
Also sprach er und wählt für die ganze Menge dann Rosse,
Glänzend standen daselbst dreihundert an ragenden Krippen
Gleich nun befiehlt er der Reihe gemäß für jeden der Teukrer
Flüchtige Renner zu bringen, geschmückt mit purpurnen Decken;
Golden hängen die Ketten herab vom Halse und golden
Sind sie geschirrt und beißen das rötliche Gold mit den Zähnen;
Doch dem fernen Aeneas ein Zwillingsgespann mit dem Wagen,
Feuerschnaubend das Paar, aus des Sonnengottes Gestüte,
Jener Rasse entstammt, die sich heimlich die listige Circe
Schuf aus des Vaters Gespann durch Paarung mit irdischer Stute.
Und durch Geschenke geehrt und die Rede des Königs, so zogen
Hoch zu Rosse die Troer zurück mit der Botschaft des Friedens.

Siehe, da kehrt zurück aus des Inachus Lande, aus Argos,
Jupiters grimmige Gattin und fuhr dahin durch die Lüfte.
Da erblickt sie die Dardanerflotte, den frommen Aeneas
Hoch aus dem Äther bereits, vom Sikulerfelsen Pachynum,
Sah schon Häuser im Bau, schon ganz dem Lande vertrauend,
Und die Schiffe geräumt. Da stand sie geschlagen von bittrem
Schmerz und schüttelt ihr Haupt und stößt aus dem Busen die Worte:
»Ha, verhaßtes Geschlecht, stets meinem Schicksal entgegen
Stand der Troer Geschick. Erlag es am Kap von Sigeum?
Konnt es, bereits gefangen, gefangen auch werden? Verzehrte
Trojas Feuer sie nicht? Durch Kämpfe und mitten durch Flammen

Fanden sie ihren Weg. Meine göttliche Macht, o ich fürchte,
Ist schon erlahmt, ich rastete schon vom Grolle gesättigt.
Feindlich stieß ich sie aus der Heimat und folgt' auf den Wogen,
Stellte den Flüchtlingen mich auf allen Gewässern entgegen.
Gegen die Teukrer vergeudet sind Kräfte des Meeres und Himmels.
Was doch nützten die Syrten, was Skylla mir, was der Charybdis
Grausiger Schlund? Sie ruhn wie gewünscht im Bette des Thybris
Sicher vor Meeresgefahren und mir. Mars konnte vernichten
Ungeschlachter Lapithen Geschlecht, der Vater der Götter
Opfert das herrliche Kalydon selbst dem Zorn der Diana,
Was aber haben Lapithen und Kalydon Arges verschuldet?
Ich aber, Jupiters mächtige Gattin, die alles versuchte,
Was ich Ärmste vermocht, die jedes Mittel ergriffen,
Bin von Aeneas besiegt. Doch wenn meine eigenen Kräfte
Nicht genügen, was säum ich, wo immer mir Hilfe zu flehen?
Kann ich nicht Himmlische beugen, so werd ich den Acheron stürmen.
Sei's drum, daß ich ihn nie vertreib vom latinischen Reiche,
Bleibt ihm Lavinia auch als Gattin vom Schicksal gesichert,
Kann Verzug ich doch stiften und Zögerung solchem Beginnen,
Kann sogar der beiden Könige Völker vernichten.
So um den Preis der Ihren verbinde ich Eidam und Schwager,
Troer- und Rutulerblut sei deine Mitgift, o Jungfrau,
Hort deiner Ehe Bellona. Nicht Hekuba nur, mit der Fackel
Schwanger, gebar das hochzeitlich Feuer, die Tochter des Kisseus,
Nein, es wird auch der Sproß der Venus, ein anderer Paris,
Wird zum tödlichen Brand dem neuerstandenen Troja.«
Also sprach sie und schwebte in grimmiger Wut auf die Erde,
Rief aus der Furien Haus die Trauergöttin Allekto,
Tief aus den Nächten des Orkus herauf, die traurige Kriege,
Hinterhalt liebt und Trug und Zorn und arge Verleumdung.
Selbst der Vater Pluto und selbst des Tartarus Schwestern

Hassen das Scheusal; denn in so viele Gesichter, so viele
Larven verwandelt sie sich und wimmelt von schwärzlichen Nattern.
Sie nun reizte Juno noch stärker mit folgenden Worten:
»Diesen Dienst nur gewähr mir, o Jungfrau, Tochter der Nacht, nur
Dieses Werk, auf daß nicht Ruhm und Ehre so schmachvoll
Schwinde von mir, noch daß durch die Bitte um Hochzeit die Troer
König Latinus beschwatzen und Italergrenzen besetzen.
Du ja vermagst selbst friedliche Brüder zu Kämpfen zu wappnen,
Kannst zerrütten die Häuser durch Haß, du bringst in die Kammern
Geißeln und Todesfackeln, du hast unzählige Namen,
Zahllose Künste zu schaden, so schüttle den furchtbaren Busen,
Spreng das geschlossene Bündnis und säe die Greuel des Krieges,
Waffen begehre, ja fordre und raube die Jugend des Landes.«
Aber Allekto enteilte, erfüllt von gorgonischen Giften,
Schwebte nach Latium erst, zu des laurentischen Königs
Ragender Burg und besetzte das stille Gemach der Amata,
Welcher wegen der Dardaner Ankunft, des Turnus Vermählung
Weibliche Sorgen und Zorn den flammenden Busen durchwühlten.
Rasch nun wirft die Göttin vom bläulichen Haar an die Brüste
Eine der Schlangen und birgt sie der Fürstin tief in dem Herzen,
Daß sie alle im Hause, vom Scheusal rasend, verwirre.
Diese, zwischen der glatten Brust und den Kleidern ihr schlüpfend,
Ringelt ohne Berührung sich fort und täuscht die Betörte,
Haucht eine Viperseele ihr ein. Zum goldenen Halsschmuck
Wird die scheußliche Schlange, sie wird zum Bande am langen
Schleier, durchflicht die Locken und schlüpft und irrt um die Glieder.
Aber während mit giftigem Geifer am Anfang der Seuche

Ihr die Sinne sie trübt und die Glut im Gebein sich verbreitet,
Aber die Flamme nicht ganz noch ihr Herz und Leben erfüllte,
Redete sanfter sie noch, nach der üblichen Weise der Mütter,
Über der Tochter Geschick und die phrygischen Ehen nun weinend:
»Gibt man Lavinia wirklich zur Hochzeit flüchtigen Teukrern,
Hast du denn, Vater, kein Mitleid, dies weder mit dir noch der Tochter?
Noch mit der Mutter, die jener verläßt, sofort mit dem Nordwind
Treulos über das Meer die Jungfrau schleppend, der Räuber?
Hat der phrygische Hirt nicht so Lakedaemon betreten,
Helena, Ledas Tochter, entführt nicht nach Troja hierauf dann?
Wo ist dein heiliges Wort, die frühere Sorg' um die Deinen?
Wo der Handschlag, so oft dem Blutsfreund Turnus gegeben?
Wird aus fremdem Volke ein Eidam gesucht den Latinern,
Steht das fest und drängt dich Befehl von Faunus, dem Vater,
Wahrlich, ein jegliches Land, das nicht unter unserem Zepter
Steht, das halt ich für fremd, und so auch halten's die Götter.
Turnus zumal – bedenkst du den ersten Beginn seines Hauses –
Stammt von Akrisius ab und von Inachus, mitten aus Argos.«
Als sie umsonst ihn mit Worten versucht und fest den Latinus
Gegen sich sah, als tief in die Eingeweide gedrungen
Wirkte das Furiengift der Schlange und ganz sie durchströmte,
Ward sie unselig jetzt erst erregt von mächtigem Zauber,
Tobte dann durch die Weite der Stadt, ohn' Halt und im Wahnsinn,
Wie oft unter dem Schwunge der Peitsche der wirbelnde Kreisel
Fliegt in dem leeren Hof, darin sich die Knaben voll Eifer
Solchem Spiele ergeben; der Kreisel, von Schlägen getrieben,
Schnurrt im Bogen dahin, und gaffend staunen von oben
Jüngere Knaben und wundern sich über das tanzende Buchsholz,
Streiche beflügeln den Schwung. Nicht weniger eilenden Laufes
Stürmt auch Amata mitten durch Städte und trotzige Völker,

Auch in die Wälder sogar, als wäre sie bacchusbegeistert.
Noch in wilderer Wut und größere Greuel beginnend,
Rast sie dahin und verbirgt die Tochter in buschreichen Bergen,
Um zu entreißen den Teukrern die Braut und die Ehe zu hemmen:
»Euhoe«, ruft sie, »o Bacchus, nur du bist würdig der Jungfrau,
Ja, dir schwinge zum Preis sie den weichen Thyrsus und tanze
Festlich im Reigen um dich und weihe dir heilige Locken.«
Fama fliegt, und die Mütter mit Furienglut in den Busen
Treibt die nämliche Brunst in der Wälder neue Behausung;
Jede verläßt ihr Haus, gibt Haar und Nacken den Winden,
Andre erfüllen die Luft mit wildem, jauchzendem Heulen,
Rebenumwundene Speere in Händen, mit Fellen gegürtet.
Sie, inmitten der Schar, hält selbst die lodernde Fackel
Flammend empor und singt für Tochter und Turnus ein Brautlied,
Blutrot funkelt ihr Blick, und plötzlich mit gellender Stimme
Ruft sie: »Wehe, vernehmt mich, all ihr latinischen Mütter,
Wenn ihr im frommen Gemüt für die unglücksel'ge Amata
Liebe noch fühlt und Kummer euch quält um die Rechte der Mütter,
Löset die Binden vom Haar und feiert die Orgien mit mir!«
Also jagt in den Wäldern und öden Lagern des Wildes
Rings Allekto die Fürstin umher im bacchantischen Rasen.
Als nun sattsam geschärft ihr schien der keimende Wahnsinn,
Auch der Entschluß und das ganze Haus des Latinus zerrüttet,
Schwang auf schwarzem Gefieder von dannen die gräßliche Göttin
Schnell sich zur Stadt des verwegenen Rutulers, welche, so heißt es,
Danae einst sich gegründet mit ihren akrisischen Siedlern,
Die vom Südwind waren verschlagen. Einst nannten die Ahnherrn
Ardea sie, und noch jetzt blieb Ardeas rühmlicher Name,
Doch ihr Glanz ist dahin. Und hier im erhabnen Gemache
Pflegte Turnus zu ruhn im mitternächtlichen Dunkel.

Nunmehr entledigte sich der Furienglieder Allekto
Und des grimmen Gesichts, in Gestalt einer Greisin sich wandelnd,
Furchte mit Runzeln die häßliche Stirn, legt grauliche Haare
Samt der Binde sich an, umkränzt sich mit Laub der Olive,
Kalybe wird sie, die Greisin, die Tempelpriesterin Junos,
Und so erscheint sie dem Jüngling und läßt sich also vernehmen:
»Turnus, kannst du gelassen so viele Mühen vergebens
Und dein eigenes Zepter an teukrische Siedler verschenkt sehn?
Dir will der König die Ehe und blutig errungene Mitgift
Weigern und sucht für das Reich sich nun einen Erben von auswärts.
Geh, o Verhöhnter, und stelle dich danklos neuen Gefahren,
Geh, vernichte Tyrrhener und schütze Latiner mit Frieden.
Dir dies offen zu künden, da sanft in Ruhe du schlummerst,
Hat sie mir selber geboten, die allesvermögende Juno,
Drum wohlauf, und wappne dein Volk und und zieh aus den Toren
Freudig zum Kampf und verbrenne den phrygischen Fürsten, die auf dem
Prächtigen Strom bereits sich gelagert, die farbigen Schiffe!
So will's mächtiger Götterbefehl. Auch König Latinus,
Willigt er nicht in die Ehe und seines Wortes Erfüllung,
Spüre es selbst und erfahre zuletzt den Turnus in Waffen.«
Aber, der Seherin spottend, versetzt der Jüngling dagegen:
»Daß eine Flotte am Ufer des Thybris gelandet, die Kunde
Ist nicht, wie du gemeint, vielleicht meinen Ohren entgangen.
Male mir nicht solche Schrecken, es wird die Königin Juno
Immer unser gedenken.
Doch dein Alter, gebrechlich und stumpf schon gegen die Wahrheit,
Quält dich, o Mutter, umsonst mit eitlen Sorgen und läßt wohl
Bei der Könige Zwist mit nichtiger Furcht dich betören.
Dir obliegt es, die Tempel und Bilder der Götter zu hüten,
Krieg und Frieden betreibe der Mann, zum Kriege berufen.«

Über die Worte entbrannte in schrecklichem Zorne Allekto.
Plötzlich mitten im Wort befällt den Jüngling ein Schauder,
Starr wird sein Blick, mit so vielen Schlangen zischt die Erinnys,
Riesig wächst die Gestalt und rollt dann flammend die Augen,
Stößt den Zagenden weg, der mehr noch zu sagen bemüht war,
Zog aus ihren Haaren hervor zwei Schlangen und klatschte
Tönend die Geißel und sagte dazu mit wütendem Munde:
»Schau, wie gebrechlich vom Alter und stumpf schon gegen die Wahrheit
Bei der Könige Zwist mit nichtiger Furcht ich mich täusche.
Blicke hierher! Ich komme vom Sitz der Schwestern des Grauens.
Kriege trag ich und Tod in der Hand.«
Rief's und warf nach dem Jüngling die Fackel, und unter dem Herzen
Heftet sie hin den Brand mit düster qualmendem Lichte.
Ihn reißt gräßliche Angst aus dem Schlaf, die Gebeine und Glieder
Überströmte der Schweiß, der vom ganzen Körper hervorbricht.
»Waffen!« so brüllt er von Sinnen, »sucht Waffen im Bett und im Hause.«
Gierig verlangt er sein Schwert, und Zorn und verbrechrischer Kriegssinn
Rasen in ihm, gleichwie, wenn mit großem Geprassel zur Flamme
Unter die Rippen des wallenden Kessels Reisig gelegt wird,
Brodelnd siedet das Wasser hochauf, mit kochender Woge
Quillt im Innern das Naß und steigt im Gefäße dann schäumend.
Nimmer hält sich die Flut, schwarz steigt sie als Dampf in die Lüfte.
Also beruft er die Häupter des Volks, da gestört ist der Friede,
Gegen den König Latinus zur Heerfahrt heißt er sie rüsten
Und Italien schützen, den Feind von den Grenzen vertreiben,

Er sei beiden gewachsen im Kampf, den Latinern und Teukrern.
Als er solches gesagt und heiß zu den Göttern gefleht hat,
Rufen die Rutuler sich voll Eifer schon selbst zu den Waffen,
Diesen reizt seine schöne Gestalt und blühende Jugend,
Den sein Königsgeschlecht, den rühmliche Taten der Rechten.
Während die Rutuler so von Turnus zum Kampfe befeuert,
Schwingt zu den Teukrern Allekto sich fort auf stygischen Flügeln,
Spähend mit neuem Betruge den Ort, wo der schöne Julus
Längs dem Ufer dem Wild im Lauf und Hinterhalt nachstellt.
Plötzlich erregt zur Wut die kokytische Jungfrau die Hunde,
Denn mit bekanntem Geruch erfüllt sie ihnen die Schnauzen,
Wild einen Hirsch zu hetzen, dies war der Anfang des Leidens,
Grund zum Krieg, er entflammte zum Kampf die Herzen des Landvolks.
Herrlich war er gestaltet, der Hirsch mit hohem Geweihe,
Den, von dem Euter der Mutter geraubt, die Knaben des Tyrrhus
Nährten und Tyrrhus, der Vater, zugleich, dem die Herden des Königs
Untertan, der weit mit der Hut der Felder betraut war.
Schwester Silvia hatte den Hirsch an Befehle gewöhnt und
Schmückt ihm die Hörner mit aller Sorgfalt, umwand sie mit zarten
Kränzen und kämmte das Tier und wusch es in lauterer Quelle.
Streicheln ließ es sich ruhig, gewöhnt an die Tafel des Herren,
Streifte frei in den Wäldern und kam zur bekannten Behausung
Immer wieder von selbst, wiewohl oft spät erst am Abend.
Als es nun ferne sich tummelt, da spürten des jagenden Julus
Wütende Hunde es auf, als es eben im strömenden Flusse
Abwärts schwamm und am grünenden Strand von der Hitze sich kühlte.
Aber Julus, von Liebe nach glänzendem Ruhme entzündet,

Schnellte sofort das Geschoß vom gekrümmten Bogen, es fehlte
Nicht ein Gott der irrenden Hand, mit schwirrendem Fluge
Drang der entsendete Pfeil durch Bauch und Gedärme des Tieres. 499
Doch der waidwunde Hirsch entfloh zur bekannten Behausung,
Schleppte sich stöhnend zum Stalle, von Blut überströmt, und sein Klagen
Drang durch das ganze Haus, als ob er Mitleid erflehte.
Silvia selber zuerst, mit den Händen die Arme zerschlagend,
Ruft um Hilfe laut die derben Bauern zusammen.
Diese (denn heimlich verbarg sich in schweigenden Wäldern Allekto)
Nahen geschwind, die einen mit Knitteln, gehärtet im Feuer.
Andre mit Keulen, knotig und schwer, was jedem zur Hand war,
Macht zur Waffe der Zorn. Auch Tyrrhus ruft die Gefährten,
Grade dabei, die stämmige Eiche mit Keulen zu spalten,
Und schon hat er die Axt gepackt mit schnaubendem Zorne.
Als nun die schreckliche Göttin die Zeit des Schadens erspäht hat, 511
Eilt sie zum hohen Dach des Gehöftes, und oben vom Giebel
Bläst sie den Hirtenruf und erhebt die höllische Stimme
Aus dem gewundenen Horne, wodurch das ganze Gehölze
Plötzlich erbebt und rings die Tiefen der Wälder erdröhnen.
Fern auch vernahm es der Triviasee, vernahm es der Narstrom,
Weiß von schwefelschäumender Flut, auch der Quell des Velinus,
Und es preßten ans Herz erschrockene Mütter die Kleinen.
Eilig auf diesen Ruf, so weit des gräßlichen Hornes
Zeichen erklang, läuft überall mit ergriffenen Waffen 520
Tobendes Ackervolk, doch auch die troische Jugend
Strömt, dem Julus zur Hilfe, hervor aus den Toren des Lagers.
Schlachtreihn stellen sie auf, nicht mehr in ländlicher Fehde
Wird mit knotigen Keulen und harten Knitteln gestritten,
Nein, zweischneidiges Eisen entscheidet, und dunkel erhebt sich

Fernhin starrend die Saat gezückter Schwerter, es leuchtet,
Hell von der Sonne bestrahlt, das Erz bis hoch zu den Wolken.
Wie beim Beginne des Sturms erst weiß sich färben die Fluten,
Dann allmählich das Meer sich erhebt und höher die Wellen
Türmt und dann aus der Tiefe bis hoch zum Äther emporsteigt.
Jetzt wird von schwirrendem Pfeil im Vordertreffen ein Jüngling, 531
Almo, welcher der Älteste war von den Söhnen des Tyrrhus,
Niedergestreckt, denn der Schuß traf unter der Kehle, den feuchten
Weg der Stimme mit Blut und das zarte Leben verschließend.
Zahlreich fallen die Männer ringsum, auch der alte Galaesus,
Als er zum Mittler des Friedens sich bot, der gerechtesten einer
Und der begütertste Mann im ganzen Ausonierlande.
Denn fünf Herden der Rinder und fünf der blökenden Schafe
Kehrten ihm heim, er furchte mit hundert Pflügen die Scholle.
Während also im Feld noch unentschieden gekämpft wird 540
Und das Versprechen die Göttin erfüllt hat, als sie mit Blute
Weihte den Krieg und dem ersten Gefecht schon Leichen bescherte,
Ließ Hesperien sie, und, empor durch die Lüfte sich schwingend,
Sprach sie mit stolzer Rede als Siegerin solches zu Juno:
»Siehe, vollendet für dich zu traurigem Krieg ist die Zwietracht.
Sprich, sie mögen doch nun in Frieden sich freundlich einen,
Jetzt, nachdem mit Ausonierblut ich die Teukrer befleckt hab.
Weiteres will ich noch tun, sofern mir dein Wille gewiß ist:
Nachbarstädte treib ich dir durch Gerüchte zum Streite
Und entflamme die Herzen mit Lust zu wütendem Kampfe; 550
Hilfe komme von allen, mit Waffen besä' ich die Felder.«
Juno drauf: »O genug des Schreckens und Trugs. Für den Krieg sind
Gründe da, schon kämpft man im Handgemenge, die Waffen,
Die der Zufall geboten, sind frisch vom Blute benetzt schon.
Solch ein Verlöbnis und solch ein Fest der Hochzeit begehe

Venus' würdiger Sohn und auch der Königin Latinus.
Daß du so frech und dreist die Lüfte des Äthers durchirrest,
Will der Vater nicht gern, der Herrscher des höchsten Olympus.
Hebe dich weg! Was sonst das Schicksal etwa noch fordert,
Leiste ich selbst.« So hatte Saturnia also gesprochen.
Aber Allekto entfaltet nun schlangenumzischt ihre Flügel,
Eilt zum Kokytus hinab, die Höhen des Himmels verlassend.
Mitten im Italerland, am Fuße ragender Berge,
Liegt des Amsanctus Tal, ein gefeierter, weit in den Landen
Sagenbekannter Ort, wo auf beiden Seiten die düstre
Wand mit belaubten Wäldern herabdrängt, und in der Mitte
Braust durch Felsen ein reißender Sturzbach in tosendem Wirbel.
Hier ist ein schauderhaftes Geklüft, des grausigen Pluto
Dunstige Pforte; der Acheron bricht an den Tag und öffnet
Seinen giftigen Schlund. In diesen sinkt die Erinnys,
Jene widrige Macht, es erholt sich Erde und Himmel.
  Aber es legt nicht minder indes die saturnische Juno
Selbst die letzte Hand an den Krieg. Es stürzen die Hirten
Alle vom Kampfe zur Stadt und tragen zurück die Erschlagnen,
Almo, den Jüngling, und auch das entstellte Haupt des Galaesus,
Und sie beschwören die Götter und rufen den König Latinus.
Turnus erscheint und verdoppelt den Schrecken des Mordens und Brennens
Unter Drohen: man habe die Teukrer zur Herrschaft berufen,
Mische mit phrygischen Stamm sich, er werde von dannen gestoßen.
Auch die Söhne der Mütter, die wild im Taumel des Bacchus
Durch die Wälder schwärmen (so groß ist der Name Amatas),
Strömen rings in Scharen herbei und bestürmen den Kriegsgott
Gegen den Willen der Götter und gegen die Zeichen, das Schicksal,
Drängen alle zusammen zum unglückseligen Kriege,
Alle umstehn im Eifer die Königsburg des Latinus.

Der, wie ein unbeweglicher Meerfels, sträubt sich dagegen,
So wie ein Felsen im Meer, wenn ein riesiges Branden daherkommt,
Der sich selbst, wieviel auch der Wellen rings um ihn heulen,
Hält durch die Last; die Klippen um ihn und beschäumten Gesteine
Tosen umsonst, es peitscht ihn das Seegras, zurück wieder schnellend.
Aber da keine Gewalt, den düstren Entschluß zu besiegen,
Übrig ihm war und am Wink der erbitterten Juno das Werk hängt,
Ruft der Vater die wehenden Lüfte und Götter zu Zeugen:
»Wehe«, so sprach er, »uns bricht das Geschick, es reißt uns der Sturm fort.
Ihr sollt büßen dereinst mit verruchtem Blute den Frevel,
Arme. Und deiner harrt, o Turnus, das Unheil und schlimme
Strafe. Zu spät wirst dann mit Gelübden die Götter du anflehn.
Mir ist Ruhe beschieden, doch schon in der Mündung des Hafens
Wird mir ein glückliches Ende versagt.« Sonst sprach er nichts weiter,
Schloß im Palaste sich ein und entsagte den Zügeln der Herrschaft.

Brauch im hesperischen Latium war's, ihn haben vor Alters
Schon die Städte Albas geübt, den das mächtige Rom noch
Immer übt, sobald es zu Kampf und Schlachten sich rüstet,
Ob man mit tränenerregendem Krieg die Geten bedrohe
Oder Hyrkaner und Araber auch, zu den Indiern ostwärts
Führe das Heer und die Adler verlange zurück von den Parthern.
Zweifach sind die Pforten des Krieges (so lautet ihr Name),
Heilig durch Scheu und Furcht vor dem schrecklichen Kriegsgott.
Hunderte eherner Riegel und ewige Bande von Eisen 609
Schließen sie zu, nie weicht von der Schwelle Janus, ihr Hüter.
Wenn der feste Beschluß der Väter nun stimmt zu dem Kampfe,

Öffnet im quirinalischen Kleid, in gabinischer Gürtung
Stattlich er selbst, der Konsul, die laut erknarrenden Pforten,
Selbst dann ruft er zum Kampf, ihm folgt die übrige Jugend,
Und von ehernen Hörnern ertönt der schmetternde Beifall.
Jetzt auch nach solchem Brauch wird Latinus ermahnt, den Trojanern
Anzukünden den Krieg und die traurigen Pforten zu öffnen.
Aber der Vater enthielt sich jeder Berührung, voll Abscheu
Floh er solch gräßlichen Dienst und verbarg sich im einsamen Schatten.
Da aber schwang sich vom Himmel nieder die Herrin der Götter,
Stieß mit eigener Hand an die zögernden Pforten, die Angel
Drehend, sprengte die Göttin die eisernen Türen des Krieges.
Ganz Ausonien brennt, das erst so friedlich und ruhig,
Einige ziehn zu Fuß ins Feld, und andere rasen
Hoch zu Roß im Staube dahin, nach Waffen verlangen
Alle, man glättet die glänzenden Schilde und blinkenden Speere,
Reibt sie ein mit Fett, auch schärft man die Beile am Schleifstein;
Freude ist es, Zeichen zu tragen, die Hörner zu hören.
Auch erneun auf errichtetem Amboß fünf mächtige Städte
Waffen und Wehr, das starke Atina, Tibur, das stolze,
Ardea, Krustumerium auch und türmeragend Antemnae.
Helme formt man zum Schutze des Haupts, Geflechte aus Weiden
Werden zu Schilden gewölbt, man schmiedet auch eherne Panzer
Oder zieht aus geschmeidigem Silber die blinkenden Schienen.
Alle Verehrung für Sichel und Pflug und die Liebe zum Landbau
Wich den Waffen, man schmilzt in Essen die Schwerter der Väter,
Schon erklingt die Trompete, schon läuft die Losung zum Kriege.
Der rafft hastig daheim den Helm, ins Joch zwingt ein andrer

Schnaubende Rosse, da legt man den Schild an oder den Panzer,
Dreifach am Golddraht geflochten, und gürtet das schützende Schwert um.
Öffnet den Helikon jetzt, ihr Göttinnen, fangt den Gesang an,
Wer zum Kampf sich erhob von den Königen, welche Gefolgschaft
Jeden begleitet hinaus in das Feld, wie fruchtbar an Männern
Damals schon blühte das Italerland und in Waffen entbrannte,
Ihr ja, Göttinnen, wißt es und könnt es der Nachwelt verkünden.
Uns aber trifft nur der leise Hauch verklingender Sage.
Vorn zieht in den Krieg vom Tyrrhenergebiete der wilde
Götterverächter Mezentius her und bewaffnet die Scharen.
Ihm ist Lausus zur Seite, sein Sohn, den keiner an Schönheit
Je übertraf an hoher Gestalt, außer Turnus, der König.
Lausus, der Rossebezähmer, der starke Jäger des Wildes,
Führt aus Agyllas Stadt umsonst an tausend getreue
Männer, er war es wert, mit froherem Herzen des Vaters
Herrschaft zu üben und nicht Mezentius Vater zu nennen.
Drauf erscheint im Gefild Aventinus, der schöne, des schönen
Herkules Sohn. Mit siegenden Rossen und palmenumwundnen
Wagen zeigt er sich rings, das Zeichen des Vaters im Schilde,
Hundert Schlangen und auch die viperumringelte Hydra,
Er, den die Priesterin Rhea im aventinischen Bergwald
In verstohlner Geburt ans Licht des Lebens gebracht hat,
Damals erkannt von dem Gott, nachdem der tirynthische Sieger
Stolz auf Geryons Mord in laurentische Fluren gekommen,
Badend hier im tyrrhenischen Strom die iberischen Kühe.
Seine Schar trägt Spieße zum Wurf und bestachelte Schäfte,
Auch das flache Schwert und sabellischen Speer in der Feldschlacht.
Er zu Fuß, gehüllt in die Haut des mächtigen Löwen,
Die, umstarrt von schrecklicher Mähne, den leuchtenden Rachen

Über das Haupt gezogen, so ging er zum Königspalaste,
Gräßlich zu schaun und des Herkules Tracht um die Schultern geworfen.

Ferner nahn zwei Brüder, Tiburtums Mauern verlassend,
Jener Stadt, die den Namen empfing vom Bruder Tiburtus,
Coras zugleich und Catillus, der Held, argivische Kämpfer,
Die an der Spitze des Heers im Regen der Pfeile sich tummeln.
Wie zwei wolkengeborne Kentauren vom Scheitel des Berges
Niedersteigen, den Homole hier und den schneeigen Othrys
Lassen im stürmischen Lauf; den Schreitenden macht der gewaltge
Hochwald Platz, und es weichen die Büsche mit großem Gekrache.

Auch nicht fehlte der Gründer der Festung Praeneste,
Der nach gemeinem Glauben der Zeit von Vulkanus erzeugt war,
Unter ländlichem Vieh am Herde gefunden, der König
Caeculus, und ihm folgte in langem Zuge das Landvolk,
Die der gabinischen Juno Gefild und das hohe Praeneste,
Auch des Anio kühlende Flut und die Bäche durchströmten
Hernikerfelsen bewohnen, das reiche Anagnia nährt sie
Und der Strom Amasenus. Nicht ziehn sie alle mit Waffen,
Ihnen rasseln nicht Schilde noch Wagen, die meisten der Heerschar
Schleudern bläuliche Kugeln aus Blei, die andern tragen
Zwei der Spieße in Händen und haben vom gelblichen Wolfsfell
Mützen für das Haupt, den linken der Füße ganz nackend,
Stehn sie im Kampf, und roh noch umschließt den rechten die Tierhaut.

Aber ein Sohn des Neptun, der Rossebezähmer Messapus,
Den mit Feuer und Schwert zu töten noch keinem vergönnt ist,
Ruft schon lange erschlaffte Völker, des Krieges entwöhnte,
Ungesäumt in den Kampf und übt sie wieder in Waffen,
Die Fescennias Höhn und Faleriis Ebne bewohnen,
Auch der soraktischen Burg und flavinischer Fluren Bewohner,

Auch des Gebirgs am cimischen See und kapenischer Haine.
Gleichen Schritts ziehn alle dahin und besingen den König.
Gleich wie silberne Schwäne zuweilen durchleuchten die Wolken,
Wenn von der Weide sie ziehn und aus schlank sich streckenden Hälsen
Senden den hellen Gesang, es hallt der Strom und auch Asiens
Wassers weiter Sumpf.
Keiner hätte vermutet, daß je sich eherne Reihen
Bilden aus solchem Gewimmel, nein, daß eine luftige Wolke
Tönender Vögel drängend von oben sich senke zum Ufer.
Sieh, auch Clausus, entstammt aus altem Blut der Sabiner,
Führt ein mächtiges Heer, er selbst wie ein mächtiges Heer schon.
Jetzt noch verzweigt von ihm der Claudier Stamm und Geschlecht sich
Ganz durch Latium hin, seit Rom mit Sabinern geteilt ward.
Ihn begleiten geschart Amiterner und alte Quiriten,
Alles Volk aus Eretum, aus ölbaumreichem Mutusca,
Auch aus der Stadt Nomentum, der Rosenflur des Velinus,
Auch vom Severus-Berg und von Tetricas starrendem Felsen,
Männer von Foruli auch und Casperia und von Himellas
Strom, die den Tiber trinken und Fabaris, und die das kalte
Nursia schickt und Horta, dazu latinische Völker,
Auch, was die Allia trennt, der Fluß unseligen Namens.
Zahllos wie die Wogen sich wälzen im libyschen Meere,
Wenn in die Winterfluten sich taucht der wilde Orion,
Oder wie bei des Sommers Beginn dicht reifen die Ähren
Auf des Hermus Flur und auf Lykiens goldnen Gefilden;
Schilde rasseln, der Boden erbebt vom Tritte der Füße.
Auch Agamemnons Genosse, ein Feind des troischen Namens,
Spannt Halesus die Ross' an den Wagen und führt für den Turnus
Tausende trutzige Mannen, die Massicas glückliches Weinland
Baun mit dem Karst und die, von aurunkischen Vätern gesendet,

Nahn aus bergigen Höhn und der Nachbarflur Sidicinum,
Die auch Cales verließen, und die des seichten Volturnus
Ufer bewohnen, zugleich auch des rauhen Satikulers Scharen
Und die oskische Mannschaft. Sie schießen mit länglichen Spießen,
Aber sie halten den Brauch, sie an schwankende Riemen zu binden,
Links mit dem Schilde bedeckt, mit Sichelschwertern zum Nahkampf.
Du auch, Oebalus, darfst in meinen Gesängen nicht fehlen,
Welchen Telon im Alter gezeugt mit der Nymphe Sebethis,
Da er in Caprea herrschte, im teleboischen Lande.
Doch nicht war auch der Sohn mit des Vaters Fluren zufrieden.
Weithin hielt er sich untertan die sarrastischen Völker
Damals schon, und die Ebnen, die Sarnus benetzt, die Bewohner
Rufras und Batulums auch und die von Celemna, die Männer,
Welche die Mauern beschaun des apfelreichen Abella.
Mächtige Keulen schleudern sie nach teutonischem Brauche,
Flechten bedecken das Haupt von geschälter Rinde des Korkbaums,
Ehern glänzen die Schilde, und ehern glänzt auch das Kampfschwert.

Die auch schickt ins Getümmel der Schlacht das bergreiche Nersa,
Ufens, hoch gepriesen durch Ruhm und glückliche Waffen,
Rauh vor allem ist sein Volk und immer im Wald ans
Jagen gewöhnt, denn hart ist dort der Aequikuler Boden,
Stets in Waffen bestellen sie ihre Felder, und immer
Freun sie sich, neue Beute zu machen, vom Raube zu leben.

Auch vom marruvischen Stamm ist angekommen ein Priester,
Über dem Helme bekränzt mit dem Zweig des glücklichen Ölbaums,
Von dem König Archippus gesandt, der tapfere Umbro,
Der dem Viperngeschlecht und gräßlich fauchenden Schlangen

Schlaf durch Gesang und Berührung der Hand zu bereiten vermochte,
Auch zu stillen die Wut und durch Kunst die Bisse zu lindern;
Aber den Todestoß der dardanischen Lanze zu heilen,
Hatte er nicht die Macht, nichts frommten ihm gegen Verwundung
Zaubergesänge und Kräuter, gesammelt auf marsischen Bergen.
Dich aber haben beweint Angitias Hain und die klaren
Silberfluten des Fucinussees.

Auch des Hippolytus herrlicher Sohn erschien auf dem Kampfplatz,
Virbius, den die Mutter Aricia stattlich entsandte,
Der in Egerias Hain an den feuchten Ufern erzogen,
Wo versöhnlich und triefend von Fett der Diana Altar steht.
Denn Hippolytus soll, nachdem ihn Stiefmutterränke
Umgebracht und er blutig dem Fluche des Vaters erlegen,
Von erschrockenen Rossen geschleift, zu den Sternen des Äthers
Und zu der lichten Oberwelt, durch paeonische Kräuter
Und die Liebe Dianas erweckt, einst wiedergekehrt sein.
Doch der allmächtige Vater, erzürnt, daß ein Sterblicher wieder
Aus den Nächten des Orkus zum Lichte des Lebens gestiegen,
Schmetterte selbst den Erfinder der Kunst und so wirksamer Heilkraft,
Ihn, den Sohn des Phoebus, zur stygischen Flut durch den Blitzstrahl.
Doch den Hippolytus barg an heimlicher Stätte Diana,
Da sie der Nymphe Egeria ihn und dem Haine vertraute,
Daß in italischen Wäldern er einsam wohnend und ruhmlos
Leben soll und Virbius heiß' mit verändertem Namen.
Heut noch sind vom heiligen Hain und vom Tempel Dianas
Rosse mit hörnernem Hufe verbannt, weil Wagen und Jüngling
Sie am Gestade gestürzt, geschreckt von dem gräßlichen Meertier.
Aber es jagte der Sohn nicht weniger feurige Rosse
Über das ebene Feld und flog zum Kampf mit dem Wagen.

Selbst nun unter den ersten bewegt sich in kräftiger Schönheit
Turnus, die Wehr in der Hand, um die Länge des Hauptes auch größer.
Ist mit dreifachem Busch behelmt und trägt die Chimaera
Hoch auf dem Helm, sie speit des Ätna Glut aus dem Rachen,
Um so brausender faucht sie und wütet mit gräßlichen Flammen,
Als sich wilder steigert die Schlacht in strömendem Blute.
Doch den geglätteten Schild ziert Io, strahlend von Golde,
Wie sie die Hörner erhebt, schon Kuh und mit Haaren bedeckt schon,
Welch ein mächtiges Bild, und Argus, der Hüter der Jungfrau,
Vater Inachus auch, er strömt aus getriebener Urne.
Hinter ihm folgt die Wolke des Fußvolks, mit Schilden bewaffnet
Füllt sie das ganze Feld, dazu argivische Jugend,
Rutuler auch, die aurunkische Schar, und alte Sikaner,
Auch das sakranische Heer, mit bunten Schilden Labiker,
Die den heiligen Strand des Numicus und deine Gebirge,
Thybris, bebaun und die Rutulerhöhn mit dem Pfluge bestellen,
Die vom circaeischen Berg, und das Land, wo Jupiter Anxur
Und Feronia herrscht, die im grünen Haine verweilt gern;
Die auch vom finsteren Saturasumpf, und wo tief durch die Wälder
Weg sich sucht und ins Meer sich ergießt der eisige Ufens.
Diesen schloß sich noch an aus volskischem Stamme Camilla,
Führend ein reitendes Heer und erzumschimmerte Scharen,
Kriegerin war sie. Sie hat an Minervas Rocken und Webstuhl
Nimmer die fraulichen Hände gewöhnt, nein, harte Gefechte
Schlug sie und eilte den Winden zuvor im Laufe, die Jungfrau.
Ohn' ein Hälmchen zu knicken, entflöge sie über die Saaten,
Ohn' im Lauf zu verletzen die zartaufsprossenden Ähren,
Selber mitten durchs Meer, auf schwellender Woge sich hebend,
Zöge sie, ohn' in der Flut die flüchtigen Sohlen zu netzen.
Staunend gießt sich aus Häusern und Feldern alle die Jugend
Und die Schar der Mütter ihr nach, die Eilende schauend

Und verwundert mit offenem Mund, wie fürstlich der Purpur
Ihr die hellen Schultern umhüllt und die Schnalle von Golde
Sammelt ihr Haar, wie mutig sie trägt den lykischen Köcher
Und den Myrtenstab mit vorne befestigtem Stachel.

Achter Gesang

Als auf der laurentinischen Burg das Zeichen zum Kriege
Turnus erhob und mit schmetterndem Klange die Hörner ertönten,
Als er die mutigen Rosse mit klirrenden Waffen getummelt,
Da empörten die Herzen sich rasch, und in hastiger Eile
Tobend verschwört ganz Latium sich, und es wütet die Jugend
Schrankenlos. Die Führer zuerst, Messapus und Ufens,
Und der Götterverächter Mezentius treiben das Hilfsvolk
Rings herbei und entblößen von Bauern die weiten Gefilde.
Venulus wird zur Stadt Diomedens, des Helden, gesendet,
Hilfe zu flehn und zu künden: in Latium stünden die Teukrer,
Und Aeneas sei da und brächte besiegte Penaten
Mit sich herbei und rühme sich, daß ihn das Schicksal als König
Fordere; viele der Völker verbänden dem Dardanerhelden
Sich ringsum, und weit in Latium wachse sein Name.
Was er mit solchem Beginnen bezwecke und, wenn es ihm glücke,
Welchen Erfolg er sich wünsche im Kampf, das sei ihm viel klarer,
Als es dem König Turnus erschein' und dem König Latinus.
Das geht in Latium vor. Und wie der trojanische Heros
Alles das sah, da wankt er im mächtigen Drange der Sorgen.
Hurtig wendet sein Geist sich von einem Entschlusse zum andern,
Schweift nach verschiedenen Seiten dahin und wandert durch alles,

Ähnlich dem zitternden Schimmer der Flut, der vom Bilde der Sonne
Oder des leuchtenden Monds aus dem ehernen Kessel zurückstrahlt,
Aller Orten fliegt er dahin, und schon in die Lüfte
Klimmt er empor und schwebt am Getäfel des höchsten Gemaches.
Nachts war's, und auf Erden umfing die müden Geschöpfe,
Aller Vögel und Herden Geschlecht der erquickende Schlummer,
Als sich der Vater Aeneas am Strand und unter des kalten
Himmels Gewölbe, die Brust vom traurigen Kriege geängstigt,
Niedergelegt und spät dem Schlafe die Glieder anheimgab.
Siehe, da schien Tiberinus selbst, der Gott dieser Gegend,
Zwischen dem Pappelgesträuch, ein Greis, aus lieblicher Strömung
Aufzusteigen; ihn hüllt in bläuliche Kleidung das zarte
Linnen ein, und die Haare bedeckt ein schattiger Schilfkranz.
Sprach ihn dann an und scheucht ihm mit diesen Worten die Sorgen:
»Held aus göttlichem Stamm, der die troische Stadt aus den Feinden
Wieder zurück uns bringt und ein ewiges Pergamum rettet,
Du, im laurentischen Land und latinischen Fluren erwartet,
Hier empfängst du ein sicheres Haus, hier sichre Penaten!
Laß dich vom Drohn des Krieges nicht schrecken. Den Göttern entschwanden
Groll und Erbitterung.
Aber damit du nicht meinst, dich täusche ein nichtiges Traumbild:
Unter den Eichen am Ufer wird jetzt ein riesiges Wildschwein,
Das der Frischlinge dreißig geworfen, dir liegend sich zeigen,
Weiß, am Boden gestreckt, mit den weißen Ferkeln am Euter.
Dort ist der Platz für die Stadt, dort sichere Rast nach der Mühsal,
Wo Askanius einst nach dreißig kreisenden Jahren

Baut eine Stadt und nennt mit herrlichem Namen sie Alba.
Truglos redet mein Mund; doch wie du mit Glück, was bevorsteht,
Durchzuführen vermagst, das will ich in kurzem dich lehren.
Arkader siedeln hier, ein Geschlecht, von Pallas entsprossen
Die dem Euander gefolgt, um seine Fahnen sich scharend.
Hier auf den Bergen erwählten sie sich den Ort für die Heimstatt,
Haben sie Pallanteum genannt nach Pallas, dem Ahnherrn.
Diese leben beständig im Krieg mit dem Volk der Latiner;
Wähle sie dir, durch ein Bündnis vereint, zu Gefährten des Kampfes.
Ich will hemmen die Fluten und dich in den Ufern geleiten,
Daß du gegen den Strom mit den Rudern siegreich dahinfährst.
Auf denn, du Sohn einer Göttin, sobald die Sterne verschwinden,
Bringe Gebete der Juno, wie's Brauch ist; Gelübde in Demut
Mögen ihr Zürnen und Drohen bezwingen. Mir sollst du als Sieger
Opfer auch weihen. Ich bin's, den du hier mit üppigen Wellen
Streifen siehst die Gestade, die fruchtbaren Felder durchschneiden,
Ich, der bläuliche Thybris, der Lieblingsstrom des Olympus;
Groß ist mein Haus, und von hohen Stätten strömt meine Quelle.«
Sprach's und darauf verbarg sich der Gott, in die Tiefe nun tauchend,
Unter der Flut. Doch Aeneas, verlassen von Nacht und von Schlummer,
Rafft sich empor, zum tagenden Licht sich der himmlischen Sonne
Wendend, schöpft er nach Brauch mit den hohlen Händen vom Flusse
Wasser empor und strömte die flehenden Worte zum Himmel:
»Nymphen, laurentische Nymphen, von denen die Ströme entstammen,

Du auch, Thybris, o Vater, mit deinem geheiligten Flusse,
Nehmt den Aeneas auf und schirmt vor Gefahren ihn endlich!
Wo dich immer die Flut, der du unseres Leids dich erbarmtest,
Birgt, wo immer dem Boden entsteigt deine herrliche Quelle,
Stets soll meine Verehrung und stets mein Opfer dich feiern,
O du gehörnter Beherrscher der hesperidischen Fluren,
Stehe mir bei und bekräftige sichtbar deine Verheißung!«
Solches fleht er und wählt zwei Ruderschiffe der Flotte,
Rüstet das Rudergerät und versorgt mit Waffen die Freunde.
Siehe, da zeigt sich den Augen – ganz plötzlich erscheint es – ein Wunder!
Mitten im Walde liegt mit dem Wurf, so weiß wie die Mutter,
Dort ein Wildschwein, deutlich zu sehn am grünenden Ufer,
Das der fromme Aeneas nun dir, o mächtige Juno,
Weiht und zugleich mit den Jungen als Opfer an deinen Altar bringt.
Thybris lindert die schwellende Flut, so lange die Nacht war,
Strömte zurück und staute im schweigenden Gleiten die Wellen,
Daß er nach Art eines friedlichen Sees und spiegelnden Weihers
Glatt und eben sie streckte, die Mühe den Rudern zu nehmen.
Also drängt man mit freudigem Ruf zur begonnenen Reise;
Gut gepicht durchgleitet der Kiel schon die Furten; die Wellen
Staunen, es staunt befremdet der Wald, wie glänzend von ferne
Schilde der Männer im Strom und bunte Kiele heraufziehn.
Jene durchrudern den Tag und die Nacht, und unter der Wölbung
Mannigfaltiger Bäume und lange Buchten durchfahrend,
Gleiten sie längs den grünenden Hainen auf spiegelnden Fluten.
Flammend hatte die Sonne die Mitte des Himmels erstiegen,
Als sie Mauern von fern, eine Burg und vereinzelte Häuser
Dächer erblicken, die heute die römische Macht bis zum Himmel
Hochgetürmt; doch ärmlich noch war des Euander Besitzung.
Alsbald drehn sie die Schnäbel ans Land und nähern der Stadt sich.

Dies war eben der Tag, an dem der Arkaderkönig
Festliche Opfer dem Sohn Amphitryons weiht und den Göttern
Vor seiner Stadt in dem Hain; auch Pallas, sein Sohn, war bei ihm dort,
Auch der arme Senat und die edelsten Jünglinge brachten
Weihrauch dar, und es dampfte warmes Blut auf Altären.
Als sie die ragenden Schiffe nun sahen, wie zwischen den dunklen
Bäumen heran sie schwammen mit leiser Bewegung der Ruder,
Da erhoben sich alle, erschreckt von dem plötzlichen Anblick,
Und verließen das Mahl. Doch Pallas, der kühne, verbietet
Abzubrechen das Fest, fliegt hin mit dem Speer in den Händen,
Hoch vom Ufer aus ruft er: »Was trieb euch, ihr Männer, so fremde
Wege zu suchen, wo trachtet ihr hin, wo seid ihr zu Hause,
Welches Geschlecht, was bringt ihr, Krieg uns oder den Frieden?«
Aber der Vater Aeneas begann vom hohen Verdecke,
Hob zugleich mit der Hand den friedenkündenden Ölzweig:
»Dardaner siehst du und Waffen, die feind sind dem Volk der Latiner,
Weil uns Flüchtlinge sie mit stolzem Krieg bedrängen.
Siehe, wir ziehn zu Euander! Doch sagt ihm und meldet: erlesne
Dardanerfürsten sind da, um Waffengemeinschaft zu bitten.«
Hoch erstaunte da Pallas, bestürzt von der Größe des Namens
»Steig ans Land, wer immer du seist«, so sprach er, »und sprich nur
Selbst mit dem Vater, und tritt als Gast in unsre Behausung!«
Vorwärts gehen sie nun durch den Wald und verlassen das Ufer.
Dann begrüßt Aeneas mit Freundesworten den König:
»Bester des griechischen Volks, vor dem, nach dem Willen des Schicksals,
Flehen ich sollte und reichen den Zweig, den die Binde umflochten.

Wahrlich, ich zauderte nicht, wiewohl du ein griechischer Führer
Und ein Arkader bist und verwandt mit den beiden Atriden;
Doch mein eigener Mut und die heiligen Sprüche der Götter
Und gemeinsame Väter, dein Ruhm, über Länder sich breitend,
Haben mit dir mich vereint, daß gern ich den Schickungen folge.
Dardanus, erster Erbauer der ilischen Burg, den Elektra,
Wie die Griechen erzählen, gebar, die Tochter des Atlas,
Kam zu den Teukrern gesegelt, Elektra erzeugte der große
Atlas, der auf den Schultern erhebt des Himmels Gewölbe.
Eures Geschlechtes Ahn ist Merkur, den die schimmernde Maia
Einst empfing und gebar auf Kyllenes eisigem Gipfel.
Aber die Maia, sofern der Kunde wir trauen, hat Atlas,
Eben der Atlas gezeugt, der trägt die Sterne des Himmels.
Also leitet sich beider Geschlecht aus einem Geblüte.
Darauf vertrauend, versucht' ich nicht erst durch Forschen und Fragen
Oder Gesandte dein Herz, mich selbst, mich bring ich und biete
Dar dir mein Haupt, als Flehender komm ich in deine Behausung.
Eben das daunische Volk, das dich mit grausamem Kriege
Immer verfolgt, es verdrängt auch uns, glaubt alles gewonnen,
Um Italien ganz ins Joch der Knechtschaft zu spannen
Und wo immer das Meer die Küsten bespült, noch zu herrschen.
Gib und empfange zum Bunde die Hand! Wir haben zum Kriege
Tapfere Herzen und Mut und Jugend, erprobt in den Schlachten!«
Also Aeneas. Doch jener, des Redenden Augen und Antlitz
Lange bereits und die ganze Gestalt mit dem Auge betrachtend,
Sprach dies wenige drauf: »Wie gerne, du tapferer Teukrer,
Nehm ich dich auf und erkenne dich jetzt! Wie denk ich des Vaters,
Wie der Worte, der Stimme und Miene des großen Anchises!

Denn ich entsinne mich wohl des laomedontischen Helden
Priamus, der, um der Schwester Hesione Reich zu besuchen,
Einst nach Salamis zog, auch Arkaderlande besuchte.
Damals sproßte zuerst mir der Jugendflaum um die Wangen.
Staunend sah ich die teukrischen Führer, staunend ja selber
Priamus dort, doch schritt vor allen erhaben Anchises.
Da entbrannte mein Herz in jugendlichem Verlangen,
Anzusprechen den Helden, die Rechte zu bieten zum Handschlag.
Näher trat ich und führte ihn froh in Pheneos' Mauern.
Er dann gab mir den herrlichsten Köcher und lykische Pfeile,
Schenkte beim Scheiden mir noch ein golddurchwirktes Gewebe,
Auch zwei goldene Zäume, die jetzt im Besitze des Pallas.
Drum ist, was ihr hier sucht, die Hand schon zum Bündnis gegeben,
Und wenn morgen die Frühe des Tages den Ländern sich schenkt, dann
Sollt ihr in Freuden scheiden mit Hilfe und mächtigem Beistand.
Doch unterdessen begeht, da ihr als Freunde gekommen
Dies alljährliche Fest, das nicht zu verschieben erlaubt ist,
Fröhlich mit uns und gewöhnt euch schon jetzt an den Tisch eurer Freunde!«
Sprach's und befahl, die Speisen und Becher – sie waren verräumt schon –
Wiederzubringen, und setzte auf Rasenbänke die Männer;
Allen voran auf Polster und Fell des zottigen Löwen
Nahm den Aeneas er auf und führt ihn zum Sessel aus Ahorn.
Auserlesene Jünglinge dann und der Priester des Altars
Bringen geröstete Stücke der Stiere und häufen in Körben
Ceres' gebackenes Brot und bieten den Wein um die Wette.
Festlich schmauste Aeneas, mit ihm die trojanische Jugend,
Heiliges Fleisch vom Innern des Tieres und Stücke des Rückens.
Als nun der Hunger gestillt und die Freude am Essen befriedigt,
Sprach Euander, der Fürst: »Uns hat dies jährliche Opfer,

Dieses Mahl und diesen Altar des mächtigen Gottes
Nicht ein nichtiger Glaube, der alten Götter Verkennung
Auferlegt, wir begehn es, errettet aus bösen Gefahren,
Troischer Freund, und erneuen alljährlich die schuldigen Ehren.
Erst betrachte den Fels, der vom schroffen Gesteine herabhängt,
Wie weitum die Blöcke zersprengt, die Wohnung des Berges
Öd ist und ein gewaltiger Trümmerhaufen die Klippen.
Dort war einst eine Höhle, ein Schlund, der tief in den Berg ging,
Welchen Cacus bewohnte, der gräßlichgestaltete Halbmensch,
Ihn, den die Strahlen der Sonne nie trafen; es dampfte der Boden
Stets vom erneuerten Mord, und an schrecklichen Pfosten geheftet
Hingen die Schädel der Männer, entstellt von grauser Verwesung.
Vater des Scheusals war Vulkan, sein rußiges Feuer
Spie aus dem Rachen er aus, wenn mit riesiger Last er einherschritt.
Aber auch uns hat endlich die Zeit nach sehnlichem Warten
Hilfe gebracht und den nahenden Gott. Denn der mächtige Rächer,
Stolz auf des dreigestaltigen Geryons Tod und die Beute,
Herkules kam, der Sieger, und trieb die gewaltigen Stiere
Vor sich hin, und die Herde bedeckte das Tal und die Ufer.
Aber der wütende Sinn des schurkischen Cacus, damit er
Alles nur wage und alles versuche, ein jedes Verbrechen,
Jeden Betrug, er stahl aus den Hürden vier herrliche Stiere
Ebenso viele Kühe von unvergleichlicher Schönheit.
Um nicht Spuren zu geben von Füßen, die vorwärts gerichtet,
Zog er am Schwanz sie zur Höhle empor und verbarg die geraubten,
Da er die Spuren des Weges verkehrt, im nächtlichen Felsen.
Also wies kein Zeichen den Suchenden hin in die Höhle.
Unterdessen, da schon die wohlgesättigte Herde

Aus den Stallungen trieb Amphitryons Sohn und zum Abzug
Rüstete, brüllten beim Scheiden die Stiere, erfüllten den ganzen
Hain mit schmerzlichem Ruf und verließen lärmend die Hügel.
Eine der Kühe erwidert den Ruf, und rings in der Höhle
Brüllte sie laut und betrog noch im Kerker die Hoffnung des Cacus.
Jetzt entbrannte von rasender Wut dem Alkiden in schwarzer
Galle der Schmerz, da ergriff er die Wehr, der knotigen Keule
Schwere Last, und rannte zur luftigen Höhle des Berges.
Damals sahen zuerst die Unsrigen zittern den Cacus
Und im Blicke verwirrt; rasch flieht er, noch schneller als Eurus,
Läuft nach der Felsenhöhle, die Furcht beflügelt die Füße:
Als er sich eben verschloß und von den Ketten herabriß
Schleudernd den mächtigen Fels, der durch Kunst und Eisen des Vaters
Schwebend hing und die Pforten des Tors mit dem Riegel versperrte,
Siehe, da kam mit wütendem Herz schon Herkules, suchte
Da und dort einen Zugang und rollte nach jeglicher Seite
Zähneknirschend den Blick. Und dreimal umspäht er voll Ingrimm
Rings den Aventinus, und dreimal bestürmt er des Felsens
Schwellen umsonst, und dreimal ermattet saß er im Tale.
Dort ein scharfer Granit, der mit ringsum schroffem Gesteine
Über dem Rücken der Höhle sich türmt und weithin zu sehen,
Ein willkommener Hort für die Nester der schaurigen Vögel.
Diesem, so wie er zur Linken hinab zum Strome sich neigte,
Stemmt er sich rechts entgegen, erschüttert ihn, reißt aus den tiefsten
Wurzeln ihn los und rückt ihn und stürzt ihn plötzlich hinunter.
Unter dem Sturze erdröhnt da der Äther in all seiner Größe,
Und das Gestade zerbirst, und der Strom flieht zitternd nach aufwärts.
Aber die Höhle, die unermeßliche Höhle des Cacus,

Lag nun enthüllt; tief taten sich auf die finsteren Schlünde:
Gleich als wenn die Erde, zur Tiefe gewaltsam geborsten,
Zeigte die Sitze der Nacht und das den Göttern verhaßte
Reich der Toten erschlösse, und über dem gräßlichen Abgrund
Schwebte der Blick, vor dem Leuchten des Lichts erschräken die Manen.
Jetzt, da er wider Erwarten so plötzlich im Lichte ertappt stand,
Rings gefangen vom hohen Gestein, und fürchterlich brüllte,
Greift der Alkide von oben ihn an, macht alles zur Waffe
Schleudert Stämme nach ihm und unermeßliche Felsen.
Jener, da aus der Gefahr ihm jedes Flüchten versagt bleibt,
Speit aus dem Mund entsetzlichen Qualm, ein Wunder zu sagen,
Und verhüllt seine Höhle in finsteren Nebel, den Augen
Nimmt er jegliche Sicht und ballt im Grund seiner Höhle
Rauchverströmende Nacht, mit Feuer die Finsternis mischend.
Wütend ertrug's der Alkide nicht mehr, und hinab durch das Feuer
Warf er in plötzlichem Sprunge sich selbst, wo der dichteste Rauch qualmt
Und die gewaltige Kluft von schwarzem Nebel nun dampfte.
Dort ergreift er den Cacus, der zwecklos Glut in dem Dunkel
Immer noch speit, und umschlingt ihn fest und preßt ihn und würgt ihn,
Bis ihm das Auge entquoll und blutlos keuchte die Kehle.
Schnell wird erbrochen das Tor und die schwarze Behausung eröffnet,
Und der abgeleugnete Raub der gestohlenen Kühe
Wird dem Himmel enthüllt, an den Füßen der gräßliche Leichnam
Vor uns geschleppt. Jetzt können nicht satt sich sehen die Leute
An den schrecklichen Augen, der Miene und Brust dieses Halbtiers,
Zottig mit Borsten behaart, und am flammenerloschenen Rachen.
Seither feiern wir immer das Fest, und freudige Enkel

Haben erhalten den Tag, und Potitius, der ihn gestiftet,
Und der pinarische Stamm, der das Opfer dem Herkules hütet,
Haben diesen Altar im Haine gebaut, der uns immer
Heißen wird der Große und immer verehrt wird als größter.
Drum, ihr Männer, wohlan, zum Preis so herrlicher Taten
Kränzt mit den Zweigen das Haar und erhebt in der Rechten den Becher,
Ruft zum gemeinsamen Gott und sprengt ihm willig die Spende!«

Sprach's, und ein Zweig von des Herkules Pappel in doppelter Farbe
Wand sich ihm schattend ums Haar, mit flatterndem Laub es durchflechtend,
Und er ergreift den Becher, den heiligen. Schnell und mit Freuden
Sprengen die Spenden sie all auf den Tisch und flehn zu den Göttern.

Näher rückt indessen der Abend heran am sinkenden Himmel.
Und schon schreiten die Priester, voran Potitius selber,
Alle nach Brauch in Felle gehüllt und tragen die Flammen.
Wieder erneun sie das Mahl und bringen wieder zum Nachtisch
Liebe Geschenke, mit vollen Schüsseln den Altar beladend.
Nunmehr nahn zum Gesang um die flammenden Opferaltäre
Salier, festlich die Schläfen bekränzt mit den Zweigen der Pappel,
Hier die Greise im Chor, dort Jünglinge, die des Alkiden
Taten rühmen im Wechselgesang: wie kräftig das erste
Scheusal der Stiefmutter Juno, das Schlangenpaar, er zerquetschte,
Wie er die Städte auch, die kriegsberühmten, in Trümmer
Ilium und Oechalia legte und unter Eurystheus'
Zwang an tausend Gefahren, verhängt von der grollenden Juno,
Durchgekämpft ... »Du erschlugst zweileibige Söhne der Wolke,
Pholus und Hylaeus, o Held; das kretische Untier

Mordetest du, am nemeischen Felsen den schrecklichen Löwen.
Vor dir erbebten die stygischen Sümpfe, der Hüter des Orkus,
Der in der blutigen Höhle sich streckt auf zernagtem Gebeine.
Dir hat keine Gestalt, ja selbst nicht der Riese Typhoeus
Furcht mit den Waffen erregt! Nicht fehlte dir Mut und Besinnung,
Als dich der Drache von Lerna umdräut mit den wimmelnden Köpfen!
Heil dir, edelster Jupitersproß, als Zierde gesellt zu
Göttern. Und gnädig nahe, uns segnend und unsere Opfer!«
  Also priesen sie ihn mit Gesang und fügten zu allem
Noch des Cacus Geklüft und den Feuerspeienden selber.
All der Wald ertönt, und das Echo hallt in den Bergen.
Als das Opfer geendet nun war, da begaben sich alle
Wieder zur Stadt. Es ging der altersgebeugte Gebieter
Mitten zwischen dem Sohn und Aeneas, der nah ihm zur Seite,
Langsam dahin und kürzte den Weg mit manchen Gesprächen.
Voll Verwunderung wirft Aeneas die regsamen Augen
Ringsum auf alles, die Schönheit ergreift ihn, mit Freude erforscht er
Alles, vernimmt er die Kunde vom Denkmal vergangener Helden.
Drauf Euander, der Fürst, der Gründer der römischen Stadtburg:
»Heimisch wohnten in diesem Hain einst Faune und Nymphen,
Männer dazu aus Stämmen, aus harter Eiche geboren,
Roh und ohne Gesetz, nicht kundig, die Stiere zu jochen,
Nicht, sich Vorrat zu sammeln und das Erworbne zu wahren,
Sondern es nährt sie der Zweig und der Jagd mühselige Arbeit.
Kam da als erster Saturn aus den Himmelshöhn des Olympus,
Fliehend Jupiters Waffen, verbannt aus entrissener Herrschaft,
Der dem rohen Geschlecht, das auf hohen Gebirgen zerstreut war,
Ordnung schenkte, Gesetze verlieh, und nannte die Landschaft
Latium, bergendes Land, weil dort er sich sicher verborgen.
Unter diesem Gebieter erschien das goldene Alter,

Wie man erzählt, so friedlich beherrscht er in Ruhe die Völker.
Dann aber kamen andere Zeiten, allmählich entartet,
Schlechtre dazu, dann das Rasen des Krieges und gierige Habsucht.
Drauf erschien der Ausonen Geschlecht und sikanische Stämme.
Und das saturnische Land hat öfters den Namen gewechselt.
Könige folgten sodann und der greulich gestaltete Thybris,
Er, nach welchem den Fluß wir Italer Thybris benannten,
Denn veraltend verlor er der Albula vorigen Namen;
Mich – aus der Heimat vertrieben, durchwandert ich Meere und Länder –
Zwang allwaltendes Glück und das unabwendbare Schicksal,
Hier im Lande zu siedeln, mich trieb die Nymphe Carmentis,
Meine Mutter, mit strengem Gebot, und der Spruch des Apollo.«
Als er dieses gesagt, da zeigt er im Gehn den Altar ihm
Und das carmentalische Tor, das gepriesen von allen
Römern noch heute, ein ehrendes Denkmal der Nymphe Carmentis,
Jener Prophetin, welche zuerst des aeneischen Stammes
Künftige Macht und den Ruhm des Pallanteum verkündet.
Dann den gewaltigen Hain, den zur Freistatt machte der tapfre
Romulus, auch das Lupercal am Fuß des eisigen Felsens,
Wie's in Arkadien Brauch, nach dem Pan vom Lykeios es nennend.
Ferner zeigt er den Wald des grausigen Argiletum,
Weist ihm die Stätte, erzählt ihm des Gastfreunds Argus Ermordung;
Auch zum tarpeischen Fels und zum Kapitolium führt er,
Das, nun golden, voreinst von wilden Dornen umstarrt war.
Damals schon schreckt ein heiliges Graun vor dem Ort das verzagte
Landvolk, damals schon sah es mit Beben den Wald und den Felsen.
»Dort im Haine«, so sprach er, »und hoch auf dem schattigen Hügel

Wohnt ein Gott, doch welcher, ist ungewiß. Arkader meinen,
Daß sie Jupiter selber gesehn, wie die düstere Aegis
Oft mit der Rechten er schwang und Ungewitter erregte.
Ferner siehst du da noch mit niedergerissenen Mauern
Zwei zertrümmerte Städte und Heldenmale der Vorzeit.
Jene Burg hat Janus und diese Saturnus geschaffen,
Da Janiculum jene, Saturnia diese genannt war.«
Also schritten im Wechselgespräch zu des armen Euander
Wohnung sie fort und sahn rings weidende, brüllende Herden,
Wo das römische Forum nun ist und die stolzen Carinen. 361
Als sie nunmehr die Wohnung erreichten, da sprach er: »O Gast, als
Sieger betrat diese Schwelle einst Herkules, dieser Palast einst
Barg ihn bei sich; so wag es auch du, auf Pracht zu verzichten,
Halte des Gottes dich wert, nicht abhold bescheidner Bewirtung!«
Also sprach er, und unter das Dach der engen Behausung
Führte den großen Aeneas er ein, das Lager bereitend,
Weich von Blättern erhöht und dem Fell der libyschen Bärin.
Nacht bricht an und umhüllt mit dunklen Flügeln die Erde.
Aber Venus, die Mutter – nicht grundlos quälen sie Sorgen –,
Von dem Drohn der Laurenter geschreckt, dem Getümmel des Krieges, 371
Wendete sich an Vulkan, und göttlichen Reiz in die Worte
Atmend, begann sie also im goldnen Gemache des Gatten:
»Als die griechischen Fürsten durch Krieg das schuldige Troja
Stürzten, die Burgen, zum Falle bestimmt durch feindliche Flammen,
Hab für die Armen ich nie um Hilfe gefleht, noch um Waffen
Deiner Kunst und Gewalt, nie wollte ich, teuerster Gatte,
Dich umsonst bemühen, wo die Arbeit mir zwecklos erschienen,
Ob ich den Söhnen des Priamus gleich sehr vieles verdankte
Und die drückende Not des Aeneas häufig beweinte. 380
Jetzt aber weilt er nach Jupiters Auftrag im Rutulerlande.
Also komme ich flehend, von deiner mir heiligen Gottheit

Bitte ich Waffen, die Mutter dem Sohn. Dich konnte des Nereus
Tochter erweichen, dich auch des Tithonus Gattin bewegen.
Schau die Bünde der Völker, wie hinter verschlossenen Toren
Städte die Schwerter schon wetzen, mich selbst und die Meinen zu tilgen.«
Also die Göttin; umkosend den Leib mit den blendenden Armen,
Hielt sie in sanfter Umarmung den Zaudernden. Plötzlich durchzuckt ihn
Wieder das alte Feuer, es drang ins Mark die bekannte
Glut seiner Liebe und lief durch die mächtig erschütterten Glieder:
Etwa, wie wenn bisweilen, vom Strahl des Donners zerrissen,
Zuckt ein feuriger Blitz und strahlend am Himmel dahinfährt.
Froh ihrer List und der Schönheit bewußt, gewahrt dies die Göttin.
Drauf erwidert der Gott, von unendlicher Liebe gefesselt:
»Warum holst du die Gründe so weit, o Göttin, wie schwand dir
Doch das Vertrauen zu mir? Wenn ähnliche Sorge dich vormals
Hätte gequält, wir hätten die Troer zu waffnen verstanden:
Nicht des Jupiters Macht noch das Schicksal hemmte, daß Troja
Stünde und Priamus noch zehn weitere Jahre durchlebte.
Nunmehr, wenn nach dem Krieg du verlangst und das dein Entschluß ist,
Was meine Kunst nur immer dir kann zum Troste verhelfen,
Was aus Eisen gestalten sich läßt und flüssigem Golde,
Was das Feuer, der Blasbalg vermag, laß ab nun, durch Bitten
Deine eigene Macht zu bezweifeln!« Als dies er gesprochen,
Stillt er den Wunsch der Umarmung, und sanft an den Busen der Gattin
Hingesunken, empfing er im Körper die süße Betäubung.
Als nun mitten im Laufe der Nacht die genossene Ruhe
Schon vertrieben ihm hatte den Schlaf, zur Zeit, da die Hausfrau,

Welche kümmerlich sich an Minervas Rocken und Webstuhl
Nähren muß, die Asche erweckt und die schlummernden Gluten,
Schaffend selbst in der Nacht, und die Mägde beim Lichte zum großen
Maße der Arbeit treibt, damit sie das Lager des Gatten
Keusch ihm bewahre und wohl zu erziehen vermöge die Kinder,
Ebenso munter und früh erhebt sich des Feuers Beherrscher
Von dem schwellenden Lager und eilt in die Esse des Schmiedes.

Neben Siziliens Küste und seitlich von Aeolus' Insel
Lipara hebt sich ein Eiland mit steilen, rauchenden Felsen,
Unter ihm eine Höhle, die Aetnakluft der Kyklopen,
Dröhnt, von Essen durchbrannt, und gewaltige Schläge vom Amboß
Lassen das Stöhnen weithin verhallen, es sprühn im Gewölbe
Zischende Schlacken des Stahls, aus den Öfen atmet das Feuer:
Hier ist das Heim des Vulkan, und Vulkania nennt sich das Eiland.
Hierher stieg von olympischen Höhn des Feuers Beherrscher.
Eisen schmiedeten dort im mächtigen Schlund die Kyklopen,
Brontes, Steropes auch und die nackte Gestalt des Pyrakmon.
Unvollendet noch war in ihren Fäusten ein Blitzstrahl,
Wie sie zur Erde in Menge vom weiten Himmel der Vater
Niederwirft, schon geglättet zum Teil, zum Teil aber roh noch.
Auch drei Strahlen des Hagels und drei aus wässrigen Wolken
Schweißen sie an, aus rötlicher Glut und geflügeltem Sturm drei,
Dann auch das schreckliche Leuchten, des Donners Geroll, das Entsetzen
Mischten sie unter das Werk und den Zorn der vergeltenden Flamme.
Dort wieder wird ein Wagen dem Mars und fliegende Räder
Eifrig gefertigt, worauf er die Städte empört und die Männer.
Auch das entsetzliche Aegis, die Wehr der erbitterten Pallas,

Wird voll Eifer aus Gold und Drachenschuppen geglättet,
Auch das Schlangengeflecht und sie selbst, für den Busen der Göttin,
Gorgo, die schon vom Halse getrennt noch wendet die Augen.
»Alles hinweg!« so ruft er, »entfernt die begonnene Arbeit,
Aetnakylopen, und richtet hierher euer Denken, ihr müßt nun 440
Waffen schmieden dem tapfersten Mann! Jetzt gilt es der Kräfte,
Jetzt der rüstigen Hand, jetzt aller Kunst und Erfahrung!
Rasch und ohne Verzug! – Dies wenige sprach er, und jene
Stürzen sich alle aufs Werk und teilen sich zu ihre Arbeit.
Siehe, nun fließt da das Erz und Metall des Goldes in Bächen,
Und der verwundende Stahl zerschmilzt im geräumigen Ofen.
Ein gewaltiger Schild wird geformt, ein einziger gegen
Alle Latinergeschosse; ihm schmiedet man Scheiben auf Scheiben
Siebenfach; andere schöpfen vom Bauch des mächtigen Blasbalgs 449
Luft und verblasen sie wieder, und andere kühlen im Löschtrog
Zischendes Erz. Dumpf dröhnt vom Amboßschlagen die Höhle.
Jene erheben mit starker Gewalt nacheinander die Arme,
Schwingend im Takt, und packen mit drehender Zange die Masse.

Während dieses Vulkan an Aeoliens Küste bereitet,
Weckt das freundliche Licht im bescheidnen Gemach den Euander
Und der Morgengesang der Vögel unter dem Dache.
Schon erhebt sich der Greis, wirft rasch um die Glieder die Kleidung
Und umflicht mit tyrrhenischen Riemen die Sohlen der Füße,
Hängt ein tegeisches Schwert sich dann um Schulter und Hüfte,
Schlägt erst zurück das Pantherfell, das links ihm herabhängt. 460
Und an dem hohen Tore erheben sich nunmehr die Wächter,
Gehen voraus, zwei Doggen, den Schritt des Herren begleitend.

Dann sucht König Euander des edlen Aeneas Gemach auf,
Da er der Reden gedenkt und seiner versprochenen Hilfe.
Eben erhob sich auch der früherwachte Aeneas.
Jenen begleitete Pallas, sein Sohn, und diesen Achates.
Nahe begrüßen sie sich mit dem Handschlag und setzen vertraut sich
Mitten im Haus und freun sich der Worte, die ihnen vergönnt sind.
Erst begann da der König:
»Mächtigster Führer der Teukrer, ich halte, solange du atmest,
Niemals die Sache der Troer verloren, besiegt ihre Reiche.
Unsere Kräfte für Hilfe im Krieg bei solch einem Namen
Sind zu gering. Hier sind wir beengt vom tuskischen Strome,
Dort drückt Rutulervolk und umklirrt mit Waffen die Mauern;
Aber mächtige Stämme und Lager gewaltiger Reiche
Will ich verbinden mit dir; ein unerwarteter Zufall
Zeigt dieses Heil; du erscheinst, hierher vom Schicksal gerufen.
Nicht gar ferne von uns, auf alte Felsen gegründet,
Wird die Stadt Agylla bewohnt, wo ein lydisches Volk einst,
Hoch im Kriege berühmt, die etruskischen Hügel besetzte.
Diese, die viele der Jahre geblüht, hat endlich mit stolzer
Herrschaft Mezentius und mit grausamen Waffen geknechtet.
Wozu erwähn ich die schrecklichen Morde, die Greuel des Wütrichs?
Mögen es Götter aufs Haupt ihm und seinem Geschlechte vergelten!
Tote Körper sogar mit lebendigen band er zusammen,
Hände in Hände gefügt und Antlitz legend auf Antlitz,
Welch eine Folter! und hat, wie in Jauche und Eiter sie flossen,
Langsamen Tods sie gemordet in grauenvoller Umarmung.
Aber endlich umlagern, des tollen Wüterichs müde,
Ihn und die Königsburg, zur Rache bewaffnet, die Bürger,
Reißen die Diener in Stücke und schleudern den Brand in die Giebel.
Jener jedoch entflieht dem Gemetzel ins Rutulerland und

Sucht dort Schutz, und mit Waffen verteidigt ihn Turnus, der Gastfreund.
Also erhebt sich Etrurien ganz in gerechter Erbittrung,
Fordert mit drohendem Kriege zurück zur Bestrafung den König.
Jenen Tausenden geb ich nun dich, o Aeneas, zum Führer!
Denn schon lärmen die wimmelnden Schiffe am ganzen Gestade,
Rufen nach Zeichen zum Kampf. Noch hält sie ein alter Haruspex,
Deutend das Schicksal: ›Ihr Männer, die Kraft und Blüte der Väter,
Edle Maeonierschar, die gegen den Feind ein gerechter 500
Schmerz empört, die Mezentius reizt zu rächendem Zorne!
Keinem Italer ist es vergönnt, dies Volk zu beherrschen;
Wählt euere Führer von auswärts euch!‹ Drauf lagert in diesem
Feld sich das Heer der Etrusker, geschreckt von der Warnung der Götter.
Tarchon sendete selbst Gesandte zu mir mit der Krone
Und dem Zepter des Reichs und bot mir die Zeichen der Herrschaft,
Daß ich im Lager erscheine, das Reich der Tyrrhener empfange.
Doch die erstorbene Kraft und die zögernde Kälte des Alters
Und die Entwöhnung von tapferer Tat, sie mißgönnt mir die Herrschaft. 509
Hätte den Sohn ja entsandt, wenn durch die sabinische Mutter
Halb nicht heimisch wäre das Land. Du, dessen Geschlecht und
Jahre das Schicksal begünstigt, den selbst die Götter verlangen,
Zieh nun dahin, der Teukrer und Italer tapferster Führer!
Diesen auch geb ich dir noch, den Trost und die Hoffnung des Vaters,
Meinen Pallas dir mit; dir untergeben, dem Meister,
Lern' er den Dienst und erdulde des Mars mühselige Taten,
Schaue dein Tun und bewundere dich schon früh in der Jugend.
Auch die Stärke des Volks, zweihundert arkadische Reiter,
Geb ich ihm mit, und Pallas wähle sich ebenso viele!«

Kaum war dieses gesagt, und den Blick zu Boden geheftet
Saß des Anchises Sohn und mit ihm der treue Achates,
Schwere Gedanken vielleicht in trauernder Brust noch erwägend,
Hätte nicht Venus ein Zeichen am heiteren Himmel gegeben:
Denn ein zuckender Blitz fuhr unversehens vom Äther,
Donnerte lange noch nach, und schnell schien alles zu stürzen,
Und ein tyrrhenischer Tubaklang durchdröhnte den Äther.
Aufwärts schauten sie; wieder und wieder umrollt sie der Donner:
Waffen sehn sie, zwischen den Wolken am heiteren Himmel
Rötlich das Blau durchschimmern und hören das Klirren der Waffen.
Drob erstaunten die andern im Geist, doch der troische Heros
Kannte den Donnerschall und der göttlichen Mutter Verheißung.
Also erklärt er: »O frage nicht, Gastfreund, welch ein Ereignis
Dieses Wunder bedeuten uns mag. Mich ruft der Olympus!
Solch ein Zeichen zu senden, verhieß die göttliche Mutter,
Wenn sich erhöbe der Krieg, und zugleich vulkanische Waffen
Mir durch die Lüfte zu bringen.
Weh, welch Blutbad droht den Laurentern! Wie traurige Strafen
Zahlst du, Turnus, mir bald! Wie wirst du im Strome so viele
Schilde der Männer und Helme und Heldenleichname wälzen,
Vater Thybris! Man rufe nach Kampf nur und breche das Bündnis!«
Als er dieses gesagt, erhebt er vom ragenden Stuhl sich,
Weckt das schlummernde Feuer am Opferaltar des Alkiden,
Wendet zum gestrigen Lar sich und geht zu den kleinen Penaten
Freudig hin. Nun schlachten nach Brauch sie erlesene Schafe,
König Euander und mit ihm zugleich die troische Jugend.
Dann aber geht zu den Schiffen er fort und besucht die Gefährten.
Unter diesen wählt er die künftigen Kriegskameraden,
Männer sich aus, die besten an Kraft; die übrigen fahren
Wieder in ruhiger Fahrt und folgen den Fluten des Tiber,

Boten dem Julus zu sein vom Vater, von jeglichem Vorgang.
Rosse schenkt man den Teukrern, die hin nach Etrurien ziehen,
Doch dem Aeneas bringt man das schönste, das ganz in die gelbe
Haut des Löwen sich hüllt mit goldenschimmernden Klauen.
Plötzlich fliegt ein Gerücht, durch die kleine Stadt sich verbreitend,
Reisige zögen in Eile zur Burg des tyrrhenischen Königs.
Mütter verdoppeln in Angst die Gelübde, vor naher Gefahr schon
Wächst die Furcht und vergrößert erscheint das Bildnis des Kriegsgotts.
Aber der Vater Euander ergreift des scheidenden Sohnes
Rechte Hand und umarmt ihn und spricht unter strömenden Tränen:
»Brächte mir Jupiter doch zurück die vergangenen Jahre,
So wie ich war, da ich einst, dicht unter Praeneste, der Feinde
Scharen besiegte und Haufen der Schilde als Sieger verbrannte
Und zum Orkus mein Arm den König Erulus sandte,
Dem an der Wiege drei Leben die Mutter Feronia mitgab –
Grausig ist der Bericht – der dreimal zur Wehr sich emporhob,
Dreimal mußte erliegen im Tod, und dem ich die Leben
Alle doch nahm mit der Hand und dreimal raubte die Rüstung.
Würde doch nichts mich dann aus deiner süßen Umarmung
Reißen, o Sohn, noch hätte Mezentius jemals, verspottend
Dieses benachbarte Haupt, der Leiber so viel mit dem Schwerte
Niedergestreckt und der Stadt so viele Bürger genommen.
Doch ihr, Götter, und du, der Himmlischen oberster Herrscher,
Jupiter, schau in Gnaden, ich fleh', auf den Arkaderkönig,
Und erhört das Gebet eines Vaters. Wenn mir euer Walten
Unversehrt den Pallas erhält und ihn rettet das Schicksal,
Wenn ich lebe, ihn wiederzusehn, zu erleben die Heimkehr,
Bitt ich ums Leben und will gern jegliche Mühsal erdulden.
Drohst du mir irgend jedoch unsägliches Leid, o Verhängnis,

Gleich, gleich sei's mir erlaubt, die Qual des Lebens zu enden,
Da die Sorge noch schwankt, der Zukunft Hoffnung noch zweifelt,
Da ich, geliebtester Sohn, du späte und einzige Freude,
Noch in den Armen dich halt! Oh, daß kein Bote des Schreckens
Mir verwunde das Ohr!« – So sprach der Vater beim letzten
Abschied und stürzte zusammen; ihn trugen die Knechte zur Wohnung.
  Und schon waren die Reiter aus offenen Toren gezogen,
Unter den ersten Aeneas, der Held, mit dem treuen Achates,
Andere Fürsten Trojas sodann; er selbst in der Mitte,
Pallas, prangend im Kriegsgewand und in farbiger Rüstung;
So wie Lucifer oft, benetzt von der Welle des Meeres –
Venus liebt ihn zumeist von all den Sternen des Himmels –,
Wenn er erhoben das heilige Haupt und das Dunkel zerstreut hat.
Mütter stehn auf den Mauern bestürzt und folgen mit Blicken
Lange der Wolke von Staub und den erzumschimmerten Scharen.
Mitten die Büsche hindurch, wo der kürzeste Weg sie hinausführt,
Ziehn die Gewappneten, jauchzen sich zu und schließen die Reihen.
Donnernd zerstampft im Galoppe der Huf den trockenen Boden.
Groß ist ein Hain, am kühlenden Strom von Caere gelegen,
Heilig durch Götterverehrung der Ahnherrn; Hügel in Bogen
Schließen ihn rings und Waldungen ein voll finsterer Tannen.
Hier, wie die Sage erzählt, hier weihten die alten Pelasger
Hain und Fest dem Silvanus, dem Gott der Felder und Herden,
Sie, die vor Zeiten zuerst die latinischen Gaue bewohnten.
Nicht gar ferne von hier stand Tarchon mit seinen Tyrrhenern
Sicher im Lager verschanzt, und man konnte vom Gipfel des Berges
Sehn das versammelte Heer, und es dehnte sich weit im Gefilde.

Hierher reitet Aeneas, der Held, mit ihm seine Scharen,
Und die Ermüdeten pflegen der Rosse und eigenen Leiber.
Aber Venus im Äthergewölk, die strahlende Göttin,
Kam mit den Gaben heran, und als im entlegenen Tale
Abgesondert den Sohn sie erspät am kühlenden Strome,
Redete sie mit Worten ihn an und trat ihm offen entgegen:
»Schau nun, durch meines Gemahls verheißene Kunst ist vollendet
Dir dies Geschenk: so magst du nicht zaudern, die stolzen Laurenter
Oder den heftigen Turnus heraus zum Kampfe zu fordern.«
Also sprach da die Göttin, den Sohn umarmend, und legte
Unter die Eiche vor ihm das funkelnde Waffengeschmeide.
Er, von der Göttin Geschenk und der großen Ehre beseligt,
Kann nicht satt sich da sehen und richtet die Augen auf alles,
Hocherstaunt, dann wendet er zwischen den Händen und Armen
Jetzt den flammensprühenden Helm mit dem furchtbaren Helmbusch,
Jetzt das tödliche Schwert, den gediegenen erzenen Panzer,
Rötlich wie Blut und mächtig, wie wenn die finstere Wolke
Unter den Strahlen der Sonne erglüht und von ferne her leuchtet,
Auch die glänzenden Schienen aus reinem Gold und Elektron,
Auch den Speer und des Schildes nicht wiederzugebendes Kunstwerk.
Dort auf dem Schild hat der Italermacht und der Römer Triumphe –
Kannte er doch das Geschick, nicht fremd der kommenden Zeiten –
Abgebildet der Feuergott und den ganzen von Julus
Sprossenden Stamm und die Reihen durchfochtener Kriege.
Dort wie die saugende Wölfin in grünender Grotte des Kriegsgotts
Nieder sich legt und umher die Zwillingsknaben am Euter
Hängen und spielen und ohne Angst an der Pflegerin saugen,

ene – sie beugt sich zurück mit dem schlanken Halse – und schmeichelt
Beiden zugleich und umkost sie und leckt sie mit formender Zunge.
Dann hat er Rom gebildet und die aus dem Sitz des Theaters
Schnöde geraubten sabinischen Fraun, da die Spiele des Circus
Endeten, und wie plötzlich den Romulusmannen der neue
Krieg von Tatius drohte, dem Greis, und dem rächenden Cures.
Dann die gleichen Gebieter, wie sie, da die Fehde beendet,
Noch bewaffnet vor Jupiters Altar, die Schalen in Händen,
Standen und vor dem geopferten Schwein sich zum Bunde vereinten.
Nahe dabei zerrissen den Mettus schleifend im Vierspann
Rennende Rosse – o wärst du, Albaner, treu doch geblieben!
Doch die Gebeine des üblen Verräters zerstreute da Tullus
Weithin im Wald, und es troffen von Blut die bespritzten Gebüsche.
Auch Porsenna befahl, den verstoßnen Tarquinius wieder
Aufzunehmen und ängstigt die Stadt mit schwerer Belagrung;
Mutvoll stürzt des Aeneas Geschlecht in den Kampf für die Freiheit.
Zornigen Sinnes war jener zu schaun und dem drohenden ähnlich,
Weil es Cocles gewagt, ihm abzubrechen die Brücke,
Weil – aus der Haft entsprungen – im Strome Cloelia fortschwamm.
Oben stand, der tarpejischen Burg zum Hüter gegeben,
Manlius, der Kapitoliums Höhn und den Tempel behauptet;
Frisches Stroh, von des Romulus Hand, bedeckte den Giebel.
Hier auch erscheint aus Silber die Gans, in goldenen Hallen
Flattert sie schreiend umher: der Gallier steh' vor der Schwelle!
Gallier waren durch Büsche genaht und die Burg war erstiegen,
Durch die Schatten beschützt und die Gunst des nächtlichen Dunkels;
Golden umwallt sie das Haar, von Gold sind ihre Gewänder,

Hell und gestreift die Mäntel, und milchweiß schimmern die Hälse,
Rings umschlungen mit Gold; je zwei der alpinischen Lanzen
Schwingen sie, aber der Leib ist gedeckt durch längliche Schilde
Salier hüpfen herum und dort die nackten Luperker,
Priester mit wolligem Spitzhut; die Schilde, vom Himmel gefallen,
Hat er geprägt; durch die Stadt auch führten auf schwebenden Wagen
Keusche Matronen das heil'ge Gerät. Doch weiter entfernt schon
Fügt er des Tartarus Reich und die tiefen Pforten des Pluto
Und die Strafen der Frevler und dich, Catilina, der schwebend
Hängt am drohenden Fels und bebt vor der Furien Anblick,
Abgesondert der Frommen Bezirk und den richtenden Cato.
Zwischen hindurch aber lief breithin des schwellenden Meere
Goldenes Bild, doch schäumte mit grauer Flut das Gewässer,
Und es fegten im Kreis die silberhellen Delphine
Rings herum mit den Schwänzen das Meer und durchschnitten die Brandung.
Mitten darin aber waren die ehernen Flotten zu schauen,
Dort auch Aktiums Schlacht und ganz Leukate umwimmelt
Von der Rüstung des Kampfs und in Gold die Fluten erglänzend.
Hier war Caesar Augustus, zur Schlacht die Italer führend,
Samt den Vätern, dem Volk, den Penaten und waltenden Göttern,
Stehend auf hohem Verdeck; ihm sprühn um die lachenden Schläfen
Doppelte Flammen, ihm glänzt das Vatergestirn auf dem Scheitel.
Seitwärts führt Agrippa, von Wind und Göttern begünstigt,
Ihm ein Geschwader, der Held, dem – als stolzes Zeichen des Sieges –

Hell eine Schifferkrone die Schläfen umglänzt mit den Schnäbeln.
Dort mit der Hilfe barbarischer Macht und verschiedener Rüstung
Führt von der Eos leuchtendem Strand Antonius siegreich
Kräfte des Morgenlands und Ägyptens mit sich, aus dem fernsten
Baktra sogar, und ihm folgt, o Schmach, die ägyptische Gattin.
Alle nun stürmen zugleich; vom Stoß dreizahniger Schnäbel
Und vom Ruderschlage zerwühlt, schäumt ringsum die See auf.
Nunmehr fahren sie aus, du glaubst, daß Kykladen entwurzelt
Schwimmen im Meer und Gebirge stürmen an hohe Gebirge,
Da auf den Türmen der Schiffe von riesiger Größe die Männer
Kämpfen und flammendes Werg mit der Hand und fliegende Lanzen
Schleudern; das Feld des Neptun ist von frischem Morde gerötet.
Mitten befiehlt die Fürstin auf heimischem Horne den Völkern,
Und doch bemerkt sie nicht die beiden Schlangen im Rücken.
Mancherlei Götter von seltsamer Art und der Beller Anubis
Halten gegen Neptun und gegen Minerva und Venus
Waffen gezückt. Der Kriegsgott tobt inmitten der Kämpfer,
Ausgemeißelt in Stahl, und traurige Diren am Äther.
Freudig schreitet daher mit zerschlissenem Mantel die Zwietracht,
Und ihr folgt auf dem Fuße mit blutiger Geißel Bellona,
Hochher schaut und spannt der aktische Phoebus den Bogen,
Und es wandten die Inder in Angst und das ganze Ägypten,
Alle Araber auch und alle Sabäer den Rücken.
Selbst die Königin schien den erflehten Winden die Segel
Anzuvertraun und Taue um Taue nunmehr zu lösen.
Sie nun hatte gestaltet der Gott, wie sie unter dem Morden,
Blaß vom nahenden Tod, von Wind und Wellen entführt wird;
Ihr gegenüber die Riesengestalt des trauernden Niles,
Wie er, den Busen eröffnend, mit ausgebreitetem Kleide

Ruft in den bläulichen Schoß, in die schirmende Flut die Besiegten.
Dreimal aber durchzog im Triumphe Augustus die Mauern
Roms und weihte Italiens Göttern ein ewiges Denkmal:
In den Räumen der Stadt dreihundert gewaltige Tempel.
Alle Straßen ertönten von Spiel und Jubel und Freude.
Jedem Tempel sind Chöre der Fraun und Altäre geheiligt,
Vor den Altären bedecken geschlachtete Stiere den Boden.
Er, sich setzend am Tor des strahlenden Phoebus,
Überschaut der Länder Geschenke und hängt an den stolzen
Pfosten sie auf; es schreiten in langem Zuge besiegte
Völker einher, an Sprache wie Kleidung und Waffen verschieden.
Hier auch hatte Nomadengeschlecht und entgürtete Afrer,
Leleger auch und Karer und pfeilbewehrte Gelonen,
Sanfter nun flutend den Euphrat geformt der schmiedende Gott und
Ungebändigte Daker, der Moriner Stamm, der ganz in der Ferne,
Doppeltgehörnt auch den Rhein, den Araxes, den nie überbrückten.
Dieses Muttergeschenk auf dem Wunderschild des Vulkanus
Staunt er nun an, unkundig des Sinns, doch der Bilder sich freuend,
Und er hebt auf die Schulter den Ruhm und das Schicksal der Enkel.

Neunter Gesang

Während sich ferne nun dies auf der anderen Seite ereignet,
Sandte vom Himmel herab Saturnia Juno die Iris
Hin zum kühnen Turnus. Im Tal seines Ahnherrn Pilumnus
Hat im heiligen Hain soeben sich Turnus gelagert.
Ihn begrüßte mit rosigem Munde die Tochter des Thaumas:

»Was von den Himmlischen keiner dir hätte gewagt zu versprechen,
Turnus, das bringt nun, siehe, von selbst der kreisende Tag dir.
Stadt und Gefährten und Flotte verließ Aeneas und wandte
Pallanteum sich zu, dem Reich des Königs Euander.
Doch nicht genug, zu den äußersten Städten Etruriens eilt er,
Waffnet Lydierscharen und aufgebotenes Landvolk.
Zauderst du noch? Jetzt fordert die Zeit selbst Wagen und Rosse.
Zögre nicht lang und erobre das Lager in seiner Verwirrung.«
Sprach's und zum Himmel empor auf gleichem Gefieder entschwebend
Und im gewaltigen Bogen enteilt sie unter die Wolken.
Da erkennt sie der Jüngling und hebt zu den Sternen die beiden
Hände empor und ruft der Eilenden zu dann die Worte:
»Zierde des Himmels, o Iris, wer hat, den Wolken entstiegen,
Mir dich zur Erde gesandt? Woher kommt plötzlich der helle
Himmel? Ich seh in der Mitt' auseinander sich teilen den Äther,
Seh am Pole wandern die Sterne. Ich folge solch großem
Zeichen, wer auch zum Kampfe mich ruft.« Er sprach es und schreitet
Nieder zum Strom und schöpft sich Wasser vom obersten Strudel
Unter vielem Gebet und belädt mit Gelübden den Äther.
Schon durchzog das gesamte Heer die offenen Felder,
Reich an Rossen und reich an Gold und gestickten Gewändern.
Vorn befehligt Messapus die Reihen, die jungen Tyrrhiden
Hinten im Zug, und Turnus, der Führer des mittleren Treffens,
Schreitet, die Waffen in Händen, sie all mit dem Kopf überragend.
Also strömt, gewaltig aus sieben beruhigten Flüssen,
Still durchs Gefilde der Ganges, der Nil mit befruchtenden Fluten,
Wenn von den Feldern er fließt und zurück ins Bette sich sammelt.

Plötzlich sehn die Teukrer von fern eine wirbelnde Wolke
Voll von schwarzem Staube und Nacht sich erheben vom Felde.
Laut nun rief zuerst von der vorderen Schanze Kaikus:
»Bürger, was wälzt für ein Schwarm sich heran in dunkler Verfinstrung?
Waffen herbei, rasch bringt die Geschosse und steigt auf die Mauern,
Achtung, der Feind ist da!« Mit großem Lärm durch alle
Tore ins Lager sich drängend erfüllen die Teukrer die Mauern.
Denn so hat es der kampferfahrne Aeneas geboten,
Als er schied: wenn indes sich irgendein Zufall ereigne,
Nicht sich zu stellen der Schlacht und offenem Felde zu trauen,
Nur das Lager mit sichrer Verschanzung, die Mauern zu schützen.
Doch, wie sehr auch die Scham und der Zorn zum Kampfe sie antreibt,
Riegeln sie dennoch zu die Tore, vollziehn die Befehle
Und erwarten bewaffnet den Feind in bergenden Türmen.
Turnus, sowie er im Fluge dem langsamen Heere vorausssprengt,
Nahte dem Lager, gefolgt von zwanzig erlesenen Reitern,
Unerwartet; ihn trägt ein thrakischer, weißgefleckter
Renner, ihn deckt ein goldener Helm mit rötlichem Busche:
»Wer, ihr Jünglinge, folgt? Wer wagt an den Feind sich als erster?
Seht!« So spricht er und schnellt durch die Lüfte gewaltig den Wurfspeer
Zum Beginne des Kampfs und jagt zu Roß in die Ebne.
Jubelnd vernehmen's die Freunde, mit grimmigem Schlachtruf
Folgen sie ihm und wundern sich über die Zagheit der Teukrer,
Weil sie, im Lager gehütet, nicht gleichem Streite vertrauten,
Nicht als Männer sich stellten zum Kampfe. Turnus zu Rosse
Mustert erbost die Mauern und sucht nach heimlichem Zugang.
Gleich wie ein Wolf umschleicht die vollen Pferche der Schafe,
Knurrt vor der Hütte, dabei den Wind und den Regen erduldet
Bis um Mitternacht, doch geborgen unter den Müttern

Blöken die Lämmer, der Wolf, nun tobend und wütend im Zorne,
Stürmt die Abgesonderten an, denn es quält ihn die Freßgier,
Lang gesammelter Grimm und der blutvertrocknete Rachen,
Ebenso auch erglüht, da Mauern und Lager er mustert,
Zorn in des Rutulers Brust, ihm lodert der Schmerz im Gebeine,
Wie er sich Zugang verschaffe und wie die umschlossenen Teukrer
Aus der Verschanzung er werfe, hinaus auf die Ebne sie treibe.
Dort, wo die Flotte gedeckt an des Lagers Seite sich lehnte,
Rings von Dämmen und auch von Wellen des Flusses umgürtet,
Stürmt er drauf los und hetzt die jauchzenden Freunde zum Brande,
Selbst mit der Hand voll Eifers die flammende Fackel ergreifend.
Alle nun drängen mit Macht, es spornt sie die Nähe des Turnus,
Gleich ist die ganze Jugend mit qualmenden Fackeln bewaffnet.
Herde werden geplündert, die rauchenden Brände nun sprühen
Pechschwarz qualmendes Licht mit Funken der Glut bis zum Himmel.

Musen, wer von den Göttern hat da den Brand von den Teukrern
Abgewandt, wer trieb von den Schiffen so schreckliches Feuer?
Kündet es! Alt ist der Glaube daran, doch ewig der Nachruhm.
Zu der Zeit, da Aeneas zuerst auf dem phrygischen Ida
Baute die Flotte, die Höhe des Meers zu befahren sich anschickt',
Bat Berekyntia selbst, wie man sagt, die Mutter der Götter,
Also den mächtigen Zeus: »Gib, Sohn, mir, was ich verlange,
Deine dich liebende Mutter, o du des Olympus Gebieter!
Mein ist ein Pinienwald, seit vielen Jahren mir teuer,
Auch auf dem Gipfel des Berges ein Hain, wo man Opfer mir brachte.
Schwarz von Ahornbäumen und dunklen Kiefern beschattet.
Diese nun hab' ich dem Dardaner, weil eine Flotte er brauchte,

Gerne geschenkt; nun aber peinigt mich ängstliche Sorge.
Banne die Furcht und laß es die Bitten der Mutter vermögen,
Daß auf keiner Fahrt sie zerschellt, noch von Stürmen getrieben,
Endige. Sei es ihr Schutz, daß auf unsren Bergen sie wuchsen.«
Ihr erwidert der Sohn, der des Weltalls Sterne bewegte:
»Mutter, was flehst du für Schiffe, wohin denn rufst du das Schicksal?
Haben das Recht, unsterblich zu sein, denn die Schiffe, gebaut von
Sterblicher Hand? Durch alle Gefahren soll sicher Aeneas
Schreiten? Welchem der Götter ist solche Befugnis verliehen?
Nein, wenn sie ausgedient das Ziel und ausonische Häfen
Einstens erreicht, so viel ihrer heil den Fluten entrannen
Und den Dardanerheld hierauf nach Laurentum geführt, da
Will ich von sterblicher Form sie befrein, sie sollen des großen
Meeres Göttinnen sein, gleichwie Galatea und Doto,
Nereus' Töchter, die schäumende Flut mit dem Busen durchschneidend.«
Spricht's und bekräftigt sein Wort bei dem Wasser des Styx, seines Bruders,
Und bei den pechumbrausten Ufern des kochenden Strudels,
Nickenden Hauptes erschüttert er da den ganzen Olympus.

Also erschien der verheißene Tag und die Stunde der Parzen
Rief zur Erfüllung, als des Turnus Frevel die Mutter
Mahnte, abzuhalten den Brand von den heiligen Schiffen.
Erst erstrahlte den Augen ein seltsames Licht und ein großes
Strahlengewölk, vom Osten her den Himmel durcheilend,
Ward nebst Chören des Ida gesehn, dann drang aus den Lüften
Dröhnender Schall und durchlief der Troer und Rutuler Scharen:
»Eilt so ängstlich nicht, die Schiffe zu schützen, o Teukrer,
Oder zu waffnen die Hand! Wohl eher wird Turnus die Meere
Als die heiligen Schiffe verbrennen. Und, ledig der Bande,
Eilt vergöttlicht zum Meer, denn solches heißt euch die Mutter.«

Plötzlich zerreißen alle Schiffe die Seile am Ufer;
Tauchen nach Art der Delphine ins Meer ihre Schnäbel und gleiten
Unter die Flut, dann heben sich wieder, o seltsames Wunder,
Ebenso viele Gestalten von Nymphen, als am Gestade
Vorher eherne Schiffe gewesen, und eilen zum Meere.
Alle Rutuler staunten im Geiste, und selber Messapus
Bebte heftig auf scheuen Rossen, auch staut sich mit rauhem
Brausen der Strom, selbst der Tiber zieht sich zurück von dem Meere.
Doch nicht schwand das Vertrauen dem alles wagenden Turnus;
Stärker entflammt er die Herzen und schilt sie obendrein stärker:
»Troern gilt dies Wunder allein, da Jupiter selber
Ihre gewöhnliche Hilfe geraubt; nicht Waffen noch Brände
Brauchen die Rutuler mehr. Versperrt sind die Meere den Teukrern,
Weg ihre Hoffnung zur Flucht; ihr Heil ist zur Hälfte verloren,
Aber in unseren Händen das Land. Zu Tausenden greifen
Italervölker zu Waffen. Nicht schrecken mich jene, womit sich
Kühn die Phrygier brüsten, die Schicksalssprüche der Völker.
Venus ist Genüge geschehen und dem Schicksal, weil die Trojaner
Kamen zum reichen Ausonierland. Auch mir ist ein eignes
Schicksal bestimmt, mit dem Schwert das verruchte Geschlecht zu vertilgen,
Das mir die Gattin entreißt. Nicht rührt allein die Atriden
Solch ein Schmerz, und Mykene nicht nur darf Waffen ergreifen.
Doch genug, daß sie einmal zugrunde gegangen. So wär's auch
Einmal zu freveln genug. Sie sollten doch endlich der Weiber
Ganzes Geschlecht tief hassen, da dieses Vertraun auf des Walles
Schutz und die Hemmung der Gräben, solch schwache Abwehr des Todes,

Einzig den Mut noch erhält. Sahn etwa sie nicht, wie die Mauern
Trojas, erbaut von der Hand des Neptun, in Feuer versanken?
Ihr nun aber, Erlesne, wer ist mir zur Hand, mit dem Eisen
Einzubrechen, den Wall und das bebende Lager zu stürmen?
Nicht bedarf ich der Waffen Vulkans, nicht tausend Galeeren
Brauch ich gegen die Teukrer, wenn auch die Etrusker sich alle
Ihnen gesellten zum Bunde, vor Dunkel und feigem Entwenden
Eines Palladiums oder des Wächters Mord auf der Warte
Seien sie sicher, wir bergen uns nicht in dem finsteren Roßbau.
Offen am Tage, gewiß umgeh' ich die Mauern mit Feuer.
Daß sie mit Danaern nicht und pelasgischen Knaben sich schlagen,
Sollen sie sehn deren Hektor zehn lange Jahre sich wehrte.
Aber wohlan, da der bessere Teil des Tages vergangen,
Pflegt in der übrigen Zeit nach wohlverrichteten Taten
Froh, ihr Männer, den Leib und harrt gerüstet des Kampfes.«
Unterdes wird die Sorge der Wache vertraut dem Messapus,
Daß er die Tore umstelle, die Wälle mit Feuer umzingle.
Vierzehn Rutuler werden erwählt, die mit Kriegern der Mauern
Achten, aber es ziehn der Jünglinge hundert mit jedem,
Männer mit rotem Helmbusch und schimmernd im Golde. Sie treten
An ihren Dienst und lösen sich ab, auf den Rasen gelagert,
Tun sie sich gütlich am Wein und leeren die ehernen Krüge.
Feuer leuchten im Kreise umher, und ohne den Schlummer
Kürzen die Wachen mit Spiel diese Nacht.
Auf sie schauen die Troer vom Wall und bewaffnen die Zinnen,
Aber ohne Besorgnis und Furcht umspähn sie die Tore
Und versehn die Türme mit Brücken und holen Geschosse.
Solches betreibt dort Mnestheus, der ungestüme Serestus,
Die der Vater Aeneas, wenn je die Not es verlange,
Auserkor als Gebieter der Mannen und Herren des Lagers.
Also wacht in den Mauern das Heer und teilt die Gefahren
Und versieht nacheinander den Dienst, den jeder zu leisten.

Nisus war der Wächter des Tors, der mutigste Kämpfer,
Hyrtakus' Sohn, mit dem Speere gewandt und mit leichten Geschossen,
Den zum Geleit dem Aeneas die Jägerin Ida gesendet.
Neben ihm stand sein Gefährte Euryalus; keiner war schöner
Unter den Aeneaden und keiner in troischer Rüstung,
Fast noch ein Kind, mit dem Flaum der Jugend die Wangen gezeichnet.
Beide ein Herz und ein Sinn, sie kämpften zugleich in den Schlachten,
Hüteten jetzt auch wieder das Tor in gemeinsamer Wache.
Nisus begann: »Ob Götter ins Herz solch Feuer uns legen,
Ob, o Euryalus, jedem zum Gott die wilde Begier wird?
Treibt mich doch zum Kampf oder sonst einem großen Beginnen
Längst mein Geist, und nicht genügt ihm friedliche Ruhe.
Schau doch, welch Vertrauen auf Sieg die Rutuler festhält.
Spärlich leuchten die Feuer, vom Wein und Schlummer bewältigt
Liegen sie da, rings schweigen die Lande. Also vernimm jetzt,
Was ich erwäge und welch ein Entschluß in der Seele mir aufsteigt.
Alle, das Volk und die Väter, verlangen es, daß man Aeneas
Hole und Männer ihm sende, um sichere Botschaft zu bringen.
Wenn man dir, was ich fordre, verspricht, mir liegt nur am Ruhme,
Dann erscheint es mir leicht, den Weg am Fuße des Hügels
Finden zu können zu Pallanteums Wällen und Mauern.«
Aber Euryalus staunt, von Ruhmbegierde durchdrungen,
Und zugleich beginnt er zu seinem begeisterten Freunde:
»Also wolltest du mich als Gefährten bei kühnem Beginnen,
Nisus, verschmähen? Alleine dich lassen in solchen Gefahren?
Nein, so hat mein Vater, der kriegsgewohnte Opheltes,
Unter argolischem Schreck und Trojas steter Bedrängnis
Nicht mich gezeugt und gelehrt, noch betrug ich mich jemals zu dir so,

Als ich dem Helden Aeneas gefolgt bin in schreckliches Schicksal:
Hier auch, hier ist ein Herz, das des Lebens nicht achtet und jenen
Ruhm, den du suchst, mit dem Tode noch wohlfeil glaubt zu bezahlen.«
Nisus darauf: »Nie hab ich von dir je solches befürchtet.
Nein doch, o nein! So bring mich der mächtige Jupiter wieder
Siegreich, oder wer sonst mit gnädigen Augen die Tat schaut.
Aber wenn, wie du oft bei solchem Wagnis gewahr wirst,
Wenn in den Tod mich irgendein Unfall oder ein Gott reißt,
Wünscht ich, du bliebest bewahrt, dein Alter ist werter des Lebens.
Einer wäre dann da, der mich durch Kampf oder Lösgeld
Zur Bestattung entrisse, und wehrt das Schicksal auch dieses,
Mich in der Ferne noch ehrt mit Totenopfer und Grabmal.
Könnt' nicht so bitteren Schmerz deiner armen Mutter bereiten,
Da sie dir, Knabe, allein von so vielen Müttern zu folgen
Mutig gewagt und die Stadt des großen Akestes verschmähte.«
Drauf der andre: »Du reihst umsonst mir nichtige Gründe,
Nimmer wankt in der Brust mein unerschütterter Vorsatz.
Laß uns eilen!« Er ruft's, sie wecken sofort nun die Wachen,
Jene nahn, übernehmen den Dienst. Den Posten verlassend
Wandelt er jetzt mit Nisus hinweg, Askanius suchend.
 Allem Lebendigen schwanden auf Erden im Schlummer
Kummer und Gram, man vergaß der Mühe und Arbeit im Herzen,
Nur die Fürsten der Teukrer, des Heeres erlesene Jugend,
Hielten jetzt noch Rat ob solch bedrohlicher Lage,
Was man beginne und wer dem Aeneas brächte die Kunde.
Auf ihre Schilde gestützt und gelehnt an ragende Lanzen
Stehen sie mitten im Lager. Da nahten eilig sich Nisus
Und Euryalus, baten voll Hast um raschesten Zutritt,
Wichtig wäre die Sache, die Störung werde sich lohnen.
Julus empfing die Hast'gen, gebietet zu reden dem Nisus.

Drauf sprach Hyrtakus' Sohn: »So hört uns freundlichen Sinnes,
Aeneaden, doch messet dies nicht nach unseren Jahren,
Was wir euch bringen. Die Rutuler schweigen, bezwungen von Wein und
Schlummer. Wir haben erspäht nun selbst eine passende Gegend
Dort am Scheidewege des Tors, ganz nahe beim Meere.
Lücken sind dort bei den Feuern, und aufwärts steigt zu den Sternen
Schwarzer Rauch. Wofern ihr uns gönnt, das Glück zu benützen,
Daß wir in Pallanteum den Helden Aeneas besuchen,
Werdet ihr bald mit Beute, nach blutiger Taten Vollendung,
Wiederkehren ihn sehn; wir können den Weg nicht verfehlen,
Denn wir sahn schon vor uns die Stadt, als wir in dem finstren
Tale eifrig gejagt, wir kennen die Länge des Tiber.«
Drauf Aletes, von Jahren beschwert und gereifteren Geistes:
»Götter der Heimat, ihr, die immer Troja beschirmtet,
Nein, ihr gedenkt noch nicht, ganz auszutilgen die Teukrer,
Da so mutige Jünglinge noch und entschlossene Herzen
Ihr uns gewährt!« So sprach er und hielt an Schultern und Händen
Beide gefaßt und netzte mit Tränen sich Auge und Wangen:
»Welchen Lohn, ihr Männer, vermag ich für solche Verdienste
Groß und würdig wohl zu verleihn? Den schönsten zuvorderst
Spendet ein Gott und das eigene Wesen, den weitern erstattet
Euch der fromme Aeneas sogleich, und der blühende Julus
Wird euch solche rühmliche Tat doch niemals vergessen.«
»Ja, auch ich, dem nur das Heil mit dem Vater zurückkehrt«,
Fiel Askanius ein, »bei den großen Penaten, o Nisus,
Bei des Assarakus Lar und dem Tempel der heiligen Vesta,
Ich beschwör euch, denn was mir an Glück und Hoffnung geblieben,
Leg ich euch in den Schoß, zurück nur ruft mir den Vater,
Laßt mich wieder ihn sehn, nichts fürcht ich, wenn er zurück ist.

Zwei aus Silber geformte, getriebene Becher mit Bildern
Will ich euch schenken, die Vater gewann vom besiegten Arisba,
Dreifüße auch ein Paar, in Gold zwei schwere Talente,
Auch einen alten Krug, ein Geschenk der sidonischen Dido.
Wenn mir als Sieger dazu das Italerland und das Zepter
Einst zu gewinnen gelingt und das Los an Beute zu ziehen,
Sahst du, auf welchem Roß und in welcher goldenen Rüstung
Turnus zog? Das Roß, den Schild und den purpurnen Helmbusch
Nehm ich dem Lose voraus dir, Nisus, schon jetzt als Belohnung,
Außerdem wird mein Vater dir zwölf erlesene Frauen
Und Gefangne verleihn und jeden in voller Bewaffnung,
Felder noch überdies, die König Latinus gehören.
Dich aber, herrlicher Knabe, der mir an Alter und Jahren
Näher noch steht, dich will ich vollen Herzens zum Freunde
Und zum Gefährten nehmen in allen Fällen des Schicksals.
Ohne dich will nimmer ich Ruhm in Taten mir suchen.
Sei es im Krieg oder Frieden, dir schenk ich in Worten und Taten
Stets mein höchstes Vertrauen.« Nun sprach Euryalus also:
»Nimmer soll mich ein Tag bei kühnem Beginnen nun anders
Sehen als heut, ob günstig mein Schicksal sich wende
Oder feindlich. Jedoch vor allen Geschenken um eines
Fleh ich dich an. Die Mutter, aus Priamus' altem Geschlechte,
Sie, die Arme, sie konnte der ilische Boden nicht halten,
Auszuwandern mit mir, noch die Stadt des Königs Akestes,
Sie, die jetzt nicht weiß, was hier vielleicht für Gefahr ist,
Laß ich ohne Abschied zurück. Die Nacht und dein Handschlag
Zeugen es mir, ich könnte die Tränen der Mutter nicht tragen.
Also tröste sie du in der Not und hilf der Verlaßnen.
Diese Hoffnung auf dich laß mich nehmen von hier, um so kühner
Jedem Geschick stell ich mich.« Da haben erschütterten Herzens

Tränen vergossen die Männer, die meisten der blühende Julus,
Und es ergriff ihm das Bild des liebenden Vaters die Seele.
Endlich redete er also:
»Alles verspreche ich dir, was wert des kühnen Beginnens,
Sie soll als Mutter mir gelten, und nur der Name Kreusa
Fehlt ihr allein, die den Helden gebar, darf keinen geringen
Dank bloß ernten. Was immer die Tat für ein Ende erfahre,
Bei dem gleichen Haupt, wie oft mein Vater geschworen,
Was ich dir, sofern du glücklich zurückkehrst, gelobe,
Das soll auch der Mutter und deinem Geschlechte verbleiben.«
Also sprach er mit Tränen und nahm das Schwert von der Schulter,
Strahlend von Gold, das kunstvoll Lykaon aus Knosus geschaffen
Und es gut ihm gefügt in die elfenbeinerne Scheide.
Mnestheus reichte dem Nisus das mähnige Fell eines Löwen
Und es tauschte mit ihm den Helm der treue Aletes.
So gewappnet eilen sie fort, und die edelsten alle,
Jünglinge sowie Greise, geleiten mit vielerlei Wünschen
Sie bis zum Tore, es fehlte auch nicht der blühende Julus,
Vor seinen Jahren mit Mut und männlicher Sorge gerüstet,
Gab noch mancherlei Auftrag an seinen Vater; doch alles
Wehen die Winde hinweg zum eitlen Spiel für die Wolken.
Scheidend gehn sie die Gräben hindurch, zum feindlichen Lager
Ziehn sie im Dunkel der Nacht, doch sollten sie vielen zuvor noch
Bringen den Tod. Auf dem Rasen verstreut, voll Schlafes und Weines
Sehn sie die Leiber gestreckt und am Strande die Wagen in Reihen,
Riemen und Räder und Männer zugleich und liegende Waffen,
Weinrest daneben. Da sagte zuerst des Hyrtakus Sprößling:
»Jetzt, mein Euryalus, gilt die Tat, die Gelegenheit selbst ruft!
Hier ist der Weg! Nun wache und späh in die Ferne, daß niemand

Hinter uns gar im Rücken die Hände wider uns hebe.
Ich aber schaffe hier Raum, will breit eine Gasse dir bahnen.«
Sprach's und dämpfte die Stimme und fiel den trotzigen Rhamnes
Plötzlich an mit dem Schwert, da auf hohen Teppichen liegend
Dieser soeben den Schlaf aus vollem Brustkorb verschnarchte,
König er selbst und vom König Turnus als Seher geschätzt, er
Konnte jedoch durch Seherkunst das Verderben nicht wenden.
Auch drei Knechte erschlug er, die sorglos neben den Waffen
Lagen, dazu auch den Remus, den Waffenträger und Lenker,
Unter den Rossen sogar und hieb ihm den hangenden Hals ab.
Auch dem Gebieter schlug er das Haupt ab, verließ den getrennten,
Blutausstoßenden Rumpf; von rotem Strome gewärmt nun
Triefen Polster und Boden. Auch schlägt er den Lamyrus, Lamus
Und den jungen Serranus von schöner Gestalt, der am meisten
Jene Nacht hat geschwärmt und nun vom Gotte des Weines
Überwältigt dalag, wie glücklich, hätt' er die ganze
Nacht beim Spiele durchwacht und bis zum Tag er verlängert!
Wie ein hungriger Leu die vollen Hürden der Schafe
Stürmt, von rasendem Hunger gespornt; nun reißt er und rafft er
Schwaches, vor Angst verstummendes Vieh und schnaubt nun mit blutgem
Rachen. Euryalus mordet nicht weniger, selbst auch erglühend
Rast er umher und erschlägt im unbekannteren Haufen
Unbemerkt den Fadus, den Abaris und den Herbesus,
Auch den Rhoetus, doch dieser war wach und gewahrte dies alles,
Aber er barg voll Angst sich hinter dem mächtigen Mischkrug.
Als er jedoch sich erhob, da fuhr ihm Euryalus' Eisen
Tief in die Brust, dann zog er heraus die blutige Waffe.
Purpurn entquoll dem Krieger sein Leben, und sterbend erbrach er

Wein mit Blut vermischt. So lechzte der Würger, von Mordlust
Fortgerissen, und wandte sich schon zu Messapus' Gefährten,
Wo er das Feuer verglimmen und richtig gekoppelte Rosse
Ruhig grasen sah, als Nisus kurz noch ihn warnte,
Denn er sah ihn zu weit von Mordbegierde getrieben:
»Lassen wir ab, es naht bereits das gefährliche Frühlicht.
Rache genug ist verübt und Bahn durch die Feinde gebrochen.«
Zahlreiche Waffen der Männer nun lassen sie dort, aus gediegnem
Silber gefertigt, Krüge desgleichen und köstliche Decken.
Nur des Rhamnes Schmuck und Schwertgurt mit goldenen Buckeln,
Welchen Caedicus einst nach Tibur dem Remulus sandte,
Der an Gaben so reich, um von ferne zu knüpfen die Freundschaft;
Dieser vermacht ihn dem Enkel, doch Rutuler raubten die Beute,
Als er gefallen im Kampf, ihn nahm sich Euryalus einzig,
Hing das Gehäng, ach umsonst, um die tapferen Schultern und setzte
Sich den buschgezierten, ihm passenden Helm des Messapus
Freudig aufs Haupt. Sie gehn aus dem Lager, das Freie gewinnend.

Indes sprengten, voran geschickt aus der Stadt der Latiner,
Während das übrige Heer geordnet im Felde verweilte,
Männer daher und brachten dem Turnus die Antwort des Königs.
Dreimal hundert, sie alle beschildet, und Führer war Volcens.
Und sie nahten dem Lager bereits und kamen zum Walle,
Als sie von ferne bemerkten, daß linkshin jene sich wandten
Und den Helm, der Euryalus dort, den wenig besorgten,
In der dämmernden Frühe verriet durch tückischen Schimmer.
Ach, nicht glänzt er umsonst. Laut rief aus dem Zuge nun Volcens:
»Männer, halt! Was treibt euch hierher? Warum so bewaffnet?

Oder wo trachtet ihr hin?« Nichts redeten jene dagegen,
Sondern ergriffen die Flucht in den Wald und vertrauten der Nacht sich.
Aber die Mannen besetzten von allen Seiten bekannte
Nebenwege und sperrten durch Wachen jeglichen Fluchtweg.
Weithin zog sich der Wald und starrte von Büschen und dunklen
Eichen, und überall füllt ihn dichtes, dorniges Strauchwerk;
Selten schimmerte nur im einsamen Waldstück ein Fußpfad.
Und den Euryalus hemmten der Beute Last und der Zweige
Finsternis, und er täuscht sich aus Furcht in der Richtung der Wege.
Nisus entkommt, schon ist er den Feinden entronnen, nichts achtend,
Auch dem Gebiete, das später nach Alba Albanergefilde
Hieß, doch damals besaß Latinus das hohe Gehöfte.
Wie er nun stand und umsonst nach dem fehlenden Freunde zurücksah,
Rief er: »Euryalus, ach, wo ließ ich Armer zurück dich,
Und wo folg ich dir jetzt?« Aufs neu den verschlungenen Weg dann
Wieder durcheilend im tückischen Wald und zugleich nach den Spuren
Dann zurück sich tastend, durchirrt er die schweigenden Büsche.
Rossegetrappel vernimmt er und Lärm und den Ruf der Verfolger.
Doch es währte nicht lang, da drang ihm Geschrei in die Ohren,
Sah den Euryalus jetzt, den schon der mächtige Haufe,
Durch die Gegend und Nacht und durch den plötzlichen Angriff
Überwältigt, entführte trotz all seines fruchtlosen Sträubens.
Was soll er tun? Mit Gewalt seinen Freund nun befrein mit den Waffen?
Oder soll er sich selbst, zum Sterben bereit, in die Schwerter

Mitten sich stürzen, durch Wunden den schönen Tod zu empfangen?
Schnell zum Schwunge erhebt er mit seinem Arme die Lanze,
Blickt zu Luna hinauf und fleht in heißem Gebete:
»Du, o Göttin, o du, komm unsrer Bedrängnis zu Hilfe,
Zierde der Sterne, der Wälder Beschützerin, Tochter Latonas!
Wenn die Gaben für mich zu deinen Altären mein Vater
Hyrtakus hat gebracht und ich selber die jagdliche Beute
Je in die Kuppel gehängt, an heilige Pfosten getan hab,
Laß mich den Haufen zerstreun und lenke den Speer durch die Lüfte.«
Rief's und mit voller Kraft entsandte er schleudernd das Eisen, 410
Und die fliegende Lanze zerteilte die nächtlichen Schatten,
Drang dem Sulmo, der grad gegenüber, hinein in den Rücken,
Splitterte da und durchstieß ihm die Brust mit gebrochenem Schafte.
Sulmo krümmt sich und speit den heißen Strom aus dem Munde,
Schnell erkaltend, und schlägt mit röchelndem Stöhnen die Lenden.
Alle nun spähen nach allen Seiten. Dadurch noch viel wilder
Warf er ein andres Geschoß, vom Rande des Ohres es schwingend.
Während sie beben, durchdrang die beiden Schläfen dem Tagus
Knirschend der Speer und hing ihm heiß im duchbohrten Gehirne, 419
Zornig raste da Volcens, doch konnte er nirgends des Speeres
Schleuderer sehn, noch auf wen er rächend sich stürzen könnte:
»Du nun wirst indessen mit warmem Blute die Strafe
Mir für beide bezahlen!« So rief er und stürzt' mit gezücktem
Schwert auf Euryalus los. Doch betäubt vom sinnlosen Schrecken,
Schrie ihm Nisus jetzt zu und konnte sich weder im Dunkel
Länger verbergen nunmehr, noch so gräßlichen Jammer erdulden:

»Mich, mich, da bin ich, der Täter, auf mich nur richtet das Eisen,
Rutuler, mein ist der ganze Betrug, nicht wagte, noch konnt' es
Dieser, ich schwör's beim Himmel und bei den wissenden Sternen,
Trieb ihn doch nur die Liebe zu seinem unseligen Freunde.«
Also rief er. Doch schon durchbohrte das heftig gestoßne
Schwert des Euryalus Rippen, zerriß den schneeweißen Körper.
Aber Euryalus wälzt sich im Tod, um die prächtigen Glieder
Rinnt das Blut, und sinkend fällt ihm der Hals auf die Schultern.
So wie vom Pflug durchschnitten die purpurfarbige Blume
Matt verwelkt und stirbt, wie der Mohn mit ermattetem Stengel
Abwärts senkt sein Haupt, sobald ihn Regen belastet.
Aber hinein in die Schar stürzt Nisus, und einzig den Volcens
Sucht er aus allen heraus, nur auf Volcens gerichtet die Blicke.
Ihn umringen die Feinde und drängen ihn hierhin und dorthin
Stürmisch hinweg. Er dringt aber dennoch voran, und im Kreise
Schwingt er das blitzende Schwert, bis er just in des schreienden Feindes
Mund es stößt und sterbend dem Volcens raubte das Leben.
Dann aber warf er sich über den Leib des entseelten Gefährten,
Selber durchbohrt, und ruhte nun hier in friedlichem Tode.
Glückliches Freundespaar! Vermöchten es meine Gesänge,
Dann soll fürder kein Tag dem Gedenken der Zeit euch entreißen.
Dauernd solang das Aeneasgeschlecht bewohnt die granitne
Römische Burg und das Reich ein römischer Vater behauptet.
Als nun die Beute und Rüstung die siegreichen Rutuler faßten,
Trugen sie weinend ins Lager hinweg die Leiche des Volcens.
Auch war im Lager nicht minder das Leid, als tot sie den Rhamnes
Fanden, den Numa, Serranus und viele der Fürsten in einer
Niederlage erlegen. Groß ist zu den Leichnamen selber,
Groß zu den Halbentseelten der Zulauf und zu der frischen,

Dampfenden Stätte des Mords, zu den Bächen schäumenden Blutes.
Jetzt erkennen sie erst ihre Beute ganz, des Messapus
Glänzenden Helm und den Gurt, mit vielen Mühen errungen.
Und schon streute ihr tagendes Licht die junge Aurora
Über die Welt und verließ des Tithonus goldenes Lager.
Jetzt da die Sonne sich hob mit alles erhellendem Lichte,
Weckt zu den Waffen die Männer der selbst gewappnete Turnus
Und treibt rüstig zum Kampfe die erzumpanzerten Reiter,
Jeder sein Volk, und sie stacheln den Zorn durch mancherlei Zuruf.
Ja, sie tragen, gesteckt auf erhobene Lanzen, des Nisus
Und des Euryalus Haupt, ach, welch entsetzlicher Anblick, dem Zuge
Folgend mit vielem Geschrei.
Links vom Walle stellt sich das harte Geschlecht des Aeneas
Auf zum Kampf, denn rechts umgibt sie der Fluß, und sie halten
Große Gräben besetzt und stehen betrübt auf den hohen
Türmen und schaun mit Entsetzen zugleich, auf Spießen der Männer,
Köpfe, nur allzu bekannt, vom schwarzen Blute noch triefend.
Unterdessen durcheilt die geflügelte Fama das bange
Lager, die Kunde verbreitend, und dringt zu Euryalus' Mutter.
Aber die Wärme entschwand da plötzlich den Gliedern der Armen,
Ihr entfiel aus den Händen das Webschiff, die Wolle verwirrt sich.
Leidvoll eilt sie davon, die Haare mit weiblichem Jammer
Raufend, rennt sie von Sinnen zum Wall, zu des Heeres
Vordersten Reihn, der Männer nicht mehr, nicht mehr der Gefahren,
Noch der Geschosse mehr achtend, erfüllt dann mit Klagen den Himmel:
»So, mein Euryalus, seh ich dich wieder? Du, meines Alters
Spät erwarteter Trost, du konntest mich Einsame lassen,

Grausamer, und nicht durfte, da solche Gefahren du suchtest,
Abschied nehmen von dir die unglückselige Mutter?
Wehe, du liegst in fremdem Gebiet den latinischen Hunden
Und den Geiern zur Beute! Nicht durft' ich zu Grab dich geleiten,
Ich, die Mutter, nicht schließen das Aug und die Wunden dir waschen,
Dich mit dem Kleid verhüllen, woran ich so emsig gewoben
Tag und Nacht, am Webstuhl die Sorgen des Alters vergessend.
Wohin folgen? Welch Land nun bewahrt die verstümmelten Glieder
Und die zerschlagene Leiche mir jetzt? Dies bringst du von dir nur,
Sohn, mir zurück? Dem bin ich gefolgt durch Länder und Meere?
Mich durchbohrt, wenn es Mitleid noch gibt! Auf mich die Geschosse
Alle geschleudert! Mich, Rutuler, trefft zuerst mit dem Schwerte!
Oder erbarme dich du, o Vater der Götter, und stürze
Dieses verhaßte Haupt mit deinem Geschoß in den Orkus!
Anders kann ich mir doch die Qual meines Lebens nicht nehmen.«
Ganz erschüttert vernehmen sie alle das Seufzen und Klagen
Weinend, und es erlahmen zum Kampf die gebrochenen Kräfte.
Aber Idaeus und Aktor umfassen die Leidgebeugte
Auf des Ilioneus Rat und des heftig schluchzenden Julus
Unter die Arme und führen sie fort zum schützenden Obdach.
  Aber aus schmetterndem Erz ertönte von fern der Trompete
Schrecklicher Klang, und es folgt ein Geschrei und vom Himmel das Echo.
Und schon stürmen die Volsker heran, gedeckt von dem Schilddach,
Trachten die Gräben zu füllen und einzureißen die Schanze,
Zugang suchen sie teils und auf Leitern den Wall zu ersteigen,
Dort, wo die Reihe nur dünn und der Kreis der Krieger gelichtet,

Nicht so dicht sind die Männer. Die Teukrer dagegen, sie schleudern
Jegliche Art von Geschossen und drängen mit kräftigen Lanzen,
Wohl die Mauern zu schirmen gewöhnt in dauernden Kriegen.
Steine auch wälzt man herab mit verderbender Last, ob sie etwa
Brechen könnten die Deckung der Feinde, diese nun wieder
Suchen unter dem Schilddach der Unbill tapfer zu trotzen.
Doch sie reichen nicht aus, denn wo die Masse zumeist droht,
Wälzen und stoßen die Teukrer herab den gewaltigen Felsblock,
Der die Sicherung der Waffen durchbrach und die Rutuler weithin
Niederschlug. Nun trachten nicht mehr in blindem Gefechte
Fortzukämpfen die mutigen Rutuler, sondern bemühn sich
Sie zu vertreiben vom Wall mit Geschossen.
Dort nun schwenkt Mezentius hoch die etruskische Fichte –
Furchtbarer Anblick – und wirft empor die qualmenden Brände.
Aber der Rossebezähmer Messapus, ein Sohn des Neptunus,
Bricht den Wall und fordert schon Leitern zum Sturm auf die Mauern.
Euch, o Kalliope, bitt ich, seid gnädig meinem Gesange,
Welch ein Morden daselbst mit dem Schwert und welch ein Gemetzel
Turnus vollbracht, wen jeder der Helden zum Orkus gesendet.
Und enthüllt mit mir des Krieges gewaltige Bilder!
Ihr ja, Göttinnen, wißt es und könnt es der Nachwelt verkünden.
Dort stand ein Turm, hochragend zu schaun mit riesigen Brücken,
Wohl beherrschend den Ort, den mit äußerster Kraft zu erobern
Und zu schleifen mit größter Gewalt die Italer alle
Suchten; aber mit Steinen verteidigten ihn die Trojaner,
Dicht gedrängt nun schnellten durch hohle Scharten sie Pfeile.
Turnus schleudert zuerst die brennende Fackel und heftet

An seine Seite den Brand, der angefacht von dem Winde
Schnell das Gebälk ergriff und gierig leckt an den Pfosten.
Not und Gefahr herrscht innen, vergebens strebt man, dem Unheil
Sich zu entziehen. Doch während die Masse dorthin zurückweicht,
Wo die Gefahr noch fehlt, da stürzte plötzlich zusammen
Durch die Belastung der Turm, es krachte bis hoch zu dem Himmel.
Halb schon entseelt, da die riesige Last ihnen nachfolgt, von eignen
Waffen durchstochen, die Brust durchbohrt vom harten Gebälke,
Stürzen zu Boden sie nieder. Kaum Lykus entkam und Helenor,
Jünger war Helenor, ein Sohn des maeonischen Königs,
Den ihm heimlich vor Zeiten die Magd Likymnia aufzog
Und mit verbotenen Waffen nach Ilium hatte gesendet,
Bloß mit einem Schwert und mit weißem Schilde noch ruhmlos
Als sich dieser von tausenden Männern des Turnus umringt sah
Und ihn zur Rechten und Linken latinische Scharen bedrängten,
Ähnlich dem Wild, das, dicht vom Kreise der Jäger umschlossen
Wütend gegen die Waffen sich wendet, gewärtig des Todes,
Anrennt und im Sprung sich hinwegsetzt über die Spieße:
So auch stürmt der Jüngling zum Tod in die Mitte der Feinde
Dringt unter sie, wo die Lanzen am dichtesten waren.
Lykus jedoch, weit schneller zu Fuß, kommt zwischen den Feinden
Und den Geschossen entfliehend zum Wall, bemüht, die erhabne
Zinne zu fassen und oben die Hand der Gefährten zu greifen.
Aber Turnus, mit Lauf und Geschoß gleich schnell ihn verfolgend,
Schmäht ihn als Sieger: »Ha, meiner Hand entrinnen zu können,

Törichter, hast du gehofft?« und packte den Hängenden plötzlich,
Nieder mit einem großen Stück der Mauer ihn reißend.
Wie, wenn Jupiters Waffenträger zum Himmel den Hasen
Oder den silbernen Schwan mit Krallenfüßen emporträgt,
Wie des Kriegsgotts Wolf ein Lamm, von der Mutter mit Blöken
Ängstlich gesucht, aus den Hürden geraubt hat. Ringsum erhebt sich
Wildes Geschrei, man stürmt, man füllt mit Erde die Gräben,
Andere schleudern zur Höhe empor die brennenden Fackeln.
Aber Ilioneus trifft den Lucetius, als er dem Tore 569
Nahte, die Flamme in Händen, mit Felsentrümmern des Berges,
Dann den Emathion Liger, den Korynaeus Asilas,
Der eine Recke des Speers, der andre ein trefflicher Schütze.
Kaeneus schlägt den Ortygius jetzt, doch den Sieger nun Turnus,
Auch den Itys, den Klonius, Promolus und Dioxippus,
Sagaris auch und den Idas, der oben stand auf dem Turme.
Kapys erlegt den Privernus, den eben der Speer des Themillas
Leicht nur gestreift; da streckt er, den Schild von sich werfend, zur Wunde
Unbesonnen die Hand. Schon flog der geflügelte Pfeil her,
Heftete links an die Seite die Hand und drang in die Brust ein,
Ihm mit tödlicher Wunde den Atem des Lebens zerschneidend. 580
Stattlich stand in prächtigen Waffen der Sprößling des Arcens,
Bunt den Mantel bestickt im Glanze iberischen Purpurs,
Hoch und schön von Gestalt, vom Vater Arcens gesendet,
Auferzogen im Hause der Mutter, am Strom des Symaethus,
Wo jetzt gnadenvoll des Palikus reicher Altar steht.
Drüben legt seine Speere Mezentius nieder, und dreimal
Schwang um sein Haupt er die sausende Schleuder gespannt an dem Riemen,
Und, mit geschmolzenem Blei die beiden Schläfen des Gegners
Spaltend, streckt er im tiefen Sand ihn der Länge nach nieder.

Damals schnellte zuerst den raschen Pfeil in dem Kriege
Julus, so wie man erzählt, da er vorher flüchtiges Wild nur
Pflegte zu schrecken, und traf mit der Hand den tapfren Numanus,
Der auch Remulus hieß und erst vor kurzem des Turnus
Jüngere Schwester als Gattin zur Hochzeitskammer geleitet.
Dieser, die Brust geschwellt von der neuen Königsverwandtschaft,
Stolzt an der Spitze des Heeres und ruft mit tönender Stimme
Worte des Selbstlobs und Schimpfs und gehabt sich als mächtiger Prahler:
»Schämt ihr euch nicht, durch Wall und Belagerung wieder umschlossen
Zweimal gefangene Phryger, so feig hinter Mauern zu kriechen?
Sehet sie da, die mit Krieg um unsre Gemahlinnen werben!
Welch ein Gott trieb euch nach Italien, was für ein Wahnsinn!
Hier sind keine Atriden, kein täuschender Redner Ulixes,
Hart ist unser Geschlecht, wir tragen geborene Kindlein
Gleich zu den Strömen und härten in Wällen und schneidendem Frost sie.
Knaben schon sind rüstig zur Jagd, durchhetzen die Wälder,
Rosse zu tummeln ihr Spiel und Geschosse vom Bogen zu schnellen.
Arbeitshart ist die Jugend, mit kargem Lose zufrieden
Zwingt mit dem Karst sie das Land, erschüttert auch Städte im Kriege.
Ganz verlebt man in Waffen die Zeit, und die Rücken der Stiere
Spornt ein gewendeter Speer; und selbst das lähmende Alter
Mindert nicht mutigen Geist, noch dämpft es das feurige Streben.
Graues Haar noch drückt ein Helm, und immer nur frische
Beute zusammenzuschleppen erfreut uns, vom Raube zu leben.
Ihr tragt ein Safrangewand und purpurprangende Kleider,
Trägheit ist euch erwünscht und zärtliche Reigen vergnügen;
Euer Rock hat Ärmel und wogende Bänder die Hauben.

Phrygische Weiber fürwahr nicht Phrygier, schwärmt zu dem hohen
Dindymas, wo ihr gewohnt, der doppelten Flöte zu lauschen,
Wo berekyntischer Buchs und die Pauken der Mutter vom Ida
Rufen. Drum laßt den Männern die Waffen und meidet das Eisen.«
Da er also noch prahlte und gräßliche Schmähungen ausstieß,
Hält sich Julus nicht länger und legt auf die Sehne aus Roßhaar
Gegen ihn das Geschoß, zog an die äußeren Enden,
Stellt sich und flehte zuvor voll Dank zu Jupiter betend:
»Jupiter, mächtiger Vater, sei gnädig dem kühnen Beginnen!
Selbst dann will ich ein Opfer zu deinem Tempel dir bringen,
Stellen vor deinen Altar den Stier mit vergoldeten Hörnern,
Blendend weiß, der ebenso hoch wie die Mutter den Kopf trägt,
Mit dem Horne schon stößt und den Sand zerwühlt mit den Hufen.«
Ihn erhörte der Vater, und links aus heiterem Himmel
Donnert er, und es ertönte zugleich der tödliche Bogen.
Und mit gräßlichem Klang entfliegt der gezogene Mordpfeil.
Dringt durch Remulus' Haupt und durchbohrt ihm die Höhlung der Schläfen.
»Lauf und schmähe nun weiter mit frechen Worten die Helden!
Rutuler, das ist die Antwort der zweimal gefangenen Phryger.«
Dies nur erwidert Julus. Mit Schreien folgen die Teukrer,
Jauchzen laut vor Freude, es hebt sich ihr Mut zu den Sternen.
Eben blickte aus Ätherhöhn der gelockte Apollo
Hoch herab auf die Stadt und auch auf das Heer der Ausonen.
Auf seinem Wolkensitz nun sprach er zum siegreichen Julus:
»Heil dir, Knabe, zur ersten Tat, so geht's zu den Sternen;
Göttinenspross, Ahn künftiger Götter, es werden mit Recht sich
Kriege, vom Schicksal verhängt, im Volk des Assarakus legen.
Dir ist Troja zu klein.« Sobald er dieses gesprochen,
Schwebt er vom Äther herab und zerteilt die wehenden Lüfte,
Tritt vor Askanius hin, in den würdigen Butes verwandelt,
Welcher der Waffenträger des Dardanerfürsten Anchises

Einstmals gewesen, ein redlicher Hüter des Hauses, Aeneas
Gab als Begleiter dem Julus ihn dann, so wandelt Apollo,
Ähnlich an allem dem Greis, an Stimme sowohl wie an Farbe,
Auch an grauem Haar und an wilden, klirrenden Waffen,
Und nun redet er also ihn an, den glühenden Julus:
»Sohn des Aeneas, genug, daß du ungestraft den Numanus
Strecktest mit deinem Geschoß. Dir schenkt der erhabne Apollo
Diesen ersten Ruhm, nicht neidet er gleiche Geschosse.
Sonst aber lasse, o Knabe, den Krieg.« So redet Apollo,
Legt aber mitten im Sprechen noch ab das menschliche Aussehn
Und entschwand aus den Augen hinweg in die schimmernden Lüfte.
Aber die Dardanerfürsten erkannten den Gott und des Gottes
Waffen und hörten den tönenden Köcher bei seinem Enteilen.
Drum nach dem Willen des Phoebus verhindern am Kampfe sie Julus
Trotz seines Eifers, sie selbst begeben sich wieder ins Treffen
Vor und wagen nun in offnen Gefahren ihr Leben.
Überall auf dem Bollwerk der Mauern hört man den Schlachtruf.
Hitzig spannt man die Bogen und schwingt mit den Riemen die Lanzen;
Rings ist der Boden mit Pfeilen bedeckt, die Schilde und hohlen
Helme erklirren von prallenden Schlägen, es hebt sich die Feldschlacht.
Wie vom Westen heran zur Zeit der triefenden Böckchen
Regen peitscht das Feld, wie dicht mit Hagel ein Wetter
Stürzt in die Flut, und wenn der schaurige Jupiter Südwind
Wirbelt mit regnendem Sturm und die dunklen Wolken zerspaltet.
Pandarus, Bitias aber, Alkanors Söhne vom Ida,
Welche die Nymphe Iaera im Hain des Jupiter aufzog,
Jünglinge, schlank wie Tannen und stark wie die Berge der Heimat,
Öffnen kühn ob der Waffen das Tor, das ihnen der Feldherr
Anvertraut, und fordern hierauf noch den Feind in die Mauern,

Stehn dann innen rechts und links wie Türme, in Händen
Tragend das Schwert und die hohen Häupter mit flatterndem Helmbusch.
Wie zwei luftige Eichen an sanft hinfließenden Wellen,
Neben den lieblichen Ufern des Athesis oder des Padus,
Ragen nebeneinander und stolz die laubigen Wipfel
Bis zum Himmel erheben und nicken mit wiegendem Scheitel.
Siehe, nun brechen die Rutuler ein, da sie offen das Tor sehn.
Quercens alsbald und Aquikulus, beide in prächtiger Rüstung,
Tmarus in stürzender Hast und zugleich der mutige Haemon,
Mit ihrem ganzen Gefolge sie wandten entweder die Rücken
Oder verhauchten ihr Leben sofort an der Schwelle des Tores.
Jetzt nun steigt noch mehr der Zorn im erbitterten Herzen,
Und schon rotten sich dort noch enger die Troer zusammen,
Stellen sich Mann gegen Mann und wagen sich weiter im Angriff.
  Aber den Führer Turnus, der wild am andern Ende
Tobt und die Männer verwirrt, erreichte die Botschaft, daß nun mit
Neuem Blutbad wütet der Feind und die Tore geöffnet.
Rasch steht Turnus nun ab von seinem Beginnen, und wütend
Stürmt er zum Dardanertor und entgegen den trotzigen Brüdern,
Streckt den Antiphates gleich, weil dieser zuerst ihm begegnet,
Eines thebanischen Weibes Bastard vom erhabnen Sarpedon,
Nieder mit seinem Speer; die kornellene Italerlanze
Fliegt durch die wehende Luft und fährt, den Schlund ihm durchbohrend,
Tief in die Brust, da quillt aus dem klaffenden Spalte der Wunde
Schäumendes Blut, und das Eisen wird warm vom Blute der Lunge.
Auch den Aphidnus erlegt er, den Erymas auch und den Merops;
Bitias dann mit dem flammenden Blick und dem glühenden Herzen,

Nicht mit dem Speer, nie hätt' ihm ein Speer sein Leben genommen,
Sondern die Last des Phalaricaspießes mit sausendem Schwunge
Traf ihn mit Blitzesgewalt, denn nicht zwei Häute der Stiere,
Nicht der schirmende Panzer mit doppelten Schuppen des Goldes
Hielten sie aus, und sinkend stürzen die riesigen Glieder,
Dröhnend bebte der Boden, der Schild brach krachend darüber.
Wie am euboeischen Strand bei Bajae zuweilen ein Pfeiler
Einstürzt, welchen man wohl aus gewaltigen Blöcken als Steindamm
Eingesenkt in das Meer, so wie er im Falle sich vorneigt
Und mit jähem Sturz in die Tiefe krachend hinabsinkt,
Rings nun mischt sich die Flut, und schwarz erhebt sich der Meerschlamm,
Prochytas Höhe erbebt vom Tosen, Inarime zittert,
Das als drückende Last einst Jupiter warf auf Typhoeus.

Da verlieh den Latinern der waffengewaltige Kriegsgott
Mut und Kraft und spornte gewaltig die Herzen zum Kampfe;
Doch zu den Dardanern schickt er die Furcht und dunkles Verzagen.
Ringsum strömt man herbei, weil überall Kämpfe in Fülle,
Alle Herzen der Kriegsgott entflammt.
Pandarus, als er gefällt die Leiche des Bruders erblickte,
Wie nun stehe die Lage, welch Schicksal die Dinge nun leite,
Dreht er das Tor mit großer Gewalt, die Angel gewendet,
Breit die Schultern entgegengestemmt, und viele der Seinen
Schließt er aus dem Kastell und läßt sie im harten Gefechte.
Andere schließt er jedoch im Gedränge mit ein in die Mauern.
Tor, der nicht in der Mitte des Schwarmes den Rutulerkönig
Sah und ihn selbst in die Burg, den Eingedrungenen, einschloß,
So wie inmitten von schwächerem Vieh den gräßlichen Tiger.
Plötzlich strahlt in den Augen ein neuer Glanz, seine Waffen
Klirrten entsetzlich, es bebte der Helmbusch an seinem Scheitel
Blutigrot, und funkelnde Blitze entstrahlten dem Schilde.

Jetzt erkennen das grausige Antlitz, die riesigen Glieder
Voll Entsetzen die Troer. Doch bricht mit gewaltiger Größe
Pandarus vor, der, glühend vor Zorn ob des Todes des Bruders,
Ruft ihm zu: »Hier ist nicht die bräutliche Burg der Amata,
Nicht ein Ardea birgt den Turnus in heimischen Mauern,
Lager siehst du des Feindes, hier kannst du nicht wieder entrinnen.«
Lächelnd erwidert drauf nun Turnus gelassenen Herzens:
»Auf denn, wohnt in der Seele dir Mut, dann schreite zum Zweikampf.
Hier auch fand sich Achilles, das magst du dem Priamus melden.«
Sprach's. Da schleuderte jener, aus Leibeskräften sich mühend,
Schnell die knotenumstarrte, die rauh umrindete Lanze.
Scharf durchschnitt er die Lüfte, doch lenkt die saturnische Juno
Ihn aus verwundender Bahn, und der Speer blieb stecken am Tore.
»Aber diesem Geschoß, das ich machtvoll schwing in der Rechten,
Wirst du nimmer entgehen. Denn anders führ' ich die Waffen.«
Turnus rief's und reckt sich hoch mit erhobenem Schwerte,
Spaltet mitten sodann ihm zwischen den Schläfen die Stirne
Und die flaumigen Wangen mit gräßlichem Hieb auseinander.
Krachend stürzt er, es dröhnt von der Last des Falles die Erde;
Eingesunken die Glieder, vom Hirn die Rüstung besudelt,
Streckt er sich aus und stirbt, und in gleiche Teile zerhauen
Hängt das Haupt gespalten von beiden Schultern herunter.
Schreckengepackt entfliehn nach allen Seiten die Troer,
Wäre dem Sieger jetzt sogleich der Gedanke gekommen,
Aufzubrechen das Tor und ins Lager zu lassen die Freunde,
Wäre der letzte Tag für den Krieg und das Volk schon gewesen.
Aber den Hitzigen trieb nur Wut und rasende Mordlust
Immer gegen den Feind.
Phaleris traf er zuerst und schlug dem Gyges das Knie ab,
Beiden entriß er die Lanzen und warf sie fliehenden Kriegern

Tief in den Rücken, denn Juno verlieh ihm mutige Stärke.
Halys fügt' er dazu, durchbohrt' samt dem Schilde den Phegeus,
Halius noch und Alkantrus, den Prytanis und den Noemon,
Die, noch ahnungslos, den Kampf von den Mauern befeuern.
Lynkeus drang auf ihn ein und rief die Gefährten, doch Turnus,
Rechts an die Mauer gelehnt, erlegt' ihn mit funkelndem Schwerte,
Hieb ihm sofort das Haupt mit einem gewaltigen Schlag ab,
Daß es zugleich mit dem Helme hinwegrollt, Amykus ferner,
Ihn, den Vertilger des Wilds, den keiner an Kenntnis besiegte,
Waffen zu ölen, sowie die eiserne Wehr zu vergiften;
Klytius, Aeolus' Sohn, und Kretheus, den Liebling der Musen,
Kretheus, der Musen Vertrauten und Freund, der stets des Gesanges
Und der Leier sich freute und Saiten stimmte zum Klange,
Stets auch Rosse besang und Waffen der Männer und Kämpfe.
Endlich kamen, nachdem sie den Mord der Ihren vernommen,
Auch die teukrischen Führer, der kühne Serestus und Mnestheus,
Sehn die Verwirrung der Freunde, den mordenden Feind in den Mauern.
Mnestheus ruft: »Wohin noch weiter wollt ihr entfliehen?
Habt ihr denn andere Mauern und auch noch andere Wälle?
Soll denn ein einzelner Mann, umzingelt in eueren Schanzen,
Straflos, o Bürger, im ganzen Lager so gräßliche Morde
Wirklich vollziehn, die edelsten Jünglinge senden zum Orkus?
Nicht der unseligen Heimat, der uralt heiligen Götter,
Nicht des Aeneas, ihr Feigen, gedenkt ihr mit Scham und Erbarmen?«
So durch Reden entflammt und gekräftigt, stehn sie in dichter
Reihe gedrängt. Doch Turnus entweicht allmählich dem Kampfe,
Wendet zum Fluß sich, dort wo die Fluten das Lager umschließen.

Um so heft'ger bedrängen mit großem Geschrei ihn die Teukrer,
Wälzen in Scharen sich nach, wie der Jäger dem grimmigen Löwen
Mit den tödlichen Lanzen verfolgt, doch dieser erschrocken,
Aber mit funkelndem Blick und zornig zurückweicht, doch lassen
Weder Mut noch Wut ihn entfliehen, noch kann er sich wehren,
Wie es ihn auch gelüstet, bedrängt durch Waffen und Männer.
Gleichermaßen nun lenkt die unbeschleunigten Schritte
Zögernd Turnus zurück, und es kocht vor Zorn sein Gemüt auf.
Zweimal griff er sogar noch jetzt den umzingelnden Feind an,
Zweimal treibt er die Menge in hastiger Flucht durch das Lager.
Doch nun rotten sich alle zusammen gegen den einen,
Und dagegen wagt auch nicht die saturnische Juno
Turnus zu stärken, denn Jupiter sandte die luftige Iris
Hoch vom Himmel, kein mildes Gebot der Schwester zu bringen,
Falls nicht Turnus entwiche den hohen Mauern der Teukrer.
Darum kann sich der Held auch nicht mit dem Schilde mehr halten
Noch mit der Faust, so sehr wird er von stürmischen Würfen
Ganz bedeckt, es dröhnt an den hohlen Schläfen vom Anprall
Stets jetzt der Helm, das gediegene Erz zerbirst von den Steinen,
Ganz zerfetzt hängt der Helmbusch am Haupte, die Stöße nun wehrt nicht
Länger der Schild, Speer schleudern auf Speer die Troer, und selber
Mnestheus, der blitzende, naht. Schon bricht ihm der Schweiß aus dem ganzen
Körper und rinnt wie flüssiges Pech; kaum kann er noch atmen,
Heftiges Keuchen durchtoste nunmehr die ermatteten Glieder.
Nun erst warf er im Sprung, mit voller Rüstung gewappnet,

Jäh sich in den Strom, der nahm im gelblichen Strudel
Gern den Kommenden auf, und mit sanftem Gefälle ihn hebend,
Trägt er den Frohen zurück den Gefährten, vom Blute gereinigt.

Zehnter Gesang

Weithin öffnet indes sich das Haus des allmächtigen Himmels,
Und es ruft zur Versammlung der Vater der Götter und Menschen
In seinen Sternenpalast, wo er hoch auf alle die Länder,
Auf das Lager der Troer, das Volk der Latiner herabschaut.
Als man im Saal sich gesetzt, im weithin offenen, sprach er:
»Mächtige Himmelsbewohner, warum hat euer Entschluß sich
Wieder gewandelt? Was kämpft ihr so heftig unfreundlichen Herzens?
Ich ja verbot's, daß Italien Krieg mit den Teukrern beginne.
Welch ein Zwist erhob sich wider Gebot! Und welche Befürchtung
Treibt jetzt diese, dann jene zum Kampf und die Schwerter zu zücken?
Kommen wird einst – beschleunigt sie nicht! – die Stunde des Kampfes,
Wenn das wilde Karthago einmal den römischen Burgen
Große Verheerungen bringt und die Alpen weithin durchbrochen,
Dann wird in Haß zu streiten und Waffen zu fassen erlaubt sein.
Jetzt sei's genug und schließt mit Freuden ein friedliches Bündnis!«
So sprach Jupiter weniges nur, nicht weniges aber
Sprach die goldene Venus darauf:
»Vater, du ewige Macht der Menschen und Götter, wo böte
Sich was andres mir noch, das ich anzuflehn vermöchte?

Selbst nun siehst du der Rutuler Hohn, und wie durch die Scharen
Turnus zu Roß im Stolz sich erhebt und pochend aufs Kriegsglück
Fortstürmt. Nicht mehr schützen geschlossene Mauern die Teukrer;
Ja, in den Toren sogar und hinter den Wällen der Mauern
Kämpft man im Handgemenge, von Blute fließen die Gräben.
Ahnungslos weilt ferne Aeneas; so läßt du sie niemals
Frei von Bedrängnis sein? Dem wiedererstandenen Troja
Droht von neuem ein Feind, droht wieder ein anderes Kriegsheer,
Wieder ersteht vom aetolischen Arpi gegen die Teukrer
Tydeus' Sohn. Mir ist, wie ich glaub, auch die Wunde noch übrig,
Ich, dein Geschlecht, bin wieder bedroht von sterblichen Waffen.
Wenn die Dardaner gegen dein göttlich Gebot und den Willen
Fuhren ins Italerland, so mögen den Fehler sie büßen,
Hilfe versage du dann; doch folgten sie mancherlei Sprüchen
Göttlicher Mächte, den Manen, warum kann heute dann jemand
Deine Gebote verdrehn, warum neu schaffen das Schicksal?
Was soll ich nennen die Schiffe, verbrannt am Gestade des Eryx,
Was den Gebieter der Stürme, die rasenden, schrecklich empörten
Winde der Aeolusburg und die wolkenentsendete Iris?
Selbst die Manen – nur dieses Gebiet zu versuchen war übrig –
Sie gar werden bestürmt, und plötzlich in unsere Reiche
Kommt Allekto, damit sie die Italerstädte durchtobe.
Nicht mehr kümmert die Herrschaft mich jetzt, ich hoffte sie vormals,
Als noch blühte das Glück; wem Sieg du gönnest, der siege!
Ist auf Erden kein Raum, den dein hartes Weib den Trojanern
Gäbe, so fleh ich, o Vater, dich an, bei dem rauchenden Schutte
Trojas, des völlig vernichteten, lasse den Julus gerettet

Mich den Waffen entziehn, laß übrig mir bleiben den Enkel!
Möge Aeneas hinfort durch fremde Gewässer auch irren,
Und wo immer das Schicksal den Weg ihm zeige, da folg' er.
Nur laß jenen mich schirmen und heil dem Kampfe entreißen.
Mein ist die ragende Paphus und Amathus, mein ist Kythera,
Mein das idalische Haus, dort leb' er in Frieden, und ruhmlos
Lege die Waffen er ab. Mag immer Karthago gewaltig
Über Italien herrschen, er wird den tyrischen Städten
Nicht mehr schaden von dort. Was half's, dem Verderben des Krieges
Kaum zu entgehn und mitten durch Argos' Flammen zu fliehen,
Aus so vielen Gefahren der weiten Erde, des Meeres,
Während ein anderes Troja und Latium suchen die Teukrer?
Wär' es nicht besser, zu baun auf den Aschenhaufen der Heimat,
Auf dem Boden, wo Troja gestanden? Den Simois, Vater,
Gib und den Xanthus den Armen zurück, laß wieder die Teukrer
Trojas Geschicke erneuern!« Nun sprach die Königin Juno,
Heftig gereizt und in Wut: »Das tiefe Schweigen zu brechen,
Weshalb nötigst du mich und verwundenen Schmerz zu erneuern?
Hat ein Mensch, hat irgendein Gott den Aeneas getrieben,
Nach dem Kriege zu spähn und als Feind dem Latinus zu nahen?
Kam er ins Italerland nach dem Winke des Schicksals, nun gut dann,
Von Kassandras Rasen getrieben; aber ermahnten
Wir ihn, vom Lager zu gehn, sein Leben den Winden zu bieten,
Oder dem Knaben die Burg und die Leitung des Kriegs zu vertrauen?
Auch den tyrrhenischen Bund und friedliche Völker zu reizen?
Trieb zur Verblendung ein Gott, trieb unsre so harte Gewalt ihn?
Wo war Juno dabei, wo Iris, aus Wolken gesendet?

Ist es verwerflich, wenn Feuer die Italer legen um Trojas
Werdenden Bau und Turnus den heimischen Boden verteidigt,
Er, der Göttin Venilia Sohn und ein Enkel Pilumnus'?
Troer dürften mit düsterem Brand nun drohn den Latinern,
Fremdes Land ihrem Joch unterwerfen und Beute verschleppen,
Schwäger sich wählen nach Lust und der Mutter entführen die Bräute,
Frieden flehn mit der Hand, doch Schiffe mit Waffen behängen?
Du zwar konntest Aeneas den Händen der Griechen entreißen,
Spinnen ein Bild von Luft und Nebel an Stelle des Helden,
Du auch vermagst, die Schiffe in gleichviel Nymphen zu wandeln;
Helf aber ich ein wenig den Rutulern, ist's ein Verbrechen.
Ahnungslos weilt ferne Aeneas; er bleib es auch weiter!
Paphus ist dein, Idalium dein und das hohe Kythera,
Was denn reizt dich die kriegrische Stadt, was die trotzigen Herzen?
Wollte denn ich zerstören der Phrygier wankende Herrschaft?
Ich? Doch eher, wer einst die armen Troer den Griechen
Preisgab! Wer denn erregte den Krieg, daß Europa in Waffen
Gegen Asien zog? Wer trennte durch Raub eine Ehe?
Hat der dardanische Buhle durch mich sich Spartas bemächtigt?
Gab die Waffen denn ich und nährte den Krieg durch die Liebe?
Damals hätt's dir geziemt, für die Deinen zu fürchten, doch nunmehr
Hebst du zu spät und mit Unrecht die Klage und haderst vergeblich!«

Also die Rede der Juno, und alle Bewohner des Himmels
Murmeln dazu, im Beifall geteilt, wie sich hebende Winde,
Wenn sie beengt durch rauschenden Wald und dumpfes Gebrause
Wälzen von fern sich, verratend den Schiffern das Nahen der Stürme.
Jupiter aber, der mächt'ge, der höchste Herr aller Dinge
Redet, und wie er beginnt, da schweigt der Götter Behausung,

Bebt in den Gründen die Erde, verstummt der erhabene Äther;
Auch die Winde, sie ruhn, und das Meer schlägt sanftere Wellen:
»Höret mich denn und prägt mein Wort euch tief in die Seele!
Weil die Italer durch einen Bund mit den Teukrern zu einen
Mir nicht gelang, und weil eurem Hader kein Ende sich findet, –
Was heut jeder an Glück sich gewinnt, was an Hoffnung sich bietet,
Troer und Rutuler gelte mir gleich! Ich will sie nicht scheiden:
Ob durch Italiens Schicksal das Lager von Feinden umringt ist,
Oder durch Trojas verderblichen Wahn und täuschende Sprüche,
Doch auch die Rutuler mach ich nicht frei; was jeder begonnen,
Bringe ihm Müh' oder Heil, für alle ist Jupiter König.
Schicksal, geh deinen Weg!« Bei den Wassern des stygischen Bruders,
Bei den pechumzischten und schwarzumflossenen Ufern
Winkt er es zu und erschüttert den ganzen Olymp mit dem Winke.
Dies war sein letztes Wort. Nun stand vom goldenen Throne
Jupiter auf, es geleiten ringsum ihn die Götter zum Tore.
Aber die Rutuler drohen indes an sämtlichen Toren,
Hinzumorden das Volk und mit Glut zu umzingeln die Mauern,
Während das Heer des Aeneas im Lager vom Walle umschlossen,
Ohne Hoffnung auf Flucht. Die Armen stehn auf erhabnen
Türmen umsonst und umziehen mit dünneren Reihen die Mauern.
Asius, Imbrasus' Sohn, Hiketaons Sprößling Thymoetes,
Beide Assarakus auch und mit Kastor der ältere Thymbris,
Kämpfen voran; auch eilen die beiden Brüder Sarpedons,
Klarus und Thaemon, herbei, von lykischen Höhen gekommen;
Einen gewaltigen Stein, ein mächtiges Stück vom Gebirge,
Trägt mit des Leibes federnder Kraft der Lyrnesier Akmon,

Klytius gleich dem Vater an Wuchs und dem Bruder Menestheus.
Diese wollen mit Steinen, doch jene mit Speeren verteid'gen,
Feurige Brände wirft jener und legt auf die Sehnen die Pfeile.
Selbst im Gedränge erscheint der Venus würdigster Liebling
Dort, der Dardanerknabe, das Haupt ohn' jede Bedeckung,
Ähnlich dem Edelstein in goldener Fassung, dem Halse
Oder dem Haupt ein schimmernder Schmuck; so wie von dem Künstler
Eingefügt in den Buchs, ins Braunholz der Terebinthe,
Leuchtet das Elfenbein auf milchweiß glänzendem Nacken
Flutet das lockige Haar, umprangt von dem biegsamen Goldreif.
Dich auch, Ismarus, sahen die stolzen, tapferen Völker,
Wie du die Wunden bereitet und Pfeile mit Giften bewaffnet,
Edler Sproß aus maeonischem Stamm, wo kräftige Männer
Bauen das reiche Gefild, vom Paktolus mit Golde bewässert.
Mnestheus stand auch kämpfend, den frisch der Mut noch emporhob,
Weil er hinweg den Turnus gedrängt von dem Walle der Mauern,
Kapys dazu, von dem die Stadt der Kampaner benannt ist.
Während sie dort in des harten Krieges Gefechte verwickelt,
Fuhr inmitten der Nacht Aeneas, die Fluten durchfurchend.
Als er, Euander verlassend, Etruriens Lager betreten,
Naht' er dem König und nannte Geschlecht und Namen dem König,
Meldete, was er begehr', was selbst er brächte, mit welchen
Waffen verstärkt sich Mezentius rüste, des trotzigen Turnus
Ungestüm, und wie wenig auf menschliche Dinge zu baun sei,
Mahnt er und bittet dazu. Ohn' alles Zögern vereinigt
Tarchon das Heer und schließt einen Bund. Vom Schicksal befreit nun
Steigt nach Göttergeheiß das lydische Volk auf die Flotte,
Einem Führer der Fremde vertraut. Das Schiff des Aeneas

Gleitet voran, geschmückt mit dem phrygischen Löwen am Schnabel.
Drüber türmt sich der Ida, so wert den flüchtigen Teukrern.
Hier nun sitzt der große Aeneas, erwägt in dem Herzen
Gang und Wechsel des Kriegs, und Pallas, der ihm an die linke
Seite sich schmiegt, forscht jetzt nach den Sternen am Himmel, den Weisern
Nächtlicher Wege, und dann nach den Leiden zu Lande und Wasser.
Öffnet den Helikon jetzt, ihr Musen, beginnet zu singen,
Welche Macht dem Aeneas indes von Etruriens Küsten
Folgte, die Schiffe bemannte, mit ihm die Wogen durchschiffte.
Massikus schneidet zuerst mit ehernem »Tiger« die Wellen,
Tausende Jünglinge ziehen mit ihm, die Clusiums Mauern,
Andre, die Cosa verließen, die Stadt; herab von den Schultern
Hangen leichte Köcher und Pfeile und tödliche Bogen.
Abas, der trotzige, dann, dem ganz in schimmernder Rüstung
Glänzte der Zug und am Schnabel des Schiffs ein goldner Apollo; 171
Sechsmal hundert stellt Populonia, seine Geburtsstadt,
Kriegserfahrene Männer, dreihundert gewährt ihm das Eiland
Ilva, berühmt durch die unerschöpflichen Adern des Stahles.
Aber als dritter Asilas, ein Mittler der Menschen und Götter,
Welcher das Innre der Tiere versteht und die Sterne des Himmels,
Auch die Stimmen der Vögel, die Feuer prophetischer Blitze;
Er führt tausend in drängenden Reihn mit starrenden Lanzen,
Die zu befehligen Pisa ihm gab, das alpheischen Ursprungs
Ist auf etruskischem Boden. Dann folgt der herrliche Astyr,
Astyr, dem Rosse vertrauend und farbenspielender Rüstung;
Dreimal hundert, beseelt von einem Sinne: zu folgen,
Senden ihm Caeres' Bewohner und die an des Minio Ufern,
Pyrgi, das alte, zugleich und das wettervolle Graviscae.
Dich vergeß ich auch nicht, der Ligurer tapfersten Führer,
Cinyras. Dich auch nicht mit dem kleinen Gefolge, Cupavo,

Dem vom Scheitel sich hebt des Schwanes Gefieder, ein Vorwurf
Eurer Liebe, ein Zeichen der frühen Verwandlung des Vaters.
Denn, wie man sagt, hat Cycnus im Leid um seinen geliebten
Phaethon unter der Pappeln Gewölbe im Schatten der Schwestern,
Während er sang, mit dem Liede zu trösten die traurige Sehnsucht,
Dort zu wolligem Flaum die alternden Glieder verwandelt,
Hat sich vom Boden erhoben und folgt mit dem Sange den Sternen.
Aber der Sohn, auf der Flotte dieselben Geschwader begleitend,
Treibt mit Rudern daher den großen »Kentaurus«; die Wellen
Schneidet das Schiff, der Flut wie ein unermeßlicher Felsen
Drohend von oben, die Tiefen mit langem Kiele durchfurchend.

Auch führt Oknus ein Heer in den Krieg aus dem Lande der Väter,
Sohn des heimischen Stroms und der schicksalskündenden Manto,
Der dir, Mantua, Mauern verlieh und den Namen der Mutter,
Mantua, reich an Ahnen! Doch kommen nicht alle von einem
Stamm, der Geschlechter sind drei, doch in jedem leben vier Völker,
Mantua steht an der Spitze, sein Kern ist aus tuskischem Blute.
Dorther waffnet Mezentius gegen sich selber fünfhundert,
Die nun vom Vater Benacus herab der Mincius trägt, der
Grün ist vom Schilfe, hinab in das Meer auf feindlichem Kiele.
Wuchtend naht Aulestes und schlägt sich erhebend mit hundert
Rudern die See, es schäumt vom durchwühlten Wasser der Abgrund.
Diesen führt ein riesiger Triton und schreckt mit der Muschel
Bläuliche Wellen; er zeigt sich im Schwimmen von schuppigem Antlitz
Bis zu den Seiten ein Mensch, doch unten wird er zum Fischschwanz.
Schäumend unter der Brust des Halbtiers rauschen die Wogen.

Dies die Helden, die jetzt auf dreißig Schiffen daherziehn,
Troja zum Schutz, und die Flächen des Meers mit dem Erze durchfurchen.
Schon war am Himmel geschwunden der Tag, und die freundliche Phoebe
Lenkte auf mittlerer Bahn schon oben den nächtlichen Wagen.
Aber Aeneas – die Sorge vergönnt nicht Ruhe den Gliedern –
Saß und lenkte das Steuer und richtete selber die Segel.
Siehe, da kam auf der Mitte der Meeresbahn ihm entgegen
Seiner Gefährtinnen Chor; sie hatte Kybele gnädig
Eben aus Schiffen in Nymphen verwandelt, in Götter des Meeres.
Alle schwammen zugleich und durchschnitten die Fluten, so viele
Einstens lagen am Strand als erzgeschnäbelte Schiffe.
Fern erkennen den König sie schon und umringen ihn tanzend.
Eine des Chors, im Reden die kundigste, Kymodokea,
Folgt und faßt mit der Rechten das Schiff und ragt mit dem Rücken
Selber hervor und schlägt die schweigende Flut mit der Linken,
Spricht dann zu ihm, der ganz ohne Ahnung: »Wachst du, Aeneas,
Göttlicher Sproß? Sei wach und lockre das Tauwerk den Segeln.
Wir, einst Fichten vom Ida, dem heiligen Berge, gewesen,
Deine Flotte, sind Nymphen des Meeres. Denn als der verruchte
Rutuler uns durch Feuer und Schwert mit Verderben bedrohte
Rissen, obwohl nicht gern, deine Taue wir, dich auf der Meerflut
Suchend. Diese Gestalt schuf uns die barmherzige Mutter,
Göttinnen ließ sie uns sein und leben im Schoße des Meeres.
Julus, der Knabe, er ist von Wall und Graben umschlossen,
Mitten im Hagel der Speere, im schrecklichen Kampf der Latiner.
Zwar stehn Arkaderreiter vereint mit wackren Etruskern
Schon am gebotenen Platz; doch Truppen entgegenzuwerfen,

Nicht sie ins Lager zu lassen, dazu ist Turnus entschlossen.
Auf denn und rufe sogleich die Gefährten zum Kampf, wenn Aurora
Wieder sich hebt, und ergreife den unbesiegbaren Wehrschild,
Den Vulcanus dir gab, dessen Rand mit Gold er umfaßt hat.
Morgen der Tag, wenn es dir nicht eitel erscheint, was ich spreche,
Wird unzählige Haufen erschlagener Rutuler schauen!«
Also sprach sie und stieß noch im Scheiden des ragenden Schiffes
Heck, genau sich der Stärke bewußt; da flog es durch Wellen
Schneller dahin als Lanzen und windgleich eilende Pfeile.
Drauf auch beflügeln die andern den Lauf. Befremdet erstaunt da
Selbst der troische Held, doch hebt das Wunder den Mut ihm.
Kurz dann fleht er, den Blick zu der Wölbung des Himmels gerichtet:
»Göttermutter vom Ida, du gnädige, die du betürmte
Städte und Dindymas liebst und gezäumter Löwen Gespann lenkst,
Sei mir Führerin jetzt in dem Kampf und segne das Zeichen
Bald, o Göttin, zum Heil und erscheine den Phrygern zur Hilfe!«
Also fleht er zu ihr, und es nahte indessen im Kreislauf
Schon mit hellerem Lichte der Tag und verscheuchte das Dunkel.
Nun befiehlt er den Freunden zunächst, den Fahnen zu folgen,
Nur auf Waffen zu richten den Sinn und zum Kampf sich zu rüsten.
Und schon hat er die Teukrer und schon sein Lager vor Augen,
Stehend auf hohem Verdeck, da hob er empor mit der Linken
Hoch den flammenden Schild. Das Geschrei der Troer erhebt sich
Bis zu den Sternen vom Wall – aufs neu weckt Hoffnung den Ingrimm,

Lanzen entfliegen der Hand – wie unter den schwärzlichen Wolken
Zeichen verleihn die strymonischen Kraniche, die durch den Äther
Fliegen und rufend mit frohem Geschrei dem Süden entfliehen.
Aber dem König der Rutuler schien's und Ausoniens Führern
Sonderbar, bis sie endlich die strandwärts laufenden Schiffe
Hinter sich sahn und das Meer ringsum mit den Segeln sich füllen.
Brennend strahlt die Kuppel des Helms, hell funkelt der Helmbusch
Oben von Glut, und der goldene Schild wirft mächtiges Feuer:
Wie zuweilen in heiterer Nacht die roten Kometen
Schimmern mit traurigem Schein, wie des Sirius gleißendes Strahlen,
Wenn er, Seuchen und Durst den kranken Sterblichen bringend,
Aufgeht und mit schädlichem Licht den Himmel bekümmert.
Dennoch schwand das Vertrauen noch nicht dem mutigen Turnus,
Früher den Strand zu besetzen, den landenden Feind zu verdrängen.
Dort erhebt er die Herzen mit Zuspruch, hier mit Ermahnung:
»Was ihr sehnlich gewünscht, ist da, den Feind zu zermalmen;
Kampf ist selbst in die Hand euch gelegt. Jetzt sei mir ein jeder
Seines Weibes, des Hauses gedenk, nun erneuert die großen
Taten der Väter, den Ruhm! Auf denn, sie am Strand zu empfangen,
Da noch in ängstlicher Hast den Landenden schwanken die Schritte.
Wagenden hilft ja das Glück!«
Spricht's und bedenkt bei sich selbst, wen gegen die Landung er führe,
Wem vertrauen er möchte die rings umschlossenen Mauern.
Aber es setzt Aeneas vom hohen Verdeck seine Freunde
Schon auf Brücken ans Land, auch merken sich viele des matten

Meeres weichende Woge, vertraun sich im Sprunge den Watten
Oder auf Ruder gestützt. Da erkundete Tarchon das Ufer, 290
Wo keine Bänke zu fürchten noch Rückprall brausender Wogen,
Sondern frei sich das Meer mit schwellenden Fluten daherwälzt,
Dreht dann plötzlich die Schnäbel zum Land und ermahnt die Gefährten:
»Jetzt, o erlesene Schar, jetzt werft euch mit Macht auf die Ruder,
Treibt nun die Schiffe voran und bohrt ihren Schnabel in dieses
Feindliche Land, und es grabe der Kiel sich selber die Furche.
Selbst wenn die Schiffe sogar an diesem Platze zerschellen –
Hab ich nur erst mir gewonnen das Land!« Kaum hatte die Worte
Tarchon gesagt, da hoben die Freunde sich schon mit den Rudern, 299
Hinzutreiben die schäumenden Schiffe zum Strand der Latiner,
Bis die Schnäbel das Trockne erreicht und alle die Schiffe
Lagern am Strand ohne Leck, nur nicht das deinige, Tarchon!
Denn in die Watten gedrängt, indem es da schief an der Sandbank
Hängt und lange noch schwankend sich hält und die Wellen ermüdet, –
Endlich zerschellt's und schleudert die Männer hinein in die Fluten,
Welche von Rudertrümmern und schwimmenden Balken gehindert;
Doch zugleich zieht langsam zurück sich die weichende Welle.
Nicht aber müßig blieb da Turnus, sondern in Eile
Rafft er gegen die Teukrer das Heer und stellt es am Strand auf.
Hörner schmettern. Da wirft sich Aeneas zuerst in des Landvolks 310
Scharen hinein, ein Zeichen des Sieges, und schlägt die Latiner,
Als er den Theron erlegt, den stärksten der Männer, der trotzig
Gegen ihn schritt; ihm bohrt er das Schwert durch den ehernen Panzer

Und durch das goldumstarrte Gewand in die offene Seite.
Lichas erschlägt er sodann; aus der sterbenden Mutter geschnitten,
War er dem Phoebus geweiht, doch zu meiden das Drohen des Stahles
Ward nur dem Knaben vergönnt. Auch streckt' er den stattlichen Kisseus
Und den gewaltigen Gyas – mit Keulen erschlugen die Reihn sie –
Nahe zu Boden; nichts frommte da jenen des Herkules Waffe,
Nichts die Kraft des gewaltigen Arms noch ihr Vater Melampus,
Der dem Alkiden gefolgt, solang ihn die Erde mit schweren
Mühen belud. Dem Pharus, mit leerem Geschwätze sich brüstend,
Schwang er entgegen die Lanze, dem Schreienden stak sie im Munde.
Du auch, da du dem Klytius folgst, dem jüngsten Geliebten,
Welchem der Flaum noch die Wangen umbrämt, unseliger Kydon,
Lägest gestreckt von der Dardanerhand in kläglichem Tode,
Nimmer der Liebe gedenk, die du stets für die Knaben empfunden,
Käme zu Hauf nicht die Schar der Brüder zu Hilfe, des Phorkus
Söhne sie alle, die, sieben an Zahl, je sieben Geschosse
Schleuderten, die erfolglos zum Teil vom Helm und dem Schilde
Prallen, zum Teile den Leib ihm berühren, sie wendet Kythere
Mütterlich ab. Aeneas begann zum treuen Achates:
»Lanzen herbei! Nicht eine, die einst im Leibe der Griechen
Stak auf ilischem Feld, soll gegen die Rutuler fruchtlos
Jetzt meinem Arme entfliehen!« Drauf faßt er den mächtigen Speer und
Schleudert ihn; jener entfliegt und durchschmettert den ehernen Wehrschild

Maeons und durchbohrt mit dem Panzer zugleich auch das Herz ihm.
Hilfreich naht Alkanor und hält den sinkenden Bruder
Mit der Rechten gestützt, da durchstößt der geschleuderte Speer ihm
Plötzlich den Arm, fliegt weiter und trieft noch vom Blute, 340
Und an den Nerven nur hing der sterbende Arm von der Schulter.
Numitor drauf, der den Speer entfernt aus dem Leibe des Bruders,
Wirft auf Aeneas damit, doch war, ihn nun auch zu treffen,
Ihm nicht vergönnt, er streift nur dem großen Achates die Hüfte.
Jetzt dringt Clausus von Cures heran, der kräftigen Jugend
Trauend, und trifft mit dem starrenden, mächtig geschwungnen
Speere den Dryops unter dem Kinn, und die Kehle zerreißend
Raubt er dem Redenden Sprache zugleich und Leben; doch jener
Schlägt mit der Stirne die Erde und speit das geronnene Blut aus. 349
Auch drei Thrakier dort von des Boreas fernstem Geschlechte,
Drei auch, die Idas, der Vater, und Ismarus schickt aus der Heimat,
Streckt in verschiedenen Kämpfen er hin. Jetzt stürmt da Halesus
Und die aurunkische Schar, jetzt eilt der Sohn des Neptunus
Stattlich mit Rossen, Messapus, herbei. Zu verdrängen einander
Streben sie hier und dort, und hart an Ausoniens Rande
Tobt dieser Kampf. Wie wenn zwieträchtige Winde im großen
Äther zum Kampfe sich heben, an Mut sich gleich und an Kräften,
Und nicht weichen einander, das Meer nicht oder die Wolken,
Lange schwankt da die Schlacht, miteinander kämpfen sie alle:
So auch stößt das trojanische Heer und das Heer der Latiner 360
Hart aufeinander, Fuß gegen Fuß und Mann gegen Männer.

Aber auf anderem Platz, wo der Waldstrom rollende Felsen
Hingewälzt und ans Ufer entwurzelte Bäume getrieben,
Als dort Pallas die Arkader sah, die, des Kampfes zu Fuße
Nicht erfahren, den folgenden Italern boten den Rücken,
Jetzt, da die rauhe Natur der Gegend die Pferde zu lassen
Ihnen gebot, da griff in der Not er zur einzigen Hilfe,
Wechselnd mit Bitte und schmerzenden Worten den Mut zu entflammen:
»Freunde, wo flieht ihr denn hin? Bei euch und den tapferen Taten, 369
Bei dem Ruhm und den Siegen des Königs Euander und meiner
Zukunft, die jetzt im Kampf sich ersehnt den Ruhm meines Vaters,
Traut den Füßen doch nicht! Man muß mit dem Schwert durch die Feinde
Brechen den Weg. Wo der Haufe der Männer am dichtesten andringt,
Ruft euch, von Pallas geführt, die erhabene Heimat!
Kämpft ja kein Gott gegenüber, ein sterblicher Feind nur bedrängt
Sterbliche; wir auch besitzen so viel an Seelen und Armen.
Seht, hier sperrt uns die See mit dem großen Riegel den Ausgang!
Land schon fehlt uns zur Flucht! Ins Meer nun oder nach Troja!«
Spricht's und bricht in die Mitte der dichtanrückenden Feinde.
Ihm begegnet zuerst, vom bösen Verhängnis gesendet, 380
Lagus, der hier einen Stein von großem Gewichte sich aufhebt;
Diesem rennt er den Speer in den Leib, wo mitten das Rückgrat
Beide Rippen begrenzt, und zieht die steckende Lanze
Aus den Knochen zurück. Nicht Hisbo kann ihn beschützen,
Wie er es hofft, denn Pallas erlegt ihn zuvor, wie er herstürmt –
Achtlos im Schmerz ob des grausamen Tods, den der Freund ihm erlitten,
Rast er, da senkt sich ihm tief das Schwert in die schwellende Lunge.

Sthenius naht er sodann und Anchemolus, den von des Rhoetus
Altem Geschlecht, der es wagte, zu schänden der Stiefmutter Lager.
Ihr auch, Zwillinge, sanket dahin in Rutulerfluren,
Thymber zugleich und Larides, ihr ähnlichen Kinder des Daukus,
Ununterscheidbar zu Haus, den Eltern ein fröhlich Verwechseln.
Doch hat Pallas nunmehr euch schrecklich kennbar gezeichnet,
Denn dir schlug die euandrische Klinge, o Thymber, das Haupt weg,
Dich sucht, Larides, umsonst deine abgeschlagene Rechte,
Sterbend zucken die Finger ihr noch und tasten ans Eisen.
Jetzt, durch Ermahnung entflammt und die glänzenden Taten des Helden,
Stürmen in Schmerz und Beschämung die Arkader los auf die Feinde.
Pallas durchbohrte sodann den Rhoeteus, der ihm vorüber
Floh auf dem Wagen; verweilende Rettung gewann so noch Ilus;
Denn auf Ilus hat er die mächtige Lanze gerichtet,
Rhoteus empfing sie im Lauf, da er dir, o herrlicher Teuthras,
Dir und Tyres, dem Bruder, entfloh, und vom Wagen sich wälzend
Schlug er langsam sterbend die Rutulerflur mit den Füßen,
Und gleichwie, wenn erbetene Winde im Sommer sich heben,
Zündende Glut in den Triften umher ein Hirte verstreute,
Plötzlich ergreift die Mitte ein Brand, und es dehnt sich da eine
Riesenschlacht des Vulkan durch die ausgebreiteten Felder;
Jener sitzt nun frohlockend und schaut in die siegenden Flammen:
So auch drängt sich an einen Ort die Kraft der Gefährten,
Dir, o Pallas, zum Schutz; doch der hitzige Krieger Halesus
Geht auf die Nahenden los, sich wohl mit dem Schilde bedeckend.
Dieser erschlägt den Ladon, Demodokus auch und den Pheres,

Schlägt dem Strymonius dann mit blitzendem Schwerte die Hand ab,
Die ihm die Kehle bedroht. Mit dem Feldstein trifft er des Thoas
Haupt und zersplittert die Knochen, vermengt mit dem blutigen Hirne.
Schicksalskundig verbarg den Halesus in Wäldern sein Vater,
Doch wie im Tode der Greis die alten Augen geschlossen,
Legten die Parzen die Hände an ihn, dem Geschoß des Euander
Weihend sein Haupt. Auf ihn zielt Pallas, nachdem er gebetet:
»Gib jetzt, Thybris, o Vater, dem Speer, den zum Wurfe ich schwinge,
Guten Erfolg und den Weg durch die Brust des harten Halesus!
Deine Eiche empfange die Wehr und Rüstung des Mannes!«
Ihn erhörte der Gott. Denn da den Imaon Halesus
Schirmte, bot er, der Arme, die Brust dem Arkaderspeere
Wehrlos dar. Doch Lausus, der Hort in dem Kriege, ließ seine Scharen
Nicht im Schreck ob dem Fall des gewaltigen Manns, und erlegte
Abas, den nahenden, gleich, des Kampfes Knoten und Hemmung.
Sterbend sinkt Arkadiens Volk, es sinken Etrusker,
Ach, und ihr, von den Griechen verschonte, noch übrige Teukrer!
Scharen treffen auf Scharen, sich gleich an Führern und Kräften,
Drängen vom Rücken verdichtet die Reihn, nicht Waffen noch Hände
Können sich regen im Wirbel; dorther droht Pallas mit Angriff,
Hier dringt Lausus heran, nicht sehr an Alter verschieden,
Beide schön an Gestalt, doch ihnen hatte das Schicksal
Heimzukehren versagt; zwar selbst aufeinander zu stoßen,
Solches gestattete nicht der Herr des großen Olympus,
Unter dem stärkeren Feind erwartet sie bald das Verhängnis.
Aber die göttliche Schwester ermahnt, dem Lausus zu helfen,
Turnus, der mitten das Heer auf geflügeltem Wagen durcheilte,

Als die Gefährten er sah: »Nun laßt mir alle vom Kampf ab!
Nur ich allein will Pallas bestehn, nur mir ist des Pallas
Leben bestimmt; wie wünscht' ich, daß selber der Vater nun schaute!«
Rief's, und es wichen zurück – wie befohlen – vom Raum die Gefährten.
Doch sich wundernd des stolzen Befehls und des Rutulerabzugs
Starrt auf Turnus der Jüngling und läßt um die Riesengestalt her
Laufen den Blick, mißt ganz ihn von ferne mit trotzigem Mustern,
Schickt die Worte sodann den Worten des Königs entgegen:
»Ruhm entweder erwerb ich mir jetzt durch die Rüstung des Feldherrn
Oder durch ehrlichen Tod, in beides ergibt sich der Vater, 450
Spare dein Drohn!« So sprach er und schritt in die Mitte des Feldes.
Kalt dringt gegen die Herzen das Blut den arkadischen Männern.
Turnus springt vom Doppelgespann und beginnt, ihm zu Fuße
Näher zu gehn. Wie ein Löwe, der fern vom erhabenen Berghaupt
Einen zum Kampf sich übenden Stier im Gefilde gesehen,
Herstürmt: also erschien die Gestalt des nahenden Turnus.
Pallas, sowie er dem Wurfe des Speers erreichbar ihn glaubte,
Rannte nun vor, ob etwa bei ungleich wagenden Kräften
Glück die Verwegenheit schütze, und rief zum erhabenen Äther: 459
»Bei dem gastlichen Tische des Vaters, dem du ein Fremdling
Nahtest, fleh ich, Alkide, gib Glück dem großen Beginnen,
Laß noch sterbend ihn schaun, wie die blutige Rüstung ich raube,
Mich ertrage als Sieger das brechende Auge des Turnus!«
Herkules hörte des Jünglings Gebet und drückte den großen
Seufzer tief in die Brust, und Tränen vergoß er – vergebens.
Drauf erwidert der Gott mit freundlichen Worten dem Sohne:
»Fest steht jedem der Tag, nur kurz ist und unwiederbringlich

Allen gemessen die Zeit, doch Ruhm durch Taten zu ernten,
Das ist der Tapferkeit Werk. Vor Trojas ragenden Mauern
Fielen der Göttersöhne so viel, mit ihnen zugleich sank
Selbst Sarpedon, mein eigener Sohn. Es ruft schon den Turnus
Seine Stund', er vollendet das Leben, das ihm beschieden.«
Also sprach er und wandte den Blick von den Rutulerfeldern.
Aber Pallas entsendet den Speer mit gewaltigen Kräften
Und entreißt das blitzende Schwert der bergenden Scheide.
Jener entfliegt, und wo oben die Rüstung grenzt an die Schultern,
Stürmt er hinein und, den Weg durch den Rand des Schildes sich brechend,
Streift er dort noch ein wenig den riesigen Körper des Turnus.
Jetzt faßt dieser mit Wucht den eisenbeschlagenen Wurfspieß,
Wiegt auf Pallas ihn lang und schleudert ihn, also beginnend:
»Merke wohl auf, ob mehr durchdringend nicht unser Geschoß sei!«
Rief's, und den Schild, den so viele Schichten des Eisens und Erzes,
Den so viele schirmende Häute des Stieres umwölbten,
Ihn schlägt mitten hindurch mit schmetterndem Stoße die Spitze,
Fährt durch den hemmenden Panzer und spaltet die mächtige Brust ihm.
Jener reißt nun vergebens das warme Geschoß aus der Wunde,
Blut und Seele, auf gleichem Wege folgen sie beide.
Weh, er stürzt auf die Wunde, und über ihm klirren die Waffen,
Und er preßte mit blutigem Munde die feindliche Erde.
Über ihn tritt nun Turnus und rief:
»Arkader, merket wohl auf und bringet mein Wort dem Euander!
Wie er den Pallas verdient, so send ich ihn, gerne gewährend,
Was an Ehre das Grab, an Trost die Beerdigung bietet.
Teuer bezahlt er fürwahr die Freundschaft mit seinem Aeneas.«
Also sprach er und trat mit dem linken Fuß auf den Toten,
Raubte den Gürtel sodann, den herrlichen, mit dem Gepräge

Jener greulichen Tat, wie in einer schrecklichen Brautnacht
Graunhaft fiel der Jünglinge Schar, und die blutigen Kammern,
Eingemeißelt in Gold von Eurytus' Sohne, dem Klonus.
Dieses errungenen Raubes frohlockt nun Turnus als Sieger.
Menschenherz, nicht kundig des eignen Geschicks und der Zukunft,
Ohne Maß und Bedacht und trotzig in Tagen des Glückes!
Bald wird kommen die Zeit, wo Turnus das Leben des Pallas
Teuer erkaufen sich möcht' und diesem Tag und der Beute
Fluchen wird. Doch die Freunde, mit Klagen und Tränen, sie bringen
Heim den Pallas, gebettet im Schild, mit großem Gefolge.
Schmerz, ach, und mächtiger Ruhm zugleich, der zum Vater zurückkehrt!
Dies ist der Tag, der zuerst dem Kriege dich gab und hinwegnahm,
Doch du ließest gehäuft erschlagene Rutuler liegen. 509
Nicht der Ruf nur so furchtbaren Unheils, sichere Botschaft
Flog zu Aeneas nunmehr, auf schmalem Rande des Todes
Schwebe sein Volk, nun gelt' es, die fliehenden Teukrer zu retten.
Alles, was naht, das mähte sein Schwert, er schlägt in dem Zorne
Breit mit dem Stahl sich die Gasse durchs Heer, dich suchend, o Turnus,
Der noch des Mordes frohlockt! Ihm liegt Euander und Pallas,
Alles vor Augen ihm jetzt, der Tisch, dem – ein Fremdling – zuerst er
Damals genaht, und Handschlag und Treue. Vier Söhne des Sulmo
Und so viele, die Ufens erzog, ergreift er lebendig,
Um den Schatten sie nun als Versöhnungsopfer zu schlachten
Und mit dem Blut der Gefangnen den Scheiterhaufen zu netzen.
Fern dann zielt er auf Magus mit feindlicher Lanze, doch dieser
Duckt sich mit List, daß über ihn weg der bebende Speer flog,

Rasch umschlingt er die Knie und beginnt mit flehenden Worten:
»Bei den Manen des Vaters und bei des blühenden Julus
Zukunft, bitt ich, erhalte dem Sohn und dem Vater mein Leben!
Mein ist ein hoher Palast, tief liegt von gemeißeltem Silber
Manches Talent mir vergraben, auch habe ich Lasten geprägten
Und noch rohen Goldes. Nicht ruht auf mir ja der Teukrer
Sieg, noch kann ein Leben so große Entscheidungen schaffen.«
Jener sprach's. Aeneas erwiderte dieses dagegen: 530
»Was du an Silber und Golde mir rühmst, von so vielen Talenten,
Spare den Kindern es auf. Dergleichen Verträge des Krieges
Hat durch den Tod des Pallas zuerst schon Turnus vernichtet.
So denkt Julus und so die Manen des Vaters Anchises.«
Nach diesen Worten ergreift er des Bittenden Helm mit der Linken,
Biegt den Hals ihm zurück und stößt bis zum Griffe das Schwert nach.
Auch Haemonides naht, des Apollo, der Trivia Priester,
Der mit der heiligen Binde und Bändern die Schläfen umwunden,
Ganz umschimmert von seinem Gewande und herrlichen Waffen. 539
Diesen verfolgt er im Feld, und über dem Fallenden stehend,
Deckt er ihn weit mit dem Schatten und tötet ihn, aber Serestus
Sammelt und trägt die Wehr, dir, König Gradivus, zur Weihe.
Wieder erneuert den Kampf ein Sohn vom Geschlecht des Vulkanus,
Caeculus, Umbro dazu, er kam vom Marsergebirge.
Ihnen stürmt entgegen der Held und spaltet des Anxur
Linke Hand und des Schildes Rand mit dem Schwerte herunter.
Hatte doch Anxur ein Großes geprahlt und gewähnt, in dem Worte
Wohn' auch die Kraft, und erhob seinen Geist noch vielleicht in den Himmel,
Silberhaare sich selbst und langes Alter verheißend.

Tarquitus stellt sich entgegen, frohlockend in blitzender Rüstung,
Den mit Dryope zeugte der waldbewohnende Faunus,
Liefert dem Zürnenden selber sich aus, der weit mit dem Speere
Ausholt und den gewaltigen Schild mit dem Panzer verbindet.
Da er umsonst zu flehen beginnt, um viel noch zu reden,
Schlägt er sein Haupt zur Erde hinab, den Rumpf, der noch warm ist,
Wälzt er im Staube und spricht sodann mit erbittertem Herzen:
»Liege nun, Furchtbarer, dort! Nicht berge dich liebend die Mutter
Unter die Erde, noch häufe sie dir ein heimisches Grabmal.
Wilden Geiern zum Raub, so verlaß ich dich, oder die Welle
Schlingt dich hinab, und gefräßige Fische benagen die Wunden.«
Rasch auf Antaeus und Lukas im Vordertreffen des Turnus
Geht er nun los, auf Numa, den starken, und Camers, den blonden,
Den der erhabne Volcens gezeugt, der reichste Besitzer
Unter dem Volk der Ausonen und Fürst des stillen Amyklae
Gleich dem Aegaeon an Kraft, der hundert Arme, so sagt man,
Hundert Hände besaß und aus fünfzig Rachen und Brüsten
Zündende Glut ausschnob, da er gegen Jupiters Blitze
Ebenso viele Schwerter gezückt und Schilde gerasselt.
So durchtobte das ganze Gefilde der Sieger Aeneas,
Als in der Faust sich erwärmte das Schwert. Schau, selbst auf Niphaeus'
Vierspann stürmte er los und grad auf die Rosse im Anlauf.
Doch da diese den Langausschreitenden, schrecklich Ergrimmten
Sahen, da kehrten im Schrecken sie um, in der stürmischen Wendung
Warfen den Lenker sie ab und schleiften den Wagen zum Ufer.
Lucagus rennt indessen mit Liger, dem Bruder, auf weißem
Zweigespann in die Mitte des Feldes, die Zügel der Rosse
Lenkt der Bruder, und Lucagus schwingt die gezogene Klinge

Hitzig umher. Nicht duldet Aeneas des greulichen Trotzes
Wut, rennt an und erscheint mit drohendem Speer wie ein Riese.
Liger darauf:
»Nicht Diomedes' Gespann noch Achilles' Wagen erblickst du
Oder ein Phrygierfeld, das Ende des Krieges und Lebens
Winkt dir im hiesigen Land.« So flogen dem rasenden Liger
Toll die Reden umher; doch gibt der troische Heros
Ihm nicht Worte darauf, denn er schwingt den Speer nach dem Feinde.
Lucagus, wie er, nach vorne gebeugt, nur rasch mit der Lanze
Treibt das Doppelgespann und den linken Fuß schon voransetzt
Und zum Kampfe sich rüstet, da fuhr durch des leuchtenden Schildes
Äußersten Rand der Speer und durchstach zur Linken den Leib ihm,
Jählings stürzt er vom Wagen und wälzt sich sterbend im Staube.
Diesem ruft Aeneas nun zu mit bitteren Worten:
»Deinen Wagen verriet, o Lucagus, nicht des Gespannes
Säumiger Lauf, noch lenkte vom Feind ein mächtiger Schrecken,
Selbst ja verläßt du im Sprunge die Räder!« So sprach er und faßte
Schon an das Doppelgespann. Der unglückselige Bruder
Streckte, vom gleichen Wagen gestürzt, die wehrlosen Hände:
»Bei dir selbst und den Eltern, die solch einen Helden erzeugten,
Laß dies Leben mir, troischer Mann, erbarm dich der Bitte!«
Ihn unterbrach erwidernd der Held: »Nicht solcherlei Worte
Sprachst du zuvor; nun stirb, nicht lasse der Bruder den Bruder!«
Also erschloß er die Brust mit dem Stahl, die Wohnung der Seele.
So viel häufte an Leichen im Feld der Dardanerführer,
Tobend nach Art der brausenden Bäche, der nächtlichen Windsbraut.

Endlich brechen sie aus, die vergeblich umschlossene Mannschaft,
Und verlassen zugleich mit Askanius alle das Lager.
Aber indes spricht Jupiter selbst zu Juno, der Gattin:
»Die du Schwester mir bist und zugleich liebwerte Gemahlin,
Wie du gedacht, stützt Venus – es trog dich nicht deine Meinung –
Jetzt allein die troische Macht: nicht haben die Männer
Kräftig die Faust, nicht feurig den Mut noch stark in Gefahren.«
Juno kleinlaut darauf: »Warum mein herrlicher Gatte,
Quälst du im Leid mich, die zittert vor deinen schweren Verweisen!
Gäbe, wie einst es gewesen und wie sich's geziemte, die Liebe
Mir noch einige Macht, nicht würdest du das mir verweigern,
Du, der alles ja kann, aus dem Kampf den Turnus zu ziehen,
Und für Daunus, den Vater, ihn unversehrt zu bewahren.
So aber sterb' er und büße mit reinem Blute den Teukrern!
Dennoch führt er den Namen von unserm Geschlechte, Pilumnus
Ist der vierte der Ahnen, und oft belud er auch selber
Dir mit reichlicher Hand und vielen Opfern die Tempel.«
Ihr antwortet kurz des hohen Olympus Beherrscher:
»Bittest du bloß um Frist des nahenden Todes, um Aufschub
Für den Jüngling, der fällt, und meinst du, ich möge das fügen,
Rette den Turnus durch Flucht und entreiß ihn dem drohenden Schicksal;
Soviel kann ich gewähren; doch ist ein höherer Anspruch
Unter den Bitten versteckt, wenn ganz den Krieg zu verschieben
Oder zu ändern du meinst, dann nährst du vergebliche Hoffnung.«
Weinend Juno darauf: »O wenn, was der Mund mir verweigert,
Gäbe das Herz, und entschieden dem Turnus das Leben verbliebe!
Schuldlos soll so traurig er enden? Oder verwirrt mich

Völliger Irrtum? O täuschte vielmehr mich falsche Befürchtung!
Lenktest du, der es vermag, zum Besseren deine Beschlüsse!«
Als sie die Worte gesagt, enteilte sie rasch vom erhabnen
Himmel und trieb, von Wolken umgürtet, den Sturm durch die Lüfte.
Und sie gelangte zum ilischen Heer, dem laurentischen Lager,
Schafft aus hohlen Wolken ein kraftlos wankendes Luftbild
Nach Aeneas' Gestalt, ein erstaunliches Wunder dem Anblick,
Schmückt es mit Dardanerwaffen und ähnelt den Schild und den Helmbusch
Gleich der Rüstung des göttlichen Helden, gibt nichtige Worte,
Töne sonder Verstand und bildet des Gehenden Schritt nach.
Wie nach dem Tode, so sagt man, um uns Erscheinungen schweben 641
Oder so wie Traumbilder im Schlafe die Sinne betrügen.
Munter springt die Gestalt an den ersten Reihen vorüber,
Reizt mit Geschossen den Mann und fordert heraus ihn zum Kampfe.
Turnus dringt ihm entgegen und wirft die sausende Lanze
Fernhin; jene nun wendet den Schritt und bietet den Rücken.
Aber sowie er nunmehr den Aeneas weichend vermutet
Und dem stürmischen Geist eine nichtige Hoffnung sich bietet,
Ruft er: »Wo fliehst du denn hin? Verlaß nicht das bräutliche Lager,
Dieser Arm wird das Land dir verleihn, das durch Wellen du suchtest.« 650
Also schreit er und folgt und schwingt die gezogene Klinge
Und gewahrt es nicht, wie der Wind die Freuden ihm wegnimmt.
Dort stand eben ein Schiff, mit dem ragenden Felsengestade
Fest verbunden durch Brücke und ausgeworfene Leiter,
Das von Clusiums Fluren den König Osinius brachte.
Dorthin wirft sich in Hast das fliehende Bild des Aeneas
Tief in die Winkel; und ebenso schnell folgt Turnus und läßt sich
Hemmen durch nichts und springt die hohe Brücke hinüber.

Kaum aber hat er das Deck nur berührt, kappt Juno die Taue
Und entführt das entfesselte Schiff durch die rollenden Wogen,
Während Aeneas zum Kampf ihn, der ferne schon weilte, gefordert
Und der Begegnenden viele hinunter sendet zum Orkus.
Hier nun sucht das leichte Phantom nicht länger die Winkel,
Sondern fliegt in die Höhe und birgt sich in finstere Wolken,
Während den Turnus indessen die Fluten des Meeres entführen.
All der Dinge nicht kundig und danklos für seine Errettung,
Schaut er zurück, die Hände erhebend, und ruft zu den Sternen:
»Vater im Himmel, du hieltest so großer Entehrung mich würdig?
Wolltest so schwer mich strafen? Wohin jetzt werd ich gerissen
Oder woher? Wie kehr ich zurück nach dieser Entehrung?
Werd ich wieder die Mauern Laurentums, das Lager erblicken?
O der Männer, die mir und meinen Waffen gefolgt sind,
Die ich, o Schmach, nun alle im grausamen Tode zurückließ!
Und nun seh ich sie fliehen, ich höre der Sterbenden Röcheln.
Was soll ich tun? Wo öffnet mir tief genug sich der Erde
Abgrund jetzt? So erbarmet doch ihr euch meiner, o Winde,
Wider Klippen und Felsen, das ist die Bitte des Turnus,
Schleudert das Schiff und versenkt es in grausamen Furten der Syrte,
Wo nicht Rutuler hin noch die Sage mir folge.«
Rief's und dachte im Geiste an dies und wieder an jenes,
Ob er sich selber ins Schwert aus Zorn über solche Entehrung
Stürze und durch die Rippen die starrende Klinge sich treibe,
Ob er hinein in die Fluten sich werfe, die Bucht des Gestades
Schwimmend erstrebe und wieder den Waffen der Teukrer sich stelle.
Dreimal versuchte er beides, doch dreimal hielt ihn die hohe
Juno zurück und hemmte den Jüngling voller Erbarmen.
Still durchglitt er das Meer, von Wind und Welle begünstigt,
Bis er zur alten Stadt des Vaters Daunus gelangt war.
Aber Mezentius hebt unterdes auf Jupiters Antrieb

Flammend sich in den Kampf und stürzt auf die jubelnden Teukrer.
Vorwärts drängt die Tyrrhenermacht, und alle auf einen
Stürmen sie, alle auf einen mit Groll und regnenden Lanzen.
Doch er steht wie ein Fels, der, tief in die See sich erstreckend,
Bloßgestellt dem Wüten der Stürme und brandenden Wogen,
Alle Gewalt und Drohung des Meers und des Himmels erduldet,
Unerschüttert und fest. Den Sohn Dolichaons, den Hebrus,
Streckt er zu Boden, den Latagus auch und den flüchtigen Palmus;
Aber dem Latagus deckt er das zugewendete Antlitz
Ganz mit dem Stein, vom Berge ein Stück, ließ dann mit zerschlagnem
Knie gelähmt den Palmus sich drehn und schenkte den Panzer
Seinem Lausus zu tragen, den Busch auf den Scheitel zu stecken;
Schlug auch den Phryger Euanthes sodann und Mimas, des Paris
Freund, ihm gleich an Geburt, da in einer Nacht die Theano,
Als den Paris gebar die fackelschwangre Kisseis,
Ihn dem Amykus schenkte; nun liegt in der heimischen Festung
Paris, doch Mimas, den Fremdling, empfängt die laurentische Küste.
Und gleichwie von Hunden gehetzt aus ragenden Bergen
Stürmt ein Eber, den Jahre hindurch der fichtenbewachsne
Vesulus schirmt und Jahre hindurch der laurentische Moorsumpf;
Wenn er, der wohl im Röhricht genährt, in die Netze geraten,
Steht er erst still, grunzt wütend und sträubt den borstigen Rücken:
Dann hat keiner den Mut, im Zorn ihm entgegenzutreten,
Sondern mit Speeren und sichrem Geschrei, so drohn sie von ferne,
Jener dagegen verweilt ohne Angst, nach jeglicher Seite

Knirscht mit den Zähnen er nur und schüttelt die Spieße vom Rücken:
So auch wagt es, obgleich sie mit Recht dem Mezentius zürnen,
Keiner von allen, ihm jetzt mit gezogenem Schwerte zu nahen;
Fernher fallen mit Lanzen sie ihn und wildem Geschrei an.
Akron war da, ein Grieche, von Korythus' altem Gebiete,
Der als Flüchtling verließ die Hochzeit, eh' sie vollzogen;
Als er diesen erblickt, wie er weithin tobt durch die Scharen,
Glänzend mit rötlichem Busch und im Purpurgewand des Verlobten:
Wie zuweilen den Löwen, der hungrig den Hochwald durchwandert –
Denn ihn spornt unsinnige Gier –, wenn die flüchtige Hindin,
Wenn den Hirsch er gesehen, der stolz empor sein Geweih hebt,
Freude erfüllt, weit offen der Schlund, es sträubt sich die Mähne,
Dann aber stürzt er aufs Eingeweide, der garstige Blutstrom
Wäscht ihm das ruchlose Maul:
So stürzt in der Feinde Gewühl sich Mezentius freudig.
Akron sinkt, der Arme, dahin und schlägt mit der Ferse
Schwarzen Boden und färbt verröchelnd die splitternde Lanze.
Doch er würdigte nicht, auf der Flucht den Orodes zu fällen,
Nicht mit geworfenem Speer ihm heimlich die Wunde zu geben,
Gradaus stürmt er auf ihn, als Mann dem Manne sich stellend,
Nicht mit meuchelnder List, mit tapferen Waffen zu siegen,
Steht dann auf dem Besiegten, auf Fuß und Lanze sich stemmend:
»Männer, da liegt kein Schwacher im Kampf, der erhabne Orodes!«
Jauchzend stimmen die Freunde zugleich in den hellen Triumphruf.
Aber der Sterbende: »Wer du, o Sieger, auch seist, ohne Rache
Wirst du dich mein nicht lange belustigen, dich auch erwartet
Gleiches Geschick, bald wirst du denselben Boden bedecken.«
Doch mit Lachen und Zorn antwortet Mezentius also:

»Stirb! Für mich aber mag der Vater der Götter und Menschen
Weiter sehn!« So rief er und zog seinen Speer aus dem Leibe.
Eiserner Schlaf drückt jenen und harte Ruhe die Augen,
Und es werden in ewiger Nacht die Blicke geschlossen.
Caedicus schlägt den Alkathous jetzt, den Hydaspes Sacrator,
Rapo den Orses voll Kraft und Parthenius, aber Messapus
Wirft den Kronius hin und Lykaons Sohn Eryketes,
Jenen – er lag im Feld, gestürzt vom entzügelten Rosse –
Diesen im Kampfe zu Fuß. Dort trat auch der lykische Agis
Vor, den Valerus doch, des Ruhms der Väter nicht mangelnd,
Niederwarf, den Authronius Salius, diesen Nealkes,
Kundig zu schleudern den Speer und fernhintäuschende Pfeile.
Schon verteilte der grausame Kriegsgott das Leid und die Leichen
Wechselnd, und gleich nun hieben und sanken zugleich die Besiegten
Und die Sieger dahin; Flucht kannten nicht diese noch jene.
Mitleidsvoll sehn Götter aus Jupiters Wohnung der Völker
Eitlen Zorn und der Mühsal Last auf der Sterblichen Häupter.
Dort schaut Venus herab und dort die saturnische Juno,
Und die blasse Tisiphone rast inmitten der Heere.
Aber Mezentius schreitet und schwingt die mächtige Lanze
Stürmisch im Felde einher, dem erhabnen Orion vergleichbar,
Wenn er zu Fuß hingeht durch des Nereus tiefste Gewässer,
Mitten den Weg sich bahnt, aus den Fluten ragt mit der Schulter;
Oder wie er vom Gipfel des Berges die älteste Esche
Trägt, den Boden betritt und das Haupt in Wolken verhüllt hat:
So auch schreitet Mezentius her in furchtbarer Rüstung.
Diesem entgegen, sobald er ihn fern im Treffen gewahrte,
Rüstet Aeneas den Kampf. Doch jener in ruhiger Haltung
Harrt des tapferen Feindes und steht unerschrocken und furchtlos.
Er durchmißt mit dem Blick den nötigen Raum zu dem Speerwurf:

»Du, meine Rechte, und Speer, den ich schwinge, ihr seid meine Götter,
Helft mir nunmehr! Ich gelob, in erbeuteter Rüstung des Räubers,
Sollst du mir, Lausus, lebendiges Zeichen sein des Aeneas!«
Also sprach er und warf von ferne den sausenden Wurfspieß;
Jener entfliegt und prallt vom Schilde zurück und durchbohrte
Weitab zwischen der Hüfte und Brust den edlen Antores,
Ihn, des Herkules Freund, der ausgewandert von Argos
An Euander sich schloß, in der Italerstätte sich siedelnd.
Glücklos fällt er nunmehr an fremder Wunde, zum Himmel
Schaut er noch auf und gedenkt im Tode des lieblichen Argos.
Jetzt aber schleudert Aeneas den Speer, der die Wölbung des Schildes,
Dreifach starrend von Erz, und die linnenen Polster und dreier
Stiere verflochtene Haut durchschmetterte, unten am Leib sich
Fangend, allwo die Kraft ihm ermattete. Aber geschwind reißt,
Als er das Blut des Tyrrheners gesehn, der erfreute Aeneas
Von der Hüfte das Schwert, erhitzt auf den Zitternden dringend.
Innig seufzte, von Liebe bewegt zum teuren Erzeuger,
Lausus, als er es sah, und Tränen entrollten dem Antlitz.
Deines bitteren Todes Geschick und die glänzende Großtat,
Wenn solch rühmliches Werk noch Glauben erhält bei der Nachwelt,
Werde ich nimmer, noch dich du rühmlicher Jüngling verschweigen!
Jener wandte den Fuß, ohne Kraft und gehemmt von der Lanze,
Zog sich zurück und schleppte den feindlichen Speer in dem Schilde.
Vor nun stürmte der Jüngling und mischte sich selbst in die Kämpfe,
Lief dem Aeneas, der schon mit der Rechten sich hob und zum Mordstreich
Ausholt, unter die drohende Klinge und hielt ihn verzögernd

Selber zurück. Ihm folgen mit großem Geschrei die Gefährten,
Bis der Vater, bedeckt vom Schilde des Sohnes, entkäme,
Schleudern Geschosse daher und verwirren von fern durch den Wurf der
Lanzen den Feind. Aeneas ergrimmte und deckt sich im Warten.
Und wie wenn aus den Wolken der Hagel in Schloßen herabstürzt,
Prasselnd aufs Land, es fliehn von den Feldern alle die Bauern,
Jeder Besteller des Felds, und im Obdach birgt sich der Wandrer,
Hier an den Ufern des Stroms, dort unter dem drohenden Felshang,
Während es regnet, damit, wenn die Sonne zur Erde zurückkehrt,
Jeder vollende sein Werk: So rings von Lanzen umhagelt,
Hält, bis sie ausgedonnert, Aeneas die Wolke des Krieges
Völlig nun aus und schilt den Lausus und droht auch dem Lausus:
»Rennst du so in den Tod? Was wagst du über die Kräfte?
Liebe betört dich und raubt dir die Vorsicht!« Aber nicht minder
Tollkühn brüstet sich Lausus. Schon schwillt dem Dardanerfürsten
Höher der grimmige Zorn, und dem Lausus spinnen den letzten
Faden die Parzen bereits, denn Aeneas rennt durch des Jünglings
Mitte das kräftige Schwert und versenkt es tief in dem Leibe;
Auch durchdrang es den Schild, des Trotzigen leichte Bedeckung,
Auch den Rock, den die Mutter mit zartem Golde gestickt hat,
Und es füllte vom Blut sich die Brust; da schwand durch die Lüfte
Traurig hinab zu den Manen die Seele, den Körper verlassend.
Als er aber den Blick des Sterbenden sah und das Antlitz,

Er, der Sohn des Anchises, das blasser werdende Antlitz,
Seufzte er tief, ihn jammerte sehr, und er streckte die Hand aus,
Und es durchbebte sein Herz das Bild der kindlichen Liebe:
»Was, unseliger Jüngling, vermag für so rühmliche Taten
Dir Aeneas zu geben, das wert so hoher Gesinnung?
Die dich erfreute, die Rüstung, behalte! Doch dich nun entsend' ich,
Wenn du dessen noch sorgst, zum Staub, zu den Manen der Väter.
Möge, Unglücklicher, dir den bitteren Tod es versüßen,
Daß durch Aeneas du fielst, den gewaltigen!« Nunmehr ermahnt er 830
Selbst noch die zögernden Freunde und hebt ihn sanft von der Erde,
Der sich das schön geflochtene Haar mit dem Blute befleckte.
Aber der Vater indes am wogenden Strome des Thybris
Stillte mit Wasser das Blut in der Wunde, erquickte den Körper,
An den Stamm des Baumes gelehnt, der eherne Helm hängt
Dort an den Ästen, es ruht die schwere Rüstung im Grase.
Edle Jünglinge stehen herum; er, keuchend und kraftlos,
Stützt sich das Haupt, und der Bart hing lang auf die Brust ihm herunter.
Oftmals fragt er nach Lausus und oftmals sendet er Boten,
Daß man ihn rufe, ihm bringe den Wunsch des traurigen Vaters.
Aber schon trug auf dem Schild den entseelten Lausus der Freunde 841
Weinende Schar, den großen, von großer Wunde geschlagen.
Fern schon verstand das Ächzen die unheilahnende Seele;
Da entstellt er das grauende Haar mit dem Staube, und beide
Hände hob er zum Himmel und klammerte sich an den Leichnam:
»Hat denn die Lust am Leben, mein Sohn, so sehr mich gefesselt,
Daß statt meiner ich dich, den ich zeugte, der feindlichen Rechte
Nahn ließ, ich, der Vater, durch deine Wunde gerettet?

Wahrlich, dein Tod ist mein Leben! O wehe, nun wird die Verbannung 849
Erst mir Armen zur Qual! Jetzt erst dringt tiefer die Wunde!
Auch noch deinen Namen, o Sohn, befleckt' ich mit Vorwurf,
Weggetrieben durch Haß vom Thron und Zepter der Väter.
Strafe mußte ich büßen der Heimat, dem Grolle der Meinen:
Hätte ich doch – wie immer – das schuldige Leben geendet!
Leb ich noch immer? Und lasse noch nicht das Licht und die Menschen?
Doch, ich verlasse sie nun!« Und auf den getroffenen Schenkel
Hob er sich, wenn ihn auch sehr in der Wunde die Schmerzen bedrängten,
Dennoch zaudert er nicht und läßt sich bringen das Streitroß;
Das war Trost ihm und Zier, das trug ihn aus allen Gefechten
Siegreich nach Hause. Nun sprach und begann er zum Trauernden also: 860
»Lange, mein Rhaebus, wenn irgendein Ding bei Sterblichen lang ist,
Lebten wir! Heute noch trägst du als Sieger die blutige Rüstung
Und das Haupt des Aeneas zurück, die Schmerzen um Lausus
Rächend mit mir; wenn aber den Weg uns keine Gewalt bahnt,
Wirst du fallen zugleich, denn nie, du Tapferster, glaub ich,
Duldest du fremden Befehl und würdigst die Teukrer als Herren.«
Sprach's und legte die Glieder, sobald der Rücken ihn aufnahm,
Plötzlich zurecht und belud mit spitzen Speeren die Hände,
Erzumleuchtet das Haupt und umflattert von buschigem Roßschweif. 869
Also stürmt in die Schlacht er mit Wut; und wild durcheinander
Wogt im Herzen die Scham und das Leid, der rasende Wahnsinn,
Liebe, von Furien aufgepeitscht, und des Mutes Bewußtsein.
Dreimal rief er nunmehr mit mächtiger Stimme Aeneas.
Plötzlich erkannte Aeneas den Mann und betete freudig:
»Das verleihe der Himmlischen Vater, der hehre Apollo
Daß du den Zweikampf wieder beginnst!«

Also sprach er und ging mit feindlichem Speer ihm entgegen.
Jener darauf: »Was schreckst du mich noch nach dem Tod meines Sohnes?
Grausamer, so nur allein vermochtest du mich zu vernichten.
Weder fürcht ich den Tod, noch frag ich nach einem der Götter!
Höre nun auf! Schon komm ich zu sterben und bringe zuvor dir
Dieses Geschenk!« So sprach er und schnellte den Speer nach dem Feinde,
Drauf den andern und wieder den andern und schleudert und tummelt
Rings sich im mächtigen Kreis; doch es fängt sie der goldene Schild auf.
Dreimal lenkt er das Pferd um den Stehenden links in der Runde,
Schleudert zugleich seinen Speer; dreimal an der ehernen Wölbung
Trägt, sich drehend, Aeneas mit sich den furchtbaren Speerwald.
Da's ihn verdrießt, so lange zu zaudern, so viele Geschosse
Auszuziehn, da ihn quälte des Kampfes ungleiches Begegnen,
Wägt er vieles im Geist, bricht endlich hervor und entsendet
Zwischen die Höhlung der Schläfen hinein die Lanze dem Streitroß.
Gradauf bäumt sich das Tier und peitscht mit den Hufen die Lüfte,
Schüttelt den Reiter herab, folgt selber ihm nach und verstrickt ihn,
Stürzt kopfüber auf ihn, mit dem Bug ihn völlig begrabend.
Plötzlich erschallt zum Himmel der Schrei der Latiner und Troer.
Rasch nun fliegt Aeneas und reißt das Schwert aus der Scheide,
Spricht: »Wo ist nun der wilde Mezentius, wo nun der Seele
Ungebändigter Mut?« Der Tyrrhener erwidert, sobald er
Aufwärts blickend sich Atem geholt und Besinnung gesammelt:

»Grausamer Feind, was höhnst du mich noch und drohst mit dem Tode?
Schmach liegt nicht in dem Tod, nicht solches dacht' ich im Kampfe
Noch hat solche Verträge mit dir mein Lausus geschlossen.
Das nur fleh ich, wenn Gnade besiegten Feinden noch zusteht,
Laß' mir mit Erde bedecken den Leib! Ich weiß, mich umlagert
Bitterer Haß der Meinen; o wende, ich flehe, die Wut ab
Und vergönn mir die Ruhe des Grabs, mit dem Sohne vereinigt!«
Also sprach er, empfing das erwartete Schwert in der Kehle
Und verströmte das Leben mit quellendem Blut auf die Rüstung.

Elfter Gesang

Unterdessen erhob sich Aurora, verlassend das Weltmeer.
Aber Aeneas, obwohl ihn die Sorge bedrängt, zur Bestattung
Zeit den Gefährten zu geben, und er vor Trauer betrübt ist,
Löst bei des Morgens Beginn die Gelübde als Sieger den Göttern.
Eine gewaltige Eiche mit abgehauenen Ästen
Richtet am Hügel er auf, mit blinkender Wehr sie umkleidend,
Mit der Beute von König Mezentius, dir als Trophäe,
Lenker der Schlachten. Dann hängt er den blutigtriefenden Helmbusch
Und die zerbrochenen Speere des Helden, den Panzer getroffen
Zwölfmal und durchbohrt, links hängt er den ehernen Wehrschild,
Und um den Hals das Schwert mit elfenbeinerner Scheide.
Drauf, als dicht ihn umringten nun sämtliche Scharen der Führer,
Nahm er also das Wort und ermahnte die jubelnden Freunde:
»Männer, das wichtigste Werk ist getan. Verbannt für die Zukunft

Jegliche Furcht. Denn hier ist als Beute des stolzen Gebieters
Erstling, errichtet durch mich steht hier des Mezentius Abbild.
Jetzt geht der Weg zu dem König hinauf zur Stadt der Latiner.
Seid im Geiste gerüstet, erwartet die Kämpfe voll Hoffnung,
Daß, wenn der Himmlischen Wink die Zeichen zu heben gebietet
Und aus dem Lager zu führen das Heer, nichts ahnend mir keinen
Hemme ein Zögern, noch träge Stimmung und Furcht ihn verhalte.
Laßt indes uns der Erde die unbestatteten Leiber
Unsrer Gefährten vertraun, der Toten einzige Ehre.
Geht«, so schloß er, »und weiht die letzten Spenden den Edlen,
Die uns mit ihrem Blute die neue Heimat erkämpften.
Aber zuerst nun werde zur trauernden Stadt des Euander
Pallas geschickt, den uns im Ruhme tapfrer Taten
Raubte der finstere Tag, ins bittre Grab ihn versenkte.«
Also spricht er mit Tränen und lenkt den Schritt zu dem Hause,
Wo, den gebetteten Leib des entseelten Pallas zu hüten,
Weilte der greise Akoetes, der einst des parrhasischen Königs
Waffenträger gewesen und jetzt als Begleiter dem teuren
Zögling bestellt unter weniger glücklichen Zeichen.
Ringsum standen die Diener versammelt und Reihen von Troern,
Ilische Frauen, die trauernd das Haar gelöst nach der Sitte.
Aber sobald durchs hohe Portal Aeneas getreten,
Richteten sie zu den Sternen ein unermeßliches Jammern,
Schlugen die Brust, und die Burg durchhallte das trauernde Klagen.
Als auf dem Polster er nun das Haupt des Pallas erblickte,
Blaß das Gesicht und klaffend am weißen Leibe die Wunde
Von dem ausonischen Speer, da begann er tränenden Auges:
»Hat dich, unseliger Knabe, ja hat, die so freundlich genaht ist,
Mir Fortuna mißgönnt, daß meine Herrschaft du sehn sollst
Und du als Sieger zurück zum Vatersitze gelangest?

Nein, nicht solches versprach ich von dir dem Vater Euander
Jüngst beim Abschied von ihm, da er mich im Gehen umarmend
Sandte in das gewaltige Reich, mich sorglich ermahnte,
Streitbar wäre das Volk und ein hartes Geschlecht zu bekämpfen.
Jener bringt noch vielleicht, von eitler Hoffnung betrogen,
Eben den Göttern Gelübde und häuft auf Altären die Gaben.
Wir begleiten den Jüngling, der tot und keinem der Götter
Etwas schuldig mehr ist, gramvoll mit nutzlosen Ehren?
Bald, Unseliger, schaust du die bittre Bestattung des Sohnes.
So also kehren wir heim? Das sind die erhofften Triumphe?
Das ist mein stolzes Versprechen? Doch keinen Feigling, Euander,
Wirst du mit schmählicher Wunde nun sehn, nicht brauchst du als Vater
Tod zu wünschen, weil er gerettet. Ach, welch ein so großer
Schutz ist dem Land der Ausonen und dir, o Julus, verloren.«
Als er solches geklagt, da gebot er die grausige Leiche
Aufzuheben und schickt, aus dem ganzen Heere sie wählend,
Tausend Männer, das letzte Geleit der Ehre ihm gebend,
Um mit dem Vater zu weinen, ein schwacher Trost in dem tiefen
Jammer und Gram und schuldig dem unglückseligen Vater.
Andere winden nun rasch das Geflecht zur biegsamen Bahre,
Weich aus Erdbeerranken und aus den Zweigen von Eichen,
Und umschatten mit hüllendem Laub das errichtete Lager.
Hierher legt man den Jüngling erhöht auf ländlichem Laube.
Also liegt gepflückt von der Jungfrau Finger die Blume,
Eine zarte Viole und welkend die Lilienblüte,
Die noch nicht den Glanz, noch nicht ihre Frische verloren;
Aber es nährt und belebt sie die Muttererde nicht länger.
Darauf trägt zwei gleiche Gewänder, von Purpur und Golde
Starrend, Aeneas herbei, die ihm, der Arbeit sich freuend,
Selbst mit eigener Hand dereinst die sidonische Dido
Hatte gefertigt, mit goldenem Faden das Leinen durchwebend,

Mit dem einen umhüllt er zur letzten Ehre den Jüngling,
Trauernd, und deckt mit dem andern die flammenverfallenen Locken,
Häuft auch viele der Preise aus laurentinischer Feldschlacht
Und gebietet, die Beute in langem Zuge zu tragen, 79
Rosse auch fügt er und Waffen dazu, die dem Feind er entrissen,
Jenen band er die Hände zurück, die dem Schatten zur Sühne
Senden er wollte, die Flammen mit Opferblut zu besprengen,
Aber den Führern befiehlt er, mit feindlichen Waffen behängte
Stämme zu tragen und dran der Erschlagenen Namen zu heften.
Auch wird der arme geführt, der altersgebeugte Akoetes,
Der sich die Brust mit den Fäusten entstellt, mit den Nägeln das Antlitz,
Dann zu Boden sich wirft, ganz hingestreckt mit dem Leibe.
Ferner auch führt man die Wagen, bespritzt mit dem Rutulerblute.
Hintennach Aethon, entkleidet des Schmuckes, das Streitroß,
Trauernd folgt es und netzt mit großen Tropfen die Backen. 90
Andere tragen den Speer und den Helm, da das übrige Turnus
Siegreich genommen. Nun kommt das Trauergefolge, die Teukrer
Und mit gesenkten Waffen die Arkader und die Tyrrhener.
Als schon die ganze Schar der Begleiter von dannen gezogen,
Blieb Aeneas noch stehn und sprach nun klagend die Worte:
»Fort jetzt ruft mich von hier, zu andrer Bestattung, des Krieges
Schreckliches Los. Sei ewig gegrüßt, erhabener Pallas,
Lebe auf ewig denn wohl!« Nichts weiteres sprach er und kehrte
Wieder zum hohen Wall und wandte die Schritte zum Lager.
Und schon waren Gesandte genaht aus der Stadt der Latiner,
Ölbaumzweige in Händen, und baten um die Gewährung, 101
Daß er die Leiber, die rings das Schwert im Felde zerstreute,
Wiedergäbe und sie im Grabe zu bergen erlaube.
Krieg ja führe man nicht mit Ermordeten oder Besiegten;
Schonen mög' er, die eben noch Gastfreund und Schwager geheißen.
Ihnen gewährt es gütig – er konnt' es ja doch nicht verweigern! –

Vater Aeneas und fügte hinzu noch folgende Worte:
»Welch unwürdiges Schicksal hat euch, Latiner, in solche
Schlimme Kämpfe verstrickt, daß ihr als Freunde uns meidet?
Frieden allein für Entseelte, die Mars im Kampfe getötet,
Flehet ihr? Gern auch gewährt' ich den Lebenden ihn, denn ich wäre
Nimmer genaht, wenn das Schicksal hier nicht mir Sitze gewiesen.
Auch nicht führ ich den Krieg mit dem Volk, der König entsagte
Unserem Bund und vertraute sich lieber den Waffen des Turnus.
Billiger hätte Turnus sich selbst dem Tode geboten.
Will mit der Faust er beenden den Krieg, die Teukrer vertreiben,
Dann geziemt es, mit mir mit solchen Waffen zu kämpfen.
Lebe, wem Leben ein Gott, wem die eigene Rechte es gäbe.
Geht nun und bettet im Feuer die unglückseligen Bürger.«
So Aeneas, doch jene, in stummes Erstaunen verloren,
Blickten starr aufeinander und steckten die Köpfe zusammen.
Drauf sprach Drances, der Greis, der immer dem Jünglinge Turnus
Böses durch Haß und Beschuldigung tat, mit erwidernder Rede
»O du troischer Held, durch Ruhm erhaben, erhabner
Noch durch Taten, wie mag ich durch Lob dich zum Himmel erheben?
Was bewundre ich mehr, die Gerechtigkeit oder die Kriegstat?
Dankbar wollen wir das der Stadt der Väter verkünden
Und dich wieder mit König Latinus vereinen, so ferne
Irgendein Weg sich bietet; mag Turnus sich Bündnisse suchen.
Ja, uns soll es erfreun, die Stadt der Verheißung zu türmen
Und auf unseren Schultern die Steine für Troja zu tragen.«
Sprach's, und von allen erscholl aus einem Munde der Beifall.
Zwölf volle Tage werden bestimmt, und im Schutze des Friedens
Streifen Latiner und Teukrer jetzt friedlich untereinander

Durch die bewaldeten Höhn. Vom Hieb der doppelten Äxte
Krachen die Eschen, man stürzt zum Himmel ragende Fichten.
Eichen werden mit Keilen gespalten, auch duftende Zedern,
Unermüdlich gleiten auf knarrenden Wagen die Ulmen.
Schon fliegt Fama voraus, die Verkünderin großer Betrübnis,
Füllt dem Euander die Brust, füllt Häuser und Stadt des Euander,
Sie, die noch eben den Pallas als Sieger in Latium nannte.
Arkader rannten zum Tor und rafften nach altem Gebrauche
Leichenfackeln mit sich, vom langen Zuge der Flammen
Leuchtet der Weg, und erhellt sind weitum die Felder vom Feuer.
Ihnen entgegen kommt die Schar der Phryger und schließt sich
Klagend dem Zuge an. Als die Mütter ihn nahe den Häusern
Sahen, entflammten sie rings die Stadt mit lautem Gejammer.
Aber keine Gewalt vermag den Euander zu halten,
Sondern er kommt in die Schar und fällt, da die Bahre errichtet,
Über Pallas und hängt mit Tränen an ihm und mit Seufzern;
Mühsam nur findet vor Schmerz sich ein Weg nun endlich den Worten:
»Hattest dieses du nicht, mein Pallas, dem Vater versprochen,
Dich dem schrecklichen Kriege mit Vorsicht stets nur zu nahen?
Wußt' ich ja doch, wieviel der neue Glanz in den Waffen
Und der berauschende Ruhm bei ersten Taten vermöge.
Trauriger Erstlingsversuch des Jünglings und schreckliche Schule
Dieses Kriegs in der Nähe. Ach, keiner der Götter erhörte
Meine Gelübde und Bitten. Mein Weib, ich preise dich selig,
Glücklich im Tode, die nicht für solchen Jammer bewahrt war.
Aber ich überlebte mein Los und bleibe als Vater
Einsam zurück. O wäre ich in dem Troergefolge erlegen,
Wäre ich doch, von Rutulerlanzen durchbohrt, ach gestorben,
Brächte nun mich nach Haus, nicht meinen Pallas, der Grabzug.
Aber ich klage die Teukrer nicht an, den Bund nicht, den Handschlag,

Den wir zur Freundschaft einander gegeben, dies Jammergeschick war
Meinem Alter bestimmt. Doch wenn ein so frühes Verscheiden
Harrte des Sohns, so tröste mich das, daß zuvor er der Volsker
Tausende schlug und so die Teukrer nach Latium führte.
Würdiger könnte ich selbst nicht im Tode dich ehren, o Pallas,
Als es der fromme Aeneas getan und die phrygischen Helden
Und die tyrrhenischen Fürsten, das ganze tyrrhenische Kriegsheer
Tragen stolze Trophäen von denen, die du hast getötet.
Du auch stündest als mächtiger Strunk in Waffen, o Turnus,
Wäre das Alter ihm gleich und die nämlichen Kräfte der Jahre.
Doch was hindre ich Armer am Kampf noch länger die Teukrer?
Geht und behaltet das Wort und bringt es eurem Gebieter:
Daß nach des Pallas Tod im verhaßten Leben ich weile,
Das macht einzig dein Arm, der dem Sohn und dem Vater den Turnus
Schuldet, du siehst es ja selbst, nur dies bleibt deinem Verdienst noch
Und dem Glücke zu tun. Nicht such ich mehr Freuden des Lebens
Unrecht wär's, doch möcht ich's dem Sohn bei den Manen verkünden.«

Schon erhob Aurora den armen Menschen ihr mildes
Licht zu neuen Taten und neuer Mühe und Arbeit.
Vater Aeneas nunmehr und Tarchon erbauten am krummen
Ufer die Scheiterhaufen, worauf nach heimischem Brauche
Jeder die Leichen der Seinigen trug; von den dampfenden Gluten
Qualmender Fackeln verhüllt sich der hohe Himmel im Rauche
Dreimal zog man zu Fuß, mit blitzenden Waffen umgürtet,
Um die Scheiter des Brands, und dreimal umkreist man der Leichen
Trauriges Feuer zu Roß, und Klagen ertönen vom Munde.

Tränen benetzen das Land und Tränen die Waffen der Männer;
Himmelan dringt der Männer Geschrei, das Geschmetter der Hörner.
Einige werfen den Raub, den erschlagnen Latinern genommen,
In den lodernden Brand, die Helme und prächtigen Schwerter,
Zügel und rasselnde Räder, teils Gaben, die ihnen vertraut sind,
Ihre eigenen Schilde und unheilbringenden Waffen.
Zahlreich werden dem Tod auch Leiber von Stieren geschlachtet;
Borstige Schweine dazu und vom Acker getriebene Schafe
Würgten sie für die Glut. Sie alle am ganzen Gestade 199
Sah'n der Gefährten Verbrennung: Die halbverloderte Asche
Hüten sie und vermögen sich nicht zu trennen, bis endlich
Naht die tauige Nacht mit den funkelnden Sternen am Himmel.
  Auch auf der anderen Seite errichten die armen Latiner
Scheiterhaufen in Unzahl, und viele Leichen der Männer
Scharren sie teils in die Erde und führen teils sie auf Wagen
In benachbartes Land oder senden zurück sie zur Heimat.
Was noch sonst von Toten in wirren Haufen sich türmte,
Wird nicht gezählt, ohne Ehren verbrannt. Rings leuchten die weiten
Felder nunmehr um die Wette von zahlreichen Reihen von Feuern.
Dreimal scheuchte das Licht den kühlen Schatten vom Himmel;
Trauernd wühlen sie jetzt in dem Knochengewirr und der hohen
Asche und bergen alles im warmen Grunde der Erde.
Doch in den Häusern sofort, in der Stadt des reichen Latinus
Herrschte mächtiger Lärm, besonders endlose Trauer.
Jammernde Mütter und Schwiegertöchter und zärtliche Herzen
Trauernder Schwestern und Knaben, der Väter beraubt, sie verfluchen
Alle den schrecklichen Krieg und das Ehegelöbnis des Turnus
Alle verlangen, er solle doch selbst mit den Waffen entscheiden,
Da er Italiens Reich und die höchsten Würden begehre.

Grimmig bestärkt sie Drances darin, nur Turnus, bezeugt er,
Werde gefordert, nur er zur Entscheidung des Kampfes gerufen.
Vielfach, in mancherlei Rede dagegen, war günstig die Stimmung
Auch für Turnus, ihn schützt der Königin mächtiger Name,
Sehr auch erhebt ihn der eigene Ruhm durch errungene Siege.

Mitten in dieser Erregung und unter dem heißen Tumulte
Siehe, da bringen betrübt von der großen Stadt Diomedens
Die Gesandten Bescheid: nichts sei mit allem Bemühen,
Allem Aufwand erreicht, nicht Gold noch Geschenke noch Bitten
Hätten gefruchtet; man müsse in Latium anderer Waffen
Hilfe wohl suchen, sonst Frieden vom troischen König erbitten.
Da verzagt in gewaltigem Kummer Latinus, der König.
Daß ein deutlicher Wink des Schicksals Aeneas geleitet,
Lehren der Himmlischen Zorn und die frischen Gräber vor Augen.
Also berief er die Fürsten zusammen, zu großer Versammlung
Dringend von ihm nun geladen, ins Innre des hohen Palastes
Folgen alle dem Ruf und strömen zum Hause des Königs,
Voll sind die Straßen. Schon thront in der Mitte, an Alter der erste
Wie auch an Zeptergewalt, mit düsterer Stirne Latinus.
Jetzt befiehlt er den Boten, die heim von Arpi gekommen,
Ihren Bericht zu erstatten, und fordert aufs neue die Antwort,
Peinlich genau nach der Reihe. Darauf wird Schweigen geboten,
Venulus aber gehorchte dem Wort und begann zu berichten:
»Bürger, wir sahn Diomedes, wir sahn das griechische Lager,
Wir durchmaßen den Weg, besiegten jeglichen Zufall
Und berührten die Hand, durch die einst Troja gefallen.
Er hat Argyripa, die Stadt, nach des heimischen Volkes
Namen, siegreich erbaut auf Apuliens Höhn des Garganus.

Als wir die Halle betraten und uns zu sprechen erlaubt war,
Boten wir unsere Gaben und meldeten Namen und Heimat,
Wer uns mit Krieg überfalle, und was uns nach Arpi gezogen.
Jener vernahm's und erwiderte dann mit freundlicher Miene:
O glückselige Völker, und du, o Reich des Saturnus,
Altes Ausonengeschlecht, welch Schicksal riß aus der Ruhe
Widrig euch auf und riet, gefährliche Kämpfe zu suchen?
Alle, die wir mit dem Schwert die ilischen Fluren entweihten,
Übergeh ich, wie uns der Kampf an den Mauern erschöpft hat,
Welche Männer der Simois deckt, unsägliches Elend
Dulden wir weit in der Welt und büßen die Strafen für Frevel,
Priamus würde uns selber beklagen. Das weiß der Minerva
Unglücksstern und die Klippen Euboeas, der Rächer Kaphereus.
Weit von der Stätte des Kriegs an entlegenes Ufer geworfen,
Irrt Menelaus, des Atreus Sohn, selbst bis an des Proteus
Säulen verirrt, und Ulyxes erblickte des Aetna Kyklopen.
Soll ich von Pyrrhus' Reich und von gestürzten Penaten
Des Idomeneus reden, daß Lokrer in Libyen hausen?
Selbst der Fürst von Mykene, der Führer der mächtigen Griechen,
Fand an der Schwelle den Tod von der Hand der ruchlosen Gattin,
Auf den Sieger von Asien lauert der schändliche Buhle.
Daß die Götter auch mir, kaum daß ich die Heimat erreichte,
Wehrten, freudig die Gattin und Kalydons Schönheit zu schauen?
Jetzt verfolgt mich noch der Anblick gräßlicher Wunder:
Meine verlornen Gefährten entschwebten geflügelt zum Äther,
Flattern als Vögel an Flüssen umher, ach, greuliche Marter
Meiner Freunde, und füllen die Klippen mit Tränen und Klagen.
Solches mußte ich doch seit jenem Tage stets fürchten,
Als ich rasender Tor mit dem Eisen himmlische Leiber
Angriff, durch eine Wunde die Hand der Venus verletzte.

Nein, o nein, treib nimmer mich an zu solcherlei Kämpfen!
Weder führ ich nach Pergamums Fall mehr Krieg mit den Teukrern,
Noch auch denke ich gerne zurück an die früheren Leiden.
Die Geschenke, die ihr aus dem Vatergefilde mir brachtet,
Bietet sie lieber Aeneas. Wir standen in furchtbarem Speerkampf,
Prüften die Kräfte der Faust. O glaubt mir, ich weiß es, wie mächtig
Er mit dem Schilde sich reckt, wie stürmisch die Lanze er wirbelt;
Hätte das Idagebiet noch zwei ihm ähnliche Männer
Ferner geboren, dann wären die Dardaner längst schon genaht den
Griechischen Burgen, die Griechen beweinten den Wechsel des Schicksals.
Was man je auch gesäumt bei den Mauern des mutigen Troja,
Immer hat den Sieg der Arm des Aeneas, des Hektor
Wieder verzögert und bis zum zehnten Jahre verhindert,
Beide durch Mut und beide berühmt durch treffliche Waffen,
Frömmeren Sinns noch Aeneas, drum bietet zum Bunde die Hände,
Weil es noch möglich; doch Waffen mit Waffen zu messen, vermeidet!«
Nun, o erlauchtester König, vernahmst du zugleich, wie des Königs
Antwort lautet und wie den gewaltigen Krieg er beurteilt.«
Kaum, daß so die Gesandten gesprochen, enteilte ein vielfach
Stimmengewirr dem Mund der bestürzten Ausonen, wie wilde
Bäche von Felsen gehemmt und dann der umschlossene Strudel
Aufbraust und rings das Gestade erdröhnt von den brandenden Fluten.
Als sich der Eifer gelegt und die bebenden Lippen verstummten,
Fleht zu den Göttern der König und spricht vom erhabenen Throne:

»Daß wir des Reiches Wohlfahrt schon früher erwägten, Latiner,
Wünscht' ich, und besser wär's, als jetzt die Versammlung zu rufen
In so schwieriger Zeit, wo der Feind die Mauern belagert.
Schwer auf uns lastenden Krieg mit unbesieglichen Männern
Führen wir, Bürger, mit Göttergeschlecht, das niemals durch Schlachten
Müde wird und, selbst besiegt, von dem Schwerte nicht abläßt.
Gilt eure Hoffnung jedoch aetolischen Waffen, so laßt sie
Fahren; hoff jeder auf sich, doch seht ihr, wie schmal solche Hoffnung.
Was noch alles sonst zerschmettert zu Boden gebrochen,
Bietet den Augen sich dar und ist mit den Händen zu greifen.
Niemand klage ich an. Was Tapferkeit irgend nur leisten
Konnte, geschah, man kämpfte mit allen Waffen des Reiches.
Welcher Gedanke nunmehr in zweifelnder Seele mir aufsteigt,
Will ich, beherzigt es wohl, mit wenigen Worten verkünden:
Mein ist ein altes Gebiet, dem tuskischen Strome benachbart,
Weit gegen Westen gedehnt, bis über das Land der Sikaner;
Rutuler baun und Aurunker das Feld und durchfurchen die harten
Höhn mit dem Pflug und wählen zur Weide die rauhsten der Felder.
Dieser ganze Bereich und die Fichtenbestände der Berghöhn
Seien der Dardanerfreundschaft gewidmet, und lasset gerecht uns
Schließen den Bundesvertrag und ins Reich als Gefährten sie rufen.
Mögen sie, wenn sie's verlangt, dort siedeln und Mauern sich bauen.
Doch wenn ein anderes Land und ein anderes Volk zu gewinnen
Ihnen beliebt, sich von unserem Boden zu trennen sie wünschen,
Laßt aus Italereichen uns zwanzig Schiffe erbauen
Oder auch mehr, wenn sie ihrer bedürfen, es liegt ja am Strande

Alles, was nötig; doch Zahl und Größe der Schiffe bestimmen
Mögen sie selbst; wir liefern das Erz, das Gerät und die Arbeit.
Ferner sollen, das Wort zu verkünden, das Bündnis zu schließen,
Hundert Gesandte von mir aus dem höchsten Adel der Unsern
Hingehn und in den Händen tragen die Zweige des Friedens,
Gaben bringen aus Elfenbein und goldne Talente,
Auch den Mantel, den Thron, Kleinodien unseres Reiches.
Das beratet nun wohl und helft dem wankenden Staate.«
Drances hierauf, der grollende Mann, den des Turnus Erfolg mit
Bitterem Neide erfüllt und peitschte mit schrecklichen Stacheln;
Reich an Gut, mit der Zunge gewandt, doch war ihm zum Kriege
Frostig die Faust, im Rat nicht übel als Sprecher geachtet,
Groß, wenn zu hetzen es galt; ihm gab der Adel der Mutter
Eine stolze Geburt, die dunkle stammte vom Vater.
Dieser erhob sich, den Groll mit solchen Worten noch steigernd:
»Nichts, was unklar wäre und unseres Rates bedürfte,
Fragst du, gütiger König. Es rühmen sich alle zu wissen,
Was das Heil des Volkes erheische, man scheut sich zu reden.
Freiheit geb' er zu sprechen und lasse fahren den Dünkel,
Durch sein heillos Beginnen sowie sein verkehrtes Benehmen
(Ja, ich sag es, und mag er mit Waffen und Tod mich bedrohen)
Fallen sahn wir so viele und glänzende Führer, in Trauer
Sinken die Stadt, solang er das Lager der Troer bedrohte,
Selbst entschlossen zur Flucht, und erschreckte den Himmel mit Waffen.
Eines gib nun noch zu jenen so reichen Geschenken,
Die du den Teukrern senden geheißen, eins, gütigster König,
Füge noch bei, und es hindre daran kein Mensch dich gewaltsam,
Daß du in würdiger Ehe dem trefflichen Eidam die Tochter,
Vater, gibst und den Frieden mit ewigem Bunde besiegelst.
Hat aber Sinne und Herzen so mächtiger Schrecken befallen,

Laßt uns ihn selber beschwören und ihn ums Nachgeben bitten,
Geb' er doch nach und lasse dem König sein Recht und der Heimat.
Weshalb stürzest so oft du in offne Gefahren die armen
Bürger, du Haupt und Quelle von all dem latinischen Elend?
Heil liegt nicht in dem Krieg, wir bitten dich alle um Frieden,
Turnus, zugleich um das Pfand, das ihn als einziges sichert.
Selbst auch ich, dein Feind, wie du wähnst, und der es zu sein sich
Keineswegs weigert, ich flehe zuerst: erbarme des Volks dich,
Zähme den Stolz und geh als Besiegter. Leichen genug schon
Sahn wir Geschlagnen und haben das Land schon weitum verwüstet.
Treibt dich aber dein Ruhm, kannst du solche Stärke im Herzen
Fühlen, und hältst du nur ein Königshaus würdig als Mitgift,
Wag es und biete die Brust voll Mut dem begegnenden Feinde.
Freilich, damit sich Turnus die Königstocher erringe,
Sollen wir armes Gesindel in Scharen das Schlachtfeld bedecken
Grablos, von niemand beweint. Doch, wenn du selber noch Kraft hast,
Wenn du tapfer noch bist wie deine Väter, so blicke
Ihm, der dich fordert, ins Auge.«
Solche Reden entflammten das Herz des heftigen Turnus;
Tief nun seufzt er und stößt aus innerstem Herzen die Worte:
»Reichlich fließt dir, o Drances, der Strom der Beredsamkeit immer
Dann, wenn Fäuste der Krieg sich verlangt, zur Versammlung der Väter
Kommst du zuerst, doch gilt's nicht, Worte im Rat zu verschwenden,
Die dir so reichlich in Sicherheit fliegen, wenn Schanzen der Mauern
Weit noch wehren den Feind und die Gräben vom Blute nicht strömen.
Donnre nur weiter mit Worten wie stets und zeihe der Furcht mich,

Drances, du selbst, weil von den erschlagenen Teukrern so viele
Deine Faust ja gehäuft und Siegeszeichen in Mengen
Rings auf den Feldern errichtet. Was männliche Tapferkeit könne,
Läßt sich leicht erproben, wir brauchen nicht erst in der Ferne
Aufzusuchen den Feind, er steht schon rings um die Mauern.
Laßt uns entgegen ihm ziehn! Was säumst du? Sitzt dir die Kampflust
Stets nur auf windiger Zunge, in deinen so hurtigen Füßen
Allezeit?
Ich besiegt und verwiesen? Wie darf mich füglich verwiesen
Schelten, du Schuft, wer sieht, wie von ilischem Blute der Thybris
Wogt und schwillt und das ganze Haus und der Stamm des Euander
Niedergebrochen und rings entwaffnet der Arkader Reihen?
Bitias und der gewaltige Pandarus fanden mich nicht so,
Nicht die Tausend, die ich auf einmal zum Orkus gesendet,
Als ich umschlossen vom Wall und umringt von feindlicher Mauer.
Heil liegt nicht im Kriege? Das singe dem Dardanerhaupte,
Tor du, und dir selbst. Nun fahr nur so fort und verwirre
Alles durch Schrecken und Angst und stärke des zweimal besiegten
Volkes Kraft und verkleinre dagegen die Macht des Latinus.
Jetzt wohl zittern vor Phrygiermacht der Danaer Fürsten,
Jetzt der Tydide sogar und der Larissaeer Achilles,
Und der Aufidus fließt zurück von der Adria Fluten.
Und nun stellt er sich gar, als wär' er erschrocken von meinem
Schelten, der Ränkeschmied, und steigert durch Furcht seine Arglist.
Dieser mein Arm wird nie solch eine Seele dir rauben,
Spare die Angst, behalt sie, sie bleibe dir ruhig im Herzen.
Jetzt aber wend' ich mich, Vater, zu dir und dem wichtigen Ratschlag.
Wenn du kein Vertrauen mehr setzt in unsere Waffen,

Wenn so verlassen wir sind und schon ein einziger Rückzug
Rettungslos uns vernichtet, das Glück nie wieder zurückkehrt,
Dann laß Frieden uns flehn und wehrlos strecken die Hände.
Aber, o wäre nur etwas vom früheren Mut uns geblieben!
Glücklich gilt mir vor allem, wer wacker bereits hat ein Ende
Aller Mühsal gefunden, der, solche Schmach nicht zu schauen,
Sterbend niedergesunken, den Staub mit dem Mund schon gebissen.
Wenn uns aber noch Mittel, noch frische, kräftige Jugend
Und zur Hilfe italische Städte und Völker geblieben,
Wenn auch die Troer der Ruhm viel blutige Opfer gekostet,
Sie auch zählten der Leichen genug, eine gleiche Verheerung
Beide traf, was stehn nach dem ersten Beginn wir sofort so
Schmachvoll ab und beben, bevor die Trompeten erschallen?
Viel hat öfters die Zeit und die wechselnde Mühe des Lebens
Wieder zum Bessren gewandt, oft hat, die Laune verändernd,
Manchen Fortuna getäuscht und andre wieder auf sichren
Boden gestellt. Nicht wird der Aetoler und Arpi uns helfen,
Doch der beglückte Tolumnius tut's und Messapus und Fürsten,
Deren so viel uns die Völker gesandt; auch folgt den Erlesnen
Latiums und des Laurentergebiets kein minderer Kriegsruhm.
Endlich erschien auch Camilla vom edlen Stamme der Volsker,
Führend ein reitendes Heer und erzumleuchtete Scharen.
Wenn mich aber allein zum Zweikampf fordern die Teukrer
Und ihr es wünscht, allein ich hinderlich bin dem Gemeinwohl,
Nun, so hat doch noch nie der Sieg meine Hände gemieden,
Daß den Versuch ich verweigre für eine so glänzende Hoffnung.
Mutvoll tret' ich entgegen, und wär' es der große Achilles,
Trüg er auch Waffen wie die von der Hand des Vulkanus gefertigt.
Diese Seele, ich weihe sie euch und dem Schwager Latinus,
Ich, der Turnus, der keinem der Alten an Tapferkeit nachsteht.
Was, mich fordert Aeneas allein? Er fordre, das wünsch ich.
Nicht soll Drances für mich, wenn Zorn der Götter es fügte,
Büßen den Tod, noch, find ich durch Tapferkeit Ruhm, ihn mir stehlen.«

So verhandelten jene die schwankende Lage des Reiches,
Streitend, indes mit Troß und dem Heere Aeneas heranzog.
Plötzlich durcheilte die Nachricht mit großem Tumulte des Königs
Hohen Palast und erfüllte die Stadt mit gewaltigem Schrecken,
Daß in geordneten Reihn vom Tiberstrome die Teukrer
Und die tyrrhenische Macht im ganzen Gefilde heranziehn.
Rasch sind alle Gemüter bestürzt und erschüttert des Volkes
Herz und empört von des Zornes nicht sanften Stacheln; sie fordern
Waffen mit zitternder Hand, nach Waffen schreit nun die Jugend.
Trauernd weinen die Greise und klagen; und ringsum erhebt sich,
In der Meinung geteilt, ein großes Geschrei zu den Lüften,
Wie wenn Schwärme von Vögeln sich oft im Innern des Haines
Niedergelassen oder im fischreichen Strome des Padus
Schwäne mit heisrem Gesang die lärmenden Teiche durchtönen.
»Ha«, entgegnete Turnus, »so nutzt man die Stunde, o Bürger,
Haltet immer nur Rat und lobt hier sitzend den Frieden,
Während der Feind mit Waffen in unser Reich schon hereinbricht.«
Sprach es, raffte sich auf und stürzt aus den hohen Gemächern.
»Du, Volusus, heiß die Scharen der Volsker sich wappnen.
Führ auch die Rutuler an.« So ruft er. »Messapus und Coras
Mit seinem Bruder, ihr drei durchstreift mit den Reitern die Ebne.
Teils nun sichert die Tore der Stadt, besetzt auch die Türme!
Doch ihr anderen folgt mir, wohin ich befehle, zum Angriff.«
Jetzt rennt alles in Hast aus der Stadt auf die Mauern.
Selbst auch Vater Latinus verschiebt sein großes Beginnen
Und verläßt die Versammlung, verwirrt vom schlimmen Ereignis,
Bitter klagt er sich an, weil er den Troer Aeneas
Nicht in der Stadt schon eher empfing und als Eidam gebilligt.
Einige sichern die Tore durch Gräben, und andere schleppen

Steine und Pfähle, und rauh ertönt zum Kampfe der Hörner
Blutverkündendes Zeichen. Im bunten Kranze umsäumen
Mütter und Knaben die Mauern, die Not ruft alle zur Arbeit.
Auch zum Tempel hinauf und hoch zur Burg der Minerva
Fuhr im Gefolge der Mütter die Königin, Opfer zu bringen.
Neben ihr saß die Tochter Lavinia, welche des großen
Leides Ursache war, gesenkt die reizenden Augen;
Hinter ihr wandeln die Fraun und durchduften den Tempel mit Weihrauch
Und ergießen ihr Trauergebet auf erhabener Schwelle:
»Waffengewaltige Göttin des Kriegs, tritonische Jungfrau,
Brich des phrygischen Räubers Geschoß mit der Hand und ihn selber
Stürze aufs Antlitz zu Boden und strecke ihn nieder am Tore.«
Hastig gürtet sich selbst auch zum Kampf der wütende Turnus;
Und schon starrt er in Schuppen von Erz, mit dem Rutulerharnisch
Angetan, und hatte mit Gold die Waden umschlossen,
Noch an den Schläfen wehrlos, dann schnallt er das Schwert an die Seite.
Also erstrahlte er golden im Lauf vom ragenden Schloß her,
Hochgemut im Geiste, besiegt er voll Hoffnung den Feind schon:
Wie wenn vom Stall ein Hengst, der die Halfter zerrissen
Frei nun endlich entflieht und, offnes Gelände gewinnend,
Hin zu der Weide sprengt und zur grasenden Herde der Stuten
Oder, gewohnt in des Stromes vertrauter Welle zu baden,
Feurig einherjagt und wiehert und hoch den Nacken emporwirft,
Und ihm spielt um Hals und Schulter die flatternde Mähne.
Ihm begegnet, vom Zug der Volsker begleitet, Camilla,
Hart am Tore daselbst nun springt die Fürstin vom Rosse,
Auch die gesamte Schar glitt nieder vom Rücken der Pferde
Auf den Boden, und dann begann die Königin also:
»Turnus, sofern der Starke zu Selbstvertrauen berechtigt,
Wage auch ich und gelobe, der Reiterschar des Aeneas

Und den tyrrhenischen Reitern allein entgegenzutreten.
Laß mit der Faust mich prüfen die ersten Gefahren des Krieges,
Und mit dem Fußvolk bleibe beim Wall und beschütze die Mauern.«
Turnus hierauf die Augen gewandt auf die schreckliche Jungfrau:
»O Italiens Zierde, o Jungfrau, wie kann ich mit Worten
Danken und wie dies vergelten? Doch jetzt, da deine Beherztheit
Über alle sich hebt, jetzt teile mit mir diese Mühe!
Wie ein glaubhaft Gerücht und entsendete Späher verkünden,
Hat der arge Aeneas die leichten Reitergeschwader
Vorgeschickt, zu zerstampfen das Feld; er selber, er sucht die
Höhn zu erreichen, bewegt durch die Öden des Berges zur Stadt sich.
Einen Hinterhalt lege ich dort im bewaldeten Hohlweg,
Eingang und Ausgang der Schlucht mit bewaffneten Kriegern besetzend.
Du empfange in offener Schlacht die tyrrhenischen Reiter,
Auch sei der kühne Messapus mit dir, die latinischen Scharen
Und die tiburtische Macht, dein sei auch die Sorge der Führung.«
Sprach's und ermahnt den Messapus mit ähnlichen Worten zum Kampfe
Und die verbündeten Führer und rückt dem Feinde entgegen.
Krumm ist und viel gewunden ein Tal, geeignet zum Lauern
Und zu Waffenbetrug, wo mit dichtem Gezweige die finstre
Wand von beiden Seiten beengt; ein einziger Fußpfad
Führt in den Eingang der Schlucht zu ihrer gefährlichen Enge.
Über ihr auf den Warten und hoch auf dem Gipfel des Berges
Dehnt sich verborgen ein ebenes Feld und ein sicherer Rückzug,
Ob du dem Kampfe dich rechts, ob links zu stellen gedächtest,
Oder das Joch zu behaupten, um mächtige Felsen zu wälzen.
Dorthin begibt sich der Jüngling, vertraut mit der Richtung der Wege,
Und er besetzt den Ort und feindlich harrt er im Walde.

Jetzt besprach im Götterpalast mit der hurtigen Opis,
Einer der heiligen Schar und ihrer begleitenden Jungfraun,
Also Latonia sich und gab mit traurigem Antlitz
Diesen Bericht: »Nun zieht zum grausamen Kampfe Camilla,
Jungfrau, ach, und gürtet umsonst sich mit unseren Waffen,
Sie vor allen mir teuer. Nicht eben erst fühlte Diana
Diese Liebe, mit plötzlichem Reize das Herz nur bewegend.
Als vertrieben aus Haß und übermütigem Machtbrauch
Metabus floh aus dem Reich und der Stadt, dem alten Privernum,
Nahm er das Kind, aus der Mitte der Kriegsgefechte sich flüchtend,
In die Verbannung mit sich als Begleitung, und nach Casmilla,
Ihrer Mutter, benannt er's, mit kleiner Änderung, Camilla,
Trug es vorn an der Brust und zog durch weite Gebirgshöhn
Einsamer Waldungen fort, bedroht von grimmen Geschossen,
Ständig schwärmten um ihn die bewaffneten Scharen der Volsker.
Siehe, inmitten der Flucht schwoll schäumend über die Ufer
Amasenus entgegen, so stark war der Regen aus Wolken
Niedergefallen. Schon schickt er zum Schwimmen sich an, doch es hemmt ihn
Noch die Liebe zum Kind und die Angst um die kostbare Bürde.
Als er nun alles erwog, blieb nur noch dieser Entschluß ihm:
Ungeheuer, von Knoten umstarrt, aus gehärtetem Kernholz
War der Speer, den in kräftiger Faust der Krieger mit sich führt.
Da umhüllt er die Tochter mit Bast und der Rinde des Korkbaums,
Band sie sofort recht handlich zum Schwung an die Mitte des Schaftes,
Wog sie sodann in gewaltiger Faust und flehte zum Äther:
›Gnädige Göttin der Wälder, o dir, latonische Jungfrau,
Weih ich als Vater zur Dienerin sie. An deinem Geschosse
Flieht sie flehend zuerst vor dem Feind. Empfange sie, Göttin,
Als die Deine, die jetzt den schwankenden Lüften vertraut wird.‹

Sprach's und reckte den Arm, und mächtig warf er die Lanze.
Rauschend wogte die Flut, und über die reißenden Wellen
Flog an dem sausenden Schaft die erbarmenswerte Camilla.
Metabus aber, da näher die Schar der Verfolger sich drängte,
Übergab sich dem Fluß und zog den Speer mit der Jungfrau,
Die er Dianen geweiht, entronnen, aus grünendem Rasen.
Nie hat ihn irgendein Dach noch je eine Stadt mehr beherbergt,
Niemals hätt' er von selbst die Hände gereicht, dieser Trotz'ge.
Unter den Hirten verbringt er die Zeit auf einsamen Bergen.
Dort im Gehölz und zwischen dem grausen Verstecke des Wildes
Nährt er die Tochter mit Milch, die ihm gaben der weidenden Stuten
Euter, und molk ihr diese selbst in die lieblichen Lippen.
Als nun das Kind mit den Sohlen die ersten Schritte der Füße
Hatte getan, belastet mit spitzigem Speer er die Händlein
Und behängte mit Bogen und Pfeil die Schultern der Kleinen;
Statt des Goldes im Haar, statt langer Umhüllung des Mantels
Hängt das Fell eines Tigers vom Scheitel ihr über den Rücken.
Kindergeschosse entsandte sie schon mit zartesten Händen,
Schwang die Schleuder bereits ums Haupt am geflochtenen Riemen
Und erlegte den silbernen Schwan, den strymonischen Kranich.
Viele der Mütter ringsum in tyrrhenischen Städten begehrten
Sie vergebens zur Tochter, sie, nur Diana ergeben,
Blieb der ewigen Lust jungfräulichen Seins und zum Kampfe
Ohne Befleckung getreu. Ach, hätte doch solcherlei Fehde
Nimmer sie fortgerissen, die keck die Teukrer nun angreift,
Mir so willkommen wäre sie jetzt in meiner Gefolgschaft.
Nun aber, da sie ja doch von herbem Schicksal bedroht wird,
Schwebe, o Nymphe, vom Himmel und eile ins Land der Latiner,
Wo die traurige Schlacht mit schlimmen Zeichen gekämpft wird.
Nimm da dieses und ziehe den rächenden Pfeil aus dem Köcher,

Daß, wer immer den heiligen Leib mit der Wunde verletze,
Italer oder Trojaner, mit Blut mir büße den Frevel.
Ich aber trage den Leib und die Wehr der Armen dann selber
Unberaubt im hohen Gewölke zu Grab und zur Heimat.«
Sprach's, doch Opis, die linden Lüfte des Himmels durchschwebend,
Rauschte daher und umhüllte den Leib mit schwärzlichen Wolken.

Aber die Schar der Trojaner indes rückt näher den Mauern,
Auch die etruskischen Führer mit all ihrem Heere der Reiter,
Je nach der Zahl in Geschwader geteilt, durchs ganze Gefild hin
Braust das wiehernde Roß, am festen Zügel sich sträubend,
Hierhin zerrend und dorthin. Es starrt weiterhin schon der Speere
Eiserne Saat, und es glühn vor erhobenen Waffen die Felder.
Auch Messapus dagegen erscheint und die schnellen Latiner,
Coras den Bruder zur Seite, die Scharen der Jungfrau Camilla,
Gegen den Feind, sie holen weit aus mit den Lanzen und strecken
Drohend sie vor und zücken zum Wurf die wirbelnden Speere.
Und der Nahkampf der Männer erschallt und das Wiehern der Pferde.
Als die Heere nunmehr in Speerwurfweite gekommen,
Halten sie, brechen dann plötzlich hervor mit Geschrei und ermuntern
Rasende Pferde und schleudern von allen Seiten Geschosse,
Dicht, wie flockender Schnee, und der Himmel verhüllt sich in Schatten.
Alsbald sprengen Tyrrhenus mit Macht und der kühne Akonteus
Gegeneinander mit feindlichem Speer und leisten den ersten
Gang mit großem Getöse, und beide stürzen zu Boden.
Mit zerschmetterter Brust stürzt von dem Stoße Akonteus
Nieder so rasch wie der Blitz oder wie aus Geschützen ein schwerer
Steinblock weit hinaus und verhaucht in die Lüfte sein Leben.

Gleich aber werden die Reihen verwirrt, es fliehn die Latiner,
Auf dem Rücken die Schilde, und lenken die Rosse der Stadt zu.
Hinter ihnen die Troer, es führt die Schwadronen Asilas.
Und schon sind sie den Toren genaht, die Latiner erheben
Wieder den Kampfruf und wenden die lenksamen Hälse der Rosse,
Jene weichen zurück, mit verhängten Zügeln entfliehend.
Wie die Wellen des Meeres im Wechsel von Fluten und Ebben
Rollen zum Strande heran und über die Klippe sodann sich
Schäumend werfen, die sandigen Buchten im Bogen bespülend,
Dann wieder rollen sie schleunig zurück, und sie schlürfen
Fliehend die Flut von den Riffen, verlassen verebbend das Ufer.
Zweimal trieben die Tusker die weichenden Rutuler stadtwärts,
Zweimal sahn sie geworfen sich um, den Rücken sich deckend.
Als sie zum drittenmal in die Schlacht nun rannten und alle
Scharen arg aneinander geraten, der Mann sich den Mann wählt,
Da ertönte das Stöhnen der Sterbenden, in einem Blutbad
Schwammen Waffen und Leiber, und unter erschlagenen Männern
Wälzen sich halbtote Rosse; die Schlacht hat den Gipfel erklommen.
Aber Orsilochus, scheu, dem Remulus selbst zu begegnen,
Schwang nach dem Rosse den Speer und ließ am Ohr das Eisen.
Rasend bäumt vom Wurfe das Pferd sich, und in die Höhe
Schlägt es die Hufe mit steiler Brust, gequält von der Wunde;
Jener stürzte zu Boden, Catillus trifft den Jollas
Und den Herminius auch, der gewaltig an Körper und Waffen
Und gewaltig an Mut; den nackten Scheitel umwallte
Blond sein Haar, die Schultern sind bloß, er scheut keine Wunden,
Offen ganz dem Geschoß, schon zuckt ihm der Speer in den breiten
Schultern, es sinkt der Durchbohrte von Schmerzen gekrümmt nun zu Boden.
Überall strömt das dunkle Blut; mit dem Schwert um die Wette

Streckt man die Leiber, man sucht sich rühmlichen Tod duch die Wunden.
Mitten im Morden frohlockt die Amazone Camilla,
Links die Brust zum Kampfe entblößt, nun köcherumgürtet.
Jetzt verschleudert sie dicht nacheinander die biegsamen Schäfte,
Jetzt ergreift mit der Hand sie unermüdet die Streitaxt.
Golden erklirrt von der Schulter Dianas Bogen und Rüstung.
Ja, wenn zur Flucht sie irgendeinmal den Rücken gekehrt hat
Richtet sie fliehende Pfeile dann noch mit gewendetem Bogen.
Auserlesnes Gefolge umgibt sie: Larina, die Jungfrau,
Tulla zugleich und Tarpeja, die Schwingerin eherner Streitaxt,
Italermädchen, die selbst sich zum Schmuck die hehre Camilla
Auserkor, in Frieden und Krieg ihr treue Gefährten.
So wie die Amazonen von Thrakien, wenn des Thermodon
Thron sie umreiten und Krieg in bunten Rüstungen führen,
Bald um Hippolyte, bald, wenn Penthesilea, die Heldin,
Wiederkehrt im Gespann und laut im großen Tumulte,
Jubelt die weibliche Schar mit halbmondförmigen Schilden.
Welchen zuerst, wen streckst du zuletzt, du schreckliche Jungfrau,
Oder wie viele sterbende Leiber streckst du zu Boden?
Klytius' Sohn, den Euneus zuerst, dem, wie er daherkam,
Sie die offene Brust mit langem Speere durchbohrte.
Ströme des Blutes nun speiend stürzt er und den benetzten
Boden beißt er und wälzt sich in seiner Wunde verscheidend.
Drauf den Liris und Pagasus auch, da der eine die Zügel
Faßte, heruntergestürzt vom durchbohrten Pferde, und Liris
Eilte herbei, die wehrlose Hand dem Fallenden reichend,
Beide stürzten zugleich kopfüber, dann trifft sie Amastrus,
Hippotas' Sohn, und verfolgt mit der Lanze bedrängend von ferne
Tereus, Harpalykus auch, Demophoon, endlich den Chromis:
So viele Speere die Jungfrau schwang mit der Hand und entsandte,
So viel Phrygier sanken dahin. Fern tummelt der Jäger

Ornytus sein japygisches Roß in seltsamer Rüstung,
Dem die stattlichen Schultern ein Fell, dem mutigen Kampfstier
Abgezogen, umhüllt; die mächtigen Scheitel bedeckten
Rachen und Kiefer des Wolfs, weit schimmernd mit weißem Gebisse,
Und die Hände bewehrt ein bäurischer Spieß, doch er selber
Ragt inmitten des Heeres um Haupteslang' über alle.
Diesen holt sie, nicht schwer ist's zu tun, da die Seinen entflohen,
Stößt ihn durch und durch und ruft aus erbittertem Herzen:
»Wähntest du denn, Tyrrhener, das Wild in den Wäldern zu jagen?
Nun ist gekommen der Tag, der euch mit weiblichen Waffen
Euer Prahlen vergilt; doch bringst du den Manen der Väter
Nicht geringen Namen, du fielst durch den Speer der Camilla.«
Rasch den Orsilochus auch und den Butes, die tapfersten Leiber
Unter den Teukrern; den Butes durchstach die Lanze im Rücken
Zwischen Panzer und Helm, da, wo der Nacken des Reiters
Schimmert und zur Linken der Schild am Arme herabhängt;
Doch den Orsilochus täuscht sie durch Flucht, da immer sie enger
Aus dem größeren Kreise sie reitet, verfolgt den Verfolger,
Da nun haut sie durch Helm und Schädel die mächtige Streitaxt,
Höher sich reckend, dem Mann, so sehr er auch fleht und sie bittet,
Schlag auf Schlag; warm netzt mit Gehirn die Wunde das Antlitz.
Ihr begegnet und stutzt, vom plötzlichen Anblick erschrocken,
Aunus' wackerer Sohn, des Apenninenbewohners,
Schlauester aller Ligurer, solang ihm zu täuschen vergönnt war.
Als er nun sieht, daß durch Laufen nicht mehr dem Kampf zu entrinnen
Möglich ihm war noch abzulenken die drängende Fürstin,
Schmiedet er schnell mit Bedacht und Verschlagenheit listigen Trug und

Spricht: »Was ist denn so Großes dabei, wenn ein Weib sich dem wackren
Rosse vertraut? Verzichte auf Flucht und auf ebene Erde,
Wag in der Näh es mit mir und rüste dich mutig zum Nahkampf,
Bald wirst du sehn, wem Ehre das eitle Prahlen bereitet.«
Rief's, und jene voll Wut, entflammt und bitter getroffen,
Gibt der Gefährtin das Pferd und stellt sich in gleicher Bewaffnung
Furchtlos, bloß das Schwert und mit einfachem Schilde zum Nahkampf.
Aber der Jüngling entflieht, im Wahn, die List sei gelungen,
Ohne Verzug und beeilt mit verhängten Zügeln die Flucht nun,
Stachelt mit eiserner Ferse das feurige Roß, bis es müd ist:
»Eitler Ligurer du, umsonst gehabst du dich mutig,
Ganz vergeblich versuchst du zur Täuschung die Künste der Heimat.
Nicht bringt rettend ein Trug dich zurück zum listigen Aunus.«
Also ruft die Jungfrau und läuft mit geflügelten Sohlen
Feurig dem Rosse voran, und vorn in die Zügel ihm fallend,
Greift sie ihn an und stillt im Blute des Feindes die Rache.
Leicht wie von felsiger Höh' der heilige Vogel, der Habicht,
Unter den Wolken im Fluge erreicht die schwebende Taube,
Fest die ergriffene hält und zerfleischt mit kralligen Fängen,
Aus dem Äther gleiten das Blut und entrissene Federn.
  Aber mit achtsamem Blick dies alles von oben beschauend,
Saß im höchsten Olymp der Vater der Götter und Menschen.
Es entflammt der Gott zu wütendem Kampf den Tyrrhener
Tarchon und warf in die Brust ihm den Zorn mit schmerzenden Stacheln.
Also sprengte nun Tarchon durch Mord und weichende Reihen
Hoch zu Roß und befeuert die Reiter durch wechselnden Zuruf,
Ruft einen jeden beim Namen und frischt die Geschlagnen zum Kampf auf:
»Welch ein Schreck, o niemals bekümmerte, stets nur so träge

Tusker, wie kam euch doch jetzt ins Herz so gewaltige Feigheit?
Soll denn ein Weib euch verjagen, ein Weib ganze Scharen vertreiben?
Wozu tragen wir Stahl und die Lanze zwecklos in Händen?
Seid ihr zu Werken der Venus doch flink und zu nächtlichen Kämpfen,
Und wenn den Reigen des Bacchus verheißt die gebogene Flöte,
Wartet nur ab das Mahl und der üppigen Tafel Pokale.
Hier ist Liebe und Lust, bis ein unheilverkündender Seher
Ladet zum Fest und ein leckeres Mahl in den schattigen Hain ruft.«
Also ruft er und treibt sein Roß mit Todesverachtung
Mitten hinein und wirft sich dem Venulus stürmisch entgegen,
Reißt vom Pferde den Feind, mit dem rechten Arm ihn umfassend,
Führt vor sich mit großer Gewalt im Galopp ihn von dannen.
Hoch zum Himmel erhebt sich Geschrei, und alle Latiner
Staunen ihm nach. Durch die Ebene fliegt der flammende Tarchon
Mit dem Mann und den Waffen; drauf bricht er die Spitze des Speeres
Jenem ab, sucht tastend an ihm nach offenen Stellen,
Wo er die Todeswunde ihm bringe, doch jener, sich wehrend,
Hält von der Kehle die Hand und entgeht durch Stärke der Stärke.
Wie im Fluge der gelbliche Aar durch die Luft die geraubte
Schlange entführt, mit den Krallen umfaßt und mit Klauen umklammert;
Doch die verwundete Schlange, im krümmenden Kreise sich windend,
Sträubt die starrenden Schuppen empor und zischt mit dem Maule,
Höher und höher gebäumt; jedoch mit gebogenem Schnabel
Hackt er die ringende fest und peitscht mit den Schwingen den Äther.
So auch trägt aus dem Heer als Raub den Tiburter mit Jauchzen

Tarchon hinweg. Die Etrusker folgen der Tat und dem Beispiel
Ihres Führers im Sturm. Doch Arruns, dem Schicksal verfallen,
Streift um die rasche Camilla mit Speer und vieler Gewandtheit
Lauernd herum und sucht nach einer günstigen Blöße.
Wo in die Mitte der Scharen sie stürzt, die wütende Jungfrau,
Naht auch Arruns ihr stets, und leise folgt er den Spuren;
Wo sie als Siegerin kehrt und den Fuß vom Feinde zurücklenkt,
Dorthin wendet der Jüngling geheim die hurtigen Zügel.
Zugang sucht er bald da, bald dort und kreist in der Runde
Immer umher, und tückisch schwingt er die treffende Lanze.
Eben glänzte von fern im phrygischen Waffengeschmeide
Chloreus heran, ein Geweihter der Kybele, früher ihr Priester,
Tummelnd ein schäumendes Roß, ein Fell mit ehernen Schuppen
Deckte es wie mit Federn, auch trug es goldene Schnallen.
Selber leuchtend in fremdem und dunkelfarbigem Purpur,
Schoß er vom lykischen Bogen gortynische Pfeile, vom Rücken
Tönte der Köcher aus Gold, auch der Helm des Sehers ist golden,
Aber das Safrankleid und die knisternden Falten des Mantels
Hat er mit goldenen Spangen gerafft in schürzenden Knoten;
Buntgestickt ist der Rock, barbarisch die Kleidung der Beine.
Diesen verfolgt, um troische Wehr an die Tempel zu hängen
Oder als Jägerin sich im erbeuteten Golde zu zeigen,
Blindlings die Heldin, ihn nur, ihn allein aus dem ganzen
Kampfgewühl, und stürmt ohne Acht durch sämtliche Krieger
Glühend in weiblicher Lust nach der Beute, der glänzenden Rüstung;
Da aus dem Hinterhalt, endlich den Wirbel des Kampfes erreichend
Schnellte Arruns den Speer und flehte so zu den Göttern:
»Schützer des heil'gen Sorakte, du höchster der Götter, Apollo,
Den vor allem wir ehren, für den auf dem Holzstoß die Fichte
Brennt, für den, im Vertraun auf Frömmigkeit, wir, die Verehrer,

Mitten durchs Feuer hindurch auf glühenden Kohlen einhergehn,
O allmächtigster Vater, gewähre doch unseren Waffen
Tilgung der Schande! Nicht Rüstung noch Siegestrophä' der geschlagnen
Jungfrau begehr ich, noch sonst einen Raub, mir mögen andere Taten
Ruhm nur verleihn. Erliegt dies böse Unheil durch meine
Wunde, so kehr ich auch gern ohne Ruhm an die Stätte der Heimat.«
Phoebus vernahm das Gebet und gewährte die Hälfte des Wunsches,
Aber die andere Hälfte zerstreut er weit in die Lüfte.
Daß er durch plötzlichen Tod die tolle Camilla erlege,
Sagt er dem Bittenden zu; doch Rückkehr zum Lande der Heimat
Gab er ihm nicht, und Stürme verwehten den Ruf in die Winde.
Als nun der Speer, entflogen der Faust, die Lüfte durchschwirrte,
Wenden die Volsker feurig den Geist und richten die Augen
Auf die Königin hin. Sie selbst merkt weder den Lufthauch
Noch das Geräusch der Waffe, des hoch hersausenden Speeres,
Bis das geschnellte Geschoß ihr in den offenen Busen
Fährt und gierig sich labt am dunklen Blute der Jungfrau.
Angstvoll naht der Gefährtinnen Schar, und die sinkende Herrin
Fangen sie auf. Vor allen entflieht der erschrockene Arruns,
Bebend vor Freude und Furcht. Er wagt es nicht länger, dem Speere
Sich zu vertraun noch den Lanzen der Jungfraun weiter zu trotzen.
Und wie der Wolf, noch bevor ihn die feindlichen Speere umfliegen,
Plötzlich abweicht vom Wege, in hohe Gebirge sich flüchtet,
Wenn er den trefflichen Stier mitsamt dem Hirten erwürgt hat,
Seines verwegenen Tuns sich bewußt, und unter dem Bauche

Nun die zitternde Rute er einzieht und Waldungen aufsucht.
So auch stiehlt aus den Augen nun Arruns eilends sich weg und
Mischt in hastiger Flucht sich unter die anderen Streiter.
Sterbend zieht Camilla am Speer, doch haftet des Eisens
Spitze allzu fest in den Rippen. Mit tiefer Verwundung
Blutend sinkt sie dahin, fast sterbend brechen die starren
Augen, und es erbleicht das einst so rosige Antlitz.
Drauf noch redet sie so mit schwachem Atem zu Akka,
Ihrer Gespielinnen einer, die treu ihr vor andern geblieben,
Der sie auch immer die Sorgen vertraut, ihr gab sie den Auftrag:
»Soweit, o Schwester Akka, gelang's, jetzt nimmt mir die bittre
Wunde die Kraft, und es wird mir alles schwarz vor den Augen.
Eile und bringe von mir die letzte Kunde dem Turnus:
Weiter möge er kämpfen und schirmen die Stadt vor den Troern.
Nun gehabe dich wohl.« Sie sprach's, ließ fahren die Zügel,
Sank, ohnmächtig, zum Boden herab; drauf mählich erkaltend
Rang sie ganz aus dem Leibe sich los und neigte den matten
Hals und das Haupt, vom Tod übermannt, die Waffen entsinken,
Und unter Seufzen entfloh ihr zürnender Geist zu den Schatten.
Doch nun steigt ein wildes Geschrei zu den goldenen Sternen,
Und noch blutiger tobt der Kampf nach dem Tode Camillas.
Dicht rennt alles zusammen, das ganze Heer der Trojaner,
Auch die tyrrhenische Macht und die Arkaderschar des Euander.
Aber Opis, Dianas Späherin, sitzt auf der Berge
Hohem Gipfel bereits, ohne Furcht die Kämpfe beschauend.
Als sie nun fern inmitten des Lärms der tobenden Krieger
Übel entstellt im traurigen Tode Camilla erblickte,
Seufzte sie tief und stieß aus innerstem Herzen die Worte:
»Wehe, zuviel, o Jungfrau, zuviel der grausamen Strafe
Büßt du, weil du gewagt, zum Kampfe die Teukrer zu reizen.
Ach, es frommte dir wenig, daß du der Diana in Wäldern
Einsam gedient und unser Geschoß auf der Schulter getragen.
Aber nicht ohne Ruhm verließ am Ende des Lebens

Deine Königin dich, nicht namenlos bleibt bei den Völkern
Dieser dein Tod, noch wirst du die Ungerächte uns heißen.
Denn, wer immer dir auch den Leib mit der Wunde verletzte,
Büßt es mit schuldigem Tod.« Nun war am Fuße der Berghöhn
Mächtig aus Erde geschüttet das Grabmal des Königs Dercennus,
Eines alten Laurenters, bedeckt von schattiger Eiche.
Dorthin schwang sich zuerst die anmutsvollste der Götter
Stürmischen Flugs und spähte vom ragenden Hügel nach Arruns.
Als sie umglänzt von Waffen ihn sah und von Dünkel geschwollen,
Sprach sie: »Was gehst du vorüber an mir? Hier wende den Schritt her!
Hierher komm, du Verlorner, damit du den Lohn der Camilla
Würdig empfängst! Auch du willst sterben vom Pfeil der Diana?«
Also die thrakische Nymphe, und holt aus dem goldenen Köcher
Einen gefiederten Pfeil und spannt im Zorne den Bogen,
Zog dann die Sehne zurück, bis die Enden des Bügels einander
Nah sind und die Linke den spitzigen Pfeil, doch die Rechte
Mit der Sehne die Brust in gleicher Richtung berührte.
Augenblicklich vernahm nun Arruns das Schwirren des Pfeiles,
Gleich auch das Sausen der Luft, und das Eisen stak ihm im Leibe.
Als er so das Leben verhaucht und verröchelt, verließen
Ihn die vergessenden Freunde im fremden Staube der Felder.
Opis entweicht im Flug zu den Ätherhöhn des Olympus.
  Eilends entfliehn nach der Führerin Tod der Camilla Gefährten,
Rutuler fliehen verwirrt, es flieht der rasche Atinas,
Und die zerstreuten Führer und ihre verlassenen Scharen
Suchen ihr Heil und reiten zur Stadt, mit den Rossen sich wendend.
Niemand vermag die Verfolgung der unheilbringenden Teukrer

Aufzuhalten noch sich mit Waffen entgegenzustellen,
Sondern man trägt die Bogen entspannt auf ermüdeter Schulter,
Und es zerstampft das Getrampel der Hufe das lockere Brachfeld.
Wirbelnd wälzt sich der Staub im schwarzen Dunkel zur Mauer,
Und von den Zinnen umher, an die Brust sich schlagend, erheben
Weibliches Klagegeschrei zu des Himmels Gestirnen die Mütter.
Denen, die zuerst auf der Flucht in die offenen Tore
Stürzten, drängt in vermischtem Gewühl eine feindliche Schar nach;
Nicht entgehn sie dem bitteren Tod, ja selbst auf der Schwelle,
Selbst in den heimischen Mauern und unter dem Schutze der Häuser
Niedergestochen verhaucht man sein Leben. Dort schließt man die Tore,
Wagt nicht den Freunden zu öffnen den Weg, so sehr sie auch bitten,
Sie ins Innere zu lassen, ein wildes Gemetzel erhebt sich
Bei den Verteidigern drüben und hier bei den Stürmern der Tore.
Ausgesperrt von dem Blick und dem Antlitz der weinenden Eltern,
Taumeln in Gräben sie teils, im wilden Gedränge gerissen,
Köpflings hinab, teils prallen sie blind in verhängtem Galoppe
Stürmend gegen die Tore, die stark verriegelten Pfosten.
Selbst die Mütter am Wall, da in wütendem Kampf sie Camilla
Sahen, bewähren sich nun in heißer Vaterlandsliebe,
Schleudern mit hastigen Händen Geschosse, mit Keulen aus Kernholz
Tun sie dem Eisen es nach, und mit feurig glühenden Pfählen
Stürzen sie her, entbrannt, für die Stadt als erste zu sterben.
Unterdessen erschüttert die schreckliche Kunde den Turnus
Oben im Wald, da Akka die arge Verwirrung ihm vorträgt:

Gänzlich getilgt sei der Volsker Heer und Camilla gefallen,
Wütend stürmten die Feinde daher, und im glücklichen Kampfe
Rissen sie alles an sich, schon dringe die Angst zu den Mauern.
Jener in Wut – auch fordert das Jupiters grausamer Wille –
Stürmt vom Hügel hinab und verläßt im Gehölze die Stellung.
Kaum noch hatt' er die Gegend geräumt und die Ebne gewonnen,
Als in das offene Tal der Vater Aeneas nun eindrang,
Über die Joche hinwegzog, aus finsterem Dickicht hervortrat.
Beide stürzen sich da mit der Macht ihres Heers zu den Mauern
Stürmisch vor und sind nur wenig getrennt voneinander.
Aber sobald in der Ferne Aeneas den Staub von den Feldern
Steigen sah und den Zug der laurentischen Streitmacht erblickte,
Als auch Turnus den grimmen Aeneas gerüstet erkannte,
Auch das Nahn der Männer vernahm und das Schnauben der Rosse,
Hätten die zwei wohl sogleich sich mit Waffen gemessen im Felde,
Wenn nicht der rosige Phoebus die müden Rosse geborgen
Hätte im Meer und das Dunkel gebracht mit dem sinkenden Tage.
Also hielten sie sich vor der Stadt und verschanzten ihr Lager.

Zwölfter Gesang

Als nun Turnus erkannte, daß müde vom Unglück des Krieges
Und zerknirscht die Latiner, Erfüllung der Zusage fordern,
Aller Augen ihn suchen, entbrennt er ohne Versöhnung,
Stolzer hebt sich die Brust. Wie ein Löwe in punischen Feldern,
Wenn seine Brust ihm blutet, da schwer ihn die Jäger getroffen,
Jetzt erst ernstlich zum Kampfe sich stellt und grimmig im Nacken

Seine wallende Mähne schüttelt und furchtlos des Räubers
Haftende Lanze zerbricht und brüllt mit blutigem Rachen:
So auch entzündet sich nun der Zorn im flammenden Turnus.
Dann zum Könige sprechend, begann er in Hast und Erregung:
»Turnus bringt keinen Verzug, nicht dürfen feig die Trojaner
Widerrufen ihr Wort noch, was sie besiegelt, verweigern.
Vater, ich schreite zum Kampf! Bring Opfer und stell die Bedingung!
Dieser mein Arm schickt heute entweder den Troer zum Orkus,
Asiens Flüchtling – es können sitzen und schaun die Latiner,
Und ich tilge allein mit dem Schwert die gemeinsame Schande,
Oder er sieg' über mich und Lavinia folg' ihm als Gattin!«
Ihm erwiderte drauf gelassenen Herzens Latinus:
»Jüngling, so prächtig an Mut, wie sehr du an Eifer und Kühnheit
Uns übertriffst, um so mehr und mit Sorge muß ich dich billig
Selber beraten und jedweden Ausgang ängstlich bedenken,
Dein ist von Daunus, dem Vater, ein Reich, dein auch durch Erobrung
Manche Stadt, doch Liebe und Gold, sie schenkt dir Latinus.
Andere Bräute hat Latium noch und das Land der Laurenter,
Sie auch aus edlem Geblüt. Laß, sei auch schmerzlich die Wahrheit,
Dieses offen dir sagen und nimm dies Wort dir zu Herzen.
Einem der früheren Freier als Braut die Tochter zu geben,
War mir verwehrt, so warnten mich alle, die Götter und Menschen.
Nur aus Liebe zu dir, bewogen vom Blut der Verwandtschaft,
Auch von den Tränen der Gattin, zerriß ich alle die Bande,
Nahm dem Eidam die Braut und griff zu den frevelnden Waffen.
Welches Schicksal daraus, welche Kämpfe, Turnus, entstanden,
Siehst du und fühlst, was vor allen du selbst an Leiden erduldet.
Zweimal in Schlachten besiegt, beschirmen Italiens Hoffnung
Wir noch kaum in der Stadt; es ist der Tiber von unsrem

Blute noch warm und weiß von Gebeinen die weiten Gefilde.
Wohin schwank ich so oft? Welch Wahnsinn verwirrt mir die Sinne?
Wenn ich den Bund zu erneun nach Turnus' Tode bereit wär',
Warum end ich, solang er am Leben, nicht lieber die Kämpfe?
Was wird einst der befreundete Rutuler sagen, das ganze
Italerland, wenn ich dich – das Schicksal vereitle die Worte! –
Opferte, der du die Tochter begehrst und ihre Vermählung?
Denk an die Wechsel des Krieges, erbarme dich deines bejahrten
Vaters, der jetzt voll Gram im heimischen Ardea wartet,
Ferne von dir.« Nicht wird durch die Worte der heftige Turnus
Anders gestimmt, er tobt nur noch stärker, je mehr man ihm zuspricht.
Als die Erregung zu reden erlaubt, da gab er zur Antwort:
»Jene Besorgnis um mich, die du, Bester, um mich da empfindest,
Lege sie ab und laß für Ruhm den Tod mich erkaufen!
Wir auch schleudern den Speer mit der Hand, o Vater, und keinen
Schwachen Stahl; wo wir auch verwunden, strömt Blut aus der Wunde.
Fern wird die Göttin, die Mutter ihm sein, nicht decken den Flüchtling
Mit dem Schutze der Frau; er hüllt sich umsonst in die Schatten.«
  Aber die Fürstin, erschreckt von der neuen Wendung des Kampfes,
Weint' und umarmte, zu sterben bereit, den zornigen Eidam:
»Turnus, bei diesen Tränen, und wenn dein Herz für Amata
Etwas Verehrung noch fühlt! Du Trost des traurigen Alters,
Einzige Hoffnung mir jetzt! Der Glanz und das Reich des Latinus
Ruhen auf dir, du stützt allein das sinkende Haus noch!
Eines nur fleh ich dich an! Laß ab von dem Kampf mit den Teukrern!
Was dich auch treffen mag und was dich im Kampfe erwartet,

Turnus, das wartet auch meiner! Ich scheide zugleich vom verhaßten
Leben und will als Gefangne nicht schaun den Eidam Aeneas!«
Auch Lavinia hörte das Wort ihrer Mutter, die heißen
Wangen von strömenden Tränen benetzt; und flammende Röte
Tiefster Scham überlief mit des Feuers Gluten ihr Antlitz.
Wie das indische Elfenbein, vom Blute des Purpurs
Übermalt, wie Lilienschnee unter reichlichen Rosen
Rötlich erglänzt, so spielten die Farben im Antlitz der Jungfrau.
Jenen verwirrte die Liebe, er heftet den Blick auf das Mädchen,
Lechzte noch heißer nach Kampf und sprach nur kurz zu Amata:
»Nein, ich bitte dich, nicht mit Tränen und nicht mit so banger
Ahnung, o Mutter, begleite mich jetzt, der zum Kampf der Entscheidung
Geht, denn es steht dem Turnus nicht frei, den Tod zu verzögern.
Du, o Idmon, verkünde dem phrygischen Könige diese
Botschaft, die ihm nicht willkommen: So bald am Morgen Aurora
Wieder errötend den Himmel durcheilt auf purpurnen Rädern,
Führ' er die Teukrer zu Rutulern nicht! Wir lassen die Heere
Ruhen vom Streit, wir entscheiden den Krieg mit unserem Blute;
Dort nun laßt uns im Feld um die Gattin Lavinia werben.«
Als er die Worte gesagt und stürmisch ins Haus sich begeben,
Fordert die Rosse er schon und erblickt die wiehernden freudig,
Die dem Pilumnus zur Pracht selbst Orithyia gesendet,
Die an Weiße den Schnee, an Lauf die Winde besiegen.
Hurtige Knechte umstehen sie rings und klopfen mit hohler
Hand die klatschende Brust und striegeln am Halse die Mähne.
Drauf den glänzenden Panzer von Gold und gelblichem Messing
Legt er selbst um die Schultern und fügt zu handlichem Griffe
Schwert und Schild an die Seite, den Helm mit purpurnem Roßschweif,

Jenes Schwert, das der Meister des Feuers für Daunus, den Vater,
Selber geschmiedet, getaucht die glühende Klinge in stygisches Wasser.
Auch den Speer, der an eine gewaltige Säule gelehnt stand
Mitten im Saal, den faßt er mit rascher Gewalt, die mächtige Lanze,
Einst vom aurunkischen Aktor erbeutet, die bebende schwingend,
Ruft er nun laut: »Jetzt, Speer, den ich nimmer vergebens gerufen,
Jetzt ist die Zeit gekommen! Dich trug der gewaltige Aktor,
Turnus schwingt dich heut. O hilf mir, ihn niederzuwerfen,
Laß mich mit kräftiger Hand den Panzer ihm völlig zersprengen,
Ihm, dem weibischen Phryger, im Staub die Locken ihm schänden,
Triefend von Myrrhenöl und mit heißem Eisen gekräuselt.«
Also empört ihn die Wut, und vom ganzen Gesicht des Entbrannten
Sprühen die Funken, das Feuer, es blitzt aus den rollenden Augen.
Wie wenn der Stier zum Kampfesbeginn ein schreckliches Brüllen
Drohend erhebt – es steigt die Wut ihm schon hoch in die Hörner –,
Wider den Stamm des Baumes gestemmt, so reizt er mit Stößen
Dort den Wind oder lockt zum Kampf und wirbelt den Staub auf.

Aber nicht minder tobt in den Waffen der Mutter Aeneas,
Schärft nicht minder die Kampfesbegier und wütet im Zorne,
Froh, zu enden den Krieg durch das angebotene Bündnis,
Tröstet die Freunde sodann und Julus, den schmerzlich besorgten,
Weist auf den Schicksalsspruch und läßt die entscheidende Antwort
Und des Friedens Bedingung dem König Latinus verkünden.

Kaum bestrahlte der folgende Tag die Gipfel der Berge
Wieder mit Licht, kaum stiegen die Sonnenrosse aus tiefem
Meere herauf und sprühten den Glanz aus erhobenen Nüstern,
Als bei den Mauern der mächtigen Stadt das Gefilde zum Zweikampf
Rutuler schon vermaßen und Ilier, alles bereitend,
Mitten auch Herde, gemeinsamen Göttern die Rasenaltäre
Bauten. Andere brachten sodann das Wasser und Feuer,
Eingehüllt in den Schurz und den heiligen Kranz um die Schläfen.
Nunmehr ziehn die Ausonier auf, und Scharen mit Speeren
Strömen aus vollen Toren heraus; dort eilt das gesamte
Heer der Tyrrhener und Troer herbei in mancherlei Rüstung,
Alle nicht minder mit Eisen bewehrt, als riefe des Kriegsgotts
Hitziger Kampf. Auch fliegen zugleich in der Tausenden Mitte
Selber die Führer umher, geschmückt mit Gold und mit Purpur,
Mnestheus dort, des Assarakus Blut, und der starke Asilas,
Auch der Sohn des Neptun, der Rosse Bezähmer Messapus.
Als auf das Zeichen ein jeder nach seinem Platz sich zurückzog,
Stoßen sie alle den Speer in die Erde und lehnen den Schild an.
Nunmehr strömt, begierig zu schaun, ohne Waffen der Haufe
Mütter und Greise heraus; selbst Dächer und Türme
Werden besetzt, und andere stehen auf ragenden Toren.
Aber vom Gipfel des Bergs – den albanischen nennt man ihn heute,
Ruhmlos war er voreinst, noch ohne Benennung und Ansehn –
Schaute Juno herab, das Feld und die Heere betrachtend,
Beide, die Reih' der Laurenter und Troer, die Stadt des Latinus.
Alsbald redete sie und begann zur Schwester des Turnus
Sie, die Göttin zur Göttin, der Seen und tobenden Flüsse
Herrin; denn es verlieh der erhabene König des Äthers
Jupiter ehrend ihr dies als Lohn für entrissenes Magdtum.
„Nymphe, du Zierde der Flüsse, du teuerste meinem Gemüte,
Weißt du ja doch, wie ich einzig vor allen latinischen Jungfraun,
Welche des Jupiters Lager, des mächtigen, danklos bestiegen,

Dich mir erkor, dir willig den Anteil schenkte am Himmel.
Lerne dein Leid, damit du nicht mich beschuldigst, Juturna!
Als noch das Schicksal zu dulden es schien und die Parzen es gönnten,
Daß sich Latium rette, da schirmt' ich die Stadt und den Turnus.
Ungleich, seh ich, ist jetzt das Geschick, das den Jüngling zum Kampf führt,
Und ihm naht die feindliche Macht und die Stunde der Parzen.
Nicht vermag ich den Kampf und nicht zu schauen das Bündnis.
Wenn du Günstiges jetzt vielleicht für den Bruder noch wagtest,
Tu es, dir ziemt's; vielleicht, daß dem Leid die Freude noch nachfolgt.«
Kaum gesagt, da strömt aus den Augen Juturnas die Träne;
Wieder und wieder zerschlug mit der Hand sie den reizenden Busen:
»Nicht ist Zeit für die Tränen«, versetzte Saturnia Juno,
»Auf und entziehe, wenn irgend du kannst, deinen Bruder dem Tode,
Oder entfache den Krieg und zerreiß das geschlossene Bündnis!
Wag es, ich rat dieses Werk!« So mahnend verließ sie die Nymphe,
Schwankend und tief verwirrt von der schmerzlichen Wunde des Herzens.
Siehe, die Könige nahn! Die Riesengestalt des Latinus,
Fahrend im Viergespann, indes zwölf goldene Strahlen
Rings ihm die leuchtenden Schläfen umziehn, ein Zeichen des Ahnherrn
Sol. Auch Turnus erscheint mit weißen Rossen im Zweispann,
Und er schwenkt in der Hand zwei Speere mit breitblatt'ger Spitze.
Dort eilt Vater Aeneas, der Stamm des römischen Volkes,
Glühend im Sternenschimmer des Schilds und der göttlichen Rüstung,
Julus mit ihm, die weitere Hoffnung der mächtigen Roma,
Aus dem Lager hervor. Der Priester in glänzender Kleidung

Bringt ein ungeschorenes Lamm und ein borstiges Ferkel,
Stellt zum Opfer sodann das Vieh an den brennenden Altar.
Jene, das Angesicht nach der steigenden Sonne gerichtet,
Streun aus den Händen gesalzenes Mehl und scheren mit Eisen
Über den Schläfen das Vieh und sprengen den Altar mit Spenden.
Hierauf fleht mit gezogenem Schwert der fromme Aeneas:
»Jetzt, o Sol, sei Zeuge dem Betenden, du auch, o Land hier,
Das mich bewogen, so viele der Leiden und Mühn zu ertragen,
Du, allmächtiger Vater, und du, Saturnia Juno,
Nun mir versöhnt, nun, Göttin, ich fleh! Auch Mars, du erhabner,
Der du allen den Kriegen, o Vater, gewaltig gebietest!
Euch auch ruf ich, ihr Quellen und Flüsse, erhabenen Äthers
Heilige Macht und die Götter des dunkelwogenden Meeres!
Wenn jetzt etwa der Sieg zum ausonischen Turnus sich wendet,
Dann geziemt's den Besiegten, zur Stadt des Euander zu ziehen;
Julus räume das Land, und auch künftig sollen die Troer
Nie mehr feindlich sich nahn, mit dem Schwert dies Reich zu bekämpfen.
Doch wenn mir sich zuneigt der Sieg in des Kampfes Entscheidung,
Wie ich eher vermute, es eher die Götter doch gäben!
Selbst auch dann will ich nicht, daß Italer dienen den Teukrern,
Noch verlang ich das Reich; es vereinen die Völker sich beide
Unbesiegt und gleich an Gesetz in ewigem Bunde.
Opfer und Götter geb ich, die Kriegsmacht habe Latinus,
Herrschergewalt auch Latinus, der Schwager. Mir werden die Teukrer
Mauern erbaun, Lavinia gebe der Stadt ihren Namen.«
Also Aeneas zuerst. Da erwidert Latinus, die Rechte
Sternwärts haltend, zum Himmel den Blick: »Dies alles, Aeneas,
Schwör auch ich bei der Erde dir zu, bei dem Meer und den Sternen,
Beim zweistirnigen Janus, dem Zwillingspaar der Latona,

Bei der Behausung des schrecklichen Dis und den Mächten der Tiefe,
Jupiter hör's, der mit Blitzen die Bündnisse heiligt, ich rühre
Diesen Altar, ich bezeug's bei der Opferflamme den Göttern,
Nie wird brechen ein Tag den Italern Frieden und Bündnis,
Wie auch falle das Los. Mit Willen werd keiner Gewalt ich
Jemals weichen, selbst wenn sie mit Wasser die Erde verschlänge,
Mengend mit Flut, und hinab in den Tartarus würfe den Himmel.
Wie dies Zepter – er trug in der Hand gerade das Zepter –
Nie mehr Ruten mit zartem Gezweig noch Schatten hervorbringt,
Da es in Wäldern einmal, von der Wurzel des Stammes gehauen,
Von der Mutter getrennt, die Zweige dem Stahle zurückließ,
Einst ein Baum, jetzt hat es der Künstler mit zierendem Erze
Eingefaßt und zu tragen verliehn den latinischen Vätern.«
Also bekräftigen sie im Kreise der Fürsten, die zuschaun,
Untereinander mit Reden das Bündnis. Drauf werden geweihte
Tiere in Flammen geopfert, den lebenden noch das Geweide
Ausgenommen, Altäre mit vollen Schüsseln beladen.
  Aber den Rutulern schien schon lange ungleich der Zweikampf,
Und in den Herzen wogten schon längst die wechselnden Sorgen,
Jetzt noch mehr, da sie näher sahn, wie verschieden die Kräfte.
Diese vermehrte Turnus dazu, der vortrat schweigenden Ganges,
Demutsvoll den Altar mit gesenktem Blicke verehrend,
Blaß die Jugendgestalt und eingefallen die Wangen.
Als aber nun die Schwester Juturna das Murren im Volke
Wachsen sah und verändert die wankenden Herzen der Menge,
Trat sie mitten ins Heer und nahm des Camers Gestalt an,
Den durch mächtiges Ahnengeschlecht und Taten der Väter

Ruhmvoll schmückte der Name, der selbst auch tapfer im Streit war,
Also trat sie mitten ins Heer, gar kundig der Stimmung,
Streute verschiedne Gerüchte da aus und sagte die Worte:
›Rutuler, schämt ihr euch nicht, für alle die Männer nur eine
Seele zu bieten dem Tod? Sind wir an Zahl und an Kräften
Etwa nicht gleich? Hier seht ihr die Troer und Arkader alle
Jene Helden des Glücks, und Etrurier, hetzend auf Turnus.
Kaum bleibt jedem ein Gegner, wenn Mann gegen Mann wir uns schlagen.
Er zwar wird zu den Göttern, an deren Altar er sich weihte,
Aufwärts steigen durch Ruhm, wird leben im Munde des Volkes;
Wir aber büßen die Heimat dann ein, um trotzigen Herren
Dienstbar zu sein, weil träge wir jetzt im Felde hier saßen.«
Solcherlei Worte entflammten der Jünglinge Herzen nun vollends
Mehr und immer schon mehr, ein Murren schleicht durch die Reihen.
Selbst die Laurenter verändern den Sinn, ja auch die Latiner,
Welche bereits sich Ruhe vom Kampf und Heil dem Beginnen
Hofften, nunmehr verlangen sie Krieg und wünschen das Bündnis
Nicht vollzogen, das traurige Los des Turnus bedauernd.
Dazu fügt noch Juturna ein größeres Werk, denn am Himmel
Gibt sie ein Zeichen, wie nie noch so klar und so deutlich ein andres
Italerherzen verwirrt und durch Vorbedeutung getäuscht hat.
Jupiters bräunlicher Adler, den purpurnen Äther durchschwebend,
Scheuchte die Vögel des Strandes umher, des geflügelten Zuges
Kreischenden Schwarm, dann plötzlich herab zu den Wellen sich schwingend,
Raubt er verwegen den trefflichen Schwan mit den Krallen der Füße.
Stutzend blicken die Italer auf, doch es hemmen die Vögel

Plötzlich die Flucht mit lautem Geschrei, ein Wunder zu schauen,
Und verdunkeln die Luft mit den Flügeln, und fort durch den Äther
Treiben den Feind sie, zur Wolke geschart, bis er, weichend der Menge
Und erschöpft von der Last, nun selber den Raub aus den Klauen
Fallen läßt in den Fluß und fern in die Wolken sich flüchtet.
Aber die Rutuler grüßen mit Freudengeschrei die Erscheinung,
Rüsten die Hände zum Kampf, und der Seher Tolumnius kündet:
»Dieses war es, ja dies, was oft im Gebet ich erflehte.
Hier empfang und erkenn ich die Himmlischen. Mir nun, mir folgend,
Greift, ihr Feigen, zum Schwert, da mit Krieg euch der ruchlose Fremdling
Schreckt wie der Vögel schwaches Geschlecht und eure Gestade
Feindlich verheert. Bald sucht er die Flucht und tief in die Meerflut
Segelt er weg. Doch einigen Herzens schließet die Reihen,
Und verteidigt im Kampfe den König, den euch man geraubt hat!«
Rief's und rannte hervor und warf das Geschoß in die Feinde
Ihm gegenüber; und sausend entfliegt da der Speer und durchschneidet
Sicher die Luft. Jetzt das, jetzt großes Geschrei, und schon alle
Reihen werden verwirrt und entflammt die Herzen in Aufruhr.
Aber der fliegende Speer – es standen dort drüben neun Brüder,
Stattliche, schöne Gestalten; die treue tyrrhenische Gattin
Hatte sie alle dem Arkadergatten Gylippus geboren –
Traf nun den einen inmitten, wo goldendurchwirkt sich der Gürtel
Reibt und die Spangen mit Haken sich gegeneinander verzahnen.
Diesem Manne von stattlichem Wuchs und glänzender Rüstung

Dringt er hindurch durch die Rippen und wirft in den gelblichen Sand ihn.
Aber die Brüder, ein mutiger Haufe, entbrannt von dem Leide,
Zücken zum Teil mit den Händen das Schwert, teils raffen zum Wurfe
Lanzen sie auf und rennen wie blind. Dort – ihnen entgegen –
Stürzt die laurentische Macht; es wogen von neuem gedrängt hin
Arkader, bunt in Waffen, und hier Agylliner und Troer.
Alle ergreift ein einziger Drang, mit dem Schwert zu entscheiden.
Schnell sind zerstört die Altäre, indes ein Gewitter von Pfeilen
Stürmisch den Himmel durchfliegt und ein eiserner Regen herabfällt;
Krüge auch schleppt man und Herde da fort. Es flieht auch Latinus,
Nimmt die Götter mit sich, verscheucht durch des Bundes Vereitlung.
Einige schirren den Wagen da an, und andere heben
Schwingend sich schon auf die Rosse und nahn mit gezogenen Schwertern.
Alsbald sprengt Messapus begierig, den Bund zu zerstören,
Auf den Tyrrhenerkönig im Königsschmuck, auf Auletes,
Scheucht ihn hinweg mit den Hufen des Rosses; der stürzt im Entweichen
Hinter dem hemmenden Altar armselig zu Boden und taumelt
Nieder auf Schultern und Haupt; doch fliegt mit der Lanze Messapus
Stürmisch herzu; wie jener auch fleht, mit dem wuchtigen Speere
Hoch vom Rosse herab durchbohrt er ihn, sprechend die Worte:
»Diesen nun hat's! Hier blutet ein besseres Opfer den Göttern!«
Italer laufen, zu rauben die Waffen, noch eh' er erkaltet.
Nahend ergriff Korynaeus den lodernden Brand vom Altare;
Als er auf Ebysus stieß, der den Mordstreich gegen ihn führte,

Schlug er die Glut ihm ins Antlitz; es flammte der mächtige Bart auf,
Und versengt verging er im Qualm; drauf selbst ihn verfolgend,
Faßt er den bebenden Feind mit der linken Hand an dem Haupthaar,
Drückt mit dem Knie ihn hinab und preßt ihn machtvoll zu Boden,
Stößt in die Seite das starrende Schwert. Podalirius folgte
Alsus, dem Hirten, der vorn in der Schlacht durch die Speere dahinstürmt,
Weithin drohend mit blinkendem Schwert; doch dieser zerspaltet
Kinn und Stirn auseinander dem Feind mit geschwungener Streitaxt
Und benetzt ihm die Wehr mit dem Blute, das weithin umherspritzt,
Daß ihm eiserner Schlaf und die harte Ruhe die Augen
Zudrückt und sich in ewiger Nacht seine Blicke verschließen.

Aber Aeneas erhob die unbewaffnete Rechte 311
Und entblößte das Haupt und rief den Seinigen laut zu:
»Halt, wo rennet ihr hin? Was erhebt sich plötzlich für Zwietracht?
Hemmt, o hemmet die Wut! Der Bund ist geschlossen, und feststehn
Alle Bedingungen schon, nur mir ist Kampf noch gestattet,
Mich laßt schalten und bannet die Furcht, ich mache das Bündnis
Stark mit der Faust, dies Opfer ist mir auch Turnus noch schuldig!«
Aber indem er noch sprach, selbst mitten im Worte, da schwirrte,
Sieh, ein gefiederter Pfeil, zu dem Helden fliegend, man weiß nicht,
Welche Hand ihn geschnellt, welch stürmische Kraft ihn getrieben,
Was so mächtiges Lob den Rutulern brachte, der Zufall

Oder ein Gott, in Dunkel gehüllt ist der Heldentat Ehre,
Auch hat nimmer ein Mensch sich der Wunde gerühmt des Aeneas.
Als aber Turnus bemerkt, wie Aeneas die Seinen verlassen
Und die Führer verwirrt, da entbrennt er von plötzlicher Hoffnung,
Fordert die Pferde und Waffen zugleich und schwingt auf den Wagen
Stolz im Sprung sich empor und lenkt mit den Händen die Zügel,
Stürmt durch die Reihn, gibt viele der tapferen Helden dem Tode,
Wälzt Halbsterbende hier, zermalmt mit dem Wagen die andern,
Rafft sich die Speere und schleudert den Fliehenden sie in den Rücken,
So wie der blutige Mars am kalten Gewässer des Hebrus
Heftig schlägt auf den tönenden Schild und feurige Rosse
Spornt zum Beginne der Schlacht; sie fliegen auf offenem Felde
Selbst dem Süd- und dem Ostwinde vor, und Thrakien ferne
Dröhnt vom Schlage der Hufe, Gestalten des schwarzen Entsetzens
Schweben umher, die List und der Groll, des Gottes Begleitung:
So auch jagt inmitten der Schlacht der hitzige Turnus
Seine vom Schweiße dampfenden Rosse, die kläglich gefallnen
Feinde zerstampft er im Lauf, verspritzt mit reißenden Hufen
Blutigen Tau und trabt im mordbefeuchteten Sande.
Sthenelus tötet er da, den Thamyrus auch und den Pholus,
Nahend den einen, den andern von ferne, von ferne die beiden
Imbrasus-Söhne, den Glaukus und Lades, die Imbrasus selber
Groß in Lykien zog, mit gleichen Waffen sie schmückend,
Sei es, zu stehn im Gefecht, sei's, den Wind im Galopp zu besiegen.
Anderswo rennt Eumedes hinein ins Schlachtengetümmel,
Jener tapfere Sohn des altehrwürdigen Dolon,

Gleich an Namen dem Ahn, an Mut und Händen dem Vater,
Welcher voreinst, um spähend ins Danaerlager zu schleichen,
Sich des Peliden Rosse als Lohn zu fordern erdreistet.
Aber ihm gab Diomedes für solch ein freches Begehren
Anderen Dank; nun will er nicht mehr das Gespann des Achilles.
Als nun Turnus von fern im offenen Feld ihn gewahrte
Und ihn zuerst durch die Luft mit leichtem Speere getroffen,
Hemmt er das Doppelgespann und springt vom Wagen und schreitet
Über den Halbentseelten und Stürzenden, tritt mit dem Fuße
Ihm auf den Hals, entwindet das Schwert seiner Rechten und taucht dann
Tief in die Kehle den blitzenden Stahl und redet die Worte:
»Schau nun, Troer, das Feld und Hesperien, das du im Kriege
Heimsuchst, miß es im Liegen nun aus! So lohn ich's den Männern,
Die mich mit Eisen zu prüfen gewagt, so gründen sie Mauern!«
Diesem schickt den Asbytes er nach, getroffen vom Speere,
Chloreus und Sybaris auch, den Thersilochus auch und den Dares,
Auch den Thymoetes – er stürzt vom Nacken des bäumenden Pferdes.
So wie der Hauch des edonischen Nordwinds stürmend daherbraust
Auf dem Ägäischen Meer und die Fluten folgen zum Ufer,
Da, wo die Winde drängen, da fliehn am Himmel die Wolken:
Ebenso weichen vor Turnus die Scharen, wo immer er dreinschlägt,
Überall wendet das Heer sich zur Flucht; ihn reißt da der Drang fort,
Rückwärts flattert im Wind auf rasendem Wagen der Helmbusch.
Phegeus ertrug nun den Kämpfer nicht mehr, den bitter Ergrimmten,
Warf sich gegen den Wagen und zog mit der Rechten zur Seite

An dem Zaume das schäumende Maul der getriebenen Rosse.
Wie er geschleppt am Joche nun hängt, da trifft den Entblößten
Schnell ein breites Geschoß und zerreißt durchbohrend des Panzers
Doppelgeflecht und berührt mit streifender Wunde den Körper.
Dennoch hebt er den Schild empor, und, zum Gegner sich wendend,
Ging er und suchte sich Hilfe sofort mit gezogenem Schwerte,
Als ihn jählings das Rad und im Lauf die geflügelte Achse
Vorwärts riß und zu Boden ihn warf, und Turnus, ihm folgend,
Schlug, wo unten der Helm an den Rand des Panzers sich anfügt,
Weg sein Haupt mit dem Schwerte und ließ den Rumpf da im Sande.

Während also nun Turnus im Schlachtfeld Leichen dahinstreckt,
Brachten Mnestheus in Julus' Geleit und der treue Achates
Indes ins Lager zurück – vom Blute triefend – Aeneas,
Der nur Schritt vor Schritt am langen Speere sich stützte.
Grimmig ringt er, den haftenden Pfeil am zerbrochenen Rohre
Auszuziehn, und verlangt das nächste Mittel der Hilfe,
Daß man die Wunde schneide mit breitem Schwerte, des Pfeiles
Heimliche Tiefe ergründe, zurück ihn sende zum Kampfe.
Schon kam Japyx, des Jasus Sohn, ein Liebling des Phoebus,
Eilends herbei, dem einst, von heftiger Liebe ergriffen,
Seine eigenen Künste und Gaben freudig Apollo
Anbot, Deutung des Flugs, auch Leier und flüchtige Pfeile.
Jener, damit er das Leben verlängre dem sterbenden Vater,
Wollte der Kräuter Kräfte vielmehr und die Kunde des Heilens
Lernen und unberühmt die stilleren Künste betreiben.
Siehe, da stand, auf die mächtige Lanze sich stützend, Aeneas,
Knirschend vor Schmerz, inmitten der Drängenden und des betrübten
Julus, doch unbewegt von den Weinenden. Aber der Alte,
Rückwärts das lange Gewand nach paeonischer Weise gegürtet,

Schaffte mit ärztlicher Hand und des Phoebus mächtigen Kräutern
Vieles umsonst in der Hast und rüttelt umsonst mit der Rechten
Oft an dem Pfeil und faßte mit packender Zange das Eisen.
Keinen Weg entdeckt ihm das Glück, kein Helfer Apollo
Hilft ihm, und grauenvoller je mehr und mehr im Gefilde
Wächst der Schrecken und kommt die Not; schon sieht man den Himmel
Starren von Staub, die Kämpfenden nahn, und dichte Geschosse
Fallen ins Lager bereits; in die Luft steigt Jammergeschrei auf
Streitender Männer zugleich und tödlich getroffener Krieger. 410
Venus jedoch, von des Sohnes unwürdigem Leiden erschüttert,
Pflückt auf dem kretischen Ida die herrliche Pflanze Diktamnum,
Einen mit purpurfarbiger Blüte und saftigen Blättern
Sprossenden Schaft; ihn kennen sehr wohl auf den Bergen die wilden
Ziegen, wenn ihnen ein fliegender Pfeil auf den Rücken sich heftet.
Diesen bringt, das Gesicht in dunkle Wolken sich hüllend,
Venus herbei und beträuft das Naß in dem glänzenden Kessel
Heimlich damit, still helfend, und mischt die heilsamen Tropfen
Ihrer Ambrosia drein und das duftende Kraut Panacea. 419
Nun aber wusch mit dem Safte der alternde Japyx die Wunde,
Davon nichts ahnend, und plötzlich entfloh der Schmerz aus dem Körper
Völlig und ganz, und das Blut im Innern der Wunde versiegte.
Und nun folgte der Hand das Geschoß von selber und zwanglos,
Fiel aus dem Leib, und es kehrten zurück die früheren Kräfte.
»Rasch dem Helden die Waffen gebracht! Was steht ihr?« So fährt sie
Japyx an und entflammte zuerst auf den Feind ihre Herzen.
»Das ist nicht durch menschliche Kraft, durch Kunde des Arztes

Eben geschehn, dich erhält nicht meine Hand, o Aeneas;
Mächtig der Gott, der da waltet, er schickt dich zu größeren Taten!«
Jener, sich sehnend nach Kampf, umschließt sich die Waden mit Golde
Rings umher und verwünscht den Verzug und schwingt seine Lanze.
Als an die Seite der Schild, an den Rücken der Panzer gefügt war,
Da umarmt er den Julus im Glanz der schützenden Waffen,
Gab durch den Helm noch sanft ihm den Kuß und sagte die Worte:
»Tapferkeit lerne von mir, o Sohn, und Beharren in Mühen,
Aber von andren das Glück! Jetzt wird mein Arm in dem Kampfe
Mächtig dich schützen und jetzt zu hohen Zielen dich führen.
Du nun sorge, sobald dein blühendes Alter heranreift,
Des zu gedenken, und wenn du erwägst der Deinigen Vorbild,
Mög Aeneas, der Vater, und Hektor dich spornen, der Oheim.«

Als er die Worte gesprochen, durchschritt er mächtig die Tore,
Schwang in der Hand den gewaltigen Speer; in der drängenden Heerschar
Stürmen ihm Antheus und Mnestheus nach; aus verlassenem Lager
Strömen alle die Krieger; das Feld verhüllt sich in finstren
Staub, von der Wucht der Füße erbebt der erschütterte Boden.
Gegenüber vom Wall sah Turnus schnell sie herannahn,
Sahn's die Ausonier auch, und es lief durch Mark und Gebeine
Schaudernder Schreck. Juturna zuerst vor allen Latinern
Hört' und erkannte den Lärm und floh voll Entsetzen von hinnen.
Jener durchfliegt das Gefilde und führt den düsteren Heerzug.
Wie wenn aus berstender Wolke die Windsbraut gegen das Festland

Hinzieht mitten durchs Meer und ach, dem kläglichen Landvolk
Lang schon ahnend erschauert das Herz, bald wird sie die Bäume
Niederstürzen, verwüsten die Saat, rings alles zerschmettern,
Winde fliegen voran und tragen das Brausen zum Ufer:
Also treibt der rhoeteische Held auf die nahenden Feinde
Eilend das Heer, und dicht in geschlossene Keile sich drängend,
Ziehn sie einher. Thymbraeus erschlägt den starken Osiris,
Drauf den Archetius Mnestheus, den Epulo mordet Achates,
Gyas den Ufens, es fällt der Seher Tolumnius selber,
Welcher zuerst das Geschoß in die Reihen der Feinde geschleudert.
Himmelan steigt das Geschrei, und die Rutuler, wieder sich wendend,
Bieten durch das Gefild auf der Flucht die staubigen Rücken.
Aber er würdigt die Fliehenden nicht, sie niederzustoßen,
Noch verfolgt er die Kämpfer zu Fuß, die von nahe die Lanze
Heben zum Wurf, nach jenem, dem staubumwirbelten Turnus
Späht er mit suchendem Blick, nur jenen verlangt er zum Zweikampf.
Doch die Heldin Juturna, von Angst und Sorge durchzittert,
Stößt den Metiscus vom Sitz, den Wagenlenker des Turnus,
Zwischen den Riemen und läßt ihn fallen weit von der Deichsel,
Steigt dann auf und lenkt mit der Hand die wallenden Zügel,
Völlig an Stimm' und Gestalt und an Rüstung gleich dem Metiscus.
Wie den großen Palast des reichen Besitzers die schwarze
Schwalbe durchfliegt und die hohen Gemächer streift mit den Flügeln,
Sammelnd ein wenig an Kost, dem zwitschernden Neste zur Nahrung,
Bald durch geräumige Hallen und bald um die sumpfigen Teiche
Schwirrt sie dahin: so jagt durch die Mitte des Feindes Juturna

Schleunig die Rosse und fliegt um das Feld mit reißendem Wagen,
Zeigt bald hier ihren Bruder und bald den Jauchzenden dort auch,
Läßt ihn jedoch keine Kämpfe bestehn und eilt von dem Wege.
Gleich schnell folgt ihm Aeneas durch alle die Straßen im Kreise,
Bleibt ihm stets auf der Spur und ruft durch die Reihn der Zersprengten
Weit ihn herbei. Sooft er den Feind in die Augen gefaßt hat
Und im Laufe erreichte den Sturm der geflügelten Rosse,
Ebensooft entzog ihm den fliehenden Wagen Juturna.
Was soll er tun? Er wütet umsonst in wechselndem Zorne,
Und sein Herz wird von Sorgen gezerrt bald hierhin, bald dorthin.
Aber Messapus, der eben zwei schwankende Speere in Händen
Trug, an der Spitze mit blinkendem Eisen, in hurtigem Sprunge
Schleudert er einen davon, mit sicherem Schwung ihn entsendend.
Doch Aeneas hielt an und sammelte sich in der Rüstung,
Niedergeduckt auf das Knie, doch entriß der geschleuderte Speer ihm
Oben die Spitze und schlug ihm den höchsten Busch von dem Scheitel.
Jetzt aber hebt sich höher sein Zorn und, empört von der Arglist,
Weil er sah, wie weit ihm der Wagen entfloh und die Rosse,
Ruft er Jupiter an und des Bundes entweihte Altäre,
Stürmt dann endlich hinein in das Heer, und durch Hilfe des Kriegsgotts
Häuft er ringsum mit Schrecken ohn' alle Schonung und Mitleid
Furchtbaren Mord und löst der Rache sämtliche Zügel.
Welch ein Gott mag solche Verwüstungen, wer im Gesange
All das Morden, der Feldherrn Tod, die rings im Gefilde

Bald der troische Held, bald Turnus wechselnd umhertrieb,
Künden nunmehr? Wie mochten, o Jupiter, Völker zu solchen
Kämpfen sich treffen, die bald ein ewiger Frieden vereinigt?
Siehe, nun stieß Aeneas – ein Kampf, der die flüchtenden Troer
Wieder zuerst zum Halten gebracht – dem Rutuler Sucro
Ohne Verzug in die Seite und trieb den blutigen Mordstahl,
Wo am schnellsten der Tod, durch die Wölbung der Brust und die Rippen.
Turnus stürzt den Amykus vom Pferd und den Bruder Diores,
Schlägt sich zu Fuß, streckt jenen mit langem Speer im Herannahn,
Diesen sodann mit dem Schwert, und die abgeschlagenen Köpfe,
Triefend vom Blute, sie führt er mit sich, an den Wagen sie hängend.
Jener erlegt den Tanais dort und den tapfern Cethegus,
Auch den Talus in einem Gefecht, den bestürzten Onites,
Welchen Echion gezeugt, Peridia war seine Mutter,
Dieser die lykischen Brüder, gesandt von der Flur des Apollo,
Und den Jüngling Menoetes, den Arkader, welcher vergebens
Haßte den Krieg; am Fluß der fischdurchwimmelten Lerna
Hatte er Arbeit und dürftiges Haus, die Schwellen der Großen
Kannte er nie, und der Vater besäte gepachteten Boden.
Wie zuweilen ein Brand, auf verschiedenen Seiten entzündet,
Dürre Waldung ergreift und knisternde Zweige des Lorbeers;
Oder wie in reißendem Sturz von den Gipfeln der Berge
Schäumende Bäche mit wildem Gebraus in die Ebenen schießen,
Jeder verwüstend die eigene Bahn; nicht langsamer stürzen
Beide, Aeneas und Turnus, zu blutigem Morden; doch jetzt, jetzt
Flutet im Busen der Zorn, die unbezwingbaren Herzen
Brechen hervor, jetzt rennt man mit ganzer Gewalt in die Wunden.
Jener wirft den Murranus, der stolz auf der Väter und Ahnherrn

Alte Namen, herab durchs Königsgeschlecht der Latiner
Führte den Stamm, mit stürmischem Schwung des geschleuderten Felsens
Köpflings nieder zur Erde, und unter dem Joch und den Riemen
Rollen die Räder ihm fort, und oben mit stampfendem Hufschlag
Trifft ihn das wilde Gespann und achtet nicht des Gebieters.
Dieser stößt auf den Hyllus, der kochend in schrecklicher Kampflust
Gegen ihn rennt, und schnellt das Geschoß nach den goldenen Schläfen,
Daß durch den Helm zugleich und das Hirn die Lanze hindurchdrang.
Dich auch, Kretheus, entriß, du Stärkster der Griechen, dem Turnus
Nicht dein Arm. Nicht schirmten dich günstige Götter, Cupencus,
Als dir Aeneas genaht. Selbst bot'st du dem Eisen die Brust dar,
Dir Unglücklichem half nicht die Hemmung des ehernen Schildes.
Aeolus, dich auch haben die laurentinischen Felder
Fallen gesehn und weit mit dem Rücken die Erde bedecken.
Siehe, du sinkst, den weder die Schlachtenreihen der Griechen
Stürzen gekonnt noch des Priamus-Reiches Zerstörer Achilles.
Hier war das Ziel deines Lebens, hoch stand ein Haus dir am Ida,
Hoch in Lernessus ein Haus, dein Grab auf laurentischem Boden.
Ganz nun wenden die Heere zum Kampf sich, alle Latiner,
Alle Dardaner, Mnestheus auch und der starke Serestus,
Auch der Rossebezähmer Messapus, der tapfre Asilas,
Auch das tuskische Heer und die Arkadermacht des Euander.
Was ein Mann nur vermag, müht jeder mit äußerster Macht sich.
Nirgends Rast noch Verzug, ein schreckliches Kämpfen und Ringen.

Jetzt aber gab dem Aeneas die herrliche Mutter den Einfall,
Grad zu den Mauern zu ziehn und das Heer zur Stadt hinzuführen,
Ohne Verzug und durch plötzliche Not die Latiner zu treffen.
Jener, noch immer den Turnus durch sämtliche Reihen verfolgend,
Lenkte die Augen umher und erblickte plötzlich die Stadt da,
Frei vom Jammer des Krieges, in ungefährdeter Ruhe; 559
Rasch entbrennt in der Seele das Bild eines größeren Kampfes;
Mnestheus ruft er herbei, den Sergest und den tapferen Serestus,
Und mit den Feldherrn besetzt er die Höhn; der übrigen Troer
Heer zieht nach und legt im Gedränge nicht Lanze noch Schild ab.
Er nun hoch in der Mitte, beginnt vom erhabenen Hügel:
»Zögert nicht, meinem Gebote zu folgen! Jupiter kämpft hier!
Keiner gehe mir träger, weil ich so rasch mich entschlossen!
Dort die Stadt, der Grund alles Krieges, das Reich des Latinus,
Wenn sie nimmer sich beugen, besiegt uns Gehorsam geloben,
Stürz ich sie heut und strecke zur Erde die rauchenden Giebel.
Soll ich warten vielleicht, bis unseren Kampf zu bestehen 570
Turnus beliebt, er wieder besiegen mich mag, ein Besiegter?
Hier ist, Bürger, das Haupt und das Ziel des frevelnden Krieges!
Eilt mit Fackeln herbei und fordert mit Feuer das Bündnis!«
Also sprach er, und alle zugleich im Eifer der Herzen
Formen den Keil und stürmen in dichter Masse der Stadt zu:
Schnell sind die Leitern gestellt, und plötzlich leuchten die Flammen.
Andre berennen die Tore im Sturm und töten die Wache,
Andere werfen den Speer und verdunkeln den Äther mit Pfeilen.
Unter den ersten im Heer erhebt Aeneas die Rechte 579
Gegen die Stadt und beschuldigt mit lautem Ruf den Latinus,
Ruft die Götter zu Zeugen; er werde zum Kampfe gezwungen,
Zweimal sei ihm der Italer Feind schon, und zweimal gebrochen
Sei nun der Bund. – Und Zwist entsteht bei den ängstlichen Bürgern,

Einige wollen entriegeln die Stadt und den Dardanerheeren
Öffnen die Tore; sie ziehen den König sogar auf die Mauern;
Andere bringen die Waffen und wollen die Heimat verteidgen.
Wie wenn die Bienen, verschlossen in viel durchlöchertem Tuffstein,
Aufspürt einmal ein Hirt und mit beißendem Rauche sie stöbert;
Jene durchlaufen, in Angst um ihr Sein, das wächserne Lager
Dahin und dorthin und schärfen den Zorn mit heftigem Summen;
Schwarz durchwogt der Dampf ihr Haus, und von dumpfem Gebrumme
Summt im Innern der Fels, und der Qualm steigt hoch in die Lüfte.

Dieses Schicksal traf noch dazu die müden Latiner,
Und es erschütterte tief in Trauer die Stadt, die Bewohner.
Als vom Dache die Königin sah, wie die Feinde schon nahten,
Sah, wie die Mauern erstürmt, sah Brand in die Wohnungen fliegen,
Nirgends entgegen ein Rutulerheer noch Scharen des Turnus,
Ach, da glaubt sie voll Leid, im Kampf sei der Jüngling gefallen,
Nannte laut, von plötzlichem Schmerz im Gemüte verworren,
Sich als Stifterin selbst und Schuld und Haupt der Bedrängnis,
Und da sie viel in Verzweiflung und Wut, in Wahnsinn gesprochen,
Riß sie sterbend das Purpurkleid mit der Hand auseinander,
Knüpfte dann hoch am Gebälk den Knoten des gräßlichen Todes.
Als die latinischen Frauen dies Ende der Armen vernommen,
Rauft die Tochter Lavinia sich die goldenen Locken
Und die rosigen Wangen zuerst, und die übrigen Scharen
Klagten danach, und von Jammer erschallen die weiten Gemächer.
Dann durchflog die Gassen der Stadt die traurige Kunde.
Alles verzagt, es geht in zerrißnem Gewande Latinus,

Von dem Falle der Stadt und dem Los der Gattin erschüttert,
Sein ergrauendes Haar mit schmutzigem Sande bestreuend.
Viel auch klagt er sich an, daß er den Troer Aeneas
Nicht in der Stadt von selber empfangen, als Eidam erkoren.
Turnus indes, der Kämpfer im äußersten Raume des Schlachtfelds,
Setzt noch wenigen Fliehenden nach, schon langsamer, und schon
Minder erfreut ob des mählich ermattenden Laufes der Rosse.
Siehe, da brachte von fern ihm die Luft mit düsterem Schrecken
Jenes verworrne Geschrei; das Getöse der bebenden Stadt schlug
An sein lauschendes Ohr mit unwillkommenem Brausen: 619
»Wehe mir, welch ein gewaltiges Leid erschüttert die Mauern!
Welch ein großes Geschrei, das dort aus der Stadt sich heranwälzt!«
Sprach's und straffte die Zügel und hielt in Betäubung.
Aber die Schwester, noch immer dem Wagenlenker Metiscus
Gleich an Gestalt, den Wagen, die Rosse und Riemen regierend,
Sagte die Worte darauf: »Hier, Turnus, laß uns verfolgen
Trojas Volk, wo der Sieg uns zuerst die Bahnen eröffnet!
Andere gibt's, die mit Kraft verteidigen können die Häuser.
Stürzt Aeneas auf Italer los und liefert dort Kämpfe,
Schaffen auch wir mit der Hand entsetzliche Morde den Teukrern.
Weder wirst du an Zahl noch an Ehre des Kampfes ihm weichen!« 630
Turnus darauf:
»Schwester, längst schon hab ich erkannt, wie zuerst du das Bündnis
Störtest durch List und selber dich drängtest in unsre Gefechte.
Jetzt auch verbirgst du umsonst dich, o Göttliche! Aber wer sandte
Dich vom Olympus und hieß dich so drückende Mühen erdulden?
Etwa den grausamen Tod des armen Bruders zu schauen?

Was tu ich hier? Und welch ein Geschick verbürgt mir Errettung?
Selber sah ich Murranus, den teuersten meiner Gefährten,
Welcher noch sterbend mir rief, ich sah ihn mit eigenen Augen
Fallen im Tod, den großen, von großer Wunde bezwungen.
Unglückselig auch sank, um unsere Schmach nicht zu schauen,
Ufens dahin, und die Teukrer erbeuteten Waffen und Leichnam.
Soll ich das Ende der Stadt – nur dies noch fehlte dem Elend! –
Dulden und soll mit der Faust nicht Drances Worte beschämen?
Soll ich denn fliehn? Dies Land soll schauen den flüchtigen Turnus?
Ist denn ein solches Unglück der Tod? Ihr wenigstens, Manen,
Werdet mir hold, wenn schon sich der himmlische Wille gewendet!
Unversehrt meine Seele, nichts wissend von solcher Verschuldung,
Steig ich hinunter zu euch, nie unwert rühmlicher Väter.«

Kaum noch sprach er das Wort, da flog durch die Mitte der Feinde
Saces herbei auf schäumendem Roß, vom Pfeile verwundet
Vorn im Gesicht, und stürzt und fleht den Turnus bei Namen:
»Turnus, auf dich nur stützt sich das Heil! Erbarm dich der Deinen!
Blitzend in Waffen bedroht Aeneas des Italervolkes
Höchste Burgen, in Trümmer und Schutt sie niederzuschmettern.
Fackeln umfliegen die Wohnungen schon. Auf dich sind die Augen
Und der Blick der Latiner gekehrt. Schon fragt sich der König,
Wen er zum Eidam erwähle, zu welchem Bund er sich wende.
Ja, die Königin selbst, die stets dich am treuesten liebte,
Fiel durch eigene Hand und entfloh in Angst dieser Erde!
Nur an den Toren Messapus allein und der rasche Antinas
Halten das Treffen noch auf. Rings stehen umher ihre Mannen,
Dicht um sie, und die eiserne Saat von gezogenen Schwertern

Starret empor. Du tummelst auf ödem Gefilde den Wagen!«
Staunend und ganz verwirrt vom wechselnden Bilde der Dinge
Stand nun Turnus in starrem Schweigen. Doch wild miteinander
Wogt im Herzen gewaltige Scham, wogt Kummer und Wahnsinn,
Liebe, von Wahnsinn gepeitscht, und der eigenen Stärke Bewußtsein.
Doch wie das Dunkel zerfloß und Licht dem Geiste zurückkam,
Wendet er gegen die Stadt die brennenden Kreise der Augen,
Heftig erregt, und erblickte vom Wagen die mächtigen Mauern.
Sieh aber dort, da wallte, von Stockwerk zu Stockwerk sich wälzend,
Hoch zum Himmel die Säule der Glut, und erfaßte den Turm auch,
Jenen Turm, den er selbst aus den festen Balken errichtet
Und auf Räder gestellt und mit hohen Brücken versehen:
»Jetzt, jetzt, Schwester, besiegt uns das Glück, nicht halte mich länger,
Laß uns folgen, wohin uns ein Gott ruft oder das Schicksal!
Fest ist mein Wille zum Kampf mit Aeneas, zu dulden, was alles
Herbes der Tod mir auch bringt. Nicht ruhmlos sollst du, o Schwester,
Ferner mich sehn, nur laß mich zuvor noch wüten und toben!«
Sprach's und sprang ganz plötzlich vom Wagen herab auf die Erde,
Stürzt durch die Feinde, durch Lanzen dahin, die trauernde Schwester
Läßt er zurück und durchbricht in rasendem Laufe die Scharen.
Und gleichwie ein Fels im Gebirge, wenn jäh er vom Gipfel
Abspringt, losgerissen vom Sturm, ob ein peitschender Guß ihn
Ausspült oder nach Jahren das schleichende Alter ihn trennte;
Mächtigen Schwunges rollt der schreckliche Block in die Tiefe,
Springt vom Boden empor, und Wälder und Herden und Männer

Reißt er im Sturz mit sich fort: So stürmt durch die Reihen Zersprengter
Turnus heran zu den Mauern der Stadt, wo der Boden am meisten
Trieft von vergossenem Blut und die Lüfte von Lanzen erklingen,
Winkt mit der Hand, und zugleich mit lautem Rufe beginnt er:
»Schont, o Rutuler, nun und hemmt die Speere, Latiner!
Wie auch falle das Los, mein ist's, mir ziemt es allein jetzt,
Daß ich den Bund nun trage für euch und mit Waffen entscheide.«
Alle weichen zurück und öffnen den Raum in der Mitte.
Als nun der Vater Aeneas den Ruf des Turnus vernommen,
Läßt er schleunig die Mauer, verläßt die obersten Burgen,
Allen Verzug entfernt er mit Hast, bricht jedes Gefecht ab,
Springt vor Freude empor, und furchtbar donnern die Waffen:
Groß wie der Athos erscheint und der Eryx oder er selber,
Apenninus, der Vater, umrauscht von zitternden Eichen,
Wenn mit beschneitem Gipfel er froh sich erhebt in die Lüfte.
Aber die Rutuler jetzt, die Italer alle, die Troer
Wenden den Blick um die Wette dahin, wer oben die Wälle
Schirmte und wer mit dem Widder den Grund der Mauern berannte,
Rasch von den Schultern fallen die Waffen; es staunt auch Latinus,
Wie da die Helden, erzeugt in verschiedenen Teilen der Erde,
Nun so gewaltig sich nahn und den Zwist mit Eisen entscheiden.
Aber die beiden, als offen im leeren Felde der Platz war,
Stürzen im Laufe hervor; sobald sie die Speere geworfen,
Rennen zum Kampfe sie an mit Schilden und klirrendem Erze.
Bebend erdröhnte die Erde, die Schwerter verdoppeln die Streiche,
Hieb auf Hieb, der Mut und der Zufall stehen im Zweikampf.
Wie in Silas geräumigem Wald und im hohen Taburnus,

Wenn zum feindlichen Kampf zwei Stiere rennen, die Stirnen
Gegeneinander gekehrt, es flohn die erschrockenen Hirten,
Alles Vieh steht schreckenverstummt, still harren die Kühe,
Wer die Weide beherrsche, wem alle die Tiere nun folgen;
Jene versetzen mit vieler Gewalt sich Wunden auf Wunden,
Bohren gestemmt die Hörner sich ein, und in strömendem Blute
Baden sie Hals sich und Bug, rings hallt vom Brüllen die Waldung:
So auch rennen der daunische Held und der Troer Aeneas
Jetzt mit den Schilden sich an und erfüllen den Äther mit Krachen.

Jupiter selber nun hält zwei gleiche Schalen der Waage
Prüfend empor und legt der beiden verschiedenes Los ein,
Wen nun verdamme der Kampf, wes Los sich senke zum Tode.
Jetzt aber wähnt sich sicher und schwingt sich weit mit dem Leibe
Turnus empor und streckt sich hoch mit erhobenem Schwerte
Und schlägt zu. Laut schrein die Trojaner und bangen Latiner,
Beide Heere gespannt in Erwartung. Aber voll Tücke
Splittert die Klinge, verläßt den Glühenden mitten im Schlage,
Wenn nicht die Flucht ihm Rettung verleiht. Er entflieht wie der Ostwind,
Da er das Heft, ein fremdes, erblickte und wehrlos die Rechte.
Denn man sagt, wie er hastig zum Kampfesbeginn den bespannten
Wagen bestieg, da hab' er in zitternder Eile des Vaters
Klinge verwechselt, das Schwert des Metiscus, des Lenkers, ergriffen.
Lang auch reicht es ihm aus, solang ihm den flüchtigen Rücken
Teukrer gezeigt; jetzt kam's zu des Gottes vulkanischen Waffen,
Nur ein menschliches Schwert brach da im Streich wie ein mürbes
Eis ihm entzwei, und im gelblichen Sande blinkten die Trümmer.

Ratlos flüchtet daher nach verschiedenen Richtungen Turnus,
Schlägt ohne Ziel bald hier seine Kreise, bald schlägt er sie dorthin,
Denn die Teukrer umschlossen ihn rings in dichtem Gedränge,
Dort wieder hemmt ihn ein weiter Sumpf, dort ragende Mauern.
Auch nicht minder Aeneas, obgleich entkräftet vom Pfeile
Ihm zuweilen versagen die Knie und den Lauf ihm verweigern,
Folgt ihm entbrannt, mit dem Fuße den Fuß des Bangenden drängend:
So wie ein Hirsch manchmal, überrascht in der Biegung des Flusses
Oder umringt vom Schreck der purpurnen Federn am Jagdgarn,
Wenn der Jäger im Lauf, der Hund mit Bellen ihm nachsetzt;
Aber jener, vom Truge erschreckt und der Steile des Ufers,
Rennt schon tausendmal hin und zurück, doch der hitzige Umbrer
Haftet und schnappt, schon greift er ihn, schon – und dem Greifenden ähnlich –
Packt mit den Zähnen er zu, doch beißt er vergeblich ins Leere.
Jetzt entsteht erst lautes Geschrei, die Ufer und Teiche
Ringsum hallen zurück, und vom Aufruhr donnert der Himmel.
Während er flieht, ermahnt er zugleich die Rutuler alle,
Ruft sie namentlich und fleht ums eigene Kampfschwert.
Aber Aeneas bedroht mit dem Tod und schnellem Verderben
Jeden, der nahen ihm würde, und schreckt die Verzagten von hinnen,
Droht, die Stadt zu verwüsten, und naht sich ihm trotz seiner Wunde.
Fünfmal kreisen die Bahn sie hindurch und legen sie fünfmal
Wieder zurück, doch es gilt kein Spiel und keinen geringen
Kampfpreis, sondern man streitet um Blut und Leben des Turnus.

Früher stand da ein wilder Ölbaum, bitteren Laubes,
Der, dem Faunus geweiht, einst hoch von den Schiffern geehrt war,
Wo sie, den Fluten entronnen, dem heimischen Gott die Geschenke
Darzubringen gepflegt und gelobte Gewänder zu hängen. 769
Aber die Dardaner hatten den heiligen Stamm ohne Schonung
Niedergeschlagen, um freier im Felde kämpfen zu können.
Hier nun stak der Speer des Aeneas, hier hatte der Schwung ihn
Hergeschnellt, hier blieb in der zähen Wurzel er haften.
Drüber gebeugt will jetzt mit der Hand das Eisen entfernen
Iliums Held, mit dem Speer zu verfolgen ihn, den er im Laufe
Nicht zu erreichen vermocht. Doch Turnus, betäubt von Entsetzen,
Fleht: »O Faunus, erbarme dich mein, und, o gütige Terra,
Haltet den Speer, wenn ich stets euch die schuldigen Ehren beachtet,
Während dagegen durch Krieg euch das Volk des Aeneas geschändet!« 779
Sprach es, und nicht vergebens erfleht er die Hilfe des Gottes,
Denn, wie lang er auch rang und am zähen Stamme verweilte,
Konnte Aeneas mit keiner Gewalt durchbrechen des Holzes
Packenden Biß. Indem er nun hitzig sich stemmte und mühte,
Lief, verwandelt in die Gestalt des Lenkers Metiscus,
Wieder die daunische Nymphe und brachte das Schwert ihrem Bruder.
Venus, erzürnt, daß solches der kecken Nymphe gelungen,
Eilte herzu und zerrte das Geschoß aus der Tiefe der Wurzel.
Beide nunmehr im Stolz ihrer Waffen, erneuert im Mute,
Turnus, vertrauend dem Schwert, doch Aeneas kühn mit dem Speere,
Stehn im lechzenden Kampf, dem entscheidenden, gegeneinander. 790

Aber zu Juno beginnt des allmachtvollen Olympus
König indes, da vom goldnen Gewölke die Kämpfe er ansah:
»Wann denn endigen wir, was bleibt, o Gemahlin, uns übrig?

Selbst ja bekennst du und weißt, als heimischer Gott sei Aeneas
Künftig dem Himmel bestimmt, zu den Sternen erheb' ihn das Schicksal;
Was denn treibst du, was hoffst du, in eisigen Wolken verweilend?
Ziemt es sich wohl, daß ein Gott von tödlichen Wunden verletzt wird?
Daß das entrissene Schwert sie dem Turnus – was könnte Juturna
Ohne dich selbst? – wiederreichte, die Kraft dem Bezwungenen neu wuchs?
Laß es denn endlich beruhn und beuge dich unseren Bitten.
Nimmer verzehre ein Leid dich Schweigende, noch auch erscheine
Oft so trauriger Gram mir auf deinem lieblichen Antlitz.
Siehe, nun sind wir am Ziel! Durch Länder treiben und Meere
Hast du die Troer gekonnt, die Greuel des Krieges entzünden,
Und entehren ein Haus und mit Jammer erfüllen die Hochzeit;
Weitre Versuche verbiet ich nunmehr.« Dies Jupiters Worte;
Aber Saturnia drauf, mit gesenkter Miene erwidert:
»Weil ich diesen Entschluß, erhabener Jupiter, kannte,
Hab ich die Erde verlassen, verlassen nicht gerne den Turnus.
Niemals sähest mich Einsame du auf luftigem Sitze
Unrecht dulden und Recht, ich stünde mit Flammen umgürtet
Vorn in der Schlacht und risse in feindliche Kämpfe die Teukrer.
Daß in der Not – ich gesteh's – Juturna dem Bruder geholfen,
Riet ich, und daß für sein Leben sie Größeres wagte, gefiel mir,
Doch nicht, daß sie das Schwert ihm bot und den Bogen ihm spannte
Bei des stygischen Quells unsühnbarem Haupte beschwör ich's,
Welcher Schwur doch allein die hohen Olympier bindet.
Ich zwar scheide nunmehr und verlasse die Schlachten nur ungern,
Nur um eines, was kein Beschluß des Schicksals verwehrt hat,
Bitt ich für Latium dich und die Hoheitsrechte der Deinen.

Wenn sie – es sei! – den Frieden durch heilversprechende Heirat
Nunmehr schließen und jetzt durch Satzung und Bündnis sich einen,
Zwinge die Landesgeborenen nicht, den früheren Namen
Wechselnd, nun Teukrer gerufen zu sein und Troer zu werden
Oder die Sprache zu tauschen und ihre Gewänder zu ändern.
Latium bleibe, es bleiben albanische Könige weiter,
Mächtig sei der italische Stamm durch Italerstärke!
Ilium fiel und gefallen auch sei es zugleich mit dem Namen!«
Lächelnd gab ihr der Schöpfer der Welt und der Menschen zur Antwort:
»Du, o Jupiters Schwester, auch du ein Kind des Saturnus,
Wälzt du noch jetzt in der Brust so gewaltige Wogen des Ingrimms?
Aber wohlan, nun bezähme den Zorn, der vergebens gefaßt war.
Was du willst, sei gewährt, ich füge besiegt mich und gerne.
Latium soll die heimische Sprache, die Sitten behalten
Und den Namen wie jetzt; vermengt mit dem Körper des Volkes
Siedle der Teukrer sich an; die Art und die Bräuche der Opfer
Füg' ich hinzu und mache sie alle zu gleichen Latinern.
Jenes Geschlecht, das vermischt mit Ausonierblute heranwächst,
Über Menschen und Götter durch Frömmigkeit wird es sich heben,
Und kein anderes Volk wird gleiche Ehren dir weihen.«
Juno nickte dem Wort und änderte froh die Gesinnung.
Unterdessen verließ sie die Wolke und schied von der Höhe.
Aber hierauf bedachte bei sich ein andres der Vater
Und beschloß, Juturna vom Kampf ihres Bruders zu trennen.
Zwei Entsetzensgestalten, die Diren, dazu ihre Schwester,
Die im Tartarus wohnt, Megaera, sie alle gebar einst
Mühsam die schreckliche Nacht, mit ähnlichen Schlingen
Ringelnder Nattern umwunden, und gab ihnen Flügel des Windes.

Nahe Jupiters Thron, auf der Schwelle des wütenden Königs
Zeigen sie sich und mehren die Furcht der unseligen Menschen,
Wenn den gräßlichen Tod erregt und Seuchen der Herr der
Götter, ob ihrer Schuld mit Krieg die Städte verängstigt.
Jupiter sendet eine davon von den himmlischen Höhen,
Schnell der Juturna zu nahn als unheildrohendes Zeichen.
Jene entfliegt und schwang sich in eilendem Wirbel zur Erde.
Wie von der Sehne geschnellt ein Pfeil durch die Wolke dahinfährt,
Den, mit der Galle des grausamen Giftes befeuchtet, ein Parther
Oder Kydonier schoß, ein tödlich verwundendes Eisen,
Zischend und unbemerkt durcheilt es die flüchtigen Schatten;
Ebenso schwang sich die Tochter der Nacht und begab sich zur Erde.
Als sie das ilische Heer nun erblickte, die Scharen des Turnus,
Zog sie sich schnell in die kleine Gestalt des Vogels zusammen,
Der auf den Gräbern zuweilen des Nachts und auf einsamen Giebeln
Sitzt, und spät noch erklingt sein Unglücksruf durch die Schatten.
Also verwandelt, umschwebt die Plage das Antlitz des Turnus
Her und hin mit Gekrächz und schlägt den Schild mit den Flügeln.
Jenem lähmt in der Angst ein neues Erstarren die Glieder.
Schauder sträubt ihm das Haar, und es stockt der Laut in der Kehle.
Als sie von fern das Geräusch und die Flügel der Dira erkannte,
Raufte das fliegende Haar sich die unglücksel'ge Juturna
Und entstellt mit Schlägen die Brust, mit Nägeln das Antlitz:
»Was doch vermag, o Turnus, dir noch die Schwester zu helfen?
Oder was steht mir Geprüften noch frei? Wie frist ich dein Leben
Jetzt noch durch Kunst? Wie soll ich und kann ich dem Scheusal begegnen?
Nun verlaß ich den Kampf. Oh, schreckt mich Verzagte nicht ferner,

Grausige Vögel des Fluchs! Ich kenne die Schläge der Flügel,
Kenne den Todeston. Mich täuscht nicht der stolze Befehl des
Mächtigen Jupiter. So also lohnt er das Opfer der Keuschheit?
Weshalb gab er die Ewigkeit mir und nahm mir des Todes
Schicksal? Und doch, ich könnte fürwahr nun enden so großen
Schmerz, als des duldenden Bruders Begleiterin gehn zu den Schatten!
Ich unsterblich? Wie kann mich mein Leben noch irgend, o Bruder,
Freun, wenn ich dich erst verloren? Wo spaltet hinab sich die Erde
Tief mir genug und schickt zu den untersten Manen die Göttin?«
Nach diesen Worten bedeckt sie das Haupt mit dem dunklen Gewande,
Seufzte noch schwer und verbarg sich im tiefen Flusse, die Göttin.
Rasch nun dringt Aeneas heran und schwingt seine Lanze
Mächtig, das baumlange Holz, und beginnt mit wütendem Herzen:
»Warum zögerst du noch? Was sträubst du dich länger, o Turnus?
Nicht im Lauf, wir entscheiden mit rasenden Waffen im Nahkampf.
Wandle dich nun in jede Gestalt und sammle, was immer
Du an Kunst und an Mute vermagst! Zu den hohen Gestirnen
Richte den Flug und verbirg dich umringt in Höhlen der Erde.«
Jener schüttelt das Haupt: »Mich schreckt dein flammendes Wort nicht,
Trotziger! Jupiter schreckt mich, mein Feind, und die anderen Götter.«
Dies seine Worte; und als er sich umsah, erblickt' er den Felsen,
Alt und gewaltig, den Stein, der hier auf dem Felde gelegen,
Dort zur Grenze gesetzt, um den Zwist der Äcker zu schlichten.
Zwölf erlesene Männer erhoben ihn kaum auf den Nacken,

So wie die Erde heute den Körper der Menschen hervorbringt.
Jener ergriff ihn voll Hast mit der Hand und warf nach dem Feinde,
Höher sich richtend in stürmischem Anlauf, der Heros.
Aber im Laufe nicht mehr erkannt' er sich oder im Gange,
Nicht da den wuchtigen Felsen er hob, noch da er ihn fortschwang,
Kraftlos schlottern die Knie und kalt erstarrte das Blut ihm.
Siehe, der Felsen des Manns, durch die leeren Lüfte gewirbelt,
Maß die Strecke nicht ganz und überbrachte den Schlag nicht.
Wie zuweilen im Traum, wenn erschlaffende Ruhe die Augen
Drückt in der Nacht, wir umsonst den hastigen Lauf zu verlängern
Trachten und mitten im eitlen Bemühen kraftlos erliegen,
Unsere Zunge ist schlaff, nicht sind die Glieder des Körpers
Kräftig, wie sonst wir's gewohnt, und Stimme und Worte versagen:
Also hemmt den Erfolg die gräßliche Göttin dem Turnus,
Wo er den Weg auch durch Tapferkeit sucht. Und manche Gedanken
Stürmen ihm jetzt durch die Brust. Die Stadt und die Rutuler sehend,
Säumt er in zagender Angst und bebt vor dem drohenden Speerwurf.
Weder den Weg zur Flucht noch die Kraft, auf den Feind sich zu werfen,
Sieht er, noch irgend Wagen umher noch die lenkende Schwester.
Jetzt auf den Zögernden wiegt Aeneas die Lanze des Todes,
Messend des Wurfes Erfolg mit dem Blick, und schleudert mit aller
Leibeskraft sie hinaus. Vom Mauergeschütze geworfen
Saust ein Fels nicht so sehr, noch schmettern so große
Donnerschläge vom Blitz. Er fliegt wie die nächtliche Windsbraut,

Tod und Verderben bereitend, der Speer, und öffnet des Panzers
Rand und die äußersten Ringe des siebenfältigen Schildes.
Mitten durchbohrt mit Geklirr er die Hüfte, vom Stoße getroffen
Sinkt mit brechendem Knie der gewaltige Turnus zu Boden.
Schreiend springen die Rutuler auf, und das ganze Gebirge
Hallt ringsum, und das hohe Gehölz erwidert das Rufen.
Jener, am Boden, und Demut im Blick und die flehende Rechte
Hebend, sprach: »Ich hab es verdient und verlange nicht Schonung. 931
Nütze dein Glück! Aber wenn des unglückseligen Vaters
Gram dich zu rühren vermag, so erbarm dich des Daunus, des Greises,
Denn auch du besaßest voreinst einen gleichalten Vater.
Gib mich – oder wenn lieber du willst, des Getöteten Leichnam –
Meinem Volk! Du siegtest, besiegt sahn mich die Ausonen
Dir hinstrecken die Hand. Lavinia werde die Deine;
Gehe du jetzt nicht weiter im Groll!« Doch zürnend in Waffen
Stand Aeneas und rollte den Blick und hemmte die Rechte.
Und schon hatte, je länger, je mehr die Rede den Zweifel 940
Umgestimmt, da sieht er den unglückseligen Schwertgurt
Hoch an der Schulter, es glänzt mit bekannten Buckeln der Gürtel
Pallas', des Jünglings, ihn an, den Turnus mit tödlicher Wunde
Niedergestreckt; nun trug er den feindlichen Schmuck um die Schulter.
Kaum erblickte er da die Erinnerung grausamen Schmerzes,
Ach, seines Freundes Stück, da entbrennt er in Wut und Entrüstung
Fürchterlich wild: »Du hier, mit dem Raube der Meinen bekleidet,
Solltest entrinnen mir noch? Es opfert dich Pallas mit dieser
Wunde, und Pallas nimmt am Blut, dem verruchten, die Rache!«

Also sprach er und stieß in die Brust, die der Gegner ihm zukehrt,
Wütend das Schwert; doch jenem sanken erkaltend die Glieder,
Und mit Seufzen entflieht sein zürnender Geist zu den Schatten.

Nachwort

Die Zeit um das Jahr 70 v. Chr., das Geburtsjahr Vergils, war außenpolitisch ruhig: der spanische Aufstand war niedergeworfen, d. h. Spanien für die Optimaten wiedergewonnen, Mithridates gedemütigt, die rebellierenden Sklaven waren hingerichtet. Lediglich die Seeräuber des Mittelmeeres gefährdeten die Reisenden. Innenpolitisch hingegen war die Situation spannungsgeladen, man rechnete mit einem politischen Umschwung, oder besser: man fürchtete die Diktatur. Die siegreichen Heerführer, der begabte, wohlhabende und ehrgeizige Gn. Pompeius, und der zehn Jahre ältere, aber nicht minder ambitionierte, schwerreiche M. Licinius Crassus, lagen mit ihren Heeren vor den Toren Roms, warteten auf den Triumph und begehrten für sich das Konsulat. Die sozialen und wirtschaftlichen Probleme waren völlig ungelöst. Unruhe und Unzufriedenheit ließen die scheinbar vernichtend geschlagenen Männer der Volkspartei ihre Häupter wieder erheben, die Parteileidenschaften drohten jeden Augenblick erneut aufzuflammen; man könnte den Zustand im ersten Konsulatsjahr des Pompeius und Crassus einen »kalten Bürgerkrieg« nennen.

In dieser Lage des römischen Staates wurde am 15. Oktober, fern von Rom, im Dorfe Andes (jetzt Pietola) bei Mantua, jenseits des Po am Mincio, in einer flachen, reizlosen Gegend mit einer etruskisch-keltischen Bevölkerung, als Sohn des Bauern und Töpfers (oder Taglöhners) Maro und seiner Frau Magia Pollia, Publius Vergilius[1] Maro geboren.

Die ersten Jahre seines Lebens verbrachte Vergil auf dem Bauernhof seines Vaters, doch sorgte dieser zweifellos fleißige

1 Der Name ist unsicherer Herkunft; die älteste beglaubigte Schreibung in Hand- und Inschriften lautet VERGILIUS. »Virgil« (von *virga* ›Zauberrute‹ oder *virgo* ›Jungfrau‹ abgeleitet) ist erst seit dem 5. Jahrhundert bezeugt und wurde im Mittelalter und später von den romanischen und angelsächsischen Völkern und von unseren Klassikern bevorzugt. Über das Leben Vergils sind wir, wenn auch durch verschiedenwertige Quellen, ziemlich ausführlich unterrichtet; wir lesen auch seine Werke heute so, wie sie die Römer gehört haben.

und sparsame Mann (wie der Vater des Horaz) für eine sorgfältige Erziehung seines Sohnes. Den Elementarunterricht ließ er ihm in Cremona erteilen und schickte ihn nach Anlegung der Männertoga (15. Oktober 55) unter dem Konsulat der gleichen Männer wie vor 15 Jahren nach Mailand, sicherlich in der Absicht, ihn zum Redner oder Politiker ausbilden zu lassen. Von dort ging Vergil bald nach Rom, wo er einen gründlichen philosophischen und rhetorischen Unterricht bei dem Epikureer Siron und dem großen Gelehrten M. Terentius Varro (116–27) genoß. Im Anwaltsberuf konnte er jedoch keine Erfolge erzielen. Ungewandtes Wesen, Scheu vor der Öffentlichkeit, Abkehr von der Rhetorik und Grammatik, Liebe zu friedlichem Landleben, zu Wissenschaft und Poesie mögen die Ursachen gewesen sein, daß Vergil wieder in seine Heimat zurückkehrte, vielleicht war auch seine schwächliche Konstitution mit ein Grund. Hier wandte er sich nicht nur der Bewirtschaftung seines Gutes, sondern auch dem Studium griechischer Dichter, insbesondere des sizilischen Idyllendichters Theokrit (3. Jh. v. Chr.), zu und schuf seine bukolische Dichtung; durch sie errang er sich die Anerkennung und Freundschaft des Statthalters von Gallia Cisalpina, Asinius Pollio, die er bald dringend benötigen sollte.

Wir stehen bereits im Jahre 40. Viele gewaltige Ereignisse haben das Antlitz Roms vollkommen verändert: Pompeius, Caesar und Cicero sind tot, Octavian hat die Caesarmörder bei Philippi besiegt, nur die Auseinandersetzung mit Antonius steht ihm noch bevor (siehe Zeittafel). Nun gilt es, 34 Legionen abzurüsten, d. h. für 200 000 Veteranen Ackerland als Entschädigung aufzutreiben und zu verteilen. Zahlreiche landbesitzende Bürger aus 18 italienischen Städten wurden im Zuge dieser Aktion von ihren Gütern verjagt. Auch nach Cremona kamen die Landverteilungskommissare, weil diese Stadt Brutus und Cassius unterstützt hatte, und als das Gebiet nicht ausreichte, bemächtigte man sich kurzerhand auch Mantuas und damit der Güter, die Vergils Vater besaß. Durch Intervention des berühmten Redners und Geschichtsschreibers, des feinsinigen Kritikers und Förderers unseres Dichters, Asinius Pollios, erhielt Vergils Vater das Gut für kurze Zeit zurück und wurde später irgendwo anders entschädigt. Dadurch war aber Vergil (ebenso wie Properz) heimatvertrieben. In Rom, wo er sich an Maecenas und Octavianus wandte, scheint man ihm die Rückkehr ausgeredet und ihn großzügig subventioniert zu haben; denn wir hören, daß Vergil in der Lage war, ein Haus am Esquilin und einen Landsitz in Campanien bei Neapel zu erwerben. Obwohl er in Rom viele Freunde gewann – den Elegiendichter Cornelius Gallus, den didaktischen Dichter Aemilius Macer, den Tragiker L. Varius, Plotius Tucca,[2] Properz, Horaz u. a. –, lebte er doch lieber fern der Großstadt. Sein bescheidenes Wesen und seine Erfolge als Dichter machten ihn auch beim Volk beliebt. So berichtet Tacitus im Dialog über die Redner (Kap. 13), daß das Volk den Dichter einmal nach Rezitation seiner Gedichte beim Erscheinen im Theater in der gleichen Weise wie Augustus durch Sicherheben von den Sitzen geehrt habe. Der langaufgeschossene Mann mit dem braungebrannten Bauerngesicht machte aber von sich nicht viel Aufhebens und liebte es auch nicht, wenn ihm äußere Ehren widerfuhren. Es wird erzählt, er habe sich, wenn ihm auf der Straße Ovationen dargebracht wurden, in das nächstbeste Haus geflüchtet.

Aber nicht nur die unteren Schichten zollten ihm Liebe und Verehrung, auch der erste Mann im Staate, der sieben Jahre jüngere Caesar Octavianus, schenkte ihm seine Freundschaft und Wertschätzung. Vergil wieder sah in diesem den Bringer des Friedens, den Festiger des Reiches, den Beschützer und Pfleger von Kunst und Wissenschaft. Er vergaß ihm die vielen ermordeten Senatoren und Ritter, die 6000 nach dem perusinischen Krieg gekreuzigten Sklaven und die stillschweigend geduldete Beseitigung Ciceros. Octavianus hatte das Bestreben,

Varius und Tucca erhielten von Vergil vor seinem Tode die *Aeneis* mit dem Auftrage, das unvollendete Werk zu vernichten oder es jedenfalls unverändert zu belassen. Diesen beiden und Augustus verdanken wir die Rettung und Herausgabe des Epos.

zur Ordnung zurückzukehren und dieser Dauer zu verleihen. Er förderte bewußt Literatur und Kunst; besonders das Wort des Vates (Seher und Künder) schien ihm seine unermüdlichen Bemühungen um eine Erneuerung der Werte zu unterstützen. Aber er verfolgte dabei nicht nur politische Ziele, sondern war auch persönlich literarisch interessiert. Er ließ die Dichter ziemlich unabhängig schaffen, und mögen ihm diese anfangs auch mit einer gewissen Skepsis begegnet sein – manch leisen Spott vermeint man bei den Augusteern zwischen den Zeilen zu lesen – und vielem Verlorenen nachgetrauert haben, so bezeugten sie ihm doch ihre Dankbarkeit. Besonders Vergil hat den aufgehenden Stern des nachmaligen Augustus sehr früh erkannt und den Sieg bei Actium über Antonius und Cleopatra als Sieg des Westens über den Osten, als Sieg der Zivilisation über die Barbarei schlechthin gewertet.

Wie das bisherige Schaffen Vergils (*Catalepton*, *Bucolica*, *Georgica*) die Stimmung der Zeit spiegelt – aus dem Erleben der Zeit empfing und gestaltete er seine Werke –, so ist es sicher auch kein Zufall, daß er zwei Jahre nach diesem Sieg (29) an die Durchführung eines lange gehegten Planes, ein großes Epos zu dichten, geht und ihn in seiner *Aeneis* verwirklicht. Zehn Jahre schafft der Dichter stets feilend und formend an diesem Werk, bis er sich 51jährig zu einer auf drei Jahre bemessenen Reise nach Griechenland und Asien anschickt, um die *Aeneis* zu vollenden[3] und sich seiner geliebten Philosophie hinzugeben.[4] In Athen trifft er mit dem aus dem Orient zurückkehrenden Augustus zusammen, mit dem er einen Ausflug nach Megara unternimmt, dabei rührt ihn ein Hitzschlag, der Fürst beweg-

3 58 Halbverse und manche inneren Widersprüche in der Dichtung beweisen, daß der Tod den Dichter daran gehindert hat, das Werk selbst zum Abschluß zu bringen.

4 Vergil schreibt in einem Brief an Augustus (Macr. I 24, 11): »ut paene vitio mentis tantum opus ingressus mihi videat«, er war also mindestens in der Anfangszeit seiner Arbeit mit der *Aeneis* nicht ganz zufrieden. Es bleibt unsicher, ob er sich bei den beabsichtigten Philosophiestudien im Ausland mit dem Plan zu einem neuen Werk getragen hat. Donats Bemerkung »ut reliqua vita tantum philosophiae vacaret« scheint diese Möglichkeit auszuschließen.

ihn zur Umkehr, auf der Seefahrt verschlechtert sich sein Befinden, und bei der Landung in Brundisium (Brindisi) stirbt er am 21. September 19. – Er hat ein ziemlich großes Vermögen und Landbesitz hinterlassen, dessen Erbe zum Teil Augustus wurde. Vergil ist in Neapel an der Straße von Puteoli innerhalb des zweiten Meilensteines bestattet worden.[5] Den Grabstein schmückte folgendes Epigramm:

Mantua me genuit, Calabri rapuere, tenet nunc
Parthenope; cecini pascua rura duces.

»Mantua hat mich gezeugt, mich raffte Calabrien, birgt nun
Parthenope; besang Hirten, Fluren und Krieg.«

Vergil ist stets ein echtes Landkind gewesen, schwerblütig, etwas linkisch, schüchtern, zurückhaltend, sanftmütig und herzensgut, liebenswürdig, von lauterer Gesinnung, bereit, die Verdienste anderer anzuerkennen, trotz seiner Menschenscheu immer ein treuer Freund, idealen Interessen hingegeben, gewissenhaft, aber sicher nicht allzu energisch. Verheiratet war er nie. Er war gleich seinen Brüdern Silo und Flaccus nicht mit guter Gesundheit ausgestattet, offenbar tuberkulös, dauernd hatte er Magen- und Halsbeschwerden und litt (wie Schiller) an Kopf- und Brustschmerzen. Und dennoch hat er der Nachwelt Werke geschenkt, die alle kommenden Zeiten in verschiedenster Weise befruchtet haben.

Unter seinem Namen ist uns eine Anzahl Kleingedichte im Ton Catulls erhalten, die gewiß aus der Umgebung Vergils stammen, doch gelten heute allgemein nur einige Gedichte des *Catalepton* (Poetische Tändeleien) für echt. Drei Jahre lang (42–39) arbeitete der Dichter an den 910 Versen der *Bucolica*, jenen zehn Hirtengedichten (Eclogen oder Idyllen) im Stile Theokrits; Liedern im Einzel- oder Wechselgesang, in denen er sich aus den Wirren der Zeit in das Traumland »Arkadien« flüchtet. Sie dienen besonders dem Lobpreis seiner Gönner und

5 Die Echtheit des Grabes am Posilip wird heute bezweifelt.

Freunde: Octavian, Asinius Pollio, Alfenus Varus und Cornelius Gallus. In der 4. Ecloge kündigt er die Wiederkehr des Goldenen Zeitalters, eines Reiches des Friedens an; irrtümlich hat man später darin eine messianische Weissagung gesehen.

Von 37 bis 30 schreibt Vergil zu Ehren des Maecenas auf seinem Landgut bei Neapel ein Lehrgedicht über den Landbau (*Georgica*) in 4 Bänden mit 2200 Versen, in dem er Ackerbau, Baum- und Weinkultur, Vieh- und Bienenzucht anschaulich besingt. Seine Vorbilder sind Hesiod, Aratos u. a. Auch hier wird die friedliche Stille des Landlebens, vor allem aber das Italien des Bauern mit seiner Mühe und Plage (*labor improbus*) und damit der Ursprung der römischen Kraft verherrlicht. Der Ort ist nicht mehr ein ideales Arkadien, sondern das reale, geliebte Italien selbst.

Zum Preise des Augustus und der Römer schrieb der vollends gereifte Dichter von 29 bis 19 die *Aeneis*, das hohe Lied von der welthistorischen Aufgabe Hesperiens, d. i. Italiens von den Griechen aus gesehen, des Westens. Dieses sein zentrales und repräsentativstes Werk will den Ursprung Roms und des römischen Volkes und Reiches sowie des julischen Geschlechtes und vieler Adelsfamilien, die Sendung Roms überhaupt mythisch begründen und verherrlichen. Wie alle großen religiösen Dichter (Dante, Milton) lebt Vergil in einer Welt der Vision. Er sieht in Rom die Fortsetzung von Ilion. Die von Augustus propagierte Besinnung auf *virtus Romana* suchte und fand er in der sagenhaften und geschichtlichen Vergangenheit, den Fatumbegriff in der Stoa, die Idee von der *Roma aeterna*, der »ewigen Stadt«, schenkte er als *vates* den Römern und der Nachwelt.

Der leidvolle Schicksalsweg des »frommen Aeneas« bildet den Inhalt.[6] Aeneas, das Vorbild und der Typus des Römers, ist demütiges Werkzeug und mutiger Träger des Fatums und Götterwillens. Angeregt wurde der Dichter zu dieser Gestalt von folgenden Iliasversen (XX 302 ff.):

6 Zum Inhalt der *Aeneis* siehe S. 375 f. Die ersten sechs Gesänge, die Irrfahrten des Aeneas, hat man mit Recht die »römische Odyssee« und die Kämpfe in Latium (Gesang 7–12) die »römische Ilias« genannt.

»... denn es ist ihm bestimmt, zu entkommen,
Daß des Dardanus Stamm nicht ohne Sprossen und spurlos
Schwinde, den Zeus von all seinen Kindern am meisten geliebt hat,
Jetzt aber wird des Aineias Gewalt die Troer beherrschen,
Kinder und Kindeskinder, in ferner Zeit noch geboren.«
(Übersetzung nach H. Rupé)

Aufs gewissenhafteste hat Vergil umfangreiche Vorstudien an Homer, Apollonios Rhodios und anderen hellenistischen Epikern betrieben, hat Naevius, Ennius, Cato und Lukrez studiert. Fast neuntausendneunhundert Verse umfaßt dieses zuerst in Prosa entworfene Epos. In der Prägnanz des Ausdrucks und in ihrer prophetischen Wucht hat die *Aeneis* nicht ihresgleichen in der römischen Dichtkunst. Vergil bedient sich in der Komposition wohl der alten konventionellen Formen: der Antithese, des Wechsels, der Konzentration, der Symmetrie, der Steigerung, Spannung und Kulmination, des homerischen Vergleiches, des Dialogs, der eingestreuten Geschichte; aber er gestaltet diese Formelemente zu einem Ganzen von höchster Eigenart und verwandelt seine seelischen Erlebnisse in Visionen. Von den homerischen Epen unterscheidet sich sein Werk vor allem durch die ihm innewohnende Dramatik. »Die imitatio ist bei ihm eine verstärkte Form der pietas« (Wili).

Mit der *Aeneis* stellte sich Vergil bewußt in den Dienst der augusteischen Reform von Religion und Sitte und der Erziehung seines Volkes. Wenn Augustus römisches Wesen politisch gewahrt und erneuert hat, so hat Vergil das gleiche in der Dichtkunst geleistet und das Wollen und Wirken des Augustus nachhaltig gefördert. Der einstige Bauernjunge aus Mantua hat mit seinem unsterblichen Werk aber auch wesentlich zur Idee des Abendlandes beigetragen.

Die starke Wirkung[7] der Werke Vergils, insbesondere einzel-

7 Die Nachwirkung auf die bildende Kunst (Botticelli, Michelangelo, Dürer, Böcklin, Rodin, Stuck u. a.) sei nur am Rande erwähnt. F. Eggerding gebührt das Verdienst, in seiner Ausgabe bei Teubner (1928) erstmalig die umfassenden Einflüsse Vergils auf die Weltliteratur zusammengestellt und um manchen neuen Hinweis erweitert zu haben.

ner Gesänge der *Aeneis*, war nicht auf die ersten Hörer der Rezitation und auf die Gönner des Dichters beschränkt, sondern das ganze Volk erkannte sofort, daß ihm hier ein Nationalepos von unwiederholbarer Größe geschenkt worden war, es »fühlte sich dadurch in seinem eigenen Wesen berührt« (Klingner). Die gesamte gebildete Welt bewunderte die Dichtung, kleinliche Kritikaster verstummten sehr rasch. Bald wurde die *Aeneis* Lehrbuch für die Elementar-, Grammatik- und Rhetorenschule, sie wurde oft kommentiert und kopiert und sogar ins Griechische übersetzt. Properz und Ovid lobten sie, die Epiker Lucan (*Pharsalia*), Valerius Flaccus (*Argonautica*), Silius Italicus (*Punica*), Papinius Statius (*Thebais*) u. v. a. zitierten sie so oft, daß man aus all diesen Zitaten die *Aeneis* fast völlig rekonstruieren könnte. Augustin (345–430) führte sie in die Klosterschulen ein, das *Waltharilied* des Mönches Ekkehart wäre ohne Vergil wahrscheinlich ungeschrieben geblieben. Das Volk feierte ihn schließlich sogar als Wundertäter und Zauberer. Wolfram von Eschenbach machte ihn zum Ahnherrn seines Zauberers Klingsor. Daß die italienische Renaissance von der *Aeneis* starke Impulse empfing, war natürlich. Dante (1265–1321) verehrte in Vergil den Sänger des römischen Kaisertums und läßt sich in seiner *Göttlichen Komödie* von ihm durch das Inferno führen. Petrarca (1304–1374) und Boccaccio erneuerten die Erinnerung an das Grabmal Vergils in Neapel. Aber auch spätere italienische Epiker wie Ariost (1474–1533) im *Rasenden Roland* und Tasso (1544–1595) im *Befreiten Jerusalem* lehnen sich an Vergil an, und der Portugiese Camões (1524–1580) ist in seinen *Lusiaden* von ihm beeinflußt.

Das französiche Ritterepos des Mittelalters ebenso wie in Deutschland Heinrich von Veldeke (*Eneide*) verwenden unseres Dichters Werk. Aeneas wurde dadurch in der mittelhochdeutschen Dichtung zum Idealbild eines höfischen Ritters. In England stehen Shakespeare, Bacon, Milton, Byron, Tennyson, Shaw u. a. unter dem großen Eindruck von Vergils sittlichem Ernst. Voltaire (1694–1776) nannte Vergil »das schönste Werk Homers«. Montaigne, Descartes, Fénelon, Rousseau, Chateaubriand sprechen begeistert von Vergil, hoch schätzten ihn Racine und Hector Berlioz, der in der Mitte des 19. Jahrhunderts seine Oper *Die Trojaner* schuf.[8] In Deutschland lobte Luther Vergils »heroica gravitas« und nannte seine Bibel »göttliche Aeneis«, sein Gegner Thomas Murner übersetzte als erster (1515) die *Aeneis* ins Deutsche, Friedrich d. Gr. wollte sie von der Jugend gelesen wissen, Salomon Geßners Idyllen wären ohne den »römischen Theokrit« kaum denkbar, Klopstock hielt eine Lobrede auf den Dichter, G. A. Bürger und J. H. Voß übersetzten Vergil begeistert, Schillers Übertragungen aus dem 1., 2. und 4. Gesang sind bekannt; auch die harmlose Travestie Aloys Blumauers konnte dem Epos keinen Abbruch tun. Herder, Lessing, W. Humboldt, Fr. A. Wolf und später Niebuhr erkannten den großen Unterschied zwischen der künstlerischen Eigenart Homers und Vergils noch nicht so, wie wir ihn heute zu sehen gelernt haben, und lehnten die *Aeneis* als Kunstepos ab. Goethe achtete und bejahte unseren Dichter, hauptsächlich waren es die Romantiker (unter Herders Einfluß), die ihn ablehnten und völlig hinter Homer zurücktreten ließen. Die Dichter Platen, Reuter, Hamerling, Raabe u. a. liebten ihn und streuten manches vergilische Zitat in ihre Schöpfungen ein. In tiefer Bewunderung, man könnte fast sagen Andacht, steht Stefan George vor dem römischen *vates*. Selbst Gerhart Hauptmann geht an Vergil nicht unbeeindruckt vorbei. Aus jüngerer Zeit wäre noch auf den Roman H. Brochs *Tod des Vergil* hinzuweisen. Neben der Bibelübersetzung ist die *Aeneis* das meistgelesene lateinische Buch, von Jahrhundert zu Jahrhundert wirkt es weiter. Einst inbrüstig verehrt, dann eifrig gelesen, oft sogar als Schatz höchster Weisheit zu Weissagungen benützt und abergläubisch mißbraucht, hat es nicht nur das Imperium Romanum überdauert, sondern 2000 Jahre lang die Weltliteratur nachhaltig beeinflußt.

Der vorliegenden Bearbeitung liegt die Übersetzung D. Ludwig Neuffers, des Pfarrers am Münster in Ulm, zugrunde, an

8 Schon im Altertum wurden Vergils Dichtungen melodramatisch rezitiert.

der dieser seit dem Jahre 1816 gearbeitet hat. Die Übertragungen von Voß (1822) und Binder (1857) wurden kaum herangezogen. Manche treffliche Wendung gelang dem Altmeister des Übersetzens, Thassilo von Scheffer.

»Vergil wird und muß in jeder Übersetzung verlieren«, schreibt 1781 schon Schiller in einer Rezension von Gotthold Friedrich Stäudlins »Proben einer teutschen Aeneis«. Vergils gedrängte und wortsparende Diktion machte manches Flickwort nötig. Außerordentlich schwierig, ja unmöglich ist es, den fortströmenden Lauf des Gedichtes nicht zu stören, die Mannigfaltigkeit des Geschehens und die Fülle der Kontraste von Anmut und Würde, Eleganz und Pathos, Leichtigkeit und Kraft beizubehalten und der Dichtersprache des großen Wortkünstlers Vergil nahezukommen. Doch wenn man das Verständnis für die abendländische Kultur wachhalten will, muß man an ihre Ursprünge gehen und auch das Unmögliche versuchen.

Aufrichtigen Dank für Rat und Tat schulde ich den Herren Professoren H. Hommel, Berlin, und E. Gaar, Wien.

W. P.

Zeittafel

	Geschichte	*Vergils Leben*	*Literaturgeschichte*
70	Crassus und Pompeius Konsuln	Vergil geboren	Ciceros Klage gegen Verres
67	Pompeius siegt im Seeräuberkrieg		
64/63	Pompeius ordnet den Osten		65 Horaz geboren
63	Cicero Konsul; Verschwörung des Catilina; Octavian geboren	Elementarschule in Cremona	Ciceros *Catilinarische Reden*
60	1. Triumvirat: Pompeius, Caesar und Crassus		
59	G. Julius Caesar Konsul		Livius geboren
58–51	Eroberung Galliens durch Caesar (Oberit. Etappe Caesars)		Cicero verbannt
55	Pompeius und Crassus Konsuln	Anlegen der Männertoga; Aufenthalt in Mailand und Rom (Epikureer Siron)	Lukrez gestorben; 54 Sein Werk von Cicero herausgegeben; Catull gestorben
49–45	Bürgerkrieg zwischen Caesar und dem Senat	45 Rückkehr nach Andes	
48	Pompeius unterliegt bei Pharsalus		

	Geschichte	*Vergils Leben*	*Literaturgeschichte*
44	Ermordung Caesars		
43	Ermordung Ciceros; 2. Triumvirat: Antonius, Octavian, Lepidus; Proskriptionen		Ovid geboren
42	Schlacht bei Philippi		Horaz Militärtribun; Cornelius Gallus, *Elegien*
41	Landverteilung an Veteranen; Perusinischer Krieg	41–39 Enteignung des Heimatgutes; *Bucolica*	Sallusts Geschichtswerke (40–35); Horaz, Properz, Tibull enteignet; Horaz, *Satiren* und *Epoden* (41–31)
40	Vertrag von Brundisium zw. Octavian und Antonius		
			38 Horaz von Vergil bei Maecenas eingeführt
37	Erneuerung des Triumvirates	In Neapel und Rom; 37–29 *Georgica*	Sallust schreibt die *Historien*; Varro, *Rerum rusticarum libri*
36	Seesieg des Agrippa über Sext. Pompeius		35 Sallust gestorben
31	Sieg Octavians bei Actium über		

	Geschichte	*Vergils Leben*	*Literaturgeschichte*
	Antonius und Kleopatra; Ende des Bürgerkrieges		
			30 Horaz, 2. *Satiren*-Sammlung
29	Schließung des Janustempels	29–19 Arbeit an der *Aeneis*	29 Horaz bei Augustus eingeführt; Properz, *Elegien*
28/27	Wiederherstellung der Republik; Octavian erhält Augustustitel (Prinzipat)		27–17 Geschichtswerk des Livius
26/25	Octavianus in Spanien; Reformen		
			23 Horaz 1. *Oden*-Sammlung (31–23); Horaz, 1. *Epistel*-Sammlung; Tibull gestorben
20	Erfolge gegen die Parther		
19	Heimkehr der Fürsten	21. IX. gestorben	
		17 *Aeneis* herausgegeben	

Inhalt der *Aeneis*

1.–6. Gesang: Fahrten des Aeneas (»römische Odyssee«)

1. *Gesang:* Aeneas wird auf seiner Fahrt von Sizilien nach Italien durch einen Seesturm nach Karthago (Libyen) verschlagen und dort von der Königin Dido gastlich aufgenommen (756 Verse). Episoden: Jupiter und Venus (Prophezeiung von Roms künftiger Größe) 223 ff., im Junotempel 418 ff., Festmahl 657 ff.
2. *Gesang:* Bericht des Aeneas über den Untergang Trojas (804 Verse). Episoden: Laokoon 199 ff., Hektors Schatten 268 ff., Kassandra 402 ff., Begegnung mit Helena 567 ff., Kreusa 721 ff.
3. *Gesang:* Die Irrfahrten des Aeneas bis zur Ankunft bei Dido (718 Verse). Episoden: Apollo-Orakel 73 ff., Strophaden, Harpyien 192 ff., Andromache und Helenus 289 ff., Skylla und Charybdis 506 ff., Kyklopen 570 ff.
4. *Gesang:* Didos Liebe und Tod (705 Verse). Episoden: Fama 173 ff., Jarbas 198 ff., Jupiter und Merkur 219 ff., Unglückliche Vorzeichen 450 ff.
5. *Gesang:* Aeneas landet bei Akestes auf Sizilien, Totenopfer für Anchises, festliche Wettspiele, Frauen verbrennen die Schiffe, Aeneas bricht nach Italien auf (871 Verse). Episoden: Gründung von Segesta, Tempel der Venus auf dem Berg Erix 719 ff., Neptun und Venus 762 ff., Tod des Palinurus 827 ff.
6. *Gesang:* Aeneas landet an der Küste von Italien und steigt mit der Sibylle von Kumae in die Unterwelt (901 Verse). Episoden: Orakel der Sibylle 42 ff., Der goldene Zweig 183 ff., Roms Größe und Berufung 752 ff.

7.–12. Gesang: Der Kampf der Trojaner in Latium (»römische Ilias«)

7. Gesang: Aeneas landet in Latium im »gelobten Land«, König Latinus verspricht ihm seine Tochter Lavinia, Juno tritt dazwischen, Latinus rüstet unter Turnus (817 Verse). Episoden: Allekto 286 ff., Truppenkatalog der italischen Völker 641 ff.

8. Gesang: Aeneas sucht Hilfe bei Euander und bei den Etruskern, Venus bestellt bei Vulkan Waffen für Aeneas (731 Verse). Episoden: Flußgott Tiberinus 18 bzw. 66 ff., Herkulesfest 102 ff., Werkstätte Vulkans 407 ff.

9. Gesang: Turnus rückt gegen das trojanische Lager vor, Waffentaten des Turnus, Nisus und Euryalus, ab 159 (818 Verse). Episoden: Verwandlung der Schiffe 77 ff., Erste Waffentat des Ascanius 590 ff., Pandarus und Bitias 672 ff.

10. Gesang: Streit zwischen Venus und Juno im Götterrat, Aeneas rückt zum Entsatz heran, es fallen der Trojaner Pallas (ab V. 362) und die Latiner Mezentius (ab V. 689) und Lausus (ab V. 791) (908 Verse). Episoden: Begegnung mit den Schiffsnymphen 215 ff.

11. Gesang: Leichenfeier für Pallas, Zwölftägiger Waffenstillstand zur Bestattung der Gefallenen, Diomedes von Arpi verweigert die Hilfe, Streit zwischen Drances und Turnus (ab V. 336). Episoden: Die Amazonenkönigin Camilla, Tod des Arruns, Flucht der Rutuler (915 Verse).

12. Gesang: Turnus wünscht Einzelkampf mit Aeneas, Junos letztes Eingreifen, Turnus' Schwester Juturna hilft vergebens, Verzweiflung der Gattin des Latinus (Amata), Ende des Turnus (952 Verse). Episoden: Vertragsbruch und Verwundung des Aeneas 266 ff., Dira 791 ff.

Verzeichnis der Eigennamen

Lykurgus, thrakischer König, der sich der Einführung des Bacchusdienstes heftig widersetzte, wofür er von den Göttern mit Blindheit geschlagen wurde, III 14
Lykus, Trojaner, I 221, IX 544, 556
Lynkeus, Trojaner, IX 768
Lyrnesier, Bewohner von Lernessus, X 128

Machaon, der Arzt der Griechen vor Troja, II 263
Maeon, Rutuler, X 337
Maeonier, Bewohner von Maeonien, einer Gegend Lydiens; Maeonierschar = Etrusker, VIII 499 (siehe Lydier)
Maeonisch, zu Maeonien = Lydien gehörend, IV 216, IX 545, X 141
Maeotis, das Land des Maeotis = das Küstenland des Asowschen Meeres, VI 799
Magus, Latiner, X 521
Maia, Tochter des Atlas, Mutter des Merkur, I 297, VIII 138, 140
Malea, das südöstliche Vorgebirge Lakoniens, jetzt Cap Malia, V 193
Manlius, M. Manlius, Capitolinus, der bekannte Verteidiger des Kapitols gegen die Gallier (389 v. Chr.), VIII 653
Manto, weissagende Nymphe, Mutter des Oknus, des Gründers von Mantua, X 199
Mantua, Stadt im transpadanischen Gallien am Mincius, X 200, 201
Marcellus, M. Claudius Marcellus, der glücklich gegen Hannibal kämpfte, bis er im Jahre 208 v. Chr. unweit Venusia in einem Reitergefechte fiel, VI 855 (die Rüstung hatte er dem in der Schlacht bei Clastidium am Po i. J. 222 von seiner Hand gefallenen König der insubrischen Gallier, Viridomarus oder Virdumarus, abgenommen); M. Claudius Marcellus, der Sohn der Octavia, einer Schwester des Augustus, ein vielversprechender Jüngling, der, von Augustus zu seinem Nachfolger bestimmt, im 19. Lebensjahr plötzlich starb, VI 883
Marica, Nymphe, Mutter des Latinus, VII 47
Marruvisch, zu Marruvium, dem Hauptort der Marser, gehörend, VII 750
Mars, der Kriegsgott, I 274, VI 777, VII 304, 582, 608, VIII 433, 516, 630, 700, IX 717, X 755, XI 110, XII 124, 179, 331, 497; der Wolf des Kriegsgottes, IX 565 (der Wolf war dem Mars heilig); Reich und Mauern des Mars = Rom, I 276
Marser, Völkerschaft Italiens in Samnium, X 544; marsisch, VII 758
Massica, Weingegend zwischen Latium und Kampanien, VII 725
Massikus, etruskischer Fürst von Clusium, X 166
Massylisch, zu den Massyliern, einem Stamm in Nordafrika, gehörend, IV 132, 483, VI 60

Bibliographischer Hinweis

In der Reihe »Literaturstudium« liegt in Reclams Universal-Bibliothek vor:

Werner Suerbaum: *Vergils »Aneis«. Epos zwischen Geschichte und Gegenwart.* 427 Seiten. UB 17618.

Inhalt

Römische Literatur

IN RECLAMS UNIVERSAL-BIBLIOTHEK

Dichtung

Catull, *Gedichte.* 133 S. UB 6638 – *Sämtliche Gedichte.* Lat./dt. 246 S. UB 9395

Horaz, *Ars poetica / Die Dichtkunst.* Lat./dt. 70 S. UB 9421 – *Epistulae / Briefe.* Lat./dt. 70 S. UB 432 – *Gedichte.* 80 S. UB 7708 – *Oden und Epoden.* Lat./dt. 328 S. UB 9905 – *Sermones / Satiren.* Lat./dt. 232 S. UB 431 – *Sämtliche Gedichte.* Lat./dt. 828 S. Gebunden

Juvenal, *Satiren.* 253 S. UB 8598

Laudes Italiae / Lob Italiens. Griech. und lat. Texte. Zweisprachig. 192 S. UB 8510

Lukrez, *De rerum natura / Welt aus Atomen.* Lat./dt. 637 S. UB 4257

Manilius, *Astronomica / Astrologie.* Lat./dt. 533 S. 11 Abb. UB 8634

Martial, *Epigramme.* 166 S. UB 1611

Ovid, *Amores/Liebesgedichte.* Lat./dt. 263 S. UB 1361 – *Ars amatoria / Liebeskunst.* Lat./dt. 232 S. UB 357 – *Metamorphosen.* Epos in 15 Büchern. 792 S. UB 356 – *Metamorphosen.* Lat./dt. 997 S. UB 1360 – *Verwandlungen.* Auswahl. 93 S. UB 7711

Phaedrus, *Liber Fabularum / Fabelbuch.* Lat./dt. 240 S. UB 1144

Plautus, *Amphitruo.* Lat./dt. 160 S. UB 9931 – *Aulularia / Goldtopfkomödie.* Lat./dt. 112 S. UB 9898 – *Menaechmi.* Lat./dt. 152 S. UB 7096 – *Miles gloriosus / Der ruhmreiche Hauptmann.* Lat./dt. 183 S. UB 8031

Properz, *Sämtliche Gedichte.* Lat./dt. 419 S. UB 1728

Römische Lyrik. Lat./dt. 514 S. UB 8995

Seneca, *Apocolocyntosis / Die Verkürbissung des Kaisers Claudius.* Lat./dt. 94 S. UB 7676 – *Medea.* Lat./dt. 167 S. UB 8882 – *Oedipus.* Lat./dt. 141 S. UB 9717

Terenz, *Adelphoe / Die Brüder.* Lat./dt. 128 S. UB 9848 – *Der Eunuch.* 77 S. UB 1868 – *Phormio.* Lat./dt. 147 S. UB 1869

Vergil, *Aeneis.* 421 S. UB 221 – *Aeneis.* 1. und 2. Buch. Lat./dt. 202 S. UB 9680 – *Aeneis.* 3. und 4. Buch. Lat./dt. 221 S. UB 9681 – *Aeneis.* 5. und 6. Buch. Lat./dt. 295 S. UB 9682 – *Georgica / Vom Landbau.* Lat./dt. 123 S. UB 638

Philipp Reclam jun. Stuttgart

Römische Literatur

IN RECLAMS UNIVERSAL-BIBLIOTHEK

Cicero

Cato maior de senectute / Cato der Ältere über das Alter. Lat./dt. 141 S. UB 803
De finibus bonorum et malorum / Über das höchste Gut und das größte Übel. Lat./dt. 543 S. UB 8593
De imperio Cn. Pompei ad Quirites oratio / Rede über den Oberbefehl des Cn. Pompeius. Lat./dt. 88 S. UB 9928
De natura deorum / Über das Wesen der Götter. Lat./dt. 480 S. UB 6881
De officiis / Vom pflichtgemäßen Handeln. Lat./dt. 455 S. UB 1889
De oratore / Über den Redner. Lat./dt. 653 S. UB 6884
De re publica / Vom Gemeinwesen. Lat./dt. 416 S. UB 9909
Drei Reden vor Caesar. Lat./dt. 143 S. UB 7907
Epistulae ad Atticum / Briefe an Atticus. Lat./dt. 279 S. UB 8786
Epistulae ad Quintum fratrem / Briefe an den Bruder Quintus. Lat./dt. 251 S. UB 7095
Laelius, Über die Freundschaft. 87 S. UB 868
Philippische Reden gegen M. Antonius. Erste u. zweite Rede. Lat./dt. 200 S. UB 2233
Pro M. Caelio oratio / Rede für M. Caelius. Lat./dt. 159 S. UB 1237
Pro A. Licinio Archia poeta oratio / Rede für den Dichter A. Licinius Archias. Lat./dt. 56 S. UB 1268
Pro P. Sestio oratio / Rede für P. Sestius. Lat./dt. 205 S. UB 6888
Rede für Sextus Roscius aus Ameria. Lat./dt. 148 S. UB 1148
Rede für Titus Annius Milo. Lat./dt. 160 S. UB 1170
Rede über den Oberbefehl des Cn. Pompeius. Rede für den Dichter A. Licinius Archias. 64 S. UB 8554
Reden gegen Verres I. Lat./dt. 130 S. UB 4013 – *II.* 168 S. UB 4014 – *III.* 208 S. UB 4015 – *IV.* 261 S. UB 4016 – *V.* 183 S. UB 4017 – *VI.* 200 S. UB 4018
Tusculanae disputationes / Gespräche in Tusculum. Lat./dt. 563 S. UB 5028
Über den Staat. 189 S. UB 7479
Über die Rechtlichkeit (De legibus). 150 S. UB 8319
Vier Reden gegen Catilina. 88 S. UB 1236 – Lat./dt. 149 S. UB 9399
Cicero zum Vergnügen. 184 S. UB 9652

Philipp Reclam jun. Stuttgart

Römische Literatur

IN RECLAMS UNIVERSAL-BIBLIOTHEK

Geschichtsschreibung

Augustus, *Res gestae / Tatenbericht.* Lat./griech./dt. 88 S. UB 9773

Caesar, *De bello Gallico / Der Gallische Krieg.* Lat./dt. 648 S. UB 9960 – *Der Bürgerkrieg.* 216 S. UB 1090 – *Der Gallische Krieg.* 363 S. UB 1012

Eugippius: *Vita Sancti Severini / Das Leben des heiligen Severin.* Lat./dt. 157 S. UB 8285

Livius, *Ab urbe condita. Römische Geschichte. 1. Buch.* Lat./dt. 240 S. UB 2031 – *2. Buch.* Lat./dt. 237 S. UB 2032 – *3. Buch.* Lat./dt. 263 S. UB 2033 – *4. Buch.* Lat./dt. 235 S. UB 2034 – *5. Buch.* Lat./dt. 229 S. UB 2035 – *21. Buch.* Lat./dt. 232 S. UB 18011 – *Römische Geschichte. Der Zweite Punische Krieg.* I. Teil. 21.–22. Buch. 165 S. UB 2109 – II. Teil. 23.–25. Buch. 160 S. UB 2111 – III. Teil. 26.–30. Buch. 240 S. UB 2113

Nepos, Cornelius, *De viris illustribus / Biographien berühmter Männer.* Lat./dt. 456 S. UB 995

Sallust, *Bellum Iugurthinum / Der Krieg mit Jugurtha.* Lat./dt. 222 S. UB 948 – *De coniuratione Catilinae / Die Verschwörung des Catilina.* Lat./dt. 119 S. UB 9428 – *Historiae / Zeitgeschichte.* Lat./dt. 88 S. UB 9796 – *Die Verschwörung des Catilina.* 79 S. UB 889 – *Zwei politische Briefe an Caesar.* Lat./dt. 95 S. UB 7436

Sueton, *Augustus.* Lat./dt. 200 S. UB 6693 – *Nero.* Lat./dt. 151 S. UB 6692 – *Vespasian, Titus, Domitian.* Lat./dt. 136 S. UB 6694 – *Caesar.* Lat./dt. 191 S. UB 6695

Tacitus, *Agricola.* Lat./dt. 150 S. UB 836 – *Annalen I–VI.* 320 S. UB 2457 – *Annalen XI–XVI.* 320 S. UB 2458 – *Germania.* 80 S. UB 726 – *Germania.* Lat./dt. 112 S. UB 9391 – *Historien.* Lat./dt. 816 S. 8 Abb. u. 6 Ktn. UB 2721

Velleius Paterculus, *Historia Romana / Römische Geschichte.* Lat./dt. 376 S. UB 8566

Philipp Reclam jun. Stuttgart